단글

눈꽃, 피어나다 2

초판 1쇄 인쇄 2016년 12월 22일
초판 1쇄 발행 2017년 1월 3일

지은이 이나래
발행인 오영배
기획 박성인
책임편집 김규영
표지 · 본문 디자인 권지연
제작 조하늬

펴낸 곳 (주)삼양출판사 · 단글
주소 서울시 강북구 도봉로 173
대표 전화 02-980-2112 **팩스** / 02-983-0660
편집부 전화 02-980-2116 **팩스** / 02-983-8201
블로그 blog.naver.com/dan_gul
출판등록 1999년 3월 11일 제9-00046호

ISBN 979-11-313-0535-5 (04810) / 979-11-313-0533-1 (세트)

+ 이 도서의 국립중앙도서관 출판시도서목록(CIP)은 서지정보유통지원시스템홈페이지(http://seoji.nl.go.kr)와 국가자료공동목록시스템(http://www.nl.go.kr/kolisnet)에서 이용하실 수 있습니다. (CIP제어번호: 2016031331)

단글 은 (주)삼양출판사의 로맨스 문학 브랜드입니다.

Snowflake Blooms
눈꽃,
피어나다
vol. 2
이나래 장편소설
단글

CONTANTS

제 8 장
그대를 향한 마음이 점점

Side Story 2
박지훈 I

그 날은 눈이 내렸고, 노점상 아주머니들이 파는 달걀빵이나 붕어빵 따위에선 유독 달콤한 냄새가 흘렀다.

소복소복 쌓이는 눈길을 밟으며, 지훈은 소소한 고민을 했다.

'크리스마스니까 용돈을 주시겠지? 계란빵을 사먹을까, 붕어빵을 먹을까.'

하는 퍽 즐거운 고민이었다. 매년 크리스마스마다 작디작은 두 손에 쥐어 주던 동전 몇 푼을 떠올리며, 지훈은 발걸음을 더욱 빨리했다.

싸늘한 공기에 눈이 잔뜩 시릴 법도 한데, 아이의 아름다운 두 눈은 반짝반짝 빛이 났다.

지훈의 집은 동네에서도 낡았기로 소문이 자자했다. 그러나 오래된 페인트가 벗겨져 얼룩덜룩하던 벽면도, 빛바랜 지붕도, 오늘만큼은 새하얀 눈에 가려져 자세히 보이지 않았다.

지훈은 꽁꽁 얼어붙은 작은 손으로 녹슨 대문을 열고 들어갔다. 이음새가 맞지 않는 탓에 대문은 날카로운 비명을 질러 댔지만, 그 소리는 아이에겐 너무나 익숙했다.

"다녀왔습니다."

줄곧 쥐고 있던 검은색 봉투를 내려놓으며 아이는 제 부모를 찾았다.

오늘 심부름은 비교적 까다로웠다. 어머니는 꼭 역 앞 사거리에서 두부를 사오라고 했다. 지훈의 집에서 역까지는 거리가 꽤 멀었기에, 보폭이 작은 아이는 뛰다시피 다녀와야 했다.

"엄마, 아빠."

그러고 보니, 왜 집에 불이 전부 꺼져 있을까?

아이는 고개를 갸웃거리며 잔뜩 갈라진 미닫이문을 열었다. 부모님의 방이었지만, 늘 웃는 얼굴로 지훈을 맞이해 주던 여자와 남자는 없었다.

싸늘하게 식은 방 안. 불을 켜지 않아 어둡게 가라앉은 공기. 분명 아침까지만 해도 온기가 돌았던 집 안이, 지금은 너무나 차갑게 느껴졌다.

'잠깐 외출을 하셨구나.'

크리스마스인데.

지훈은 서운한 마음을 접고 두부를 냉장고에 넣어 두었다. 냉큼 불을 켰지만 조금 전의 싸늘함은 좀처럼 사라지지 않았다.

설거지도, 청소도 모두 끝나 있었기에 아이가 할 일은 아무것도 없었다.

별다른 물건이 없는 거실을 두리번거리며 가만히 서 있던 소년은, 풀썩 자리에 주저앉아 텔레비전을 켰다.

부모님이 계실 땐 마음껏 보지 못했던 만화영화를 실컷 볼 수 있으리라.

……7시, 10시, 12시.

그리고 다음날.

집을 비운 부모님에게 전화를 걸어 보았지만 받지 않았다. 바깥을 기웃거려도 보고, 저 멀리 시내까지 나가 보아도 그들의 자취를 찾을 수 없었다.

소년은 칭얼거리지도, 울지도 않고 부모님을 기다렸다. 마을 사람들이 무어라 수군거리고 집을 방문하는 낯선 이들이 늘었지만, 소년은 그저 묵묵히 자리를 지켰다. 그러나 지붕과 거리에 쌓인 눈이 모두 녹을 때까지, 부모님은 돌아오지 않았다.

10살. 부모님 품에 파고들어 사랑을 느끼고 나누어야 할 아이는 그렇게 버림받았다.

시간은 빠르게 흘렀다.

홀로 남은 지훈은 이웃의 도움을 받아 온기라곤 찾아볼 수 없던 싸늘한 집에서 벗어날 수 있었다.

낡디낡은 집을 떠나오던 때에, 이웃 아주머니의 손을 꼭 붙든 지훈은 생각했다.

'나는 버려졌구나.'

슬프다든가 억울하다든가, 그런 감정은 잘 느낄 수 없었다.

그저 지훈은 몹시 아팠다.

터질 듯 크게 부풀어 오른 눈동자를 그는 더 이상 억지로 막지 않았다.

뚝―

뚝―

굵은 눈물방울이 얼굴을 가득 채워 바닥으로 추락하는 순간 순간이, 아이에겐 끔찍한 고통이었다.

'아파…….'

지훈은 눈물을 삼키려 했지만 좀처럼 흐느낌을 멈출 수 없었다. 이웃집 아주머니가 그의 등을 연신 다독거려 주었지만, 참을 수가 없었다.

'너무 아파……. 엄마…… 아빠…….'

줄곧 떠나지 않던 의문은, 깊은 상처가 남은 아이의 가슴을 잔인하게도 찔렀다.

'대체 왜…… 나를 버린 거지?'

뽀얀 뺨이 꽁꽁 얼어붙을 정도로 추운 1월.

그 어느 때보다 싸늘한 겨울을 심장에 새긴 아이는, 벗어날 수 없는 고통 속에서 연신 발버둥을 쳤다.

처음으로 발을 들인 입양센터는 시설이 꽤 깨끗했고 사람들도 상냥했다. 아이들은 눈에 띄는 지훈의 외모에 쉽게 호감을 가져 그를 홀로 두진 않았다. 그러나 아무리 관심을 받아도 외로움을 떨칠 수는 없었다.

빛을 잃은 지훈은 표정이라곤 조금도 찾아볼 수 없었지만, 입양센터 내에서 단연 돋보였다. 눈처럼 새하얀 피부와 윤이 나는 새카만 머리카락. 보석 같은 눈망울은, 가만히 들여다보기 어려울 정도로 깊었다.

궁극의 아름다움을 마주하여 경의를 표하던 사람들은, 으레 욕심을 품게 된다.

"어머, 정말 예쁜 아이네요."

핏빛의 붉은 입술이 섬뜩하다, 고 그날의 어린 지훈은 똑똑히 느꼈다.

붉은 입술의 여자는 경제관념이라곤 전혀 없던 어린 시절의 그가 느끼기에도 무척 값비싸 보이는 코트를 걸치고 있었다.

"이름이 뭐라고요?"

"지훈이에요, 박지훈. 나이는 10살이고요. 보시는 것처럼 아주 예쁜 아이랍니다."

여자는 이 입양센터에 정기적으로 후원을 해주는 재벌가의 여식이었다. 예쁜 것만 보면 사족을 못 쓴다고, 센터의 직원들이 수군거리고는 했다.

지훈은 값비싼 보석을 품평하듯 날카로운 눈빛으로 저를 살피는 여자를 가만히 들여다보았다.

'나를 데려가려는 걸까.'

지훈은 어렸지만 또래 아이들에 비해 몹시 똑똑했고 눈치도 빨랐다.

'입양센터'라는 곳이 무엇을 하는 곳인지, 간혹 찾아온 낯선 이들의 손을 잡은 아이들이 어디로 가는 것인지, 지훈은 어렴풋이 알고 있었다.

물론 조금 의외라고 생각하긴 했다. 이곳엔 지훈보다 훨씬 더 오래 지내던 아이들도 많았으니까.

그러나 이내 고개를 저었다. 아무렴 상관없다, 라고 생각할 때즈음 여자의 미소가 더욱 깊어졌다.

평생을 값비싼 명품과 고가의 보석들만을 손에 쥐고 살아온 그녀의 눈에도, 아이는 탐이 날 정도로 아름다웠다.

여자가 아이를 입양하려는 이유는 단 하나였다.

추락한 이미지 개선.

얼마 전 지저분한 사건이 터진 후로 이래저래 피곤하다. 그녀는 짧게 혀를 차며 아이를 좀 더 꼼꼼히 살펴보았다.

'머리카락도 깨끗하고, 피부도 좋고, 외모도 훌륭해. 눈동자도

예쁘고…… 그래, 이 정도면 어디 가서 창피하진 않겠어.'

여자는 접어두었던 선글라스를 끼며 시녀처럼 서있던 센터 직원에게 간결한 손짓을 보냈다.

"이 애로 할게요."

그녀의 한마디에 센터 직원은 환한 얼굴로 허리를 숙였다.

거북한 광경에 미간을 찌푸린 것도 잠시, 붉은 입술의 여자가 지훈의 뽀얀 뺨을 부드럽게 쓸어주었다.

"예뻐라."

그녀의 짧은 목소리엔 진심이 담겨 있었다.

그때, 텅 비어 버린 지훈의 눈동자에 아주 작은 빛이 서렸다. 순식간에 사라지긴 했지만, 그건 확실한 '빛'이었다.

버림받아 텅 비어 버린 마음과 감정을 모두 채울 수는 없어도 이 순간 그녀가 준 온전한 관심과 호의는 퍽 달콤했다.

그랬기에 지훈은, 어쩌면 작은 기대를 품었을지도 모른다.

입양 수속은 빠르게 진행됐고, 지훈은 상황을 제대로 파악하지도 못한 채 시커먼 어른들을 만났다.

차분한 성격의 지훈이지만, 낯선 환경은 아이를 예민하게 만들기 충분했다.

뭐가 뭔지 모르겠다고 느끼는 하루하루가 빠르게 지났다.

정신없는 상황 속에서도 소년이 겨우 깨달은 것은, 핏빛 입술의 여자가 생각보다 더욱더 어마어마한 부자라는 것, 첫인상과는 달리 그녀는 평소 놀랍도록 표정이 없다는 것.

지훈은 생각을 접고는, 번쩍이는 건물에 당장이라도 삼켜질 것 같다는 생각을 하며 발을 옮겼다.

여자의 손을 잡고 있던 아이의 손은, 긴장으로 금세 흥건히 젖었다.

다시금 '외롭다.'라고 느끼게 된 것은, 으리으리한 저택에서 지낸 지 얼마가 지난 후였다.

지훈은 널찍한 방 한가운데에 위치한 푹신한 침대에 가만히 누워 천장을 바라보았다.

높디높은 상앗빛 천장을 가만히 들여다보고 있으면, 아주 잠시 동안은 저가 처한 현실을 잊을 수 있었다.

집에 발을 들인 후, 지훈은 여자와 제대로 된 대화조차 나눠보질 못했다.

이 거대한 저택엔 방문하는 사람도, 일을 하는 사람도 많았지만 아무도 지훈에게 말을 걸어 주지 않았다.

지훈의 손을 잡아준 집의 주인조차도.

'예뻐라.'

그날의 그 손길을, 다시 받고 싶다.

시간은 점점 흐르고 지훈의 외로움은 더욱 깊어졌다.

여자를 포함한 내부에서 일하는 이들까지, 정해진 시간이 아니면 누구도 아이를 찾지 않았다.

가장 사랑을 받아야 마땅한 존재에게 버림받은 지훈은, 새로 생긴 '가족'에게까지 버림받고 싶지 않았다. 소년은 유난히 조숙했지만, 여느 아이들처럼 힘껏 보듬어 줄 수 있는 따뜻한 품을 원했다.

작은 관심.

아이에게 가장 필요했던 것은 바로 그것이다.

저녁 식사가 끝난 평일. 이때의 거실은 대부분 쥐 죽은 듯이 조용했다.

여자는 소란스러운 것을 좋아하지 않았다. 물론, 새벽녘까지 지인들과 술에 흠뻑 취할 때도 간혹 있었지만.

시곗바늘이 느릿느릿 움직여 10시를 가리켰다.

곧 잠자리에 들었는지 확인하는 도우미 아주머니가 방문을 두드릴 것이다.

같은 시간, 늘 제 방에 가만히 틀어박혀 있던 아이는, 처음으로 제 공간을 벗어나 어딘지도 모를 곳에 꼭꼭 숨었다.

나를 찾아 줘.

나를 발견해 줘.

나를 걱정해 줘.

스스로도 이해할 수 없는 감정들이 깊어졌지만, 아이는 인내심을 가지고 골방에 틀어박혀 저에게 다가올 손길을 기다렸다.

지훈은 번쩍 눈을 떴다. 깜빡 잠이 들었던 것 같다.

낯선 골방 구석에서 웅크리고 있던 소년은, 찌뿌둥한 몸을 가볍게 풀고 주변을 둘러봤다.

우측에 자리 잡은 커다란 창에서 밝은 햇볕이 가득 쏟아지고 있었다.

'생각보다 더 많이 잤네.'

살풋 이맛살을 찌푸린 지훈은 어쩐지 한심스러운 제 모습에 마른 숨을 푹, 내쉬었다.

'지금 내가 뭘 하는 거지.'

자책하는 심정과 반대로, 지훈은 내심 기대감이 생겼다. 지금이 몇 시인지는 모르겠지만 어제 저녁부터 계속 방을 비워 두었다.

아침에 깨워주러 올 도우미 아주머니 역시, 지훈이 없다는 것을 금세 알아챌 것이다.

'아주머니가 오기 전에 들어가면 안 되는데.'

잠시 고민을 하던 소년은, 조금 더 이곳에 있기로 마음먹었다. 저에게 쏟아질 관심을 즐겁게 상상하며 아이는 설렁설렁 주변을 둘러보았다.

어젯밤엔 어두워서 제대로 보지 못했는데, 자세히 살피니 책이 가득 쌓여있었다.

아마 여자의 거대한 개인 서재에 미처 들어가지 못한 책이리

라. 혹은 오래되어 빠졌다거나.

"음……."

쌓인 책에 흥미가 인 소년은, 자그마한 손으로 가장 두꺼운 책을 집어 들었다.

색이 바랜 종이를 구석구석 보다 보니 시간은 빠르게 흘렀다. 햇볕이 따스히 내리쬐던 골방엔 어느새 뉘엿뉘엿 노을빛만이 가득했다.

손에 쥐고 있는 책을 조금 더 보고 싶었지만, 이내 고개를 젓고는 자리에서 일어났다.

'또 와서 봐야지.'

이 집에 들어온 이후 지훈은 처음으로 흥미라는 감정을 느꼈다.

문을 꼭꼭 닫으며 골방에서 나온 지훈은, 그제야 깊은 갈증을 느꼈다. 그러고 보니 어제 저녁부터 아무것도 먹질 않았다. 식탐이 많은 편은 아니지만, 몇 끼를 그냥 거르니 음식 생각 또한 간절했다.

1층으로 내려간 소년은 여자의 방문 사이로 새어나오는 불빛을 발견했다.

단 한 번도 들어가 본 적은 없지만 그 어느 곳보다 화려하고 거대한 방문이 그녀의 공간임을 짐작케 했다.

발가락을 꼼지락거리던 지훈은 주변을 슬쩍 돌아보았다. 가사 도우미 아주머니들은 눈에 보이지 않았다.

그때 두런두런 들려오는 말소리.

소년은 눈을 반짝였다. 저를 걱정했을 여자의 모습은 비교적 쉽게 상상할 수 있었다.

지훈은 살금살금 걸음을 옮겨 방문 가까이 다다랐다. 좀 더 또렷이 들려오는 목소리에 귀를 기울이자, 심장이 콩닥콩닥 뛰는 것이 느껴졌다.

"아직도 없어?"

"네, 혹시나 해서 올라가봤는데 없었습니다."

"참나, 애 들인 지 얼마나 됐다고?"

"흠……."

목소리의 주인은 둘, 아니 셋. 지훈은 마치 나쁜 짓을 하는 아이처럼 좀 더 숨을 죽였다.

그때, 아이의 귓가에 박힌 덤덤한 한마디.

"생각해 보니까 아깝긴 하네. 걔가 좀 예쁘긴 했지."

"관심도 없었으면서 무슨."

"예쁜 건 예쁜 거야. 미천한 출신 중에 그렇게 반반한 애는 흔치않아. 희귀해서 나쁘진 않았지."

여자의 감흥 없는 목소리. 지훈은 아주 느리게 눈을 깜빡였다.

지금 내가 뭘 듣고 있는 거지?

아이의 머릿속에선 요란한 비상등이 시끄럽게 울렸다.

지금 당장 네 공간으로 돌아가.

저걸 듣지 마.

귀를 막아.

이대로 등을 돌려서…….

"어차피 적당한 때에 버리려고 했어. 지금이야 하도 시끄러우니까 어쩔 수 없지만."

저 잔인한 소리를 듣지 마.

지훈의 반짝이던 예쁜 눈동자가 또 한 번 빛을 잃었다. 그 순간은 너무나 순식간에 찾아온 터라, 아이는 숨도 제대로 쉴 수 없었다.

"버려? 그 예쁜 애를?"

〈K〉기업 남희우, 남모를 선행 베풀어……

남희우 선행, 스캔들 가라앉나? 여론 '들썩'

버려진 아이에게 희망을, K가 남희우의 성공 비법

흘러넘치도록 쌓이는 기사 헤드라인을 대충 훑어본 여자는 비쭉 입꼬리를 올렸다.

"그럼 끼고 사니? 어디서 굴러먹었는지도 모를 애를 내가 언제까지 보살펴 줘야 해? 데리고 놀기 좋은 애들 뻔히 두고."

"아깝네…… 그럼 찾게 되면 나 줘."

여자의 지인인 듯한 높은 목소리가 내려앉는 순간, 지훈은 화려한 문에서 조금씩 멀어졌다.

그러나 바들바들 떠는 아이가 등을 돌리기도 전에 빠르게 박힌 한마디.

"그래, 너 가져."

지훈은 가파른 골목을 달리고 달렸다.

고급 저택들이 즐비한 널찍한 도로엔 값비싸 보이는 조경들이 곳곳에 자리 잡고 있었지만, 그런 것들은 조금도 눈에 들어오지 않았다.

그의 머리를 가득채운 것은,

"생각해 보니까 아깝긴 하네. 걔가 좀 예쁘긴 했지."

"어차피 적당한 때에 버리려고 했어. 지금이야 하도 시끄러우니까 어쩔 수 없지만."

노래를 부르듯 평온하기 그지없던 여자의 목소리.

"그래, 너 가져."

그 여자가 소유한 수많은 보석을 품평하는 듯한 말투.

결국 이 집에서도 나는……!

막힌 숨이 연신 터져 나왔지만, 조금도 시원하지 않았다.

자그마한 발이 위태롭게 아스팔트길을 구르는 와중에도 아이의 머릿속은 어지럽게 울렁거렸다.

울컥, 뜨거운 것이 치미는 기분을 느낀 지훈은, 눈을 질끈 감았다.

'나는 그저, 가족을 원한 것뿐인데……'

정신을 차려 보니 상당히 낯선 골목이었다.

아이는 차게 식은 낡은 건물의 벽에 몸을 기댔다.

흘긋, 건물을 살펴보니 빛을 잃은 낡은 간판이 눈에 들어왔다.

[우리 책방]

딱딱한 글자가 적힌 간판을 가만히 바라보던 지훈은, 그제야 엄습해오는 추위를 느꼈다.

아이는 그대로 집을 뛰쳐나온 터라 제대로 된 겉옷은커녕 양말도 신지 않은 채였다.

한참을 뛴 탓인지 발바닥은 축축이 젖어 있었다. 운동화 속 발가락을 천천히 꿈지락거리며 아이는 무릎을 세워 쪼그려 앉았다.

몸을 웅크리는 것만으로는 추위를 모두 떨치기 어려웠지만, 붉게 달아오른 아이의 눈동자는 아랑곳 않고 찬찬히 주변을 훑었다.

낡은 상가들이 즐비한 수수한 골목. 고급스러운 주택가와 확연히 다른 모습에, 지훈은 그제야 긴장이 조금 풀리는 듯했다. 동시에 올라오는 깊은 서글픔.

맨발에 운동화를 신고 정신없이 달린 덕에 발목 부근이 붉게 까졌다.

시큰거리는 발목을 느낄 새도 없이, 지훈은 울음을 삼키며 무릎을 좀 더 세웠다.

주위에선 늘 조숙하다, 아이답지 않다, 라는 말이 끊이질 않았지만, 지훈은 아직 많이 어렸다.

갈 곳 없는 아이의 불안, 다시 돌아갈 곳이 없다는 절망, 기댈 곳이 없다는 슬픔.

모든 것이 지훈의 온몸을 무겁게 짓눌렀다. 아이의 가녀린 어깨로는 도저히 감당할 수 없을 만큼의 두려움.

지훈은 결국, 무너져 내렸다.

굵은 눈물방울이 지훈의 뽀얀 뺨에 가득, 가득 흘렀다. 목덜미를 타고 뚝뚝 떨어지는 아이의 슬픔.

엄마, 아빠. 보고 싶어. 너무 보고 싶어.

나를 두고 어디를 간 거야.

어디를 갔어…….

작은 흐느낌은 점점 깊어지고, 어느새 아이는 엉엉 울고 있었다.

엄마, 아빠.

어디 갔어…… 어디를 간 거야…….

나 좀…… 데려가…… 나도…….

그렇게 지훈이 한창 눈물을 삼키던 그때였다.

"얘야, 왜 여기서 울고 있누?"

꽁꽁 얼어붙은 귓바퀴를 부드럽게 어루만져 주는 목소리.

한참 굵은 눈물방울을 뚝뚝 떨어트리던 아이는 저를 부른 낯선, 하지만 너무나 따뜻한 목소리를 찾아 고개를 들어올렸다.

그곳에서 지훈이 만난 것은 또 다른 '온기'였다.

* * *

강규원 형사님

010—****—****

안녕하세요, 박지훈 씨.

오랜만에 연락드립니다.

조금 늦었지만 몇 달 전 부탁하셨던 일, 확인되었습니다.

메일로 약도랑 연락처 발송드렸으니, 부모님 꼭 만나 뵙기를 바랍니다.

3월 15일 오후 5 : 5

지훈은 휴대폰을 가득 채운 문자 내용을 읽고, 또 읽었다.

두 눈은 자그마한 액정에서 떼어질 줄을 몰랐지만, 그의 표정에는 조금의 흔들림도 떠오르지 않았다.

"부모님, 이라……."

조소가 섞인 목소리가 마른 공기를 타고 빠르게 흩어졌다. 그의 칠흑처럼 어두운 두 눈동자가 이내 휴대폰에서 멀어졌다.

'그래, 이런 부탁을 했었지.'

지훈은 입 안에 흘려보낸 커피를 조용히 머금으며 눈을 감았다.

'과거 헤어진 부모님을 찾아 달라'고 믿을 만한 형사에게 부탁을 했던 건, 「목소리」 출간 후 잔혹한 혹평으로 슬럼프에 빠져 있던 때에 충동적으로 저지른 일이었다.

그때의 지훈은 스스로도 깜짝 놀랄 정도로 날카롭게 솟아 있었고, 극도로 예민했다.

'부모님을 찾아서 무엇을 하려고 했지.'

내가 이렇게 잘살고 있다고 그들을 비웃고 싶었나?

당신들이 버린 나는, 남부럽지 않게 화려한 인생을 살고 있노라고 떵떵거리고 싶었던가?

'아니, 그게 아니야.'

지훈은 고개를 저었다.

그날의 감정은 그저, 분노였다.

모든 것을 잊었다고 생각했는데 결국엔 아무것도 극복하지 못한 나에게 던지는 분노.

그래서 겨우겨우 잊고 살았던 부모님을 찾아 확인을 받고 싶었다.

나는 이미 모든 것을 이겨냈고, 아무렇지도 않다.

나를 알지도 못하는 누군가가 쓴 서평 따위엔 전혀 흔들리지 않는다.

당신들과 마주했지만, 난 조금의 동요도 없다.

두 번이나 버려졌던 과거 따위는…….

같은 작가의 작업물이라고는 믿을 수 없을 정도로 형편없는 감정선. 도입 부분 타이트하게 진행된 극의 멋을 모조리 망가트려놓았다는 기분마저 느꼈다. 작가는 '사랑'이라는 감정을 글로 배운 걸까?

콰당—!

자리에서 벌떡 일어난 지훈은, 싸늘하게 식은 휴대폰을 텅 비어 버린 감정 없는 눈으로 바라보았다.

갑작스레 일어난 반동으로 쓰러진 의자가 바닥을 굴렀다. 값비싼 원목 바닥과 눈이 번쩍 뜨일 정도로 고급스러운 철제 의자였지만, 지훈의 처참한 표정 때문인지 그것들은 그저 초라하게만 보였다.

"……하아……."

지훈은 천천히 숨을 고른다.

너무 깊이 생각을 해 버렸다. 최근에 전혀 신경 쓰지 않았던 트라우마에 대한 것까지…….

마른세수를 연거푸 하던 그의 귓가에 요란한 휴대폰 벨소리가 울렸다.

경수가 제멋대로 설정해 놓은 멜로디가 가라앉은 공간을 가득 채웠다.

그 벨소리를 가만히 듣고 있자니, 어쩐지 가라앉은 기분이 조금은 나아지는 것을 느꼈다.

휴대폰으로 시선을 내린 그의 두 눈에 가득 박힌 세 글자.

[이혜원]

지훈의 표정이 조금 전과는 다른 빛을 띠었다.

날카로운 한기를 품었던 깊은 어둠은 어느새 씻은 듯이 사라졌다.

묵묵히 닫힌 지훈의 입가에서 깊은 숨결이 흘러나왔다.

"하아……."

이혜원.

이혜원…….

나의 담당자.

나의 조력자.

"나의, 이혜원……."

그녀의 이름을 뱉어내고 나자, 말로 형용할 수 없는 안도감과 욕심이 솟구친다.

그래, 트라우마에 대한 고민과 혼란스러운 머릿속이 어느 정도 정리되었던 것은 바로…….

지훈은 조금 전보다 훨씬 가벼워진 얼굴로 휴대폰을 집어 들었다. 끊어질까 조마조마하던 벨소리는 묵묵히 지훈을 기다려 주었다.

그는 지금 몹시, 혜원이 보고 싶었다.

[오늘 퇴근 후 일정이 어떻게 되십니까?]

혜원은 수화기 너머 들리는 단호한 목소리에 고개를 갸웃 기울였다.

얼마 전 가졌던 미팅 후 원고 작업은 수월히 진행 중이신지 확인차 지훈에게 연락을 했지만, 그는 놀라울 정도로 듣기 좋은 목소리로 대뜸 그녀의 일정을 물었다.

"일정이요?"

[네.]

혜원은 난감한 듯 미소 지었다.

지훈이 평소 말을 길게 하는 편이 아니긴 했지만, 오늘따라 유독 짧게 느껴졌다.

잠시 고민하던 혜원은 솔직히 대답했다.

"별다른 일정은 없습니다."

[그럼, 새 일정이 생기는 건 어떠십니까?]

"……네?"

[퇴근 후에, 뵙고 싶습니다.]

혜원은 천천히 눈을 깜박였다.

잠시의 정적.

"……퇴근 후요?"

조용한 사무실 내부, 그녀의 목소리가 짧게 퍼졌다.

지훈의 목소리가 너무나 단호해, 혜원은 어쩐지 웃음이 나왔다.

'꼭 데이트 신청을 받은 것 같아.'

퍼지는 미소 사이로 심장이 잘게 진동한다. 제 심장의 흔들림을 미처 파악하지 못한 그녀는, 탁상 달력을 꼼꼼히 살펴보았다. 일정 체크를 하는 그녀의 입가에선 잔미소가 쉬이 끊이질 않았다.

작게 키득거리는 그녀의 목소리에 의아함을 느꼈는지, 지훈은 잠시 말이 없었다. 그러나 그는 왜 웃느냐는 흔한 질문조차하지 않았다. 그런 모습이 너무나 그다워, 혜원은 저도 모르게 조금 더 웃어 버리고 말았다.

[……혜원 씨?]

"아, 작가님. 죄송합니다."

저를 흘긋흘긋 곁눈질하는 재희의 시선을 느끼며, 혜원은 말을 이었다.

"오늘 미팅은 전혀 문제되지 않지만, 혹시 무슨 일인지 말씀해 주실 수 있으실까요?"

혜원의 물음에도 지훈은 한동안 답이 없었다. 차분히 그의 대답을 기다리던 혜원이, 결국 먼저 입을 열었다.

"작가님?"

[혜원 씨를……]

귓가에 닿은 그의 목소리는 어쩐지 너무나 조심스러워서, 혜원은 순간 숨이 턱, 막히는 듯한 기분을 느꼈다.

[만나고 싶습니다.]

미소 짓고 있던 혜원의 입가가 조금 굳었다.

"……아……."

혜원은 수수한 빛을 띠는 입술을 천천히 닫았다.

그녀는 아무런 말도 못 하고 입술만 달싹였다.

조금 전 눈치채지 못하고 넘어갔던 심장의 두근거림이, 지금은 너무나 또렷하게 느껴진다.

혜원의 곤혹스러운 심정이 수화기 너머의 지훈에게까지 느껴진 것일까? 가만히 그녀의 대답을 기다리던 지훈이 나지막이 말했다.

[어려울까요?]

"……아뇨."

그녀의 대답은 몹시 충동적이었지만, 뒤늦은 망설임이나 후회 따윈 없었다.

"어렵지 않아요, 작가님. 오늘, 뵙도록 해요."

또 다시 정적이 흘렀다. 지훈의 목소리가 다시 한 번 잔잔히 흘렀다.

[감사합니다.]

"……."

너무나 달콤하고 정중한 인사에 혜원은 다시금 말문이 막혔다.

[그럼 퇴근 시간 맞춰 제가 회사 앞으로 가겠습니다. 이따 뵙죠.]

전화가 끊기고, 혜원은 잠시 동안 멍하니 휴대폰을 바라보았다.

박 작가님과 퇴근 후 알 수 없는 약속을 잡아 버렸다.

작가와 편집자가 이런 식으로 만나는 게 일반적인 일은 아닌데.

왜 작가님의 제안을 덜컥 받아들인 거지?

뒤늦게 찾아온 의문이 그녀의 머릿속을 가득 두드렸지만,

'혜원 씨를, 만나고 싶습니다.'

아직까지도 귓가에 어른거리는 그의 매혹적인 목소리에, 혜원은 쉬이 집중을 할 수 없었다.

'나를, 만나고 싶다…….'

그의 말을 곱씹으면 곱씹을수록 빨라지는 심장 박동과 붉어지는 두 뺨. 생소하지만, 마냥 익숙하지 않은 감정인 건 아니다. 생각이 깊어지자 그녀의 얼굴이 조금 어둡게 가라앉았다.

"혜원 씨, 오늘 작가랑 미팅 있어?"

재희가 굵은 빗으로 머리를 빗어 넘기며 물었다. 시간을 보니 벌써 점심 식사를 할 때였다.

'미팅…….'

가지런히 정돈되는 그녀의 머리카락을 바라보며, 혜원은 느릿하게 고개를 끄덕였다.

'그래, 역시 미팅이겠지, 그건. 작가와 편집자이니까.'

혜원은 어쩐지 기분이 가라앉았다.

"네, 박 작가님께서…… 미팅 요청을 주시네요."

"……흐음, 그래?"

재희는 가만히 혜원을 바라보았다.

'그게 박 작가란 말이지…….'

그녀의 두 눈이 얇게 휘었다. 전화 통화를 하던 혜원의 잔잔한 웃음소리, 예쁜 분홍빛으로 두 뺨을 물들인 채 끄덕이던 고개.

'일반적으로 작가랑 통화하던 혜원 씨랑은 조금 다르긴 했지.'

평소 혜원이 작가들에게 워낙 싹싹하게 굴기는 하지만, 오늘처럼 말랑말랑한 기운을 내뿜지는 않는다. 그런 달콤한 미소라니,

'마치, 썸을 타는 풋풋한 남녀의 기운 같달까.'

재희는 어쩐지 재미있어지는 상황에 은근슬쩍 혜원을 떠봤다.

"그런데 갑자기 뭔 미팅? 보니까 퇴근 후에 만나는 것 같던데."

"글쎄요…… 무슨 일인지는 저도 잘……."

"그러고 보니까, 두 사람 저번에도 퇴근 후에 만났다고 하지

않았어?"

어느새 가까이 다가온 유경이 흥미로운 얼굴로 혜원의 데스크에 기대앉았다. 그녀의 두 눈이 재희만큼이나 반짝인다.

"혜원 씨랑 누가 만나요? 혜원 씨, 퇴근 후에 데이트해요?"

"아니, 박지훈 작가가 퇴근 후에 보자고 했대. 얼마 전에도 두 사람 퇴근 후에 만났잖아."

혜원이 무어라 답을 하기도 전에 재희가 냉큼 유경에게 정보를 흘렸다.

유경의 표정이 단번에 요상한 빛을 띠었지만, 신경 쓰는 이는 아무도 없었다.

"누가 보면 데이트라도 하는 줄 알겠어."

재희가 쐐기를 박자, 혜원은 느릿하게 고개를 저으며 난감하다는 듯 답했다.

"데이트라뇨, 절대 아니에요."

사실 지훈과 사석에서 만난 적이 그 후에 아주 없지는 않았다. 퇴근 중 우연히 마주할 때도 있었고, 가볍게 차 한잔을 나눈 적도 있었다.

단순한 작가와 편집자라기엔 필요 이상으로 가깝게 지내는 감이 없지 않아 있었지만, 혜원은 '그럴 수도 있다'라고 자기 합리화를 하던 중이다.

그래서인지 표정 관리가 쉽게 되지 않는다.

"왜 정색하고 그래? 요즘 젊은 사람들 다 그렇게 만나는 거지,

뭘.”

‘에이, 저랑 작가님은 절대 아니에요.’

라는 말을 뱉어내야 하는데, 목구멍까지 치솟은 대답은 쉬이 바깥으로 흘러나오질 못했다. 지훈과 이런 식으로 심심풀이 땅콩처럼 엮이는 게 즐겁진 않았지만, 어쩐지 부정의 대답을 할 수가 없었다.

‘정말 왜 이러지.’

착잡한 마음으로 걸음을 옮기던 그때, 유경이 적극적으로 재희를 저지했다.

“대리님, 왜 자꾸 혜원 씨랑 박 작가님이랑 엮고 그러세요. 우리 혜원 씨가 훨씬 아깝구만! 그리고 혜원 씨도 작가님에게 요만큼도 관심 없을걸요? 그쵸, 혜원 씨?”

혜원은 치밀어 오르는 한숨을 눌러 삼켰다.

팔짱까지 꼬옥 껴오며 초롱초롱 눈을 빛내는 유경에게 ‘네, 관심 없어요.’라고 말을 해줘야 하는데…….

‘대답을 못 하겠어.’

혜원은 이거 정말 난감하다, 고 생각했다.

갑작스럽게 잡힌 지훈과의 일정에 아직까지 혼란스러운 건가?

그런 혜원의 마음을 아는지 모르는지, 유경은 여전히 그녀를 변호했다.

“이때 아니라고 말해야 대리님도 혜원 씨 그만 놀리죠!”

재희는 따박따박 혜원의 편을 드는 유경에게 쿨한 비웃음을 날렸다.

'그건 자기가 통화 중이던 혜원 씨 얼굴을 못 봐서 그런 거고.'

그러나 재희는 그 말을 입 밖으로 꺼내진 않았다. 조금 전보다 더욱 어두워진 혜원의 표정이 신경 쓰였기 때문이다. 그녀는 능숙하게 말을 돌렸다.

"아니면 아닌 거지, 왜 유경 씨가 더 화를 내고 그래? 그나저나 요즘 유경 씨 박 작가한테 왜 이렇게 예민해? 돈이라도 뜯겼어?"

재희의 도발에 유경의 정신은 금세 그쪽으로 쏠렸다. 점심식사를 위해 엘리베이터를 기다리던 중, 혜원의 머릿속에선 여러 목소리가 정신없이 얽혔다.

"혜원 씨를, 만나고 싶습니다."

"누가 보면 데이트라도 하는 줄 알겠어."

"그리고 혜원 씨도 작가님에게 요만큼도 관심 없을걸요? 그죠, 혜원 씨?"

'데이트 아니에요, 대리님. 작가님은 저에게 조금의 관심도 없으세요. 저흰 그저, 일 얘기를 하는 것뿐인걸요.'

'네, 유경 씨. 저는 작가님에게 관심 없어요.'

미처 하지 못했던 대답을 마음속으로 한참을 중얼거렸지만, 기분은 좀처럼 나아지지 않았다.

'그래, 설마…….'

혜원은 다른 쪽으로 생각을 돌리려 애쓰며, 한창 점심 메뉴에 대해 토론 중인 유경과 재희의 대화에 합류했다.

* * *

지훈에게 연락이 왔던 그날, 두 사람은 결국 만나지 못했다. 오후 회의 때 갑작스럽게 진행된 이벤트 건으로 인해 사원 전체가 야근을 해야 했기 때문이다.

지훈은 조금도 화를 내지 않았지만, 미안한 마음은 어쩔 수가 없었다.

약속 취소가 된 얼마 후 두 사람은 만날 수 있게 되었다. 정신없이 일정 조절을 한 덕분이다.

약속 당일, 시간은 놀라울 정도로 느리게 흘렀다.

혜원은 간간히 휴대폰 메신저로 지훈과 연락을 하며 시간 조정을 했다. 그때마다 그녀는 재희가 언급했던 것처럼 '데이트'라는 느낌을 받았지만, 끝끝내 모른 척했다.

야근으로 남아 있는 재희와 유경, 그 외의 몇몇 사원들에게 인사를 건넨 뒤 혜원은 사무실 밖으로 빠져나왔다.

"데이트 잘해~"

오늘 두 사람의 미팅을 알고 있는 재희가 장난기 어린 인사를 건넸다. 어색한 웃음을 흘리긴 했지만, 기분은 썩 나쁘지 않았다. 혜원은 차분히 엘리베이터를 타고 로비를 지나 건물 바깥으로 나왔다.

벌써 4월을 훌쩍 넘긴 날씨는 봄이라고 해도 무관했지만, 아침저녁으로 쌀쌀한 추위는 쉬이 가시질 않았다. 얇은 봄 코트를 대충 여민 그녀는 주변을 둘러보았다.

이리저리 움직이던 눈동자가 우뚝, 어딘가에 멈추어졌다.

출판사 앞, 고급스러운 세단에 기대어 허공을 바라보는 지훈. 그런 그를 발견한 혜원의 머릿속을 스친 생각은 단 하나였다.

'아, 저 남자. 곤란할 정도로 근사하다.'

볼 때마다 아름답다고 생각하는 외모와 깔끔한 헤어스타일, 멋스러운 옷차림. 박지훈은 참으로 시선을 떼기 어려운 남자이다.

새삼 느끼는 것이지만, 오늘따라 유독 근사한 그를 우두커니 서서 바라보던 때였다.

정처 없이 떠 있던 지훈의 눈동자가, 아주 천천히 혜원에게 다가와 박혔다.

심장이 쿵— 떨어질 정도로 묵직한 시선에 혜원은 숨을 훅 들이마시고 말았다.

때때로 느끼는 것이지만, 지훈은 깜짝 놀랄 정도로 혜원을 잘 찾았다. 무엇을 향한 건지 알 수 없는 지훈의 시선 끝은, 항상 이 혜원이다.

그건 참으로 매력적인 사실이라 혜원은 알 수 없는 신음을 얕게 흘렸다. 그렇게 잠시 시선을 맞추던 때였다. 지훈의 입꼬리가 아주 조금이지만 또렷한 호선을 그렸다.

그 웃음은 정말이지 너무나 달콤해, 혜원은 깊은 울컥임을 느꼈다.

이대로 그를 가만히 바라만 보다간 저 자신을 어찌하지 못할 것 같아 혜원은 무겁게 내려진 다리를 움직여 그에게 향했다.

"혜원 씨."

혜원이 다가올 때까지 오로지 그녀만을 눈에 담던 지훈은, 익숙한 향기가 코끝에 감기는 순간 그녀의 이름을 불렀다.

덤덤하지만 몹시 애틋한 음성이었다.

그런데 혜원은 가까이 마주한 지훈의 얼굴을 본 순간, 가만히 입술을 닫았다.

'얼굴빛이, 조금 어두워 보이시는데…….'

그녀의 의문이 채 가시기도 전, 그의 묵직한 목소리가 안부를 물어왔다.

"잘 지냈어요?"

"……그럼요, 작가님은 잘 지내셨어요?"

"늘 같죠."

짧은 인사말을 건넨 뒤 지훈은 혜원의 옷차림을 가만히 훑어 내렸다.

그의 미간이 살풋, 구겨졌다.

"평소에도 이렇게 입고 다니는 건가?"

지훈의 덤덤한 물음에 혜원은 제 옷차림을 살폈다. 검은색 진에 짙은 와인색 니트, 어느 정도 두께가 있는 코트. 평소처럼 깔끔하게 입었는데, 워낙 그의 패션 센스가 훌륭하니 이 정도 옷차림은 형편없어 보이는 걸까?

갑작스러운 지적에 혜원은 무어라 답을 해야 할지 고민스러웠다. 그때, 지훈이 천천히 손을 뻗어 혜원의 옷깃을 여며 주었다.

"너무 얇네요. 감기라도 걸릴 것 같습니다."

훤히 드러난 그녀의 하얀 목덜미가 조금 가려졌다. 여전히 못마땅하긴 했지만, 그나마 괜찮아졌다고 생각을 한 지훈은 조수석 차문을 열어 주었다.

"그럼, 갈까요?"

그의 손길이 닿은 목덜미와 옷깃을 가만히 그러쥔 혜원은, 침음을 삼키며 고개를 끄덕였다.

"네, 작가님."

의미 없는 손길, 행동이겠지만…… 자꾸 의식이 된다.

그에게 들리지 못하도록 낮은 한숨을 쉰 그녀는 조수석에 조심스럽게 자리를 잡았다.

"그런데, 저희 어디로 가는 건가요?"

차의 시동을 거는 지훈의 손끝을 물끄러미 바라보던 혜원이 조심스럽게 물었다.

그러고 보니 이 갑작스러운 미팅에 대해 아는 것이 아무것도 없다.

그녀의 의문에도, 지훈은 도리어 물었다.

"어디에 가고 싶어요?"

"그걸 제가 정해도 괜찮은 건가요?"

"물론. 내가 혜원 씨를 만나고 싶어서 불쑥 찾아온 거니까. 혜원 씨에게 맞추는 건 당연하지."

"어렵네요."

"그런가요?"

"네."

잔잔한 대답에 지훈은 작게 고개를 끄덕이더니, 유유히 운전대를 돌렸다.

"그럼 저녁부터 먹으면서 생각해 보죠."

너무나 평화로운 그의 한마디에, 혜원은 저도 모르게 '네.'라고 대답했다.

'역시 이건 조금 이상할지도 모르겠어.'

잠시 고민하던 그녀는 이내 조수석 깊숙이 몸을 기댔다. 일반적인 미팅의 형태가 아닌 만큼 신경 쓰이는 게 적지는 않았지만, 멀리 생각하는 건 그만두기로 했다.

'작가님이 날 잡아먹을 리도 없으니까.'

재현이 들었다면 기함을 토할 만큼 한가로운 생각을 하며 그녀는 빠르게 지나치는 차창 밖을 멍하니 바라보았다.

금세 바깥에 시선을 빼앗긴 혜원을 흘긋, 바라본 지훈은 잔잔한 미소를 흘렸다.

어설프기 짝이 없는 서툰 요청으로 그녀를 잡아끈 게 어느 정도 성공한 듯싶다.

하루 종일 무거웠던 마음이 그녀와 함께 있는 것만으로도 가벼워짐을 느끼며, 지훈은 좀 더 빠르게 속도를 높였다.

"혜원 씨, 무슨 일 있는 건 아니겠죠?"

일이 마무리가 되자 근처 우동집에 들른 유경과 재희는, 뜨끈한 국물을 마시며 한참 지훈과 혜원을 입방아에 올렸다.

뾰로통한 유경의 어투에 재희가 피식, 웃었다.

"질투해?"

"네에? 질투요?"

얼굴 가득 경악스러움을 내뿜는 유경의 과한 반응에, 재희는 깔깔 웃음을 터뜨렸다.

"유경 씨 아까부터 혜원 씨랑 박 작가랑 썸 타는 것 같으니까 괜히 심술 부리고 있잖아."

"질투는 무슨! 남자는 외모가 다가 아니거든요! 그리고 두 사람 썸 타는 거 아니에요! 혜원 씨가 훨 배 아깝지!"

"어머, 무슨 말이 그래? 박 작가가 내세울 게 어디 외모뿐이겠어? 그 남자 연간 수입이 얼마인데. 게다가 인기도 많지, 여자 문제로 시끄럽지도 않지. 완전 동화 속 왕자님이구만 뭘."

"겉으로 보기에만 동화 속 왕자님이죠! 박 작가 성격이 얼마나 사나운데요."

한참 지훈을 헐뜯던 유경은 움직이던 젓가락을 툭, 내려놓았다.

"설마, 박 작가가 혜원 씨한테 진짜 관심 있는 거 아니겠죠?"

걱정이 가득 담긴 그녀의 목소리에, 재희는 어깨를 가볍게 으쓱였다.

"모르지. 내가 다른 사람도 아닌 박 작가 마음을 어떻게 알겠어?"

"뭐…… 그렇죠."

"그런데 조금 수상하기는 해."

"수상이요?"

"그래. 담당자 바꿔 달라고 한 거부터 신년회 때도 혜원 씨 바라보는 시선이 어찌나 뜨거운지, 내가 다 따가울 정도였다니까. 게다가 자꾸 퇴근 후에 혜원 씨 만나러 오고."

"그건 그냥…… 담당자니까……."

"웃기지 말라 그래. 사람한테 정 없이 굴기로 이 바닥에서 소문 쫙 난 남자야. 박 작가 성격에 담당자라고 다를 것 같아? 그런데 혜원 씨한테는 정 없이 굴기는커녕 완전 잘해주잖아."

재희가 지훈의 행동을 하나하나 나열하자, 유경은 울적한 얼굴로 턱을 괴었다.

"……혜원 씨도 박 작가님 다정하다고 하더라고요."

유경이 씁쓸한 어투로 말하자, 재희의 표정이 단번에 구겨졌다.

"그건 진짜 개소리네. 혜원 씨가 그러든?"

"네…… 저번에 백화점에 갔을 때, 박 작가님이 다정하고 잘해 준대요!"

"좋아하네, 좋아해. 박 작가가 혜원 씨한테 관심 있네. 혜원 씨를 보다 효과적이게 엿 먹이려는 게 아니라면 그건 관심이 맞아."

"그럼 혜원 씨는?!"

유경의 비명과도 같은 외침이 좁은 우동집 내부를 울렸다. 재희는 조금 전 지훈과 통화를 하던 혜원의 모습을 똑똑히 떠올리며 고개를 갸웃거렸다.

"글쎄…… 내가 보기엔 혜원 씨도 박 작가를 단순히 작가로만 대하진 않는 것 같은데……."

"으아아아—!!"

그 다정한 여자가!

그 완벽한 여자가!

또 그런 나쁜 남자에게 홀라당 넘어가다니!

아직 아무도 혜원이 지훈에게 넘어갔다고 말하진 않았지만, 유경의 머릿속에서 두 사람은 이미 진한 키스를 나누는 중이었다.

혜원의 미래를 위해 당장 그녀에게 남자를 소개시켜 주자는 유경의 제안을, 재희는 쿨하게 거절했다.

이 재미있는 상황을 왜 저지하겠어? 구경하기에도 아까운데.

재희는 붉은 입술을 시원하게 올리며 유경의 어깨를 다독여 주었다.

“우리가 뭔 짓을 하든, 두 사람이 인연이면 결국 이어지게 되어 있어.”

저녁 식사를 한 곳은 오늘의 지훈만큼이나 근사한 곳이었다. 서울 야경이 한눈에 보이는 테라스에 자리를 잡은 두 사람은 함께 저녁을 먹었다.

지훈은 운전 때문에 와인을 마시진 못했지만, 혜원은 오랜만에 맛있는 와인을 마음껏 마실 수 있어 기분이 좋았다.

혜원은 식사 후에 또 한 번 더치페이를 시도했지만, 그의 단호한 손길에 오늘도 실패하고 말았다.

‘매번 밥을 얻어먹는 것 같네.’

네이비 재킷을 걸치며 걸음을 옮기는 지훈을 쫄래쫄래 쫓아가던 혜원이, 어쩐지 시무룩한 투로 말했다.

“다음 식사는 제가 꼭 사드릴게요.”

지훈은 별다른 대꾸가 없었다. 하나둘 숫자가 올라가는 엘리베이터 안내판을 가만히 바라보던 혜원이, 조용한 지훈을 흘긋 돌아보았다.

저에게서 조금도 움직이지 않는 그의 시선이 묵묵히 자리를 지켰다. 지훈과 또 한 번 눈동자가 얽힌 혜원은 생각했다. 언제부터였을까. 또 이렇게 그의 시선이 나에게 닿았던 것은.

가만히 혜원을 내려다보던 그 새카만 눈은, 흔들림 없이 굳건했다.

“다음 식사를 혜원 씨가 산다면, 저는 그 다음 식사를 또 혜원 씨에게 대접할 겁니다.”

받은 만큼 되돌려 주는 스타일이거든.

어쩐지 장난기가 담긴 그의 어투에, 혜원은 피식 미소를 지었다.

“그럼 저는 그 다음 식사를 사드릴래요.”

저도 받은 만큼 되돌려 주는 스타일이거든요.

장난스럽게 콧잔등을 찡그리는 그녀를 보며 지훈은 낮은 웃음을 흘렸다.

“그렇게 서로의 저녁을 챙겨 주다 보면, 혜원 씨를 평생 볼 수 있겠네요.”

반칙이다.

저 얼굴로, 저렇게 달콤한 미소를 지으며, 이런 말을 아무렇지 않게 하다니.

처음 마주했던 지훈은 근사하긴 했지만 이렇게까지 마음을 술렁이게 만드는 남자가 아니었다.

아름다운 외형과는 다르게 감정이라곤 거의 느껴지지 않았으니까.

그랬던 그가 간혹 보여 주는 감정은, 손끝이 저릿할 정도로 아찔한 기분을 느끼게 한다.

특히 미소를 지을 때, 혜원은 심장의 흔들림이 더욱 거세지는 것이 또렷하게 느껴졌다.

"엘리베이터, 왔네요."

결국 혜원은 또 다시 말을 돌리고 말았다.

가만히 혜원을 내려 보던 지훈은 승강기에 타는 그녀를 따라 좁은 내부에 몸을 실었다.

엘리베이터 숫자가 주차장인 지하 1층을 가리켰을 때, 지훈이 평이한 어조로 물었다.

"단 거 좋아해요?"

뜬금없기 그지없는 물음이었지만 혜원의 두 눈이 반짝 빛이 났다.

평소 재희는 혜원에게 입버릇처럼 말하곤 했다.

'자기는 군것질을 그렇게 하면서 살은 다 어디로 가는 거야?'

그만큼 단 것이라면 사족을 못 쓰던 그녀였기에, 냉큼 대답을 했다.

"네, 정말 좋아해요. 초콜릿도, 사탕도요."

대부분 차분한 모습만을 보이던 그녀가 높은 톤으로 씩씩하게 대답을 하자, 지훈은 눈을 동그랗게 뜨고 그녀를 내려 보았다.

생각만으로도 기분이 좋은지 그녀의 입가에 따스한 미소가 한가득 걸려있다.

'아, 정말 귀엽다.'

웃음이 걸린 저 뺨을 만지고 싶어. 분명 몹시 부드러울 거야. 예쁘게 휘어진 저 눈가에 키스하고 싶어. 이 달콤한 향기가 더욱 진해지겠지.

깊어지는 생각에 작은 한숨을 내쉰 지훈이, 그녀의 어깨를 가볍게 그러쥐며 주차가 되어 있는 공간으로 안내했다.

"먹으러 가죠, 단 거."

"지금요?"

혜원은 그가 제 어깨를 쥐었다는 생각보단, 갑작스럽게 결정된 다음 코스에 고개를 갸웃거렸다.

박지훈과 함께 단 걸 먹으러 간다니, 쉬이 상상이 가지 않는 부분이긴 하다.

지훈이 슬쩍 입꼬리를 올리며 혜원의 어깨를 조금 더 강하게 감싸 안았다.

"난 저녁 식사 후에 단 걸 먹지 않으면 손발이 떨리거든."

혜원의 앞에선 참 유치한 거짓말을 많이 하게 된다. 지훈은 저답지 않게 짓궂은 장난을 치게 되는 이 상황이 조금 우스웠다.

그러나 혜원은 유치원생도 믿지 않을 이 허술한 거짓말을 대수롭지 않게 넘겨버렸다.

그저 덤덤한 목소리로,

"그렇군요."

라고 중얼거리는 혜원이 너무나 사랑스러워, 지훈은 터져 나오려는 웃음을 꾹 눌렀다.

아마도 그녀는 '그런 사람이 있을 수도 있지.' 정도로 여길 것이다. 마치 신년회 당시 샴페인 알레르기 얘기를 했을 때처럼.

"그럼, 갈까요?"

"……네, 작가님."

어쩐지 어깨를 그러쥔 손길이 몹시 뜨겁다고 느끼며, 혜원은 얌전히 그를 따랐다.

[CANDY]

형광 분홍색과 초콜릿색으로 꾸며진 가게의 이름은 상당히 정직했다.

동화책에서나 등장할 법한 아기자기한 외관에 혜원은 슬쩍 뺨을 긁적였다.

보기만 해도 달콤한 디저트 가게는, 지훈과 놀라울 정도로 어울리지 않았다. 카운터 점원의 머리에 달린 커다란 보라색 리본은 더더욱.

고급스러운 보라색 벨벳 리본에서 눈을 뗀 혜원이 의아함을 가득 담아 물었다.

"자주 오시는 곳인가요?"

"아뇨, 최근에 알게 된 곳입니다."

은은하게 빛나는 별빛 모양의 조명들에 감탄하며 혜원이 작게 고개를 끄덕였다.

"작가님께서 이런 가게를 알거라곤 생각도 못 했어요."

"저도 단 거 좋아합니다."

그의 대답은 이번엔 비교적 자연스러웠지만, 혜원은 뒤늦은 의문을 가졌다.

'그렇다기엔 딱히 단 걸 드신 적이 없던 것 같은데.'

그를 자주 만났다고 얘기하긴 어렵겠지만, 식성쯤은 어느 정도 파악했다.

커피는 항상 진한 블랙, 식사 후 나오는 과일이나 디저트 따위엔 손도 대지 않는다.

그러니 단 것을 먹지 않으면 손발이 떨린다는 그의 말에 의문을 가지는 건 어쩌면 당연한 것일지도 모른다. 하지만 혜원은 그저 묵묵히 맞장구를 치고는 그를 따라 카운터로 향했다.

이미 가게에 발을 들인 상황에서 그런 것에 의문을 가져봤자 부질없다는 걸 너무나 잘 알고 있었기 때문이다.

'게다가 사람 몸이란 게 기계처럼 딱딱 맞아 떨어지는 것도 아니고.'

쇼케이스엔 눈이 번쩍 뜨일 정도로 예쁜 디저트가 가득 진열되어 있었다.

무언가를 선택하는 데 깊은 생각을 하지 않는 혜원조차 망설이게 할 만큼, 진열된 디저트의 자태는 훌륭했다.

하나하나 모두 맛을 보고 싶었지만 먹음직스러운 블루베리타르트가 꺼내지는 것으로 만족했다.

지훈은 그가 눈길조차 주지 않을 것 같은 진한 초콜릿 케이크를 골랐다.

케이크를 먹는 지훈의 모습을 상상하던 혜원은, 끝끝내 계산에 성공했다.

지갑을 쥔 지훈이 못마땅한 표정으로 혜원의 손에 들린 영수증을 노려보았다.

"표정 푸세요, 작가님. 저도 한 번쯤은 살 때가 됐잖아요?"

"잘 몰랐는데, 혜원 씨도 한고집하네요."

"그런 소리 많이 들어요."

혜원은 기분 좋은 미소를 흘리며 그를 이끌고 앤티크한 테이블에 자리를 잡았다. 폭신한 의자가 기분이 좋아 자꾸만 몸을 기대게 되었다.

이렇게 귀여운 가게에 지훈과 나란히 앉아 있다니. 웃음이 나오는 반면 가시지 않은 의문이 다시금 수면 위로 떠올랐다.

잠시 후, 점원이 테이블 위에 내려놓은 디저트를 물끄러미 바라보던 지훈이 천천히 입을 열었다.

"왜 아무것도 묻지를 않는 겁니까?"

따뜻한 기운이 서린 찻잔을 가볍게 쓸어 넘기던 혜원이 고개를 들었다. 지훈의 표정은 어쩐지 조금 복잡해 보였다.

"왜 만나자고 했는지, 무슨 이야기를 하려는 건지."

"……."

"아니면, 이런 식으로 작가와 만나는 게 자주 있는 일인가?"

자조적인 목소리로 묻는 지훈의 표정은 한순간에 가라앉았다. 그녀가 다른 작가와 차를 마시며 늦은 시간까지 어울린다고 생각하니, 상당한 불쾌감이 심장 깊숙한 곳에 머문다.

내가 아닌 다른 사람과 마주 앉아 차를 마시고, 저녁을 먹고, 웃고 떠드는 이혜원이라…….

단지 상상을 한 것뿐인데도, 그 상대가 여자든 남자든, 놀라울 정도로 짜증이 치솟았다.

그런 제 모습이 우스워 줄곧 따스한 미소가 걸려 있던 입가에 비린 조소가 피어오른다.

혜원은 어쩐지 갑작스럽게 냉기가 도는 그의 모습을 가만히 바라보았다. 소소한 웃음이 존재하던 둘 사이에 어느덧 무거운 정적이 가라앉는다.

잠시 말이 없던 혜원은, 적당히 씁쓸한 차로 목을 축이며 고개를 저었다.

"아뇨, 퇴근 후에 미팅을 가지는 경우가 있기는 하지만, 그 미팅은 대부분 출판사 내부에서 진행되는 편이에요. 외부 미팅이라도 업무적인 목적성이 뚜렷하고요."

"……."

"그러니까 제 말은……."

짙은 고동색의 테이블을 훑던 그녀의 시선이, 또 한 번 지훈을 똑바로 직시한다. 마주할 때마다 먹먹한 기분이 들게끔 만드는 저 곧은 시선.

"이런 식으로 담당 작가와 만나는 건, 작가님이 처음이라는 거예요."

천천히, 그리고 덤덤하게 입 밖으로 진실을 말하는 순간, 혜원은 인정하고야 말았다.

'내가 이 남자를 그저 작가로만 생각하는 건 아니구나.'

이 감정이 무엇의 시작인지, 무엇을 향한 것인지…… 아무것도 모를 정도로 혜원은 어리지도, 미숙하지도 않았다.

마음을 추스르면 추스를수록, 머릿속에서 적색 경고등이 정신없이 번쩍인다.

아무런 말도 꺼내지 마. 그냥 모른 척해. 생각을 눌러. 상처받는 거 두려워했잖아. 그냥 피해 버려. 네 마음 아직 깊지 않잖아.

'배신당했던 걸 잊은 거야?'

그러나 혜원은 저도 모르는 새에 입술을 움직이고 말았다. 머리가 아프도록 번쩍이는 경고등을 눌러 꺼 버린다.

"저번에, 말씀드렸잖아요."

"……."

"언제든 찾아오셔도 괜찮다고요."

지훈의 어두운 두 눈동자가 아찔하도록 깊은 기운을 담은 채 혜원을 직시했다.

"언제든 와도 괜찮습니까?"

"……네, 작가님."

"언제든 찾아오셔도 좋습니다."

어둑어둑하던 그녀의 집 앞. 그 어떠한 빛보다 환하고 눈이 부셨던 그녀의 모습, 그녀의 목소리, 그녀의 손길.

눈앞에 있는 혜원은 또 한 번 저에게 손을 건넨다. 차갑게 가라앉은 심장을 그녀가 어루만지는 순간, 심장이 아프도록 뛴다.

그 감각은 지금의 지훈에겐 너무나 치명적이다.

그는 결국 질끈, 눈을 감아 버렸다.

눈꺼풀을 닫은 채 숨을 고르는 지훈의 모습은, 입술을 잘근 깨물 정도로 처연했다.

혜원의 머릿속에선 과거의 저가 계속해서 자신을 저지했지만, 그녀는 그저 유독 서글퍼 보이는 지금의 지훈이 몹시 신경 쓰였다.

그래서 묻고 말았다.

"작가님, 무슨 일이…… 있으셨나요?"

무거운 정적이 흘렀다. 지훈은 좀처럼 감은 눈을 뜨지 않았다.

"혜원 씨."

복잡해지는 마음에 블루베리 타르트를 그저 멀뚱히 쳐다만 보던 혜원은 저를 부르는 낮은 목소리에 시선을 들어올렸다.

흔들렸던 모습이 모두 거짓이라는 듯, 지훈은 조금도 흐트러짐 없는 모습으로 혜원을 바라보고 있었다.

그 시선이 어찌나 뜨거운지 그녀는 저도 모르게 피하고 싶다는 생각을 해 버렸다.

무슨 말을 꺼내야 할까 고민하던 때에, 다시금 입을 연 것은 지훈이었다.

혜원은 한없이 진중하게 가라앉은 그의 두 눈이 조금 복잡한 빛을 띠는 것 같다고 생각했다.

"마주해야 하는 진실이 있다면, 혜원 씨는 어떻게 할 겁니까?"

조금은 뜬금없다고 느껴질 만큼 갑작스러운 질문이었지만, 혜원은 특별한 표정 변화가 없었다. 그저 지훈의 진중한 감정을 똑바로 직시할 뿐이다.

잠시 고민하던 그녀는 조심스럽게 되물었다.

"마주해야 하는 진실이요?"

"피할 수 있다면 얼마든지 피할 수 있지만. 피하기만 하면 아무것도 변하지 않는 진실입니다."

"……."

"잊고 싶은 과거를 다시 상기시키는 진실이기도 하지."

묵묵히 타르트를 바라보던 혜원은, 포크를 들어 귀퉁이를 조금 잘라 입에 넣었다.

손을 대지 않은 시간이 긴 만큼 치즈크림이 녹아 질척거렸지만 새콤달콤한 맛이 좋았다.

'잊고 싶은 과거…….'

혜원은 타르트를 충분히 씹어 삼킨 뒤 입을 열었다.

"그렇다면 그건, 몹시 중요한 진실이겠네요."

지훈은 대답하지 않았지만, 조용히 커피 잔을 들어 올리는 행동이 긍정임을 말해 주었다.

"……피한다는 건…… 무언가 두려운 게 있기 때문이라고 생각해요."

"두려운 거라……."

"두려운 게 있으신가요?"

혜원의 조심스러운 물음에 지훈은 피식, 마른 웃음을 흘렸다.

"……네."

나약한 내 자신을 똑바로 마주했을 때, 이겨냈다고 마음먹었던 모든 것들이 그대로 허상이 되어 버릴까 봐.

결국 내 자신이 빈껍데기와 같은 인간이란 것을 인정해 버릴까 봐.

그렇게 내 존재의 초라함을 뼛속까지 깨닫게 될까 봐…….

두렵다.

그와 가만히 눈을 마주치고 있던 혜원은 작게 고개를 끄덕이며 되물었다.

"그 두려움을 극복 못 하면 근본적인 무언가도 변하지 않는 건가요?"

절로 귀를 기울이게 만드는 그녀의 부드러운 목소리에, 지훈은 옅은 미소를 지으며 동조했다.

"아마도…… 그럴 거 같네요."

"그 무언가가 변하지 않으면, 곤란한가요?"

포크를 잠시 내려놓은 혜원은, 지훈을 똑바로 바라보았다.

그 역시 디저트에 조금도 손을 대지 않아, 초콜릿 케이크가 그대로 녹아내리는 중이었다.

그는 뭉툭한 크림 끝을 흘긋, 바라본 뒤 포크 끝으로 살살 긁어내며 답했다.

"어쩌면, 많이."

진한 초콜릿 크림이 그의 입 안에서 자취를 감췄다. 붉은 입술 사이로 빠르게 녹아 없어진 크림 맛을 음미하며, 지훈은 다시금 혜원에게 시선을 두었다.

그녀는 여전히 올곧고, 깊은 눈으로 저를 바라보았다.

초콜릿 크림은 혀가 녹을 정도로 달았지만, 저 시선을 마주하는 순간만큼은 혓바닥 위의 단맛이 제대로 느껴지지 않는다.

그토록 저 단단한 시선은 정말이지, 너무나 달콤하고 매혹적이다.

"그럼, 전 스스로에게 확신이 생길 때까지 기다릴래요."

그녀의 시선에 한참 정신이 빠져있던 중 어쩐지 단호하다고 생각되는 목소리가 그의 귓가를 강하게 울렸다.

"……확신?"

"네, 이 두려움을 어느 정도 이겨낼 수 있겠다, 싶은 확신이 든다면, 그때 진실을 마주할 수 있지 않을까요?"

지훈은 잠시 말이 없었다.

어찌 보면 너무나 당연하지만, 가장 정답에 가까운 답이리라 그러나 지훈에겐 조금 더 깊은 문제가 있다.

"그 확신이 생기지 않으면, 어떻게 하죠?"

해결되지 않은 두려움에 지훈은 부끄러움을 무릅쓰고 약한 소리를 뱉어냈다.

혜원은 잠시 허공을 훑었다.

그녀가 머릿속에서 꺼낸 기억은, 그다지 멀지 않은 과거의 어느 날이었다.

"그래서 너무나 당연히, 당신이라는 순간을 잡은 것뿐입니다."

"그걸…… 어떻게 확신하시죠?"

"글쎄요. 뭐, 추후의 일은 나중에 생각해 보도록 하죠."

"……네?"

"난 오지 않은 일에 대해 고민하는 것을 즐기지 않는 편입니다. 시간 낭비를 싫어하거든."

"그럼 그때 일은, 그때 생각해 보죠."

그날 지훈이 건네준 말 덕분에 조금 더 용기를 가질 수 있었고, 노력할 수 있었다.

혜원의 미소는 그녀의 눈동자처럼 흔들림 없이 단단했다. 숨이 턱 막힐 정도로 따뜻한 기운이 그녀에게 만연했다.

그녀는 부드럽게 눈동자를 휘며 말을 이었다.

"생각이 깊어지면 아무것도 할 수가 없으니까요."

"조심히 들어가요, 혜원 씨."

어느덧 도착한 혜원의 빌라 앞. 지훈은 조수석 문을 열어 주며 마지막까지 정중히 그녀를 에스코트했다.

차에서 내린 혜원은 가만히 지훈을 바라보았다.

'무슨 일인지 자세히는 모르지만…… 그 과거의 일 때문에 오늘 얼굴빛이 별로 좋지 않으셨구나.'

잠시 망설이던 혜원은, 조심스럽게 그를 불렀다.

"작가님."

듣기 좋은 그녀의 잔잔한 목소리가 귓가에 감기자 지훈은 부드러운 미소를 지으며 그녀와 눈을 맞췄다.

그의 시선은 너무나 다정했기에, 특별한 대답을 하지 않아도 그가 저에게 집중하고 있다는 것을 알 수 있었다.

노골적으로 뛰는 심장박동을 애써 무시하며 혜원은 달싹이던 입술을 움직였다.

"과거 경험했던 일에 동요하는 건 너무나 당연해요."

그게 힘들고, 고통스러웠던 경험이라면 더더욱.

지훈의 눈동자가 조금 커졌다.

"저도 과거가 두렵고, 같은 일이 반복될까 봐 겁을 내고 있는 중이거든요."

"……."

"저는 작가님께서 과거에 겪었던 일들, 혹은 지금도 겪고 계실 일들에 대해 아무것도 몰라요. 저와는 비교도 되지 않을 정도로 무겁고 끔찍한 일이라는 짐작만 할 뿐이에요. 그래서 제가 하는 모든 말들이 어쩌면 뜬구름 잡는 얘기라고 느끼실 수도 있어요."

어두운 밤거리를 울리는 그녀의 목소리는 너무나 다정하고 어여뻐, 지훈은 침음을 삼켰다.

그가 지금 할 수 있는 것이라고는 가만히 서서 그녀의 말에 귀를 기울이는 게 고작이었다.

"그냥 저는, 진실을 마주한다는 건 누구에게나 어렵고 두려울 수 있다고 생각해요."

"……혜원 씨."

"지금 느끼는 모든 감정을 끌어안으시고, 당당히 마주하세요. 그렇게 마음을 가다듬으시면 지금 너무나 두렵고 멀리하고픈 진실도 결국엔 지난 일이 되어있을 거예요."

싸늘한 공기를 차분히 울리는 그녀의 목소리가 거두어지고, 대신 작은 웃음소리가 빈 곳을 채웠다.

"……."

"물론, 마음을 가다듬는 건 정말 어려운 거지만요. 그래도……."

어쩐지 눈시울이 붉어질 정도로 온기가 가득한 혜원의 미소.

"제가, 확신합니다. 작가님."

이혜원.

나의 이혜원.

지훈은 가라앉은 숨을 길게 내쉬었다.

어째서 이 여자는…… 내 마음을 이토록 떨리게 만드는 걸까.

어째서 항상…… 이렇게 눈이 부실 정도로 빛이 나는 걸까.

지훈은 느리게 호흡했다. 그의 숨결이 주변을 하얗게 물들였지만, 막힌 숨은 좀처럼 풀리지 않았다.

여느 때와는 비교도 할 수 없을 정도로 탁하게 가라앉은 그의 눈동자.

도저히…….

'못 참겠어.'

찬 공기가 감싸던 그의 곧게 뻗은 손가락이, 혜원의 뺨을 부드럽게 감싸 쥐었다.

"언제든…… 불쾌하다면 피해요."

혜원이 그의 말뜻을 미처 파악하기 전, 그의 뜨거운 입술이 그녀의 입가에 닿았다.

혜원은 멍하니 제 입술을 머금은 지훈을 바라보았다.

긴 속눈썹과 곧게 뻗은 콧날. 항상 예쁘다고만 생각했던 저 붉은 입술이 그녀의 입술을 질척하게 빨아들였다.

그 감각을 인지한 순간, 머리부터 발끝까지, 알 수 없는 놀라움이 퍼졌다.

그 감정을 인지하자 그녀의 얼굴이 당혹으로 붉게 물들었다.

그녀를 품에 가둔 지훈의 손길은 너무나 조심스럽고 정중했지만, 혜원은 도저히 그를 뿌리칠 수도, 피할 수도 없었다.

'이제 막 시작된 감정이라고 생각했는데…….'

혜원은 저를 탐하는 지훈의 입술을 느끼며 가만히 눈을 감았다.

그와의 갑작스러운 키스가 조금도 불쾌하지 않다니. 이리도 가슴이 벅차오르다니.

'나는 내가 생각하는 것보다 더…… 작가님에게 마음을 주었던 거구나.'

혜원은 자조적인 미소를 지으며 지훈의 허리를 조심스럽게 끌어안았다.

저항하지 않고 제 허리를 꼭 붙드는 그녀의 행동에, 잠시 딱딱하게 굳어 있던 지훈은 좀 더 맹렬히 그녀를 탐했다.

"하아……."

무거운 숨결이 혜원의 귓가를 야릇하게 감싸 안았다. 그 미치도록 아찔한 감각에 혜원은 머리가 하얗게 비워지는 것만 같았다.

품에 더욱 가까이 안겨오는 그녀의 몸에 지훈은 피가 뜨겁게 끓어오르는 것을 느꼈다.

이 여자는 정말 사랑스럽다. 너무나 따뜻하고 사랑스러운 이 여자를, 내가 어떻게 가만히 놔둘 수 있을까.

남자의 너른 품이 단단하게 누르고 있는 제 어깨. 질척하게 얽히는 혀. 달뜬 숨을 뱉어내는 입술의 뜨거움. 달아오르는 몸.

혜원은 마치 이 모든 것들이 제 것이 아닌 것 같았다. 풀려 버린 그녀의 다리 사이에 제 허벅지를 밀어 넣은 지훈이 한 번 더 혜원의 입술을 머금었다.

조금도 떨어질 수 없다는 듯한 그의 모습에, 그녀는 어쩐지 웃음이 나왔다.

갑작스럽게 경험한 그와의 키스는 놀라울 정도로 황홀하고 아찔했다.

끝끝내 놓아주지 않던 지훈은, 혜원이 잘게 숨을 헐떡였을 때에야 아쉬움을 가득 담고 입술을 떼어냈다.

제가 한참을 헤집던 그녀의 자그마한 입술이 붉게 달아오른 것을 보니, 지훈은 겨우 붙잡았던 이성을 그대로 놓아 버릴 것만 같았다.

그녀의 마른 어깨에 기댄 그가 자그맣게 숨을 고른 뒤 그녀를 똑바로 마주 보았다.

"잠시, 다녀올게요."

혜원은 그가 말하는 의미를 어렵지 않게 파악할 수 있었다. 그녀는 따뜻한 미소를 지으며 그를 안심시켰다.

그 미소를 멍하니 바라보던 지훈은 혜원을 조금 강하게 끌어안았다.

"조금 오래 걸릴 수도 있어."

"……작가님."

혜원이 무어라 말을 꺼내려던 그때, 지훈의 낮은 저음이 그녀의 귓바퀴를 부드럽게 어루만져 주었다.

"과거를 마주하고 난 뒤에, 당신에게 고백하겠습니다."

제 9 장

낯은 과거를 따라

Side Story 3

***박지훈** II*

꽁꽁 얼어붙은 피부보다 심장이 더욱 싸늘히 식었던 그날, 지훈은 규학을 만났다.

"얘야, 왜 여기서 울고 있누?"

지훈은 멍하니 그를 바라보았다.

"길을 잃었나?"

난처하다는 듯 혀를 끌끌 차더니 그는 본인이 두르고 있던 싸구려 목도리를 지훈의 품에 꽁꽁 둘러 주었다. 목도리 사이사이 찬바람이 숭숭 들이찼지만, 지훈은 아주 잠시나마 추위를 잊을 수 있었다.
그래서였을까.
"……없어요."
충동적으로 손을 뻗어 그의 옷깃을 붙잡은 것은.
오랫동안 눈물을 흘린 탓인지, 형편없이 갈라진 목소리로 지훈이 말했다.
서릿발 날리는 냉정한 날씨조차 처연하다 느껴질 정도로 안쓰러운 투였다.
"갈 곳이 없어요."
"……."
"부모님도 저를 버렸고, 돌아갈 곳이 없어요."
또 다시 눈물이 차오른다.
하루아침에 낯선 보육원 신세를 지게 되었을 때도,
여자의 손을 붙든 채 커다란 저택에 들어갔을 때도…….
이렇게 눈물이 흐르진 않았는데…….
젖은 손으로 아무리 닦아내도, 눈물은 번지고 번져 좀처럼 붉은 기가 사라지지 않았다.
아이를 물끄러미 내려다보던 규학은 차오르는 한숨을 꿀꺽 삼켰다.
다음 주까지 가게를 비울 예정이었기에 우편물 확인차 책방에 잠시 들른 참이었다. 그런데 이렇게 어린아이가 옷도 제대로 갖추지 못한 채 울고 있다니…….

아이 하나를 더 키울 만큼 살림에 여유가 있느냐 묻는다면, 전혀 그렇지 않다고 답할 수 있다.

그러나 훌쩍이는 아이가 마치 제 손주인 경수 고놈과 똑 닮아 보여, 차마 걸음을 돌릴 수가 없었다.

결국 규학은 부모도 저를 버렸다며 눈물을 뚝뚝 흘리는 아이의 식은 머리카락을 부드럽게 보듬었다.

"이름이 뭔고?"

"……박지훈, 박지훈이요."

"밥은 먹었고?"

따뜻한 규학의 한마디에, 눈물 번진 아이의 눈가가 훨씬 더 붉게 달아올랐다.

아, 이렇게 따뜻한 손길을 받아본 것이 얼마만이던가.

그런 지훈의 마음을 알았던 건지, 규학은 인자한 미소를 지으며 아이의 손을 잡아끌었다.

"……그래. 가자, 밥 무러."

노인을 따라 굽이굽이 난 골목을 지나가는 동안, 지훈은 제 자신이 참으로 처량하다고 느꼈다.

이 추운 날 옷도 제대로 갖추지 못한 채 새로운 거처를 위해 걸음을 옮기는 현실이 참으로 서글펐다.

'나는 결국 어디에도 속하지 못하는 게 아닐까?'

자꾸만 드는 슬픈 생각에, 지훈의 기분은 끝도 없이 바닥으로 추락했다.

그래서일까. 아이는 제 손을 그러쥐고 터덜터덜 걸음을 옮기는 노인 또한 쉬이 믿을 수가 없었다.

'이 사람도 나를 버릴지 몰라.'

'어쩌면 하룻밤 재워 주고 내일 아침 쫓아 버릴 수도 있지.'

조금의 연결 고리도 없던 완벽한 타인. 늙은 노인과 지훈의 관계는 그렇게 보잘 것 없다.

그렇기에 온기를 받았음에도 불구하고, 지훈은 쉬이 불신의 불을 꺼트릴 수 없었다.

'그렇지만…….'

지훈은 할아버지가 단단히 동여매 준 싸구려 목도리를 꼬옥 붙잡았다. 거친 목도리의 재질이 손끝에 닿았다.

제 목도리를 건네주고 손을 잡아 주는 규학이 나쁜 사람일 거란 생각은 들지 않았다.

이 사람만큼은 나를 버리지 않았으면 좋겠다고, 지훈의 진심은 그리 외쳤다.

골목 한가운데에 있는 새파란 대문. 하얀 페인트가 멀끔히 칠해져 있는 벽. 대문과 똑같은 색의 지붕.

규학이 잡아끈 곳은 몹시 작은 집이었다. 지훈이 살던 곳처럼 페인트칠이 다 벗겨진 낡은 집은 아니었지만, 여자의 저택과는 비교도 할 수 없을 정도로 작은 자택이었다.

그러나 지훈이 느낀 편안함과 안정감은, 마치 오랫동안 비운 자신의 보금자리를 이제야 찾은 것과 같았다.

"자, 들어와라. 춥지?"

규학은 지훈의 마른 어깨를 부드럽게 잡아 이끌었다. 그의 손은 참으로 따뜻했지만, 지훈은 쭈뼛쭈뼛거리며 규학과 눈을 마주치지도 못했다.

'여기에 언제까지 있을 수 있을까?'

해결되지 않는 질문은 지훈의 머릿속에서 쉽사리 빠져나가지 않았다.

이름도, 나이도 모르는 어린아이를 아무런 조건 없이 보듬어 줄 수 있는 사람이 흔치 않다는 것을 너무나 잘 알고 있는 탓이다.

"할아버지?"

그때, 두런두런 말소리가 집 안까지 들렸는지 투박한 미닫이문이 슬쩍 열렸다. 그 사이로 바깥을 빼꼼히 내다보는 한 아이.

자그마한 체구에 목소리도 작았지만, 얼굴엔 장난기가 가득한 아이였다.

아이는 규학과 손을 꼬옥 잡은 채 눈동자만 데굴데굴 굴리는 지훈을 신기한 듯 바라보았다.

"할아버지, 누구예요?"

호기심 가득한 물음에 규학은 조용히 아이를 내려다보았다.

어린 것이 뭔 생각을 그리하는지, 조금 전부터 입을 꾹 다물고 바닥만 바라보는 모습이 퍽 안쓰러웠다.

얼음보다 싸늘하던 지훈의 손끝이 이제야 좀 따스해진 것을 느끼며, 규학은 아이의 손을 조금 더 강하게 붙잡았다.

"이름은 지훈이고, 앞으로 같이 지낼 아다."

"같이 지내요?"

경수와 지훈의 눈동자가 동시에 규학에게 향했다. 둥그렇게 뜨인 아이들의 시선에, 규학은 그만 유쾌한 웃음을 지어 버리고 말았다.

"그래. 친하게 지내야 한다."

"와아―!"

미닫이문을 벌꺽 열고 후다닥 뛰쳐나온 아이가 지훈의 손을 덥석 따라 잡았다.

그날 처음 만난 경수는, 언제 받았는지 기억도 나지 않는 시선을 저에게 던졌었다.

쉬이 이해하긴 어려웠지만 아이의 두 눈에 가득 찬 그 반짝이는 감정은 너무나 또렷했다.

그건 보는 이도 심장이 떨릴 정도로 진심을 가득 담은 '기쁨'이었다.

* * *

지훈은 눈을 떴다.

시간을 보니 저도 모르는 새에 잠시 잠에 들었던 것 같다.

머릿속 깊숙이 잔상이 남은 지난날에, 지훈은 막연히 생각했다.

'어쩌면 꿈을 꾸었을지도…….'

마른세수를 연거푸 한 지훈은 주변을 둘러보았다. 빛은 사라지고 짙은 어둠이 가득했다.

가로등 하나 제대로 들어와 있지 않은 시골 마을이라, 조금만 해가 기울어져도 금세 주변이 새카맣게 변하곤 했다.

그는 작은 한숨을 흘린 뒤 차 시트에 머리를 기댔다.

강원도 속초. 그중에서도 깊은 산골짜기에 위치한 작은 마을.

이곳에 있다.

아주 오래전 제 손을 놓았던 부모가.

며칠 전 이 작은 마을에 도착한 지훈은 그저 마을 입구 구석에 차를 주차시켜 놓고는 하루 종일 걸음을 옮기는 사람들을 지켜보았다.

혜원과 입을 맞춘 그날, 집으로 돌아온 그는 경수에게 짧은 연락을 한 뒤 곧장 집을 나섰다.

그는 몇 번이고 살펴보았던 주소를 내비게이션에 찍은 뒤 까만 밤 속으로 빨려 들어가듯 뛰어들었다.

설악산 입구에서 좁은 도로를 따라 들어가다 보면 나오는 짧은 다리. 그 다리를 건너 수풀 가득한 골목을 지나면 자그마한 마을 하나가 모습을 드러낸다.

놀라울 정도로 교통편이 불편한 이곳은, 도심에서 정신없는 하루하루를 보내는 그의 눈엔 평화로움이 가득해 보였다.

밤이 되면 번화가로 옮겨가 예약해 둔 호텔에서 잠을 잤고, 아침이 찾아오면 다시 차를 끌고 작은 마을로 들어가 지나다니는 사람들을 살폈다.

마을까지는 주소로 어느 정도 파악이 가능했지만, 자세한 거처는 나와 있지 않았기 때문에 이 단순한 행동을 반복할 수밖에 없었다.

그 때문에 지훈은 마을 입구에서 묵묵히 자리를 잡고 있어야 했다.

요 며칠 몇몇 사람들이 지훈의 차 앞을 부지런히 지나다녔다. 간혹 선팅이 짙게 된 유리창에 제 얼굴을 들이밀며 내부를 살피는 노인도 없진 않았지만, 대부분 제 할 일을 할 뿐이었다.

서울이었으면 금세 신고가 들어왔겠지만 이곳 주민들은 관심 밖인 듯 보였다.

나이 든 중년 남녀와 노인들을 멍하니 바라보던 지훈은 막연한 고민을 했다.

'내가 그 사람들을 알아 볼 수 있을까.'

지훈은 버석한 미소를 지었다. 부모님을 알아보지 못한다면 그건 다행일까, 불행일까.

"하아……."

이곳까지 찾아와 놓고서는 또다시 의미 없는 생각에 잠식당할 듯한 기분이 들어, 지훈은 서둘러 고개를 저었다.

"이 두려움을 어느 정도 이겨낼 수 있겠다, 싶은 확신이 든다면, 그때 진실을 마주할 수 있지 않을까요?"

"그 확신이 생기지 않으면, 어떻게 하죠?"

"그럼 그때 일은, 그때 생각해 보죠."

"생각이 깊어지면 아무것도 할 수가 없으니까요."

"아무 것도 할 수 없다."

지훈은 몹시 다정하던 혜원의 목소리를 떠올리며 차 시트에 몸을 기댔다.

*　*　*

경수는 높게 솟은 하늘을 물끄러미 바라보았다.

바깥출입이 두려울 정도로 싸늘했던 지난 12월. 그 잔인한 추위가 공기를 가득 채웠던 것이 엊그제 같은데, 벌써 년도가 바뀌고 봄이 가고 있다.

성큼 다가온 5월을 만끽하며 경수는 느릿하게 걸음을 옮겼다.

목적지는 지훈의 오피스텔. 그곳은 눈을 감고도 찾아갈 수 있을 정도로 익숙했지만, 어쩐지 발걸음은 무겁기만 했다.

[당분간 집을 좀 비울 거야.]

얼마 전 늦은 시간에 걸려온 지훈의 전화 한 통. 그의 목소리가 아직도 귓가에 선하다.

그의 어투는 평소와 다를 것 없이 무덤덤했지만, 전해진 내용은 전혀 평범하지 않았다.

"집? 갑자기 집은 왜?"

[부모님을 찾으러 갈 거거든.]

"……뭐?"

좀처럼 머릿속에서 떠나질 않는 그의 한마디에, 새삼 숨이 턱 막힌다.

항상 장난기가 가득하던 그의 눈가에 어두운 그늘이 진다.

[……찾은 것 같아. 내 부모님.]

잔잔한 울림이 아직도 귓가에 남아 있는 듯해, 그는 잡아 뜯듯이 거칠게 귓가를 쓸었다.

그에게 '부모님'이 어떠한 존재인지 경수는 너무나 잘 알고 있다.

박지훈에게 부모님이란 벗어날 수 없는 고통이며, 씻을 수 없는 상처이기도 했다.

그래서 경수는 진심으로 그를 말리고 싶었다.

지금 무슨 소리를 하는 거야.

네가 언제부터 부모님 찾는 거에 관심이 있었다고.

지금 남부럽지 않게 잘 살고 있는데, 왜 또 과거의 상처를 제 발로 마주하러 가는 거야.

"답답한 자식……."

이미 예전에 외워 둔 비밀번호를 누른 뒤 건물 입구에 들어선 경수는 엘리베이터에 올랐다.

고급 오피스텔 한 층을 모두 사용하는 터라 널찍한 복도엔 아무도 없는 것이 당연했다.

그러나 그의 시야를 가득 채운 것은, 박지훈의 오피스텔과는 조금도 어울리지 않는 수수한 여자였다.

질질 끌리던 경수의 운동화가 우뚝 멈췄다.

여자의 시선이 저에게 향한 순간, 그는 생각했다.

'……누구지? 박지훈이랑 놀던 애인가?'

그러나 경수는 버석한 표정으로 고개를 저었다.

단언할 수 있다.

그놈이 만나던 여자들 중에 이런 스타일은 없다. 게다가 그렇게 만난 여자가 지훈의 집을 알 리가 없지.

가만히 여자와 눈을 마주치고 있던 경수는 의문 가득한 투로 물었다.

"……누구세요?"

경수를 발견한 여자도 적잖이 놀랐는지, 그의 물음에 입술만 달싹였다.

그는 다시 질문을 하기보단 그 여자를 가만히 바라보았다.

첫인상은 그저 수수하기만 했는데, 자세히 보니 아주 맑은 인상을 가진 여자였다.

'그나저나…… 박지훈 오피스텔을 알고 있다고? 입구 비밀번호까지?'

차오르는 의문을 꾹 집어넣은 그는, 어깨를 으쓱이며 다시금 물었다.

"지훈이랑 아는 사이세요?"

수상쩍다는 듯 경계심을 품은 그의 어투에 여자는 차분한 얼굴로 가방을 뒤져 자그마한 케이스를 꺼냈다. 눈에 익은 그것은 명함 케이스였다.

"저는 다원 출판사 이혜원이라고 합니다."

"……다원 출판사요?"

"네, 소설 팀에서 근무 중입니다. 박지훈 작가님 담당자이기도 하고요."

'담당자?'

경수는 조금 더 노골적으로 혜원을 살펴봤다. 깨끗한 피부에 높게 묶은 머리카락, 다시 보면 다시 볼수록 예쁘게 생긴 여자구나, 라고 생각하며 시선을 내렸다.

자그마한 명함엔 출판사 명과 그녀의 이름이 반듯하게 적혀 있다.

단순히 '에디터'로만 표기가 되어 있는 걸로 봐선 특별한 직책은 없는 듯했다.

'여자 신입 사원을 담당자로 지목했다더니…….'

경수는 언젠가 들었던 그 말이 거짓이 아니라는 사실에 헛웃음을 삼켰다.

그는 줄곧 머릿속을 떠다니던 의문을 던졌다.

"여긴 어떻게 올라오셨어요? 주민 아니면 드나들기 힘든 곳인데."

"아…… 저번에 한번 들은 적이 있습니다. 비밀번호요."

단번에 요상한 표정으로 변한 경수는 그녀에게 무어라 물으려 했지만, 이번엔 혜원이 더 빨랐다.

"그런데, 성함을 알 수 있을까요?"

"아, 전 딱히 명함은 없고…… 서경수라고 합니다."

그의 성의 없는 소개에도 혜원은 깍듯하게 고개를 끄덕였다.

'이 여자였구나, 박지훈 담당자가.'

경수는 간간이 전해 들었던 혜원에 대한 이야기들을 떠올렸다.

'그놈이 다원이랑 계약한 이유란 말이지. 이 여자가?'

갑작스럽게 마주한 존재에 경수는 상당한 흥미를 느꼈다. 게다가 오피스텔 입구 비밀번호까지 알고 있다니!

'거짓말일까, 진실일까?'

싹트는 궁금증에 평소라면 그냥 돌려보냈을 출판사 관계자에게 다시금 질문을 던졌다.

"여긴 어쩐 일이세요?"

"작가님께서, 연락이 안 되셔서요."

"우와, 되게 열정적이네. 연락이 안 된다고 집까지 찾아와요?"

"마감일을 훌쩍 넘기셨거든요."

현관문 앞에 다다른 경수는 묵묵히 비밀번호를 눌렀다. 두 사람 사이에 썩 가볍지 않은 정적이 내려앉았다.

맑은 소리가 울린 뒤 문이 열렸다. 슬쩍 열린 문 사이로 묵직하게 빠져나오는 적막을 느끼며, 경수는 혜원에게 고갯짓을 했다.

"들어오세요."

"……네?"

혜원의 표정은 조금 요상하게 변했다. 낯선 인물이 아무렇지 않게 지훈의 집 문을 열고 들어서자, 그녀 역시 없던 경계심이 싹텄다.

무엇 하나 제대로 파악되지 않은 사내가 집주인 없는 현관문을 따고 들어가는 건 역시 수상하다.

혜원이 차분하게 가라앉은 얼굴로 입을 열었다.

“박지훈 작가님과 무슨 사이신가요?”

“저요?”

“네. 전 아직 서경수 씨가 어떤 분인지 잘 모릅니다. 그런 분과 주인 없는 집에 함께 들어가는 건 조금 경우에 맞지 않는 것 같습니다.”

조곤조곤한 물음에 그는 멍하니 혜원을 바라보았다.

그녀는 곧은 자세로 선 채 지긋이 경수를 응시했다.

지금 보니 여자치곤 꽤 키가 커서, 덩치가 작은 경수와 얼추 눈높이가 맞았다.

똑바로 마주한 그녀의 눈동자가 너무나 맑고 깊었던 터라, 그는 저도 모르게 멍청한 얼굴로 손가락만 꼼지락거렸다.

지금 당장 112에 신고라도 하려는 건지 휴대폰을 꽉 쥐어든 모양새에 경수는 새하얗게 변한 머릿속을 겨우 정리했다.

“아뇨아뇨, 저 수상한 사람 아닙니다. 신고하지 마요!”

그는 손바닥까지 파닥이며 다급히 외쳤다.

그 갑작스러운 변화에 혜원은 조금 맥이 빠졌다. 따박따박 질문하던 모습과는 상당히 대조적이다.

혜원은 잠시 고개를 기울였다.

‘신고할 생각은 없었는데.’

그러나 그녀의 마음을 아는지 모르는지, 경수는 열린 현관문을 꽉 붙들고는 입을 열었다.

마치 방패 뒤에 숨은 어리숙한 병사의 모습이 겹쳐 보여 혜원은 조금 웃음이 나왔다.

'나이대가 그렇게 적어 보이진 않고…….'

남자가 눈을 둥그렇게 뜨자, 혜원은 어쩐지 아이 같은 분위기를 풍기는 것 같다고 생각했다.

"저 지훈이 친굽니다. 현관문 정도는 그냥 벌컥벌컥 열 정도의 사이예요."

"……친구요?"

"네, 그것도 거시기친구."

"거시기?"

혜원이 고개를 슬쩍 기울이자, 경수는 입술을 손으로 슬쩍 가리며 특급 비밀을 이야기하는 듯 작게 소곤거렸다.

"불알, 불알."

이라고.

부끄러움 따위는 개나 줘버린 건지, 경수는 얼굴색 하나 바꾸지 않고 진지한 눈빛으로 떠들기 시작했다.

"담당자님이면 그놈 성격 잘 알겠네요. 그래요, 이해해요. 그놈에게 거시기친구가 있다는 게 막 놀랍고 신기하고 너무 충격적이죠? 네, 네. 당연해요. 절대 담당자님이 이상한 게 아닙니다."

"아니, 저는……."

"이놈이 집을 오랫동안 비워뒀다는 건 이미 연락받아서 알고 있었어요. 주인 없는 집에 볕이라도 좀 쬐어 줄 생각으로 찾아온 겁니다."

어디 외출할 땐 항상 두꺼운 커튼으로 집을 꼭꼭 숨기고 가거든요.

제 할 말을 모두 내뱉은 경수는 가만히 혜원을 살폈다. 신고하려는 모습은 보이지 않는다.

저를 바라보는 얼굴색이 상당히 요상하게 변하긴 했지만, 어쨌든 경찰서에서는 한 걸음 멀어진 듯했다.

작게 안도의 한숨을 내쉰 그는, 소란스러운 모습과는 다소 대조적인 모습으로 입을 열었다.

"그럼, 들어오시죠, 혜원 님."

'혜원 님이라…….'

깍듯이 저를 부르던 경수를 떠올리며 혜원은 조금 웃었다.

'불알'을 속삭이던 입술에서 나온 것치고는 상당히 정중한 단어였다.

'혜원 님'이라 불리는 건 상당히 어색했지만, 마냥 이상하다기보다는 그런 과장된 표현이 오히려 경수와 무척 잘 어울린다는 생각이 들었다.

경수를 따라 오피스텔 안으로 조심스레 발을 들인 혜원은 '볕이라도 쬐어 줄 생각으로 찾아왔다.'라던 그의 말에 쉽게 수

긍할 수 있었다.

신년회 때 잠시 방문했을 당시엔 상당히 늦은 시간이었던 터라, 이렇게 어두컴컴한 커튼이 햇볕을 모두 차단하고 있으리라곤 생각도 못 했다.

“작가님께서 어두운 걸 좋아하시나 봐요.”

경수는 테라스를 덮은 감색의 커튼을 시원하게 걷으며 고개를 저었다.

“아뇨, 싫어해요.”

“……싫어하신다고요?”

“네, 외출할 때마다 커튼 닫는 건 그냥 그놈 습관이에요. 이 두꺼운 겨울 커튼을 사시사철 고집하는 것도 단순히 귀찮아서이고. 처음 이사 왔을 때가 1월이었거든요. 한창 추울 때.”

커튼 뒤에 숨어 있던 테라스가 드러나자, 거실로 밝은 햇볕이 가득 쏟아져 내렸다. 혜원은 높은 가을 하늘을 물끄러미 바라보았다.

“그렇군요.”

조용히 수긍하는 그녀의 목소리에 경수는 움켜쥔 커튼에서 천천히 손을 뗐다.

“많이 친하신가 봐요. 작가님과.”

“뭐, 그놈이 워낙 친구가 없으니 마음 좋은 제가 놀아 주는 거죠.”

그는 부러 과장을 담아 말했지만, 그 안에 깊은 애정이 담겨 있다는 것 정도는 쉽게 파악할 수 있었다.

위층까지 올라가 커튼을 모두 연 경수는 커피를 내렸다. 정말로 오랫동안 출입을 해 왔던 건지, 그는 마치 집주인처럼 위화감 없이 움직였다.

묵직한 머그잔이 부딪히는 달그락 소리를 들으며, 혜원은 얌전히 소파에 앉아 자리를 지켰다.

'내가 지금 여기서 뭘 하고 있는 건지.'

날 좋은 주말 오후.

집을 나서고 결국 찾아온 곳이 여기라니. 혜원은 건조하게 입꼬리를 올렸다.

지훈의 부재가 한 달을 훌쩍 넘겼다.

마감일은 이미 예전에 지나 버렸고, 실장님은 하루가 멀다 하고 혜원에게 원고 독촉을 했다.

애초에 회사 프로모션 일정에 맞춰 입고일을 정한 것이었기에, 그녀 역시 불안하긴 마찬가지였다.

그런데 그것보다 더 신경이 쓰이는 것은, 지난날 어둑한 공기 사이로 나누었던 입맞춤의 잔상이다.

그날의 입맞춤 이후 혜원은 멍하니 생각에 잠길 때가 잦아졌다.

바로 지금처럼.

"정말 원고 받으러 오신 거 맞으세요?"

경수가 어느새 커피를 다 탔는지, 온기를 머금은 머그잔을 건넸다. 그것을 조심스럽게 받아든 혜원은 쓴웃음을 지었다.

원고는 그냥 핑계임을, 누구보다 본인이 잘 알고 있었으니까.

혜원은 저도 모르게 변명하듯 말했다.

"이렇게까지 연락이 안 된 건 처음이거든요. 무슨 일이라도 생기신 건 아니신지……."

그러나 딱히 대답을 바란 건 아니었는지, 경수는 혜원의 맞은편에 앉으며 어깨를 으쓱였다. 모범적인 답변 따위엔 관심 없다는 듯했다.

"혜원 님은 참 좋은 편집자네요."

"……."

"지금 박지훈 그 녀석이 원고료 떼어먹고 튀었을지도 모를 상황이잖아요."

"박지훈 작가님께서 그런 식으로 잠수를 타셨을 거라고는 생각하지 않습니다."

"어이구, 어떻게 확신하세요? 그놈은 혜원 님이 생각했던 것과 전혀 다른 사람일 수도 있는 건데."

그런데 의심은커녕 그놈의 안부를 진심으로 걱정하다니. 그 악마 같은 자식에게 이런 다정한 담당자가 붙는 건 정말이지 너무하다.

경수는 짧게 혀를 차곤 커피를 후후 불어 입에 흘려보냈다. 그건 마치 국밥을 식히는 아저씨의 모습 같아, 그녀가 느끼던 복잡함은 한층 더 깊이를 더했다.

날카로운 듯 보이다가도 천성인 듯한 허술함을 가득 드러낸다. 그 허술함에 어느 정도 익숙해지니 뱉어내는 말 하나하나에 예리함이 숨어 있다.

'이 남자는 대체 뭘까?'

그녀가 저에 대한 고민을 하든 말든, 경수는 쩝 입맛을 다셨다. 혓바닥 위에 남는 커피의 잔향이 썩 나쁘진 않다.

"집은 어떻게 아셨어요? 계약서?"

"아뇨, 저번에 한 번 온 적 있었어요. 워낙 유명한 오피스텔이라 찾아오는 데 어렵진 않더라고요."

경수가 두 눈을 휘둥그레 떴다.

"찾아온 적 있다고요? 언제요?"

"……신년회 때 작가님께서 몸이 안 좋으셔서 함께 들렀습니다."

화들짝 놀란 얼굴로 물어오는 그의 목소리에 의문이 들었지만, 혜원은 차분히 말을 이었다.

그러나 경수의 물음은 쉬이 그치질 않았다.

'그래서 입구 비밀번호를 알고 있었던 거구만…….'

그는 엄한 감독처럼 팔짱까지 끼고는 눈살을 찌푸렸다.

'그나저나…….'

"……몸이 안 좋았다고요? 박지훈이?"

유통기한이 한 달이나 지난 우유를 삼켜도 밥 잘 먹고 괴물처럼 작업을 해대던 그놈이?

한겨울에 빤스 바람으로 생활해도 감기 한 번 안 걸리던 그 놈이?

"네, 샴페인 알레르기 때문에 서 있는 것도 힘들……."

"뭐, 뭐요? 뭔 알레르기?"

"……샴페인, 알레……."

"푸하하하하! 이 미친놈!"

혜원은 이 넓은 거실이 쩌렁쩌렁 울릴 정도로 웃음을 터뜨린 그를 멍하니 바라보았다.

그녀가 당황하든 말든, 경수는 눈물까지 찔끔거리며 웃기 바빴다.

'웬만한 알코올은 종류 가리지 않고 물처럼 털어 넣는 놈이 뻥을 쳐도 무슨.'

경수는 목구멍까지 치밀어 오르는 말을 꾹꾹 눌러 삼켰다. 눈앞의 여자는 그 사실을 단단히 믿고 있는 듯했으니까.

"아, 진짜 웃기네. 지훈이 녀석이 마감일 지키지 못한 것도 새롭긴 한데…… 이렇게 자연스럽게 찾아오신 것도 만만치 않게 쇼크네요."

"이게 일반적인 상황은 아닌가 보네요."

"상당히요."

경수는 또 한 번 웃음을 터뜨렸다. 처음 보는 여자와 지훈에 대해 이러쿵저러쿵 떠드는 상황이 제가 느끼기에도 퍽 이질적이다.

“못 들으셨나 봐요? 그놈이 계약 조건에 항상 붙여 넣는 조항이 있거든요.”

그럼에도 불구하고 계속해서 말을 잇는 이유는, 눈앞에 앉아 있는 이 여자의 분위기나 지훈과의 관계가 보통은 아닌 듯 보이기 때문이겠지.

“그 무슨 일이 있어도, 출판 관계자는 자택에 찾아오지 말 것.”

혜원은 조용히 커피 잔을 내려놓았다. 처음 그의 집에 방문했던 때가 생생하게 떠올랐다.

샴페인 알레르기에 인상을 찌푸리던 박지훈.

택시 안에서 조용조용 나눴던 대화.

조금, 아니 어쩌면 상당히 의식됐던 그날의 박지훈.

그녀는 눈을 감았다.

늘 이렇다.

지훈과 마주했던 날, 지훈과 나눴던 대화, 순간순간 느꼈던 그때의 감정은 놀라울 정도로 생생하다.

너무나 생생해서, 떠올릴 때마다 그의 잔상에서 쉬이 벗어날 수 없다.

“싫어하시는 건, 몰랐어요.”

혜원은 복잡했다.

내가 여기 찾아온 게 실례인 걸까. 처음 신년회 때 방문한 그날, 사실 지훈은 불편했을까.

그게 아니라면…….

'나는 다른 사람들과 다른 걸까.'

이 잠깐의 시간 동안 롤러코스터를 타듯 심장이 울렁거린다.

소파에 앉아 있는 이 순간이 가시방석에 앉은 듯 불편하다가도, 가슴 떨릴 정도로 기대를 하게 된다.

누렇게 가라앉은 커피 밑바닥에 쩝 입맛을 다신 경수는 혜원에게 빙긋 미소를 지었다.

그 미소가 마치 네가 무슨 생각을 하고 있는지 다 알고 있다, 라고 말하는 듯해 혜원은 조금 부끄러웠다.

"괜찮아요."

"……."

"지훈이 녀석이 혜원 님을 특별하게 생각하는 것 정도는, 아무리 눈치 없는 저라도 쉽게 알 수 있거든요."

경수는 언젠가 지훈과 나눴던 대화를 떠올렸다.

"왜 집에 사람 들이는 걸 싫어해? 어두운 것도, 외로운 것도 싫어하는 놈이. 네놈이 쓴 숙박 비용으로 외제차 정돈 거뜬히 사겠다."

지훈이 '연인'이라 불리는 존재들에게 쓰는 호텔 비용을 우연히 듣게 되었을 때, 의미 없는 핀잔을 했다.

지금 생각해도 참 건조한 대화였다.
그때 그놈이 뭐라고 했더라.

"집은 내 공간이잖아."
"누가 그걸 몰라."
"내 공간인데 왜 '내 것'이 아닌 걸 들여야 하지?"

경수는 피식, 입술을 비틀었다.
'내 것'이라……,
박지훈이 생각하는 '내 것.'
평생 생기지도, 생각조차 없을 것 같았던 그것.
"혜원 님은 어떠세요?"
그의 물음에 혜원은 가만히 그와 눈을 마주쳤다. 우물쭈물거리지 않는 모습이 퍽 마음에 들어, 경수는 조금 더 웃었다.
정말이지, 깨끗함을 가득 머금은 미소였다.
그래서 경수는 줄곧 입가에 맴돌던 질문을 건네고 말았다.
"혜원 님에게도 지훈이가 특별해요?"

* * *

며칠째 허탕을 치는지 모르겠지만, 지훈은 꾸준히 이 생활을 반복했다.

시간이 지날수록 지훈의 세단을 흘긋흘긋거리는 이들이 많아졌지만, 가만히 바깥을 응시하는 그의 표정은 조금의 미동도 없다.

물론 그동안 부모님이 지나갔지만 알아보지 못했을 수도 있다.

한가로이 걸음을 옮기던 마을 사람들이 한둘은 아니었으니까. 그러나 그는 어렴풋이 느낄 수 있었다.

'나는 아직 과거와 마주하지 못했다.'

얼마나 더 시간이 지났을까.

지훈은 오늘따라 비좁게 느껴지던 운전석에서 빠져나왔다.

탁 트인 공기를 가득 마시며 눈꺼풀을 느리게 깜빡이자, 건조함에 뻑뻑해진 눈가가 조금은 풀리는 것 같다.

그는 깜깜하게 꺼진 휴대폰에 잠시 시선을 두다가 이내 고개를 저었다.

배터리가 나간 건 상당히 오래전이다. 충전을 하지 않은 건, 최대한 외부적인 상황에 신경을 쓰지 않으려 했기 때문이다.

"하아……."

마른 숨을 뱉어낸 지훈은 천천히 고개를 들어올렸다. 가벼운 바람이 그의 새카만 머리카락을 가볍게 훑고 지나간다.

날씨에 조금의 관심도 없는 그 역시 물끄러미 시선을 둘 만큼 높고, 깨끗한 하늘이었다. 티 없이 말간 하늘은 어쩐지 혜원의 미소를 떠오르게 한다.

피로와 생기를 찾아볼 수 없던 그의 눈가에 아주 잠시 온기가 돈다.

'이혜원의 미소.'

그래, 그녀의 미소는 참 찬란하다. 눈이 부실 만큼.

그녀의 미소가 머릿속을 가득 채운 순간, 하늘의 푸름이 더욱 짙고 또렷이 보였다. 뺨에 살포시 내려앉은 햇볕역시 탄성이 나올 정도로 따뜻하다.

멍하니 온기를 느끼던 그때, 지훈은 퍼뜩 번지는 생각에 천천히 시선을 내렸다.

'언제였더라, 햇볕을 따스하다고 생각했던 게…….'

곰곰이 생각을 뻗어가던 그는 차오르는 헛웃음을 그대로 내뱉었다.

지금 제 처지가 우스웠다.

저를 버렸던 부모를 찾아 아무런 계획 없이 발걸음 한 번 해본 적 없는 곳에 찾아와놓고는, 마음을 빼앗긴 여자를 떠올리며 날씨나 즐기고 있다니.

원고 마감 역시 예전에 지났을 테지만 아직 작업을 끝내지도 못했다.

부모님의 행방을 알게 된 뒤로, 또 한심하게 과거에 휘둘려 단 한 자도 적을 수 없었다.

"정말 엉망이네."

늦어지는 작업으로 인해 누가 가장 곤란할지 빤히 알면서 이렇게 시간을 죽이고 있는 자신이 바보 같았다.

'……그만 돌아가야 할까.'

시간이 지날수록 번지는 애먼 생각에, 지훈은 연거푸 탁한 숨을 뱉었다.

뺨에 닿는 햇볕의 온기에 퍽 익숙해질 때쯤.

그의 귓가를 두드린 건 아주 작은 대화 소리였다.

"아, 무거워."

차체에 기대어 있던 지훈의 시선이 아주 느릿하게 움직였다. 작은 사거리에서도 가장 많은 수풀에 둘러싸인 골목. 커다란 짐을 든 중년 남녀와 자그마한 여학생이 그 골목을 따라 나온다.

"그러게 그냥 택배 보내라니까."

"안에 과일이랑 반찬이랑 다 있는데 택배를 어떻게 보내? 네가 퍽이나 잘 챙기겠다."

"그럼 나중에 가지고 가면 되지. 터미널까지 어떻게 다 들고 가?"

"그래서 이 늙은 엄마아빠가 직접 들어 주잖니. 자꾸 투덜거릴래?"

줄줄이 이어진 커다란 나무들이 좁은 골목에 어둑어둑한 그림자를 만들어 냈다.

소소한 대화를 품은 그들은, 작은 빛만 가늘게 떨어진 그 길을 빠져나왔다.

온전한 빛을 모두 받으며 모습을 드러낸 것은 이 찬란한 날씨와 너무나 잘 어울리는 단란한 '가족'이었다.

머리를 샛노랗게 물들여 불량하게 보이지만 투덜대는 아이의 입술 끝엔 내내 작은 미소가 걸려있고, 작은 손은 어미로 보이는 여인의 팔목을 꼭 붙든 채였다.

그 여학생을 바라보는 중년 사내와 여인은 핀잔을 주는 듯하면서도 두 눈에 따뜻한 애정을 가득 담아냈다.

지훈은 아주 조용히 가라앉은 눈으로 그들을 바라보았다.

현재 지훈은 모든 것들에게서 한 걸음 멀어졌다.

뺨에 닿던 따스한 햇볕도, 머리를 어지럽히던 생각들도, 심장을 간질이던 이혜원도.

모든 것에서 멀어진 그는, 눈가가 시큰거릴 정도의 짙은 반짝임을 보았다.

아, 정말이지. 너무나 눈이 부셔서…….

'시선을 두는 것조차 어렵구나.'

그래서 지훈은 또다시 눈을 감아 버렸다.

얼굴을 기억하지 못한다거나, 진짜를 마주했을 경우 절망에 빠진다거나, 혹은 그들을 비웃어 준다거나…….

그가 어렴풋이 생각하던 그 모든 것들과 현실은 너무나 달랐다.

그들의 모습에 비웃음은 조금도 나오지 않았다.

끝끝내 마주한 과거에 절망스럽지도 않았다.

얼굴을 기억 못 하는 것은, 아마 있을 수 없는 일일 것이다.

그들을 마주한 순간, 그동안 억지로 눌렀던 자그마한 어린 시절의 조각이 너무나 또렷하게 심장을 찔렀으니까.

호수 깊은 곳에 가라앉은 기억이 수면 위로 떠오른 것은 순식간이었다.

그 기억이 어찌나 묵직한지, 넓은 호수에 만들어 낸 파동은 강렬하기 그지없었다. 그러나 그게 고통인지, 애달픔인지, 혹은 그리움인지…… 잘 모르겠다.

그저 지훈은 눈이 부셨고, 손끝이 떨렸고, 심장이 옥죄듯 아팠다. 그리고 이유는 잘 모르겠지만 작은 안도감을 느꼈다.

무엇에 안도한 것일까.

나는 대체 무엇에, 안도한 것일까.

"안녕하세요?"

차마 바라보지 못해 바보같이 눈을 감은 그의 귓가를 두드린 것은, 아주 부드러운 목소리였다.

지훈은 어쩐지 눈물이 차올라 잠시 숨을 멈췄다.

호흡을 가다듬은 그가 천천히 눈을 뜨자, 빛을 한 아름 품은 세 가족이 시야를 가득 채운다.

그들은 호기심 어린 눈동자로 지훈을 살폈다.

과거 자그마한 동네에서 가장 예뻤던 여인. 훤칠한 체구에 그 누구보다 강하고 멋졌던 남자.

세월의 흐름은 그들에게서 젊음을 앗아갔지만, 항상 돈이 부족해 전전긍긍하던 얼굴 위에 여유와 미소를 주었다.

저를 향한 그들의 표정이 너무나 따스해 지훈은 차오르는 울음을 또 다시 눌러냈다.

'나를, 기억 못 해요?'

'내가 누군지 모르겠어요?'

'나는 당신들이 20여 년 전에 버렸던 박지훈입니다.'

'정말 모르겠어요?'

어지러운 물음이 머릿속과 입술을 아프게 찔렀지만, 묵직한 돌덩이를 삼켜 목구멍이 막힌 듯 아무런 소리도 할 수 없었다.

"이 마을분은 아닌 것 같은데…… 어디서 오셨나요? 저흰 저 위에 파란 지붕 집에 살아요."

"여기 가족분이 사시나? 주말이라고 내려오셨나 보다."

두런두런 대화를 이어나가는 중년 부부를 물끄러미 바라보던 지훈은 작게 고개를 저었다.

딱딱하게 굳은 혓바닥을 겨우 움직여 단어 하나하나를 만들어 냈다.

"아뇨, 그냥 지나가다…… 마을이 근사해서요."

"아, 그래요? 하긴, 여기가 작긴 해도 멋진 곳이긴 해요. 워낙 조용하기도 하고, 공기도 좋구요."

여인의 옆에 딱 붙어서 몰래몰래 저를 훔쳐보는 여학생과 인자한 미소를 짓는 두 부부.

지훈은 그들과 천천히 눈을 맞추었다. 이 찬란한 골목 끝, 높은 햇볕 아래. 그는 처음이자 마지막으로 현실이 아닌 과거에 손을 뻗었다.

"저는, 박지훈입니다."

"……예?"

늙은 중년 부부는 잠시 서로를 멀뚱히 바라보았다.

"제 이름은, 박지훈이라고 합니다."

"……."

가만히 시선을 맞춘 지훈은, 아주 옅은 미소를 지었다. 딱딱하게 굳어 있던 혓바닥과 시큰거리던 눈가, 차갑게 식은 손끝. 그는 그 모든 것을 단 하나도 놓지 않고 가득 품었다.

그 모든 것을 품으니, 머리가 아플 정도로 반짝이던 것들이 아주 잠시 가라앉은 듯했다.

"……저기……."

지훈은 그들의 부름에 대답하지 않았다.

그는 몹시 정중하게 고개를 숙인 뒤, 줄곧 멈춰 있던 자동차에 올랐다.

시동이 걸리고 평화로운 마을과는 조금도 어울리지 않던 고급스러운 세단은 그렇게 그곳을 벗어났다.

들어왔던 길을 빠져나가며 지훈은 담배를 입에 물었다. 능숙하게 불을 붙이고, 연기를 가득 빨아들이며 속도를 올렸다.

몇 주간 끊임없이 찾았던 작은 마을이 빠르게 멀어진다.

지금 행복하구나.

나의 과거는.

열린 창문 사이로 뿌연 연기가 흩어지고, 또렷이 비춘 그의 입가에 걸린 건 아주 옅은 미소였다.

제 10 장

그대도 나와 같다면

지훈은 동이 트는 호텔 테라스를 멍하니 바라보았다. 새벽바람이 짙은 녹색 커튼을 토옥, 토옥, 건드린다. 그의 곁엔 빛을 잃은 노트북이 침대에 푹 파묻혀 있다.

그는 흘러내리는 머리카락을 대충 쓸어 올리며 담배 연기를 훅 뱉어냈다. 고급스러운 실내에 뿌연 기운이 흩어진다.

높이 솟은 하늘에서 시선을 뗀 지훈은 노트북을 정리하고 다 피우지 않은 담배를 눌러 껐다. 크리스털 재떨이엔 흰 담배꽁초가 수북이 쌓여 있다.

자그마한 마을에서 마주친 과거, 그것에서 벗어난 뒤 몇 주의 시간이 흘렀다.

한 글자도 쓸 수 없던 것이 거짓이었던 듯 그의 작업은 거침이 없었다.

쌓여가는 페이지 수가 어색했지만, 그는 다른 건 다 내려두고 오로지 마감만을 위해서 행동하고 시간을 보냈다.

손가락을 움직이는 동안 그가 떠올렸던 것은, 혜원과 경수의 잔상과 목소리였다.

몇 번의 퇴고를 거듭한 뒤에 원고는 모두 마무리가 되었다.

마감일을 이런 식으로 지키지 못했던 것은 처음이다.

형편없는 제 모습보다 신경이 쓰이는 건, 저 때문에 곤란한 상황에 처했을 혜원이다.

만약 그녀가 저 때문에 출판사에서 부당한 대우를 받는다면 그는 최대한으로 손을 쓸 계획이다.

노트북 가방과 겉옷, 휴대폰, 지갑.

집을 떠나 상당한 시간을 보낸 사람치곤 소지품이 몹시 간소했다.

짐이랄 것도 없는 제 흔적을 모두 치운 그는 그대로 호텔을 빠져나갔다. 시원스레 뻗어 로비를 가로지르는 두 다리엔 미련 따윈 조금도 찾아 볼 수 없다.

쏟아지는 햇볕을 가만히 느끼던 지훈은, 그대로 차에 올랐다. 미끄러지듯 굴러가는 바퀴를 따라 열린 창문 새로 푸근한 봄바람이 가득 불어온다.

*　　*　　*

앙상하던 나뭇가지에 부드러운 새싹이 나고, 짙은 초록을 흩날리는 계절은 금세 찾아왔다.

겨우내 단단히 닫혀 있던 창문은 요즘 늘 활짝 열린 채로 햇볕을 담뿍 맞이해 준다.

계절의 변화 때문일까?

귀가 따가울 정도로 시끄러운 혜원의 알람벨 소리조차, 조금은 잔잔한 음악으로 바뀌었다.

"으……."

힘겹게 이불을 털고 일어난 혜원은 가늘게 뜬 눈으로 햇볕 가득한 창가를 멍하니 바라보았다.

'눈부셔.'

밝은 빛에 눈가가 시큰거렸지만 굳이 창문을 닫지는 않았다.

평소 알람을 10분 정도 일찍 맞춰 두기에 급하게 일어나지 않아도 된다. 혜원은 이불 속에 폭 파묻혀 휴대폰을 뒤적거렸다.

새벽 사이에 작가들이 보낸 문자.

단체 메신저 방에 쌓인 지인들의 대화.

재현과 가볍게 나눈 대화.

확인할 것들은 몇몇 있었지만, 그녀가 줄곧 기다리던 연락은 찾을 수 없다.

언젠가 옛 연인의 자취를 찾아 휴대폰을 뒤적거리던 때가 떠올라 혜원은 느릿하게 숨을 내쉬었다.

무거운 머리를 겨우 털어낸 그녀는 곧장 욕실로 향한 뒤 찬물을 틀었다.

쏟아지는 물줄기에서 한기가 스멀스멀 올라왔다. 날씨는 확실히 따스해졌지만, 아침부터 찬물로 씻는 건 조금 무리가 있다.

그러나 일렁이는 욕조 바닥을 가만히 바라보던 그녀는 망설임 없이 옷을 벗고 몸을 담갔다. 머리를 식힐 필요가 있다.

5월 30일.

지훈의 원고 마감일로부터 한 달은 훌쩍 지난 시간.

그는 여전히 부재중이다.

* * *

"혜원 씨, 박지훈 작가 오늘도 연락 안 돼?"

신작 시놉시스를 한창 검토 중이던 혜원은, 경훈의 목소리가 들리는 순간 심장이 뚝― 떨어지는 듯했다.

옆자리에서 재희가 슬쩍 시선을 던지는 것이 느껴졌지만 특별히 눈길을 주진 않았다.

혜원은 고요한 얼굴로 고개를 들었다. 시야를 채운 경훈의 얼굴은 오늘도 딱딱하게 굳은 채였다.

그녀는 최대한 동요를 숨기며 차분히 대답했다.

"네, 박 작가님과는 여전히 연락이 되지 않습니다."

"하아……."

경훈은 인상을 잔뜩 찌푸린 채로 팔짱을 꼈다. 좀처럼 보기 힘든 그의 구겨진 얼굴에, 사무실 내엔 무거운 정적이 흘렀다.

흘긋흘긋 제 눈치를 살피는 사원들의 시선. 그것을 적나라하게 느낀 혜원은 검토 중이던 시놉시스를 잠시 덮어두고 경훈과 묵묵히 시선을 맞췄다.

"혜원 씨, 잠깐 나 좀 볼까?"

이윽고 들려온 경훈의 호출.

'피하기는 어렵겠지.'

혜원은 짧게 대답한 뒤 자리에서 일어났다. 최근 들어 그의 호출이 잦다. 그 이유를 누구보다 잘 알고 있었기에 그녀는 씁쓸한 미소를 입가에 걸고는 조용히 팀장실로 향했다.

팀장실로 향하는 도중, 활짝 열어둔 널찍한 창에서 따스한 바람이 가득 불어왔다. 포근히 감싸는 봄바람에 가느다란 그녀의 머리카락이 가볍게 흔들린다.

춤을 추듯 이리저리 흐트러진 머리카락을 가볍게 정돈한 혜원은, 온기를 가득 품은 날씨에 새삼 놀랐다.

어느덧 찾아온 5월.

살갗을 엘 것처럼 불어오던 날카로운 칼바람은 언제 그랬냐는 듯 포근함으로 뒤바뀌었다.

"잠시, 다녀올게요."

오늘도 어김없이 머릿속을 울리는 익숙한 목소리에 혜원의 맑은 눈동자가 조금 가라앉았다.

이미 4월을 훌쩍 지나 6월을 앞두고 있는 상황이었지만, 그는 돌아오지 않았다.

경훈에게는 '연락이 되지 않는다.'라고 둘러댔으나, 사실 그녀는 지훈에게 단 한 번도 연락을 하지 않았다.

상처를 받아 딱딱하게 굳었던 심장이 다시금 아프도록 흔들린다.

멀어지길 바랐던 이 떨림이 다시 시작이 되자, 덜컥 겁이 났기 때문이다.

몇 번 찾아갔던 그의 집도 언제부터인가 발길이 멈췄다.

"조금 오래 걸릴 수도 있어."

쌀쌀하던 4월의 어느 저녁, 제 마음을 떨리게 만든 그의 한마디.

그 목소리의 무게와 진심은 너무나 애달프고 깊었다.

"……하아……."

진득하게 달라붙는 생각이 흩어지기를 간절히 바라며 그녀는 깊은 한숨을 뱉어냈다. 잔떨림을 품은 심장에 큰 변화는 없었지만, 머리는 조금 맑아지는 듯했다.

팀장실로 들어가기 전, 한 번 더 휴대폰 기록을 살핀 그녀는 망설임 없이 딱딱한 문손잡이를 잡았다.

혹시나 하는 마음에 확인해 본 휴대폰, 역시 지훈의 부재중 연락 따윈 남아 있지 않았다.

"과거를 마주하고 난 뒤에, 당신에게 고백하겠습니다."

아직도 똑똑히 머릿속에 남아 있는 지훈의 목소리를 떠올리며 혜원은 경훈과 마주 보았다.

"혜원 씨."

낮게 울리는 경훈의 목소리엔 조금의 장난기도 찾아보기 어려웠다. 덕분에 상념은 금세 가라앉았으나 마음이 편치 않다.

물론 나이에 어울리지 않게 짓궂은 면이 가득하지만, 업무적으론 몹시 칼 같은 사내인 것은 맞다. 그렇다 해도 이리도 딱딱하게 제 이름을 부르는 건 처음이다.

혜원은 또다시 끓어오르는 한숨을 겨우 삼켰다.

"박지훈 작가가 아직도 연락이 안 된다는 게 말이 돼?"

"……."

"이게 대체 무슨 일이야. 출판사 창립 기념일 행사 코앞인 거 알잖아. 창립 행사 맞춰 박 작가가 신작 발표 프로모션 여는 거, 혜원 씨도 잘 알고 있을 테고…… 지금도 시간이 촉박한데 이래 가지고 출간 시기 맞출 수 있겠어?"

"최대한 빨리 원고 받고 집중 작업 진행하도록 하겠습니다."

경훈은 한숨을 쉬며 원목 책상을 톡톡, 두드렸다. 작은 마찰음이 귓가에 박힐 때마다 혜원은 깊은 울렁임을 느꼈다.

"대체 작가 관리를 어떻게 한 거야?"

혜원은 착잡한 마음으로 고개를 숙였다.

'아, 이런 지적은 정말 듣고 싶지 않았는데…….'

기분은 더욱 가라앉았지만, 그녀는 그저 깊숙이 고개를 숙일 뿐이었다.

"죄송합니다."

"……우선 가서 업무 봐. 작가랑 연락되면 바로 보고하고."

"네, 알겠습니다."

경훈은 좁은 공간을 빠져나가는 혜원을 묵묵히 바라보았다. 안 그래도 마른 어깨가 축 처져 상당히 안쓰러웠지만, 더 이상 그녀를 감싸 줄 수는 없었다.

박지훈 작가의 신작 공개는 다원 출판사 창립 행사의 하이라이트다.

박 작가가 계약을 한 그 순간부터, 사장인 태혁이 얼마나 많은 신경을 썼는지는 그가 누구보다 잘 알고 있다.

'게다가 이번 행사는 무려 40주년 기념이라고. 40주년!'

2년 주기로 진행하는 일반 창립 기념일 행사에도 그리 공을 들이는데, 올해는 더하면 더했지 절대 덜하지 않으리라.

눈을 감고 생각을 정리하던 경훈은 결국 깊은 한숨을 내쉬었다.

"하아……."

상황이 이렇다 보니 태혁의 심기가 보기 좋게 뒤틀린 것은 어찌 보면 당연한 것일지도…….

"이걸 정말 어쩐다……."

전혀 생각지도 못했던 일이 터져 버렸다. 업계에서 마감일 지키는 건 귀신같은 작가라고 소문이 자자하던데, 그에게 무슨 일이라도 생긴 걸까?

경훈은 끊임없이 한숨을 푹푹 내쉬었다.

혜원에게 심한 말까지 해가며 혼을 내긴 했지만, 이런 식으로 박 작가가 잠수를 타리란 걸 저도, 그녀도 예상하지 못했다.

그때 경훈의 인터폰이 요란하게 울렸다.

익숙한 내선 번호.

태혁이다.

"하여간, 양반은 못 되는구만."

경훈은 터져 나오는 한숨을 한 번 더 뱉어내고는 수화기를 들었다.

그는 쏟아지는 잔소리와 욕설을 묵묵히 들으며, 이 목소리가 혜원에게 닿지 않기를 진심으로 바랐다.

재희는 어두운 얼굴로 자리에 앉은 혜원을 살폈다.

빈말이라도 그녀의 표정이 좋다고는 못하겠지만, 덮어두었던 시놉시스를 살피는 행동에 흔들림은 없다.

줄곧 생각을 하는 것이지만 그녀는 상당히 독한 면이 있다.

'저러다가 병나겠네, 병나겠어…….'

안타까움에 혀를 끌끌 차자, 하단에 내려놓은 메신저 창이 번쩍번쩍 빛을 낸다.

[권유경]

대리님!

혜원 씨 울어요?

오후 12시 27분

울긴 뭘 울어? 혜원 씨가 유경 씨인 줄 알아?

오후 12시 27분

[권유경]

그래, 나라면 울었을 거야.

그것도 아주 펑펑!

으아ㅏㅏ 우리 혜원 씨 어떻게 해요!

팀장님은 왜 그러신대요?

박 작가 그 개놈이 원고 안 주는 게 왜 우리 혜원 씨 탓이야?!

내가 알아봤어요!

그놈 미친놈인 거! 사이코패스인 거!

그놈이 혜원 씨한테 찝쩍거릴 때부터 말렸어야 했는데!

오후 12시 28분

정신없이 번쩍거리는 메신저 창에 재희는 입술을 꾹 닫았다.

어찌나 분노를 가득 담아 메신저를 보내는지, 멀찍이 떨어진 그녀의 키보드 소리가 사무실을 가득 울린다.

'저러다가 뭐 하나라도 깨부수겠네.'

재희는 거의 다 식은 커피를 모두 털어 넣었다.

적당히 해.

그것도 엄연히 기물 파손이다?

오후 12시 29분

[권유경]

기물 파손이라뇨!

이 가냘픈 손가락으로 무슨!

오후 12시 30분

됐고, 밥이나 먹으러 가자.

시간 봐, 시간.

오늘은 내가 깜짝 놀랄 만큼 맛있는 거 쏜다.

오후 12시 31분

[권유경]

헐!

헐헐!

오후 12시 31분

재희는 또다시 번쩍거리는 메신저 창을 가볍게 무시하곤, 혜원의 어깨를 두드렸다.

"혜원 씨, 점심 먹으러 가자."

"전 그냥 아래 편의점에서 때울게요."

"혜원 씨, 왜요! 오늘 대리님이 점심 사 주신대요. 같이 먹으러 가요~"

생각보다 업무 진행을 많이 못한 터라 식사는 대충 때우려 했지만, 유경의 만류에 혜원은 조금 망설여졌다. 그러나 두둑이 쌓인 시놉시스를 보니, 아무래도 그냥 점심시간을 보내기가 아까워 고개를 저으려던 때였다.

"전 괜찮……."

"뻘소리 하지 말고 빨리 따라 나와. 완전 맛있는 거 먹으러 갈 거니까."

흔들리는 혜원의 턱을 강하게 붙잡은 재희가 눈을 매섭게 뜨며 쏘아 댔다.

"어휴, 박력 넘쳐."

"그래, 막 설레고 가슴이 뛸 거야. 그러니까 따라 나와. 언능."

"언능! 언능!"

그녀의 으름장에 결국 혜원은 작게 웃음을 터뜨렸다. 옆에서 흥미진진하게 바라보는 유경이 한마디 더 거들자, 고개를 끄덕일 수밖에 없었다.

"대리님 오늘 힘 좀 쓰시네요."

유경의 감탄에 혜원은 저를 괴롭히던 것들은 모두 잊은 채 고개를 끄덕였다.

사무실 근처에 높이 솟은 백화점 내부. 오픈한 지 얼마 안 된 유명 차이니즈 레스토랑엔 사람들의 발길이 끊이질 않았다.

흰 테이블 위에 음식들이 가지런히 놓이자 유경이 감탄을 흘렸다.

분명 중국집에서 흔히 시켜먹는 메뉴인데, 확실히 비주얼부터 다르다.

재희가 미리 예약을 해뒀기에 세 사람은 바로 음식을 먹을 수 있었다.

음식은 모두 맛있었다. 쟁반 짜장은 면이 기가 막혔고, 탕수육은 소스에 푹 절였는데도 불구하고 바삭바삭했다. 깐풍새우는 너무나 고소하고 달큰해서, 혜원은 깜짝 놀라 몇 개나 집어 먹어 보았다.

"생각 없다더니 잘 먹네."

재희가 은근히 놀리는 투로 말하자, 혜원은 쑥스러운 듯 콧잔등을 찌푸렸다.

"그러게요, 이렇게 맛있는 걸 먹으면 없던 입맛도 돌겠어요."

"그래? 다행이다. 더 먹어, 더. 혜원 씨는 살 좀 쪄야 해."

"대리님, 저는요? 저도 살 쪄야 하죠?"

"아니, 유경 씨는 이제 그만 좀 먹어."

"아, 괜히 물었어!"

티격태격하는 두 사람에 혜원은 기분 좋은 웃음을 터뜨렸다. 어느 정도 식사가 진행되고, 가만히 혜원을 바라보던 유경이 조심스럽게 물었다.

"혜원 씨, 팀장님한테 많이 혼났어요?"

그녀의 한 마디에 재희가 냉큼 눈치를 줬지만, 유경은 눈꼬리만 축 늘어뜨릴 뿐이다. 그 모습이 퍽 귀여워 혜원은 작게 미소를 지었다.

"아뇨, 사고 친 거에 비해 이건 혼난 것도 아니죠."

"그게 왜 혜원 씨가 사고 친 거예요? 작가님이 멋대로 잠수 탄 거지."

그 잠수에 저도 어느 정도 동조했다는 것을 말할 수 없었던 터라, 혜원은 말없이 쓴웃음만 흘렸다.

그날 지훈은 분명 '다녀오겠다'라고 말했고, 저는 편집자임에도 불구하고 고개를 끄덕였으니까.

'이렇게 공과 사를 구분 못 할 수도 있구나.'

작가에게 독촉 연락도 제대로 못 하는 편집자라니.

혜원은 저가 느끼기에도 어의가 없어 실소를 머금었다.

갑작스러운 입맞춤에 홀렸던 걸까.

고백이라는 달콤한 속삼임에 흔들리고 말았던 걸까.

혜원은 고개를 저었다.

아니, 그런 게 아니야.

아마도 그게 처음은 아니었을 거야. 이미 자신은 그 전부터 지훈을…….

"혜원 씨, 그렇게 속상해?"

차곡차곡 쌓아지던 생각이 와르르 무너진 건, 속삭이듯 건네진 재희의 물음 때문이었다.

혜원은 숨을 훅, 삼키고는 천천히 고개를 저었다.

"아뇨, 속상한 것보다는…… 제 할 일을 제대로 못 했다는 게 창피하고 죄송하네요. 창립 기념행사 중요한 거 뻔히 알면서, 더 잘 체크했어야 했는데."

재희와 유경은 주절주절 털어놓는 혜원을 물끄러미 바라보았다.

그녀가 평소 바른 소리를 잘하는 편이긴 했지만, 오늘은 놀랍게도 말 한 마디 한 마디에서 영혼이 쏙 빠져나간 듯 했다.

"……정말?"

"네."

"그런데 자기 표정이 왜 그래?"

"표정이요?"

혜원이 새하얀 테이블보를 훑던 시선을 들어올렸다. 저를 바라보는 두 사람의 얼굴엔 어쩐지 걱정과 안쓰러움이 가득 묻어났다.

고개를 갸웃거리자, 재희는 마냥 가볍지 않은 한숨을 내쉬었다.

"울 것 같은 얼굴을 하고 있잖아."

"……."

혜원은 입술을 잘근 깨물었다.

아, 그렇구나.

자꾸 저가 생각하는 것 이상으로, 이 심장에 박지훈이란 남자를 한가득 품었다는 것을 깨닫게 된다.

그 깨달음은 이렇듯 항상 갑작스럽게 찾아오니, 그럴 때마다 어떻게 심장을 가라앉혀야 할지 감이 잘 잡히지 않는다.

그렇기에 그의 부재가 두렵고, 또다시 아픔을 겪을지도 모른다는 것에 자꾸만 서글퍼지는 거겠지.

고통스러운 기억만 가득했던 '사랑'이라는 감정. 그저 멀어지기만을 바랐던 그 감정이 또다시 이렇게 싹트는구나.

그 감정의 주인이 누구인지 너무나 또렷하게 각인되어, 혜원은 정말이지 울고 싶었다.

"혜원 씨, 괜찮아?"

그녀의 걱정 가득한 목소리에 혜원이 할 수 있는 건, 그저 입꼬리를 올려 웃음을 보이는 것뿐이었다.

자꾸만 생각나는 그의 모습과 떨리는 심장에 아무런 말도 할 수 없었다.

고개를 숙인 그녀는 이미 다 불어터진 면을 한가득 집어 입에 넣었다.

소스 맛이 깔끔하다 칭찬했던 것이 바로 조금 전인데, 신기하게도 아무런 감흥도 느껴지지 않는다.

입 안에 가득 차 있던 음식물을 모두 삼킨 그녀는 재희와 유경을 따라 일어났다.

화려한 백화점을 빠져나오자 환한 봄 햇살이 뺨 위로 가득, 아주 가득 내려앉았다.

*   *   *

"울 것 같은 얼굴."

혜원은 거울 속 자신의 모습을 물끄러미 바라보았다.

흰 셔츠에 물 빠진 청바지가 그녀의 맑은 피부와 어우러져 환한 빛을 품었지만, 가라앉은 얼굴색은 좀처럼 밝아지질 않았다.

"혜원 씨, 분명 좋은 사람 만날 수 있어요. 지금 당장은 상처가 커서 아무도 눈에 들어오지 않겠지만, 조금만 더 시간이 지나면 분명 행복해질 수 있을 거예요."

이유는 잘 모르겠지만, 언젠가 유경과 나누었던 대화가 떠올랐다.

"글쎄요, 전 더 이상 사람의 마음이 돌아서는 순간을 마주하고 싶진 않네요."

눈을 질끈 감은 그녀는 세면대 가득 쏟아지는 물로 연거푸 세안을 했다.

찬물이 어지러운 머릿속까지 씻겨 주기를 간절히 바랐지만, 아무래도 그건 어려울 듯싶다.

숙이고 있던 고개를 들어 올리자 미지근히 식은 물기가 턱을 따라 뚝뚝 흘러내린다.

새하얀 대리석 세면대를 두드리는 작은 물방울. 그 고요한 장면을 멍하니 바라보던 그녀는 다시금 거울을 응시했다.

'나는 지금 많이 두렵구나.'

인정하고 싶지 않았던 걸지도 모른다고 생각하니, 퍽 비참해진다.

그녀는 얼굴을 대충 닦아낸 뒤 그대로 고개를 돌려 화장실을 빠져나왔다. 거울에 비친 어두운 얼굴을 더 이상 보고 싶지 않다는 듯이.

어깨를 짓누르는 가방의 무게가 오늘따라 더욱 무거워, 엘리베이터를 타고 내려오는 순간마저 피곤했다.

"엄청 늦었네."

시간을 확인한 그녀는 미련 없이 휴대폰을 가방에 집어넣었다. 벌써 10시를 훌쩍 넘겨서일까. 로비를 빠져나가자 뺨에 닿는 공기가 몹시 차다.

따스한 햇살이 가득 쏟아지던 때를 아쉬워하며 혜원은 목에 두른 스카프를 좀 더 꼼꼼히 정리했다.

다행히도 전철을 놓치지 않아 바글바글한 사람들 사이에 끼어서 올 수 있었다.

개찰구를 빠져나온 뒤 어둑어둑한 골목에 잠시 망설여졌지만, 그녀는 그대로 걸음을 옮겼다.

큰 길로 돌아가기에 그녀는 몹시 피곤했고, 그저 쉬고 싶었다.

년차가 쌓이면 쌓일수록 일은 익숙해지지만 그만큼 더 많고 중요한 업무를 담당하게 된다.

혜원은 최근에 시작하게 된 문학소설 공모전 카피를 구상하며 집으로 향했다.

그녀가 거주하는 낡은 빌라는 금세 모습을 드러냈다. 얼마 전 페인트질을 다시 했기에 멀리서도 또렷한 분홍빛을 띤다.

작업 후 시멘트 바닥 곳곳에 떨어진 페인트 흔적을 눈으로 좇으며 걷던 그때.

그녀의 걸음이 멈췄다.

질질 끌려 우울한 소리를 비명처럼 지르던 플랫 슈즈가 고요하다.

흔들림 없는 혜원의 시선을 단숨에 잡아 끈 것은, 거리 한가운데에 세워진 새카만 고급 승용차였다.

가로등조차 제대로 밝히지 못하는 이 낡은 골목엔 조금도 어울리지 않는 번쩍번쩍한 세단. 그 이질적인 물체에 혜원은 잠시 숨을 고른다.

외제차니, 국산차니, 차종 따위는 잘 모른다. 지인들의 차 번호 같은 건 특별히 외우고 다니지도 않는다. 차에 대한 기본적인 정보는 아무 것도 없지만, 혜원은 분명 알 수 있었다.

이 차는 몇 번이고 보았던 것이고, 차주는…….

한 가지 생각에 도달하자, 그녀는 고개를 단단히 들어 올려 어둠이 내려앉은 거리를 좀 더 똑바로 마주했다.

차에서 아주 조금 떨어진 혜원의 빌라 앞.

"이혜원 씨."

"……!"

익숙하지만 놀라울 정도로 감미로운 음성이 흐르는 순간, 빌라 앞을 밝히는 센서등이 번쩍— 켜졌다.

노란 조명을 한가득 받으며 저를 바라보는 남자.

언제부터인가 자꾸만 생각이 나는 남자.

가장 짙은 어둠을 품은 저 눈동자와 마주하면 머리를 새하얗게 만들어 버리는,

"……작가님."

정말 박지훈이다.

부러진 인형처럼 꽉 쥔 주먹에 힘이 빠져 버린다.

마지막으로 보았을 때보다 조금 더 자란 지훈의 앞머리가 그의 부재를 말해 주는 듯하다.

눈동자만큼이나 새카만 머리카락이 눈을 살짝 가렸지만, 그의 시선은 조금도 흔들림 없이 한곳에 닿았다.

좀처럼 떨치기 어려운 눈동자와 가만히 시선을 맞추던 혜원은 그만 눈을 감고 말았다.

이 사람이 정말 그리웠구나.

그의 목소리를 정말 듣고 싶었구나.

정말 많이…… 기다렸구나.

어쩐지 아주 조금 서글퍼져 혜원은 고개를 더욱 숙였다. 시선이 떨어진 순간, 회색빛 시멘트 길에 긁히는 구두 굽 소리가 그녀의 귓가를 가득 찔렀다.

혜원은 눈을 뜨려 했다. 그러나 조금의 망설임도 없이 이어지던 그 발자국 소리가 멈춘 순간, 단단한 품이 그녀의 온몸을 뜨겁게 끌어안았다.

그녀의 마른 몸을 한 품에 가둔 손길은 어쩐지 갈급했으며 조금 거칠었지만, 한편으로는 조심스러웠다.

그 복잡한 느낌이 꼭 제 마음 같아 혜원은 지훈의 품에 안긴 채 웃음을 터뜨리고 말았다.

그의 손끝이 잘게 떨릴 정도로 맑은 웃음이다.

긴장이 탁 풀려서일까, 익숙한 향기가 코를 가득 채운다. 첫 만남 때부터 인상 깊었던 시원한 향기. 그의 싸늘함마저 움켜쥐고 싶어질 정도로 매혹적이다.

"퇴근이 많이 늦네요."

"……."

"혼자 다니기엔 너무 위험한 길인데."

너무나 다정한 어투에 혜원은 낮은 한숨을 쉬었다. 하고 싶은 말이 많은데, 무엇부터 꺼내야 할지 쉬이 판단하기 어렵다.

"……작가님도."

"……."

"작가님도, 많이 늦으셨어요."

잠시 입술을 달싹인 혜원이 다시 입을 열었다.

"원고 마감은 예전에 지났거든요."

그녀의 목소리는 형편없이 떨렸지만, 지훈은 심장이 벅찼다.

그는 품 안에 안긴 혜원을 천천히 놓아주었다. 아쉽다는 듯 미련이 가득 담긴 손길이었지만 지훈은 아무렴 좋았다. 드디어 이혜원과 마주했으니까.

가까워진 품에서 한 걸음 멀어지며, 그녀는 고개를 들었다.

정말 박지훈이다. 그렇게 기다리던 박지훈.

혜원은 우두커니 서서 그를 바라보았다.

갑작스러운 포옹으로 흐트러진 그녀의 머리카락을 조심스럽게 넘겨주며 지훈은 눈꼬리를 부드럽게 누그러뜨렸다.

차갑고 날카롭던 인상이, 순간 말로 표현할 수 없을 정도로 깊은 온기를 머금는다. 머리카락에 닿는 그의 손가락에 모든 감각이 아지랑이 오르듯 깨어나는 것 같았다.

"미안합니다."

"……."

"늦어서 정말 미안해요."

그녀는 크게 뜨였던 두 눈을 천천히 감고는 흐린 숨을 쉬었다.

요 며칠 동안 끈질기게 머릿속을 헤집던 두려움, 걱정 등은 씻은 듯이 가셨다.

"서울엔 언제 오신 거예요? 여기까진 어떻게……."

혜원은 심장 부근을 꾹 누르며 물었다. 그런 그녀의 모습을 가만히 바라보던 지훈은 울렁거리는 마음을 겨우 진정시켰다.

"보고 싶어서요."

어쩐지 제 것이 아닌 목소리가 흘러 나왔다.

"혜원 씨가 너무 보고 싶어서, 찾아왔습니다."

"……."

혜원은 울렁이는 심장을 잡아 누를 수 없다는 것에 깊은 안타까움을 느꼈다.

이렇게 달콤한 말을 건네주며, 자신은 대체 어떻게 행동해야 하는 걸까.

"……저도요, 작가님."

그래서 혜원은 저 역시 진심을 전하기로 마음먹었다.

"저도 작가님이 정말 보고 싶었어요."

보고 싶었다는 말이 이토록 사랑스러울 수 있을까.

그는 번지는 미소를 지우지 않은 채, 혜원의 뺨을 부드럽게 쓸어 넘기며 천천히 다가왔다.

코끝이 스치고 서로의 숨결이 엉키는 순간, 차게 식은 입술이 아주 조심스럽게 포개졌다.

처음 입을 맞추었을 때보다 더욱 정중하고 부드러운 접촉이었지만, 몸에 품은 열기만큼은 그에 비할 수 없을 것이다.

"하아……."

그가 혜원의 탐스러운 입술을 가득 머금는 순간, 그녀는 이보다 더 뜨거울 수는 없을 거라고 생각했다.

방황하던 그녀의 두 손 역시 그의 넓은 어깨를 가득 끌어안자, 순간 제 어깨와 허리를 조여 오던 손길이 더욱 다급히 그녀를 찾는다.

섞이는 붉은 혀와 젖은 입술, 귓가를 천천히 쓰다듬는 손길이 너무 아찔해 혜원은 그의 어깨를 조금 더 강하게 부여잡았다.

두 사람은 그렇게 오랫동안 서로의 온기를 탐하고 건넸다.

저를 괴롭히던 그의 부재. 그리고 그 부재로 인한 두려움. 그 모든 것이 서로의 존재를 확인하고 입을 맞추는 순간 마법처럼 사라졌다.

혜원은 다가오지 않은 아픔을 걱정하고 두려워하기보단, 지금 저에게 찾아온 박지훈을 좀 더 가득히 끌어안고 싶었다.

그의 품, 그의 마음.

그리고 나를 향한 모든 것들을.

그런 제 모습이 우스워 작은 웃음을 흘려보내자, 지훈은 천천히 그녀를 놓아주었다.

낡은 빌라 앞, 드디어 마주하게 된 지훈은 약한 조명 빛 아래에서도 여전히 근사했다.

"무사히 다녀왔습니다."

혜원은 그의 시선을 피하지 않았다. 그녀의 젖은 입술 사이로 흘러나온, 울렁거릴 만큼 매혹적인 목소리가 그를 감싸 안았다.

"네, 작가님. 잘 다녀오셨어요."

꾸밈없지만 너무나 다정한 그녀의 한마디에 지훈은 웃었다. 그의 시원한 미소에 혜원은 아프도록 뛰는 심장을 고스란히 느껴야했다.

"원하시던 건, 모두 확인하고 오셨나요?"

그녀의 목소리가 한 번 더 지훈의 귓가를 두드린다.

곧게 서서 저를 바라보는 혜원의 깊고 깊은 눈동자를 바라보니 조금, 아주 조금 위로를 받는 느낌이 들었다.

그래서 지훈은 가볍게 고개를 끄덕인 뒤, 흔들림 없는 시선으로 그녀와 눈을 맞췄다.

"부모님을 만나고 왔어요."

"……."

입을 여는 그에겐 망설임 따위는 없었다. 혜원은 지훈이 사랑해 마지않는 예의 그 눈동자로 그의 이야기를 경청했다.

갑작스러운 재회에 어울리지 않는 대화였지만, 두 사람 중 그 누구도 그것에 의문을 가지지 않았다.

"어렸을 때, 난 고아원에 있었거든."

"……."

"날 버린 부모의 행방을 찾아서, 그 사람들의 얼굴을 보러 다녀왔습니다."

낮은 목소리는 아주 천천히 말을 이었다. 그의 목소리는 평소보다 조금 더 낮았고, 흐렸다.

혜원은 마주잡은 그의 손을 조금 더 강하게 움켜쥐며 물었다.

"부모님을 만나셨나요?"

"만났지."

그는 미소 지었다. 냉기를 품은 봄의 밤공기마저 녹일 정도로 애틋함이 가득한 미소를.

"훌쩍 큰 여학생의 손을 잡고 웃고 있던걸."

"……작가님."

혜원은 조금 더 그에게 가까이 다가가 손을 뻗었다. 미세한 온기를 품은 그녀의 손끝이 지훈의 뺨 위로 조심스럽게 내려앉았다.

"정말 고생 많으셨습니다."

오로지 저만 바라보는 그의 눈동자.

차게 식은 그의 부드러운 뺨.

혜원은 마른침을 힘겹게 삼키며 울음을 밀어냈다.

그는 이곳에서 얼마나 나를 기다린 걸까.

그녀는 조심스럽게 그의 손을 잡아끌었다.

"작가님, 몸이 차요."

어느덧 지훈은 그녀에게 작가가 아닌 한 사람, 한 남자였다.

"집에, 잠깐 들어왔다 가실래요?"

가랑비에 옷자락이 젖듯이, 저도 모르는 새에 깊어진 감정을 혜원은 어쩔 수 없다고 생각했다.

"많이 좁죠?"

혜원은 우두커니 서서 주변을 둘러보는 지훈에게 슬쩍 물었다. 거실에서 축구 정도는 거뜬히 할 수 있을 것 같던 그의 오피스텔에 비해, 그녀의 집은 최소한의 가구만을 배치한 원룸이었다.

가만히 내부를 둘러보던 그는 혜원과 시선을 맞췄다. 자그마한 공간에 서 있는 지훈은 상당히 이질적이었다. 그의 존재가 어찌나 큰지, 저가 방문을 허락했음에도 불구하고 혜원은 조금 긴장이 됐다.

겉옷도 벗지 않은 채 한동안 그와 의도치 않은 눈싸움을 하던 도중, 지훈이 가볍게 고개를 저었다.

"아니."

좁지 않다는 걸까.

그의 단답에 혜원은 잠시 곤란함을 느꼈지만, 이내 고개를 저으며 커피포트에 물을 올렸다.

혜원은 이사 올 때 큰맘 먹고 샀던 붉은색 1인용 소파를 가리켰다.

"편히 앉으세요. 커피 괜찮으시죠?"

"네, 뭐든 괜찮습니다."

"겉옷은 침대 위에 놔두시면 되고요."

그녀의 말에 따라 지훈은 얇은 봄 코트를 벗어 침대 위에 가지런히 올려두었다.

조심스럽게 소파에 앉은 그는 조용한 시선으로 혜원을 좇았다.

그녀는 겉에 걸친 외투를 벗고 스카프를 풀러 옷장 안에 넣었다. 좁은 공간을 빠르게 가로지르는 행동에 군더더기라곤 찾아볼 수가 없다.

지훈은 슬쩍 시선을 돌려 집 안을 둘러보았다. 급하게 나왔는지 조금 흐트러진 침대, 5단 책장에 정갈하게 꽂힌 책, 새하얀 옷장과 기초 화장품 등이 널브러진 화장대.

곳곳에 보이는 그녀의 흔적에 지훈은 퍽 즐거웠다.

그리고,

'이혜원과 이렇게 가까이 있을 수 있구나.'

손만 뻗으면 닿을 좁은 공간 안에 그녀와 단둘이 있다. 이 매력적인 상황이 마음에 들어, 그는 말려 올라가는 입꼬리를 겨우 내려눌렀다.

그녀의 고운 손끝이 뺨에 닿고 그녀의 공간에 출입을 허락받았던 조금 전. 아니, 어쩌면 그녀를 다시 마주한 그 순간부터.

줄곧 느끼던 떨림이 더욱 거세졌지만, 그는 아무렴 좋았다. 지치고 고된 몸과 마음이 이제야 치유되는 기분이 들었기 때문이다.

지훈이 포근한 향기와 흔적으로 오랫동안 꽁꽁 얼어붙어 있던 심장을 녹이는 동안, 혜원은 갑작스러운 긴장에 난감함을 느끼는 중이었다.

지훈은 긴장 따윈 조금도 없는 걸까?

여유롭고 덤덤하기 그지없는 눈빛에 혜원은 뺨을 긁적였다.

'내가 촌스럽게 굴고 있는 걸지도 모르지.'

스틱 커피 윗부분을 댕강 잘라내며 혜원은 짧게 혀를 찼다.

'한두 살 먹은 아기도 아니고.'

그녀는 피식, 웃음을 흘리며 고개를 저었다.

갑작스러운 그와의 만남으로 기분이 상당히 고조된 것은 사실이니, 그냥 지금 당장은 이 기분 좋은 떨림을 즐겨야겠다.

빈 머그컵을 찬물에 한 번 더 헹군 그녀는 스틱커피 두 개를 각각 쏟아부었다. 남아있는 물기에 잘게 갈린 원두가 살짝 녹았다.

끓어오르는 커피포트의 불을 끄려던 때였다.

"내가 한 말 기억합니까?"

멀찍이 들리던 그의 목소리가 왼쪽 귓가 바로 옆에 살포시 내려앉았다. 깜짝 놀란 혜원이 휙, 고개를 돌리자 고개를 슬쩍 숙이고 있던 지훈과 정면으로 눈이 마주치고 말았다.

"……."

갑작스럽게 마주친 두 눈동자에, 평소 침착하다는 평을 듣는 혜원도 어쩌지 못하고 입술만 달싹였다. 그의 향기가 조금 더 짙게 풍긴다.

가만히 저를 바라보는 혜원에게 조금 더 가까이 다가선 지훈은 그녀의 어깨너머에 있는 커피포트의 불을 껐다.

부글부글, 물 끓던 소리가 사라지자 좁은 원룸을 가득채운 것은 무거운 정적.

가스레인지와 지훈 사이에 꼼짝없이 갇히게 된 혜원은 가만히 그를 올려다보았다.

그의 숨결과 향기가 고스란히 느껴져, 어쩐지 머리가 혼미해진다.

지훈은 혜원의 턱 끝을 가볍게 그러쥐고는 곧게 뻗은 엄지로 그녀의 아랫입술을 천천히 쓸었다. 그의 손끝이 입술을 스칠 때마다, 혜원은 발끝이 저릿저릿해짐을 느꼈다.

"이 입술에 닿았던 날, 말했지."

그의 새카만 눈동자가 아주 짙게 내려앉았다.

“과거를 마주하고 난 뒤에, 당신에게 고백하겠습니다.”

좀처럼 잊을 수 없던 그의 목소리가 머릿속을 가득 채울 때, 저를 부르는 목소리에 회상하던 그날은 모두 사라지고 지금 그의 모습이 또렷하게 박혔다.

“이혜원 씨.”

그 달큰한 목소리에 혜원의 눈동자가 가득 흔들렸다. 흐린 초점에 그의 얼굴이 번지듯 보였지만, 저에게 똑바로 박힌 시선만큼은 매우 선명히 다가왔다.

지훈은 숨 쉬는 것조차 잊은 듯한 그녀를 가만히 내려다보았다.

언제부터일까.

도대체 언제부터, 이 여자를 마음에 담게 된 걸까?

대체 이 여자의 어떤 면이 나를 이리도 어지럽게 만드는 걸까?

지훈은 눈을 감았다.

그녀와 처음 마주했던 작은 카페, 저도 모르게 손을 뻗었던 순간, 운명이라 칭해도 좋을 만큼 갑작스러웠던 두 번째 만남…….

내 작품을, 그리고 나를, 소중하게 생각해 주는 사람.

자취를 감췄던 아름다운 검은 눈동자가 모습을 드러내자 혜원은 심장 부근이 울렁거렸다.

그의 손가락은 집요하게도 혜원의 입술을 덧그리듯 쓰다듬었기에, 무어라 말을 꺼내기 어려웠다. 어쩐지 초조해지는 마음에 그의 손을 잡아 내리려 하자 묵묵히 닫혀 있던 지훈의 입술이 열렸다.

"이렇게 당신 눈을 바라볼 때마다……."

당신에게,

"다가가고 싶고."

당신의 모든 것을,

"만지고 싶고."

당신의 작은 어깨와 마른 품을 그대로…….

"안고 싶어."

입술을 스치던 손끝이 예쁜 장미가 피어난 두 뺨을 느릿하게 쓸어 올렸다.

그의 길쭉한 손가락이 뺨과 귓가를 스칠 때마다, 발끝부터 올라오는 야릇한 기분에 혜원은 입술을 달싹이는 것조차 할 수 없었다.

지훈은 그런 그녀의 마음을 아는지 모르는지, 멈출 생각 따위는 조금도 없어 보였다.

"나는, 그런 생각들을 했고, 아마 앞으로도 다르진 않을 겁니다."

그는 자조적인 미소를 띠었다.

제 모습이 한심했지만, 황량한 심장을 가득 채운 이 여자를 이대로 놓는 건 상상도 할 수 없었다.

당신 말대로 나는 용기를 내어 과거를 마주하고 끈질기게 괴롭히던 것들을 이 두 눈으로 똑똑히 보았다.

고작 이것만으로 모든 트라우마를 이겨낼 수 있는 건 아니겠지만, 지훈은 확신이 생겼다.

이혜원이 내 곁에 있다면, 그녀가 내 손을 잡아 준다면, 나 역시 더 이상 바보처럼 과거에 덜덜 떨지 않을 것이다.

너무나 찬란하고 과분할 정도로 따스한 온기를 얻었으니까.

그러니까 나는,

"당신에게 그냥 작가인 건 이제 못 견디겠어요."

너무나 소중한 것을 다루는 듯 천천히 입술을 쓰다듬는 손끝.

온몸이 뜨겁게 달아올라 더 이상 붉어질 수 없을 것 같다고 느낄 때 즈음, 그가 천천히 손을 떼어냈다.

그리고 조금 더 가까이 다가와 입술이 포개지기 전. 혜원과 지훈의 숨결이 부드럽게 얽힌다.

그 숨결에 심장이 쿵, 떨어짐을 느낀 혜원이 저도 모르게 시선을 떨어트렸지만, 지훈의 커다란 손이 그녀의 두 뺨을 감싸 쥐었다.

강한 악력은 아니었으나 벗어날 수 없을 거라는 직감이 들었다.

조금 더 가까이 시선을 맞춘 지훈은 다정함과 온기를 가득 담아 말했다.

"부디 내 겨울에, 꽃을 피워 주세요."

*　　*　　*

퍽—!!

날카로운 타격음이 널찍한 작업실을 가득 울렸다. 얼굴을 붉게 물들인 채 씩씩거리는 여자가 던진 건, 푸른색 액자였다.

그녀의 검은 셔츠는 거의 벗겨진 채였기에 흰 가슴이 훤히 드러났지만, 가리거나 정리할 생각 따윈 조금도 없는 듯했다.

수정은 미간을 잔뜩 찌푸린 채 굴러 떨어진 액자를 노려보았다.

아무런 장식도 없는 사각형의 짙은 코발트블루.

색감이 세련되게 빠진 저 액자엔, 예쁜 연인의 모습이 담겨있다.

한 명은 그녀의 눈앞에 뻔뻔한 얼굴로 서있는 저 개자식이고, 또 다른 하나는…….

"너……."

수정은 주먹을 꽉 틀어쥐었다. 손바닥에 깊숙한 자국을 남기는 손톱은, 최근 관리를 하지 않아 네일 폴리시가 모두 벗겨진 채였다.

"지금 나랑 뭐하자는 거야."

"……."

"사는 게 심심해? 그렇게 재미가 없어? 네놈 인생에 빌어먹을 정도로 자극적인 게 필요했던 거냐고!"

그녀는 악에 받쳐 떨리는 목소리로 비명 섞인 질문을 끊임없이 던졌다.

언젠가 애교스럽게 '오빠'라고 속삭이던 붉은 입술은, 연신 날카로운 폭언만을 뱉어냈다.

봄날 피어난 작은 꽃처럼 앙증맞던 여인은 언제부터인가 특유의 싱그러움을 모두 잃고 말았다.

다시 시작한 뒤 1년이란 시간이 채 흐르기도 전에 여인은 망가져 버렸다. 몸도, 마음도.

안쓰러워 보이기까지 하는 그녀에 비해, 준원의 얼굴엔 조금의 표정도 없다.

그는 그저 가만히 수정을 바라보았다. 마치 TV를 시청하는 것처럼.

무시를 하는 건지, 화가 난 건지, 비웃는 건지. 저 건조한 눈동자와 굳은 입매로는 그의 기분을 전혀 파악할 수 없었다.

수정은 저에게 사랑을 속삭여 주던 제 연인이 너무나 낯설었다.

김준원이 이렇게 텅 빈 눈동자로 나를 바라봤던가?

저에게 손 한 번 뻗지 않는, 이리도 냉정한 남자였던가?

차오르는 의문을 애써 무시한 채, 수정은 모든 증오를 담아내려 애쓰며 헛웃음을 쏟아냈다.

"이러려고 나랑 연애했니?"

표독스러운 목소리에 준원은 조금의 미동도 없던 입꼬리를 올렸다.

그건 명백히 느껴지는 추악한 조롱. 수정의 얼굴색이 더욱 어둡게 가라앉았다.

"이런 게 뭔데?"

"……."

"나는 조금도 원하지 않았지만 여기까지 발을 들인 건 너고, 노출증 환자처럼 옷을 벗으면서 달려든 것도 넌데."

"……김준원."

"내가 왜 너한테 그딴 소리를 들어야 하지?"

"……."

"정식적인 피해는 내가 더 상당한데."

준원의 입가에 걸린 조롱은 쉬이 사라지지 않았다. 무겁지 않은 어투로 느릿느릿 말을 잇는 그는 상당히 여유로워 보였지만, 수정은 뒷덜미가 서늘했다.

표정을 구기지 않아도 저 눈동자가 너무나 서늘해서 그런 걸까. 조곤조곤한 목소리가 평소 같지 않게 친절해서 그런 걸까.

그녀는 심장이 철렁거릴 정도로 숨이 막혔지만, 이를 악물어 소름 끼치듯 올라온 공포를 내리눌렀다.

"정신적인 피해? 저딴 걸 본 내 기분은 네놈에겐 안중에도 없니?"

"그러니까 내가……."

준원은 천천히 걸음을 옮겨 그녀가 던진 액자를 들어올렸다.

"작업실에 오지 말라고 누차 말했을 텐데."

몹시 소중한 것을 다루는 듯 상당히 조심스러운 손길에 수정은 당장이라도 토악질을 할 것처럼 역겨워졌다.

"오지 않았으면! 평생 숨기기라도 했을 거란 거야?! 네가 어떻게 나한테……!"

"아니."

준원은 터져 나오려는 울음을 참는지 서글프게 울리는 그녀의 목소리를 냉정하게 잘랐다.

"난 애초에 숨기는 걸 싫어하는 성격이거든."

"……뭐?"

"내가 하는 일에 한 치의 부끄러움도 없는데, 왜 그걸 숨겨야 하는 거지?"

그는 정말 이해가 가지 않는 건지 가볍게 어깨를 으쓱여 보였다. 수정은 금세 새파랗게 질렸다.

"김준원…… 장난해? 지금 나한테, 헤어지자는 말이라도 하겠다는 거야?"

"그래, 잘 알아들었네."

준원은 최근 그녀와 마주한 이래 가장 밝게 웃었다.

천진난만하다 말할 수 있을 정도로 짙은 웃음이었다. 조금 전과 같은 조롱은 씻은 듯이 가셨지만, 수정의 기분은 더욱 나락으로 떨어졌다.

"그래도 지난 인연이란 것도 있으니, 친절하게 다시 말해 주지."

준원은 그녀에게 천천히 다가와 벌어진 셔츠를 꼼꼼히 잠가 주었다. 그 손길이 어찌나 다정한지, 수정은 끝끝내 참았던 눈물을 터뜨리고 말았다.

뚝뚝 떨어지는 그녀의 눈물에도 그의 손은 멈추지 않았고, 단 한 번도 그녀의 눈동자를 보지 않았다.

단추를 모두 잠근 준원은 따스하게 미소 지으며 그녀의 흐트러진 머리를 가지런히 정리해 주었다.

그녀가 조금 전 이 작업실에 발을 들였을 때와 얼추 비슷한 행색이 되자, 그는 그제야 수정과 눈을 맞추며 입을 열었다.

"지금 당장, 내 작업실에서 꺼져."

수정은 이를 악물고 준원의 작업실을 빠져나왔다.

눈물이 번져 화장을 한 얼굴이 형편없게 보이겠지만, 그런 건 전혀 신경 쓰이지 않았다.

그녀는 소름 끼치게 푸르던 코발트블루 액자를 떠올렸다. 빌어먹을 김준원이 너무나 소중히 품었던 그 액자 속엔, 한 쌍의 예쁜 연인의 모습이 있다.

한 명은 저 작업실에서 나를 비참하게 버린 개자식이고 또 다른 한 명은…….

"이혜원."

수정은 음산하게 가라앉은 목소리로 액자 속 여인의 이름을 뱉어냈다.

액자 속 그 여자는 분명 김준원의 전 연인. 자그마한 카페에서 잔인하게 버렸던 이혜원이다.

그렇게 버려 놓고 보니 아까워지기라도 한 걸까.

손바닥 뒤집듯 이루어진 그의 변심에 속이 쓰리도록 아프다.

"이혜원, 이혜원이라……."

수정은 터져 나오는 웃음을 멈추지 않았다.

그 여자, 역시 보통이 아니었어.

저에게 자존심이니 결혼 따위를 운운하더니, 결국 구차하게 김준원을 꼬여냈다 이거지.

'두 연놈이 나를 정말 우습게 알았구나.'

그녀는 빠르게 걸음을 옮겼다. 소름 끼치도록 증오스럽던 새벽이 지나고 동이 튼다. 준원과의 대치로 밤을 지새웠으나 전혀 피곤하지 않다.

푸르스름한 빛이 짜증나 욕지기가 터져나올 듯했다. 그러나 그녀는 입술을 꾹 다물고 호흡을 가다듬은 뒤, 가방을 뒤져 손거울을 꺼냈다.

눈물을 그리 쏟았지만, 화장은 그렇게 많이 번지진 않았다. 흐릿해진 아이라인을 대충 정리하니, 관리를 하지 않은 손톱과 물 빠진 머리카락이 눈에 들어온다.

상당히 거슬린다. 최근 준원과의 관계가 소원해진 탓에 그쪽으로 정신을 쏟느라 예전만큼 제 몸을 치장하지 못했다.

"짜증나."

수정은 짧게 혀를 찬 뒤에 손거울을 던지듯 가방에 넣었다.

다시 예쁘게 손톱 정리를 하고 염색을 해야겠다. 봄이니까 네일 폴리시는 은은한 핑크빛이 좋겠지. 머리카락은 적당히 어두운 갈색으로. 염색을 할 때 너무 밝은 색은 피하는 게 좋을 거야. 가벼워 보이는 건 끔찍이도 싫으니까.

누가 봐도 사랑스러운 외형을 다시 되찾게 된다면, 그때엔…….

제 11 장

눈꽃, 피어나다

혜원은 무거운 눈꺼풀을 겨우 들어올렸다.

지난 밤 너무 늦게 잠에 들어서일까, 오늘따라 유독 눈 뜨는 게 힘이 든다.

"으……."

커튼 사이로 흘러나온 가느다란 햇볕이 이불 곳곳에 빛을 뿌린다.

잠이 덜 깬 흐린 눈동자로 겨우 시간을 확인한 그녀는 정신이 번쩍 들었다.

7시 30분.

그녀의 빌라와 출판사는 전철로만 1시간. 상당히 거리가 멀다. 지금 바로 나간다고 해도 완벽한 지각이다.

입사 후 단 한 번도 이런 적이 없었는데. 준원과 헤어졌던 그때도 마음은 뒤숭숭했을지언정, 지각을 하진 않았었다.

'저번에 몸 아파서 반차 썼을 때 이후로 얼마만이더라…….'

영양가 없는 생각을 하며 몸을 확 일으키려던 그녀는, 제 허리를 단단히 끌어안고 있는 무언가에 움찔, 행동을 멈췄다.

'뭐지?'

순간 온몸을 엄습한 긴장감에 혜원은 숨을 훅 멈추었다. 체온이 맞닿은 곳이 조금 뜨겁다고 느껴졌다.

작은 심호흡을 한 뒤 느릿하게 시선을 내려보니, 아주 익숙한 검은 머리카락이 그녀의 맑은 눈을 가득 채운다.

그녀의 눈망울이 크게 흔들린다.

"아, 이런……."

혜원은 짧은 신음성을 흘리며 흐린 웃음을 흘리고 말았다. 가느다란 허리 깊숙이 파고드는 새하얗지만 단단한 두 팔, 널찍한 어깨, 보는 것만으로도 부드러울 듯한 결 좋은 검은 머리카락.

도저히 시선을 떼기 어려운 이 남자를, 지난 밤 처음으로 집 안에 들였던 것이 빠르게 떠올랐다.

맞다, 그랬지.

'나, 이 남자랑 연애하지.'

햇볕이 쏟아지는 이른 아침. 또다시 자각된 그와의 관계에 혜원은 조금 더 깊은 웃음을 터뜨리고 말았다. 키득거리는 그녀의 웃음소리 때문인지, 지훈의 귓바퀴가 가늘게 떨린다.

그녀는 천천히 손을 뻗어 헝클어진 지훈의 머리카락을 부드럽게 쓰다듬었다. 그는 좁은 1인용 침대 한구석에 몸을 구긴 채 참 잘도 잔다.

'곤히 잠들어 있는 이 근사한 얼굴을 아침부터 볼 수 있다니.'

항상 홀로 자던 싱글 침대에 누군가와 함께 잠이 든 것은 정말 오랜만이다.

그의 존재를 자각하자 차오르던 어색함은 아주 잠시, 혜원은 금세 간지러워지는 심장에 시곗바늘이 바쁘게 움직인다는 사실도 잠시 잊고 조심조심 그를 살폈다.

'어쩜 이렇게 잘생겼을까.'

곧게 뻗은 잘생긴 눈썹도, 적당히 붉은 입술도, 매끈한 피부도, 너무나 아름다운 조각품 같아 그녀는 작게 감탄을 흘렸다.

평소 무표정일 때엔 놀라운 정도로 인상이 차가운데, 미소를 지으면 그렇게 따뜻할 수가 없다.

물론 그 미소를 보는 게 퍽 쉬운 일은 아니지만.

넋을 잃고 그의 얼굴을 관찰했다는 것이 조금 부끄러워져, 그녀는 제 허리를 꼭 안고 있는 그의 손을 조심스럽게 떼어내고 침대에서 내려오려 했다.

"……!"

갑작스럽게 그녀의 허리를 강하게 끌어안는 그의 손길에 실패하고 말았지만.

"……어디 가요."

이제 막 잠에서 깬 탓에 낮게 가라앉은 그의 목소리가 상당히 섹시했다.

사소한 것 하나하나에 감탄하는 제 모습이 낯설어 잠시 입술을 달싹인 혜원은, 이내 작은 웃음을 흘리곤 그의 어깨를 가볍게 두드렸다.

"씻으러 가려고요. 벌써 출근할 시간이거든요."

"가지 마."

투정 부리듯 품 안에 조금 더 깊숙이 안겨오는 그의 손길에 혜원은 조금 더 깊게 웃었다.

멀게만 느껴지던 작가님과 하루아침에 서로의 허리를 끌어안는 사이가 되다니…….

멋쩍은 마음이 들어, 혜원은 짐짓 차분한 어투로 말했다.

"돈 벌러 가야죠."

"당신 정도는 충분히 먹여 살릴 수 있어."

"상당히 달콤한 고백이긴 한데, 이대로 회사를 튈 수는 없어요."

슬그머니 눈을 뜬 지훈이 혜원과 눈을 맞췄다. 햇볕 사이로 미소 짓는 그녀의 모습에 눈이 부시다.

"마감을 안 지키고 잠수 탔던 작가님이 드디어 원고를 주셨거든요."

점수 깎인 거 만회는 해야죠. 사원들에게 원고 입고의 기쁨도 알릴 겸.

부드럽게 웃은 혜원은 겨우 그의 품에서 빠져 나온 뒤 욕실로 들어갔다.

지난 밤 지훈에게서 밀린 원고를 받았다. 그의 부재가 조금 더 길어졌던 건, 부모님을 만나러 간 지방에서 작업을 끝내고 왔기 때문이라고 했다.

"속초라고 했던가……."

혜원은 쏟아지는 물줄기에 몸과 머리카락을 적시며 너무나 많은 것이 변한 오늘을 잠시 더듬어 보았다.

상처받는 것이 두려워 피할 생각밖에 없었던 연애를 시작했다.

그 상대가 지훈이란 사실이 어색하지 않다면 거짓말이지만, 그와 이어졌다는 것이 감격스러운 것도 사실이다.

최근 저를 가장 많이 괴롭히던 밀린 원고도 받았다. 지난밤 지훈과 이어나간 대화로, 혜원은 그에 대해 조금 더 많이 알 수 있게 되었다.

"어렸을 때, 난 고아원에 있었거든."

"날 버린 부모의 행방을 찾아서, 그 사람들의 얼굴을 보러 다녀왔습니다."

문득 떠오른 지난밤의 대화. 혜원은 샴푸 거품이 가득한 머리에서 느릿하게 손을 뗐다.

오랜만에 마주한 지훈은 예전과 크게 다르지 않았지만, 부모님에 대한 이야기를 꺼내던 그의 모습은 상당히 처연했다.

저도 모르는 새에 손을 뻗을 정도로.

'고아원에 계셨구나.'

워낙 외모가 근사하고 현재 금전적으로 부족하지 않으셔서 그런 걸까.

지훈에게 그 정도로 마음 아픈 과거가 있을 줄은 전혀 몰랐다.

잠시 눈동자를 가라앉힌 혜원은 이내 고개를 저었다.

나는 아직 지훈에 대해 모르는 것이 너무 많다.

그에겐 이것보다 더 깊은 상처가 있을 수도 있고, 언젠가 그 상처와 직접 마주하게 될 수도 있다.

지금 당장 모든 것을 알려고 하기보단 천천히 그와 대화를 나누고 많은 것을 공유하고 싶었다.

그렇게 조금 더, 그와 조금 더 가까운 사이가 된다면 미처 몰랐던 그의 상처를 더욱 가득 감싸 안아 줄 수 있지 않을까.

침대에 가만히 누워 있으니 욕실 안 샤워기에서 물줄기가 쏟아지는 소리가 여실히 들려온다.

잠시 후 저 안에서 이혜원이 나오겠지.

"내 이혜원."

조심스럽게 중얼거린 지훈은 그만 웃음을 터뜨렸다.

지난밤 처음으로 진심을 담은 고백을 한 뒤, 심장은 미치도록 쿵쿵 뛰었다.

그는 아무리 좋게 표현하려 해도 제정신이 아니었다.

그 당시 가장 크게 느낀 감정은 두려움.

'거절을 하면 어쩌지.'

이대로 나를 내쫓는다면, 이대로 나를 모르는 사람인 척 대한다면. 사무실까지 찾아가서 구애를 해야 할까.

진지하게 고민하던 그에게 혜원은 울렁일 정도로 달콤한 목소리로 말했다.

"제가, 그동안 얼마나 곤란했는지 모르시죠?"

투덜거리는 뉘앙스였지만, 단어 하나하나를 만들어내는 그녀의 입술은 가늘게 떨렸다. 그 모습이 너무나 애달파 지훈은 저도 모르게 숨을 멈추고 말았다.

"원고를 못 받는다는 불안감보단 작가님께서 무사하신지에 대한 걱정으로 하루하루를 보냈어요."

"저도, 작가님을 참 많이 좋아하나 봐요."

지난 밤 그녀가 건네주던 소중한 고백은, 곱씹으면 곱씹을수록 심장에 좋지가 않다.

내가 줄곧 마음에 품었던 여자가 마법처럼 내 손을 잡아 주었다.

어쩐지 쉬이 실감하기 어려운 상황이었기에, 지훈은 아직도 꿈을 꾸는 것만 같았다.

그는 잠들어 있던 내내 제품에 안겨 있던 혜원을 떠올리며 따스히 웃었다.

두 사람은 많은 이야기를 나누었고, 웃고, 때론 진지하게 서로의 눈을 바라보았다. 한참을 떠들다가 동이 틀 때 즈음에 눈을 감았으니, 혜원이 늦잠을 잔 건 어찌 보면 당연할 수도 있겠다.

침대 위에서 '대화'란 것을 해 본 건 처음이다.

지훈이 여자라는 동물과 침대에 눕는 건 그저 쌓인 욕구를 분출하기 위한 행위일 뿐이었으니까.

물론 혜원을 안고 싶지 않은 건 아니다.

그녀는 감히 상상도 할 수 없을 정도로 지훈은 그녀를 원한다.

그 부드러운 뺨과 입술에 마음껏 입을 맞추고 싶고, 가느다란 목덜미와 어깨엔 제 흔적을 남기고 싶다. 그녀의 적당히 차오른 가슴은 분명 놀라울 정도로 달콤하겠지.

그럼에도 불구하고 참을 수 있었던 건, 그녀와의 대화가 너무나 즐거웠기 때문이다.

그녀와 같은 공간에 누워 눈을 마주치고 서로의 이야기를 나눈다는 건 정말이지 황홀할 정도로 뜨거운 경험이었다.

동이 트는 것이 증오스러울 정도로.

천천히 지난날을 회상하던 그가 침대에서 몸을 일으켰을 때, 혜원이 욕실에서 나왔다. 젖은 머리카락을 수건으로 꾹 말아 올린 그녀가 아직도 이불 속에 있는 지훈을 보며 웃었다.

그녀 역시 제 침대에 지훈이 누워 있는 광경이 상당히 새로웠다. 보는 것만으로도 심장이 떨려왔기에, 혜원은 부러 좀 더 짓궂게 웃었다.

"푹 잤어요? 침대가 좁아서 조금 불편했죠?"

"전혀. 오히려 좋았어."

계속 붙어 있을 수 있었으니까.

시원하게 입꼬리를 올리는 그의 미소가 너무나 근사해 혜원은 두 뺨을 조금 붉혔다.

입술을 삐죽이며 또다시 올라오려는 긴장을 숨긴 혜원은 화장대에 앉아 바로 준비를 시작했다.

기초 화장품을 바른 뒤 긴 머리를 말리는 그녀의 뒷모습을 느긋하게 바라보던 지훈은 벗어두었던 옷을 찾아 꿰어 입었다.

거울 너머 비친 그의 다부진 몸매에 혜원은 숨을 훅, 들이쉬고 말았다.

'사람 몸이 저렇게 완벽할 수도 있구나.'

이쯤 되니 지훈은 저에게 참 과분한 사람이라는 생각이 들었다.

너무나 소중하고 멋진 사람이 저에게 손을 건네주었으니, 가능한 가장 뜨거운 마음을 선물해 주어야겠다.

계속해서 시간을 확인하는 혜원이 조금 초조해 보였는지 그녀의 손에 들린 수건을 빼앗아든 지훈이 능숙하게 긴 머리를 말려주었다.

"천천히 준비해요, 회사까지 데려다줄게."

그의 다정함에 쑥스러운 듯 콧잔등을 씰룩인 혜원은 작게 고개를 끄덕이곤 서둘러 화장을 했다.

평소 화장을 진하게 하는 편이 아닌 터라 달라지는 건 크게 없지만, 작은 변화를 캐치하는 건 생각보다 재미가 쏠쏠했다.

어느새 머리는 다 말랐고, 혜원은 화장을 끝냈다. 머리카락을 빗기는 지훈의 조심스러운 손길이 멎자 혜원은 갈아입을 옷을 들고 욕실 안으로 자취를 감췄다. 사라진 그녀의 모습에 짧은 아쉬움을 느끼며 지훈도 겉옷을 입었다.

그녀의 체취가 가득한 이 공간에서 빠져나간다고 생각하니 조금 전 느꼈던 것과는 비교할 수 없을 정도로 깊은 아쉬움이 번졌다.

주황색 니트를 예쁘게 차려입은 혜원이 욕실에서 나오자 지훈은 그녀의 손목을 가볍게 잡아끌었다.

갑작스러운 힘에 혜원은 별다른 저항도 해 보지 못하고 그의 품에 안기고 말았다.

연한 립케어 제품을 발라 적당히 반질거리는 그녀의 입술 위로 지훈의 붉은 입술이 가볍게 내려앉았다.

지난밤 나누었던 격정적인 키스에 비해 상당히 건전한 접촉이었지만, 이마저도 심장을 떨리게 만들기 충분했다.

조금 더 닿고 싶다는 아쉬움을 꾹 누른 지훈은 다정히 말했다.

"갈까요?"

아슬아슬하긴 했지만, 출판사엔 무사히 도착할 수 있었다. 시간을 확인한 혜원은 감탄을 하며 지훈에게 엄지를 추켜올려 주었다.

그 씩씩한 모습에 지훈은 크게 웃음을 터트렸고, 혜원은 특유의 말간 웃음을 얼굴 가득 걸어둔 채 건물 안으로 들어갔다.

그녀의 뒷모습이 사라질 때까지 바라보던 지훈은 짙은 미소를 입가에 건 채 곧장 어딘가로 향했다.

혜원만큼이나 당장 만나기를 원했던 사람은, 바로 경수였다.

지난 밤, 사실 혜원보다 그에게 먼저 찾아갔지만 경수는 부재중이었다. 평일 저녁부터 어딜 그렇게 쏘다니는 건지. 그는 예나 지금이나 참 바쁘다.

또 다시 찾아온 경수의 아파트. 그러나 아무리 초인종을 눌러도, 전화를 걸어도, 그는 감감무소식이다.

지훈 또한 그의 아파트 비밀번호 정도는 예전에 외워 두었기에 어렵지 않게 내부로 들어올 수 있었다.

그러나 집 안은 주인 없이 텅 비어있었다.

경수의 집은 그의 성격답게 애니메이션 피규어나 포스터 따위로 상당히 요란했다.

정신없이 꾸며진 거실을 잠시 훑어본 지훈은, 그대로 걸음을 돌렸다.

'혹시…….'

그는 잠시 생각을 정리한 뒤 그대로 차를 몰아 어딘가로 향했다. 잠시 후 지훈이 도착한 곳은 바로 그의 오피스텔이었다.

번쩍번쩍한 건물을 대충 훑어본 그는 엘리베이터에 올랐다. 아무리 냉기가 가득해도 집은 집인지, 참으로 오랜만에 발을 들이는 건데도 어색한 감정은 없었다.

비밀번호를 누르고 문이 열리자 지훈은 잠시 멈칫했다. 어두컴컴할 것이라고 예상한 실내에 환한 햇볕이 가득 부서져 내렸다.

그 찬란함을 가만히 눈으로 좇던 그는, 이내 피식 웃음을 흘렸다. 두꺼운 겨울 커튼이 활짝 열린 채 빈 집 가득이 반짝임을 쏟아낸다.

'언제 왔다 간 거지.'

제 집에 찾아와 모든 커튼을 열어젖히는 사람이라면 애초에 단 한 명뿐이다. 너무나 경수다운 행동이었기에 지훈은 작게 웃음을 흘렸다.

그때, 휴대폰에서 경쾌한 메신저 알림음이 울린다.

[혜원]

덕분에 사무실 무사히 도착했습니다. 감사해요!

푹 쉬시고 시간 괜찮을 때 연락해요.

아, 원고 정말 감사히 잘 받았습니다.^^

오전 9시 32분

휴대폰에 처음으로 다운받은 어플은, 그녀와 조금 더 간편하게 대화할 수 있는 채팅 형식의 모바일 메신저였다.

한 번도 이런 식의 메신저를 이용해 본 적이 없다는 것을 알게 된 혜원은 조금 놀란 듯 눈을 동그랗게 떴었다.

그 모습이 상당히 귀여워 지훈은 냉큼 그녀가 말하는 메신저를 휴대폰에 다운받았다. 텅 비어 있던 어플함에 노란색 아이콘이 생기자, 그녀는 친절히도 이것저것 알려주었다.

아직까진 어색하지만, 지훈은 키패드를 차분히 눌러 답장을 보냈다. 조곤조곤 어플을 설명해 주던 혜원의 목소리를 떠올리며 현관을 지나 방으로 향할 때였다.

구석에서 툭 튀어나온 시커먼 인영이 커다란 목소리로 그를 맞이해 주었다.

"짠! 서프라이즈!!"

우렁찬 목소리가 널찍한 오피스텔을 가득 울렸다. 이미 어느 정도 예상하고 있었기에 지훈은 그저 건조한 얼굴로 경수를 바라보았다.

"집을 이틀이나 비워 두길래 어딜 갔나 했더니…… 여긴 언제 왔어?"

"뭐야, 우리 집 왔었어?"

경수가 눈을 동그랗게 뜨고 되물었다.

만날 찾아와서 잔소리하는 게 듣기 싫어 그렇게나 오지 말라고 했는데, 또 찾아왔었다니.

"그래, 갔었다."

"내가 오지 말라니까, 연락이라도 하지."

"전화 안 받은 건 너거든."

"뭐 어쨌든, 야, 넌 어떻게 눈 하나 깜짝 안 하냐? 내가 친절하게 서프라이즈까지 해 주는데!"

"이 정도로는 전혀 안 놀란다는 건 네놈이 더 잘 알고 있을 텐데."

"어휴, 재미없어."

경수의 투덜거림에도 그는 여유롭게 제 방으로 들어간 뒤 옷을 갈아입고 나왔다.

"근데, 어제도 왔었다고? 서울엔 어제 도착한 거야?"

"그래."

"호오, 그런데 왜 오피스텔엔 오늘 들어오셨을까."

"뭐가 궁금한데?"

"그을쎄에~ 근데 너, 메신저 시작했더라? 내가 그렇게 깔라고~ 깔라고 해도 듣는 척을 안 하더니."

수상한 눈초리로 저를 바라보는 경수의 시선에, 지훈은 이마를 구겼다. 굳이 말을 하지 않아도 그가 생각하는 물음 정도는 쉽게 파악할 수 있었기에 경수는 비쭉 웃었다.

"요즘 스마트폰은 워낙 뛰어나서 그 정도 기능은 기본이거든."

그가 자랑스레 말하는 그 뛰어난 기능을 어떻게 차단할 수 있는지 혜원에게 꼭 물어봐야겠다고 생각하며, 지훈은 가볍게 혀를 찼다.

"그리고 나, 드디어 만났다."

"뭘?"

지훈은 거실 테이블 위에 쌓인 우편물을 확인하며 시큰둥하게 물었다. 경수가 잊지 않고 확인을 했었는지, 우편물들은 가지런히 정리가 되어 있다.

저에겐 조금의 관심도 주지 않는 그의 모습에 경수는 흥 콧방귀를 뀌었다.

'네놈이 언제까지 평온함을 유지할 수 있는지 보자.'

저 무덤덤한 얼굴이 깜짝 놀라게 될 것을 기대하며 경수는 부러 진지한 어투로 말을 이었다.

"네 담당자."

"……뭐?"

"혜원 님."

"……."

"너의 담당자! 너의 마돈나! 다원의 꽃!"

경수가 미친 건 아닐까, 지훈은 진심으로 고민했다.

그러나 경수의 외침은 그렇게 만만히 볼 게 아닌 듯하다. 그는 지치지도 않고 '혜원 님'을 부르짖었다.

"너의 이혜원 님을 내가 드디어 만났다고!!"

그의 쩌렁쩌렁한 목소리가 또다시 넓은 거실을 채운다. 잠시 입을 다물고 있던 지훈은 그제야 눈살을 찌푸렸다.

웃음이 걷어진 그의 얼굴은 상당히 싸늘하고 무서웠지만, 경수의 깐족거림은 쉬이 멈추지 않았다.

"혜원 님~ 혜원 님~ 다원의 꽃~ 박지훈의 그녀~"

"네가 혜원 씨를 왜 만나?"

"왜 만나긴. 너한테 원고 받으시려고 여기까지 찾아오셨더라. 넌 인마, 사람이 그러는 거 아니다. 작가라면, 어? 적어도 마감일은 칼같이 지켜줘야 출판사랑 신뢰도 쌓이고 그러는 거야."

"……혜원 씨가, 찾아왔었다고? 여기에?"

경수는 터져 나오려는 웃음을 막을 생각 따윈 조금도 없는지, 연신 낄낄거리기 바빴다.

멍청한 얼굴로 자꾸 되묻는 박지훈이라니. 이 정도면 해가 서쪽에서 뜬다고 해도 믿겠다.

이 신나는 소식을 또 누구에게 알려야 잘 알렸다고 소문이 나려나.

“너 솔직히 말해라. 혜원 씨한테 무슨 속셈이야?”

“……속셈?”

“그래, 그 순진한 처녀를 꾀어내서 뭘 어쩌려고. 뭐어? 샴페인 알레르기이? 혜원 님은 네놈이 말술을 마시는 건 알고 있냐?”

알량한 망설임은 저 멀리 던져버린 경수가 직설적으로 물었다. 그러나 지훈은 애정 넘치는(경수가 생각하기에) 그의 비난에도 눈 하나 깜빡하지 않았다.

그저 저가 없는 사이 혜원이 찾아왔다는 사실에 벅차오르는 감정을 만끽하던 그는, 경수의 끈질긴 물음에 표정을 갈무리하고는 입꼬리를 올렸다.

“내가 좋아해.”

아낌없이 지훈을 비웃던 경수의 입꼬리가 딱딱하게 굳었다. 경수의 웃음소리에 바쁘게 진동하던 공기의 흐름이 한순간에 차단되어, 주변은 순식간에 고요해졌다.

“……뭐? 지금 뭐라고 했냐?”

분명 저가 먼저 물었으면서 기억을 못 하는 건지, 경수는 얼빠진 얼굴로 되물었다. 그새 평정을 되찾은 지훈은 느긋한 얼굴로 문제의 그 단어를 다시 입에 담았다.

“좋아한다고.”

"조, 좋아한다고?"

"그래."

"……저기, 혜원 님 사람 맞지?"

"죽고 싶은가 봐."

그의 협박에도 경수는 뭐에 홀린 사람처럼 멍하니 지훈을 바라보았다.

이놈이 혜원에게 마음이 있는 것 정도는 그녀를 만나고 난 뒤 곧장 눈치챘지만, 이렇게 간단히 제 감정을 파악할 거라고는 생각 못 했다.

"맙소사, 박지훈이 사람을 좋아한다고 말했다고……? 만날 거야? 혜원 씨한테 좋아한다고 말했어?"

박지훈과 연애 얘기라니. 닭살 돋을 정도로 소름 끼치는 일이었지만, 경수의 질문은 끊이질 않았다.

"만나는데."

"뭐?! 뭘 한다고?"

"만난다고."

"그 만난다의 의미가, 내가 생각하는 그거냐?"

목소리를 덜덜 떨며 말하는 경수에게 건조한 눈길을 던진 지훈이 헛웃음을 흘렸다.

"그럼 또 뭐가 있는데?"

지훈이 씨익, 입꼬리를 올리며 자리에서 일어나자 경수는 몸을 떨며 미간을 구겼다.

"소오름."

가죽 소파 위에 축 늘어진 채 발버둥을 치는 경수를 가볍게 무시한 지훈은, 느긋하게 커피를 내렸다.

과장스럽게 떨던 팔다리를 우뚝 멈춘 경수가 몸을 일으킨 채 소파 팔걸이에 턱을 괴었다.

비어있던 부엌에 그가 걸음을 하자, 비로소 이제야 정말 지훈이 돌아왔다는 생각이 들었다.

지훈의 뒷모습을 물끄러미 바라보던 그는 얼마 전 만났던 혜원과의 대화를 떠올렸다.

"혜원 님에게도 지훈이가 특별해요?"

갑작스러운 제 물음에도 그녀는 쉬이 표정이 변하지 않았다. 너무 깊어서 훅, 빨려 들어갈 것만 같은 혜원의 눈동자.

"특별하다는 건…… 잘 모르겠어요."

그 잔잔한 수면이 크게 일렁이자, 경수는 조금 어지러웠다.

"그냥 전, 박 작가님이 소중해요."

"이렇게 찾아와서 바보같이 기다리고 걱정할 정도로, 박 작가님이 소중해요."

'박지훈을 소중하게 생각해 주는 사람.'

경수는 그날의 혜원의 모습을 그려보았다.

지훈을 소중하다 말하는 그녀가 어찌나 어여뻐 보이던지…… 경수는 옅게 미소 지었다.

조금 전, 그녀가 찾아왔다는 사실을 알고 기쁨이 어린 지훈의 눈동자를 똑똑히 보았다.

'만나는구나, 두 사람.'

여기까지 찾아온 혜원의 모습이 어쩐지 처연해 보였는데, 어찌 마음을 잘 전했나 보다. 두 사람의 만남에 그는 마음 깊숙이 다행이라고 느꼈다.

유독 시린 지훈의 겨울이 조금씩 녹아내리는 걸까.

지훈의 얼굴을 구석구석 가만히 바라보던 경수가 소파에 몸을 뉘이며 입을 열었다.

"넌 만났냐?"

'누구'를 만났는지 굳이 꼽지 않아도 그가 묻는 게 무엇인지 뻔했기에, 대화는 무리 없이 이어졌다.

"어."

"……하여간 진짜 마음에 안 드는 짓만 골라서 한다."

"알아. 그래서 친절히 말하고 갔잖아."

"자랑이다. 아, 됐어됐어, 네놈한테 뭘 바라냐."

지훈은 더 이상 뒷말을 잇진 않았지만, 분위기가 무거워지거나 하지는 않았다.

오히려 조금의 위화감도 느낄 수가 없어 경수는 가만히 눈을 깜빡거렸다.

높게 오른 흰 천장을 향한 눈동자 위로 지훈과 처음 마주하던 순간이 떠오른다.

온기라고는 찾아볼 수도 없던 어린 시절의 겨울밤. 경수에겐 너무나 소중한 존재인 규학의 손을 잡고 나타난 지훈.

눈물을 흘렸던 건지 퉁퉁 부은 눈으로 저를 바라보던 약하디 약한 박지훈을, 경수는 아직도 또렷이 기억한다.

"그래서, 속은 좀 시원해?"

어쩐지 날카롭게 들리는 목소리에 지훈은 커피를 녹이던 티스푼을 내려놓았다.

그는 느릿느릿 회전하는 갈색 액체에서 시선을 뗐다. 저를 똑바로 바라보는 경수는 어쩐지 조금 분해보였고, 저가 더 상처를 받은 듯했다.

부모님을 만나고 돌아오는 내내 지훈의 머릿속을 가득 채운 것은 슬픔도, 절망도 아니었다.

그들에게 멀어지고 그 좁은 마을을 벗어나며, 그는 '이제 됐다.'라고 생각을 했다.

작품 활동을 할 때 연신 저를 괴롭히던 과거와 마주했고, 시간은 조금 걸렸지만 도저히 작업할 수 없었던 원고도 마무리를 지었다.

돌아온 뒤 혜원에게 제 마음을 전했으며 그녀와 특별한 사이가 되었다.

그래, 정말 이제 됐다.

경수에게서 시선을 뗀 지훈은 어느덧 일렁임을 멈춘 커피 잔을 들어올렸다.

"……글쎄."

"네놈을 계속 괴롭히던 그 빌어먹을 트라우마, 견딜 만해졌냐고."

"왜 화를 내는 건데?"

"화를 내는 게 아니야. 그냥 마음에 안 드는 거지."

"뭐가?"

"모든 게. 네놈이 아직까지 과거에 벌벌 떠는 것도 마음에 안 들고, 떵떵거리면서 잘 살면 되지 과거에 미련 못 버리고 저 버린 부모들한테 찾아간 것도 마음에 안 든다!"

질끈, 눈을 감은 경수는 천천히 숨을 고른다.

그에게 화를 낼 만한 일이 아니란 걸 너무나 잘 알고 있는데도, 저를 버렸던 부모와 마주한 박지훈이 아무런 말도 못 하고 돌아왔을 것이라 생각하니 기분은 빠르게 가라앉았다.

더욱 그의 기분을 끌어내리는 것은, 제가 지훈의 불안한 감정을 채워줄 수 없다는 사실.

그 어쩔 수 없는 현실에 그에게 미안하고 속이 상했다.

저는 지훈에게 참 받은 게 많은데, 자신은 그의 감정 하나도 붙잡아 줄 수가 없다.

지훈에게 아무런 도움도 주지 못하는 제 모습은, 속이 쓰릴 정도로 한심하다.

'혜원 님은 저놈의 겨울을 모두 녹일 수 있을까.'

마른 손으로 이마를 꾹 누르며, 경수는 진심으로 바랐다.

저가 할 수 없다면, 그녀라도 꼭 지훈의 곁에 서서 따스한 온기를 주기를.

복잡한 생각에 한숨만 푹푹 내쉬던 때에, 지훈의 낮은 목소리가 경수를 가볍게 두드렸다.

"벌벌 안 떨어."

"……."

"난 지금 절망스럽지도, 괴롭지도 않거든."

저 깊은 눈동자. 지훈의 모든 것이 담긴 저 눈동자는, 오늘따라 유독 짙다.

"그러니까…… 내년 할아버지 기일엔, 같이 찾아뵙자."

전혀 무거운 어투가 아니었다. 지훈의 말에 경수는 조금 놀랐는지, 둥그런 눈을 조금 더 크게 떴다.

"……뭐?"

"할아버지 기일에 같이 가자고."

지훈은 어느새 경수의 맞은편에 앉아 커피를 머금었다.

바깥에서 쏟아지는 햇볕을 물끄러미 바라보는 그의 모습이 어쩐지 너무나 반짝여, 경수는 울컥 올라오려는 눈물을 꾹 삼켰다.

"갑자기, 왜?"

"……그냥."

"……."

"이젠, 너랑 같이 찾아뵐 수 있을 것 같아서."

할아버지가 돌아가신 뒤 경수와 지훈은 많은 것을 함께했지만, 규학의 기일에 함께 그를 찾아뵌 적은 단 한 번도 없었다.

지훈은 줄곧, 규학이 그렇게 된 게 본인 때문이라고 생각해왔으니까.

차오르는 눈물을 다시 한 번 삼킨 경수는 지훈에게 찾아온 변화를 두 손 가득 끌어안았다.

"참, 빨리도 말하네."

일부러 더욱 차갑게 뱉어진 그의 대답에도 지훈은 눈꼬리를 부드럽게 누그러뜨렸다.

"그러게."

*　　*　　*

"얼굴에 아주 꽃이 피었구만."

재현은 소파 헤드에 느긋하게 기댄 채 아이스크림을 푹푹 퍼먹는 혜원을 얄밉다는 듯 노려보았다.

그는 최근 마감이 점점 늦어져 아슬아슬하던 차에, 결국 휴재를 하고 말았다.

아무리 웹툰 업데이트 시간이 늦어도 우리 작가님, 우리 작가님, 하던 팬들은 결국 키보드 워리어로 변해 분노를 표출했다. SNS에 쏟아지는 연재 독촉은 덤이고.

재현은 휴대폰을 울리는 SNS 알림 소리에 흘긋 시선을 내렸다.

시골처녀 @daldal_92

작가님, 최근엔 아침에 업데이트 돼도 계속 기다려드렸는데 휴재라뇨 ㄷㄷㄷ;; 시즌 2 시작되고 벌써 두 번째 휴재인데 너무하시네요ㅠㅠ

대충 멘션을 훑어본 재현은 소파 구석에 휴대폰을 휙, 던져 버렸다. 그 우아한 자태에 혜원은 작게 감탄했다.

“내가 휴재하겠다는데 뭔 말이 그렇게 많아.”

“소녀팬들은 워낙 여리잖아.”

“나도 여려.”

“맞네, 우리 재현이도 여리지. 마감 다시 칼같이 지키려고 휴재한 건데 생각보다 시끌시끌하네.”

“시즌 2 시작되고 벌써 두 번째 휴재라서 그래. 독자들 하여간 공짜로 보는 건 좋아하면서 늦는 건 더럽게 싫어해.”

재현은 툴툴거린 뒤 가까이 앉은 혜원의 어깨를 끌어안았다.

갑작스러운 스킨십에도 그녀는 아이스크림에서 손을 떼지 않았다.

"야, 넌 나한테 놀러왔으면서 아이스크림만 퍼먹을 거야?"

"왜 또 승질일까. 아까 계속 같이 놀았잖아."

"그게 뭐가 논 거야. 내가 그냥 네 얘기를 다정하게 들어준 거지."

"그래, 그럼 이제 네 얘기 들어보자. 요즘 어때?"

"놀리냐? 어휴, 싱글벙글 웃는 것 봐. 연애한다고 막 티내고 싶어 죽겠지?"

"또, 또. 얘기가 왜 갑자기 거기로 튀어?"

그녀는 다 먹은 아이스크림 통을 내려놓으며 피식 웃었다. 혜원이 지훈과 달콤한 연애를 시작한 뒤로 재현은 줄곧 그녀에게 귀여운 투정을 부린다.

덩치도 크고 때론 몹시 어른스럽지만, 이럴 때마다 재현은 마냥 아이 같다. 그리고 혜원은 이때의 재현을 몹시 사랑한다.

"부러워서 그런다, 부러워서. 이 더운 여름, 뜨거운 연애라니."

"부럽긴, 너 인기 많잖아. 그, 작가들 사이에서 뭐라고 불리더라……."

"야, 너 조용히 해. 그대로 다물어."

"뭐? '샤방한 J군'?"

"아악! 닥쳐! 닥치라고!"

혜원은 머리를 감싸 안으며 비명을 지르는 재현의 모습에 웃음을 터트렸다.

'샤방한 J군'이라니. 곱씹을 때마다 목구멍 끝에서부터 웃음이 차오른다.

하긴, 그의 꽃돌이스러운 외모만 보면 '샤방'이라는 수식어가 기가 막히게 잘 어울리긴 하지.

누가 지었는지 몰라도 참 탁월하다.

"하여간 요즘 사람들 참 센스 넘쳐."

"그게 무슨 센스야."

작게 투덜거린 재현은 늘어지듯 조금 더 혜원에게 기댔다.

훤칠한 재현의 체격 덕에 그의 머리가 닿은 건 그녀의 정수리였지만, 두 사람 모두 크게 신경 쓰지 않았다.

잠시 눈을 감은 재현은 피곤한 듯 중얼거렸다.

"마음 편하자고 한 휴재인데, 어째 더 불안하냐."

"댓글 때문에 상처 받은 건 아니고?"

"나 원래 그런 거에 시큰둥하잖아."

대학교 때에 비해 이건 아무것도 아니지.

피식, 웃음을 흘리는 그의 표정은 몹시 시니컬하다. 그 익숙한 어투에 혜원은 바람 빠진 미소를 뱉어냈다.

그때의 최재현을 가장 잘 아는 사람은 바로 혜원일 것이다.

그녀가 재현과의 첫 만남을 떠올리던 때에, 그가 물었다.

"넌 박지훈 작가 출간 작업 좀 어때?"

"출간 시기 맞추려고 전전긍긍 중이지, 뭐."

"이제 회사에서 안 까이냐? 한창 박 작가랑 연락 안 될 때 완전 혼났다며."

"그래, 그렇게 입에 달고 살던 좋은 책 만들기 전에, 하마터면 내 책상이 먼저 사라질 뻔 했네."

혜원은 도저히 잊을 수 없는 그때의 상황에 멋쩍은 듯 웃었다. 지금이야 가볍게 말할 수 있지, 그땐 하루하루가 가시방석이었다.

재현은 슬그머니 눈을 뜨고는 혜원의 자그마한 정수리를 흘긋 내려다보았다. 박 작가의 부재로 사무실에서 하루가 멀다 하고 혼이 났던 것 같던데 어느 정도 일이 해결되어서 다행이다.

덕분에 안쓰러울 정도로 피곤에 절어있던 그녀의 얼굴도 이젠 다시 빛을 찾았다. 물론 그녀가 다시 예쁜 미소를 짓게 된 건, 박지훈 작가와의 연애가 단단히 한몫했겠지만.

에어컨이 돌아가는 기계음을 가만히 들으며 혜원이 작게 중얼거렸다.

"벌써 여름이다."

"그러게."

시간은 흘러 어느덧 여름이 찾아왔다. 날씨는 날이 갈수록 더워져, 아무리 옷을 얇게 입어도 바깥을 돌아다니기 벅찼다.

지금과는 다르게 춥고, 눈이 펑펑 내리던 날.

이혜원은 김준원에게 버려졌고, 그 흔한 원망 한 번 제대로 하지 않은 채 눈물을 흘렸다.

이혜원은 늘 그랬다.

여린 외관과는 다르게 그녀의 심장은 늘 단단했고, 강했다. 이별에 있어서는 더더욱.

그러나 그것도 이젠 옛날 일이 되어 버렸다.

김준원 때문에 상처 받아 사랑에서 한 걸음 멀어졌던 이혜원은, 어느덧 까마득할 정도로 작아졌다.

아직 모든 상처가 사라지진 않았겠지만 재현은 진심으로 기뻤고, 그녀가 계속해서 행복하기를 몹시 바랐다.

"아, 그러고 보니 너 곧 생일이잖아."

"벌써 그렇게 됐나?"

"그래, 자기 생일 까먹는 것만큼 서글픈 것도 없다."

소파 옆 자그마한 테이블 위의 달력을 집은 재현은 한 장을 쓱 넘겼다. 혜원의 생일은 8월 19일. 보름 남짓 남았다.

"생일 선물 뭐 받고 싶냐?"

"최재현 작가님 사인이 들어간 단행본이요."

"마감 못 지켜서 아둥바둥하는 사람한테 퍽이나. 그래도 이번 생일은 박지훈 작가랑 신나게 놀겠네."

재현의 건조한 말에 혜원은 잠시 뜸을 들였다.

"음, 글쎄."

"왜 글쎄야?"

"작가님은 아직 내 생일 모르시거든."

"……생일을 몰라?"

"응."

달력을 다시 원위치시킨 재현은, 잠시 고개를 기울였다. 요즘엔 사귀기 시작하면 생일 정도는 바로 털어놓지 않나?

"둘이 사귄 지 몇 개월 되지 않았나?"

"몇 개월까지는 아니고, 두 달 가까이 될걸."

"그게 몇 개월이지. 근데 아직도 생일을 몰라?"

"내가 말을 안 해서 그래. 나도 그렇고, 작가님도 그런 형식적인 거 잘 안 챙기는 성격인 것 같고."

형식적이라니. 연애 초기의 연인에게 생일이란 작든 크든, 꼭 챙겨 줘야 하는 것 아니던가?

"네가 박 작가 성격을 어떻게 다 안다고 그래? 그래도 연애하고 처음으로 맞는 생일인데 애인이랑 같이 있어야지."

"음, 그런가."

"그래, 인마."

재현의 타박 아닌 타박을 들으며 혜원은 뺨을 긁적였다. 줄곧 차가운 아이스크림을 들고 있어서 그런지, 손끝엔 싸늘한 냉기가 가득하다.

재현과의 대화가 영 찝찝해서일까, 혜원은 얇은 청남방을 걸친 채 휴대폰을 들여다보는 사내를 비장한 얼굴로 바라보았다.

그는 만나기로 약속한 전철 역 앞에서 혜원을 기다리는 중이다. 어찌나 인물이 훤한지, 그녀는 역을 빠져나온 순간 그를 어렵지 않게 발견할 수 있었다. 그저 가만히 서있는 것뿐인데도 모델처럼 근사한 자태에, 혜원은 그만 할 말을 잃고 말았다.

검은색 진에 가볍게 걸친 셔츠가 심플했지만 상당히 잘 어울렸다. 어제 앞머리를 잘랐다더니, 덕분에 시원하게 뻗은 눈매가 한눈에 들어온다.

남녀 할 것 없이 쏟아지는 주변 시선에도 그는 휴대폰에서 시선을 떼지 않았다.

저 깊고 날카로운 눈매로 뭘 저렇게 보고 있는 걸까.

타이밍에 맞춰 손에 쥔 휴대폰이 낮게 진동한다.

노란색 알림창이 검은 액정 위에 떴다.

[지훈 작가님]

혜원 씨, 저 방금 도착했습니다.

천천히 오세요, 기다리고 있겠습니다.

오후 2시 20분

채팅 형태의 어플을 처음 이용해 보았다던 그는, 요즘 착실히 혜원에게 메신저를 보냈다. 진지하게 가라앉은 얼굴로 키패드를 토옥토옥 두드리고 있는 것을 상상하니 가슴께가 간질간질거린다.

'문자를 주고받았을 땐 별로 이런 느낌이 안 들었는데…….'

조금 더 가까운 사이가 되었기에 이런 사소한 것에도 심장이 이리 흔들리는 걸까.

이 감정은 혜원에게도 퍽 낯설었지만, 이런 식의 울림은 몹시 기분이 좋았다. 그를 바라보면 볼수록 비장하던 눈빛은 다시 차분한 빛을 띤다. 혜원은 피식, 작게 웃음을 흘리며 지훈에게 다가갔다.

"작가님!"

저에게 한가득 쏟아지는 지훈의 시선을 온몸으로 느끼며 혜원은 밝게 웃었다.

생일 정도야, 타이밍만 맞으면 쉽게 얘기할 수 있을 것이다.

쉽게 꺼낼 수 있을 것 같았던 생일 이야기는, 생각보다 입 열 타이밍을 잡기가 어려웠다.

지훈이 점심을 먹기 위해 데리고 간 곳은 고급스러운 일식집으로, 1인 코스 가격이 혜원의 몇 주 치 식비를 웃돌 정도였다.

느긋한 식사 후 지훈의 차에 탄 혜원은 작게 혀를 찼다. 입에서 살살 녹는 연어 초밥을 정신없이 목구멍으로 넘기느라 또 말을 못 꺼내고 말았다. 혀에 감기던 붉은 생선살을 떠올리며 혜원은 쩝, 입맛을 다셨다.

'하지 말라는 하늘의 계시인가 보다.'

그녀는 버릇처럼 뺨을 긁적이곤 조수석 시트에 편히 몸을 기댔다. 하늘의 계시 따위는 핑계에 불과하단 것을 빤히 알고 있었지만, 그녀는 허허로운 웃음을 삼키며 지훈을 돌아보았다.

"씁쓸한 거 잘 먹는 편인가?"

"씁쓸한 거요?"

"근처에 차를 상당히 잘 우려내는 곳이 있거든. 한국식 디저트를 파는 곳이에요."

"와, 차 좋아해요."

혜원은 차를 자주 마셔보진 않았지만, 특유의 향이나 씁쓸한 끝 맛이 무척 매력 있다고 생각한다.

지훈은 고개를 끄덕인 뒤 차를 출발시켰다.

"가볍게 마시기 좋은 곳이니까 혜원 씨도 마음에 들어 할 겁니다."

도란도란 대화를 나누며 도착한 곳은 단층 흑색 건물이었다. 한국식 디저트 카페이지만 외관은 이국적인 향기가 물씬 났다.

한과 세트와 모과차 두 잔을 주문한 뒤, 두 사람은 고급스러워 보이는 검은색 소파에 앉았다.

야외 테라스 바로 옆에 자리를 잡은 터라 내리쬐는 햇볕이 만만찮았다. 그러다 두 사람은 아무런 불평 없이 따스히 내려오는 온기를 즐겼다.

"작업은 좀 어떻지?"

혜원의 반짝이는 머리칼을 살며시 쓸어 넘겨주며 지훈이 물었다. 그녀는 부드러운 손길에 부드러운 미소를 지었다.

"작가님 작품이요?"

"뭐든. 회사 생활이 어떤지 말해 줘요."

그의 음성이 너무나 다정한 터라 혜원은 저도 모르게 조금 더 웃었다. 지훈과 마주할 때면 참 웃음이 많아진다. 그건 꽤 좋은 변화였기에, 그녀는 입가에 예쁜 미소를 걸고는 조잘조잘 회사 이야기를 떠들었다.

지훈은 그녀가 하는 모든 말에 귀를 기울였고, 한시도 시선을 내리거나 피하지 않았다.

사랑받는다는 느낌이란 건 이런 거구나.

혜원은 어렴풋이 느꼈다.

주문한 음료는 생각보다 금방 나왔다. 자그마한 바구니에 정갈히 담긴 한과가 귀여웠다. 모과차는 향기가 무척 좋아, 입으로 넘기지 않아도 충분할 정도였다.

"어디 가고 싶은 곳은 없습니까?"

마침 눈이 마주친 지훈이 다정하게 물었다.

주말에 시간을 내 만난 건 상당히 오랜만이었기에, 지훈은 혜원이 원하는 것은 뭐든 들어주고 싶었다.

데이트라는 건 참 익숙하지 않고 어렵지만, 저가 무언가를 해 주었을 때 혜원이 웃는 걸 보고 싶다.

"음, 가고 싶은 곳이라…… 그러고 보니 어딜 놀러 가는 것도 참 오랜만이네요."

한과를 자그맣게 잘라 입에 넣은 혜원은 천천히 혀를 굴려

인공적이지 않은 단맛을 즐겼다. 그러다 문득, 저를 뚫어지게 바라보는 지훈의 모습에 웃음이 나왔다.

마치 혜원의 모든 것을 놓치지 않겠다는 듯, 그의 눈빛은 집요하고도 뜨거웠다.

"어디든 말해 봐요."

그러한 모습에 심장이 두근거린다는 것을 아는지 모르는지, 지훈은 혜원을 어디든 데려다주고 싶어 안달이 난 듯했다.

한과를 삼킨 혜원은 고민을 접고 부러 짓궂게 대답했다.

"우주요."

"흠……."

그는 진지하게 고민했다.

지금 당장 우주선이라도 공수해 올 것 같은 눈빛에 혜원은 결국 크게 웃음을 터뜨리고 말았다.

기분 좋은 울림을 뱉으며 예쁘게 열린 혜원의 입술. 그 어여쁜 입술을 물끄러미 바라보던 지훈은 눈썹을 살풋 찡그렸다.

"혜원 씨는 생각보다 낭만이 가득한 사람인가 보네요."

"푸하하."

키득거림을 겨우 멈춘 혜원은 찻잔을 내려놓으며 콧잔등을 찌푸렸다.

"사실 제가 데이트 같은 거에 그다지 익숙하지 않아요. 서울에서 출퇴근하면서 여기 지리도 잘 모르고."

혜원은 연애 경험이 많진 않았지만, 마음을 나누었던 상대들에게 항상 들었던 소리가 있다.

"넌 나랑 하고 싶은 게 없어?"

"너랑 있으면 뭘 해야 할지 모르겠어."

"넌 나를 좋아하긴 해?"

혜원은 전형적인 집순이 스타일이고 그때도, 지금도 별반 다르진 않다. 왜 다들 애정의 온도를 얼굴 보는 횟수 따위로 정하는 건지 도통 이해할 수 없었던 때가 있었다. 그러나 그런 상황이 계속 반복되니 문제는 결국 나였구나, 하는 생각이 들었다.

그래서일까. 지훈 역시 그렇게 생각하진 않을까 걱정이 되었다. 작가님이 싫어서 그런 게 아닌데, 오히려 지훈과는 더욱 많은 것을 공유하고 즐기고 싶은데…….

혹여나 그가 오해할까 두렵다.

연애를 하면서 두렵다는 감정을 느끼는 게 처음이었기에, 혜원은 차오르는 불안감을 누르지 못하고 머쓱한 얼굴로 뺨을 긁적였다.

"조금 답답하시죠? 어디 가고 싶다고 말도 잘 못 하고."

지금까지 줄곧 그랬던 것처럼, 혜원을 향한 지훈의 시선은 흔들림이 없다.

혜원은 난감했다.

출판사 사람들이 질색하는 저 딱딱한 표정조차 이젠 마냥 따스해 보이니…… 이건 정말 중증이 아닐까.

"글쎄."

지훈은 시선을 살짝 내려 천천히 차를 넘겼다. 그의 반응은 상당히 덤덤했다.

"난 혜원 씨와 이렇게 둘만의 공간에서 이야기를 나누는 게 좋아요."

"……."

"어디를 갈까 얘기를 나누고, 서로의 의견을 들어 주는 것도 아주 좋고……."

심장을 크게 울릴 정도로 검고 깊은 지훈의 눈동자가 혜원의 깊숙이 침투한다.

"눈을 맞춰 말하는 지금이, 좋아."

그의 어투나 표정엔 조금의 변화도 없었지만, 혜원은 숨이 막혔다. 두 뺨이 괜히 붉게 달아오르는 것 같아 그녀는 시선을 조금 내렸다.

잠시 고민하던 그녀는 두 눈에 부러 장난기를 담아 고개를 들었다.

"연극 좋아하세요? 영화나."

"영화는 몇 번 본 게 다고, 연극은…… 한 번도 본 적이 없어서 잘 모르겠네요."

"아, 그렇구나."

휴대폰으로 시간을 확인한 혜원이 번지는 햇볕만큼이나 밝은 미소를 지어보였다.

"그럼 연극 보러 가요, 작가님."

혜원의 요청에 지훈은 그녀를 따라 입꼬리를 살짝 들어올렸다.

아, 또다.

그의 얼굴에 좀 더 깊은 온기가 피어난 것이.

그는 혜원의 머리카락을 한 번 더 부드럽게 쓸어 넘겨 주며 답했다.

"그래."

대학로에 온 게 얼마만인지는 잘 모르겠지만, 혜원은 그 어느 때보다 저가 들떴다는 것을 잘 알 수 있었다.

정중하게 건네진 지훈의 손을 잡고 공원을 지나 소극장으로 향하는 좁은 길목. 워낙 근사한 지훈의 외모 때문인지, 상당히 많은 사람들의 시선이 두 사람에게 향했다.

"사람이 이렇게 많은 곳엔 오랜만에 와 봐요."

"불편하진 않으세요?"

"불편하진 않아."

불편하진 않다는 말과는 다르게, 그의 표정은 무언가 마음에 들지 않다는 듯 찌푸려진 채다.

잔뜩 멋을 내고 자유롭게 거리를 활보하는 커플, 친구. 공원 곳곳에서 버스킹을 하는 인디밴드, 출처를 알 수 없는 동아리.

줄줄이 서있는 노점상들을 훑으며 지훈이 나지막하게 말했다.

"그런데 왜 자꾸 혜원 씨를 쳐다보지?"

지훈은 눈썹을 살짝 찌푸렸다. 그의 표정이 조금 더 가라앉았다. 참 멋진 남자인데, 얼굴을 굳힐 때면 유독 냉기가 뚝뚝 떨어진다.

그는 맞잡은 손에 조금 더 힘을 실었다.

"내 건데."

혜원은 차마 저 시선이 당신을 향한 것이라고 말할 수 없었다. 발끝부터 올라오는 부끄러움과 걷잡을 수 없는 두근거림에 걸음을 옮기기 급급했기 때문이다.

"그래도, 나쁘지 않네요."

바쁘게 소극장으로 향하는 혜원을 따르던 중 지훈이 피식 웃음을 흘렸다. 그녀는 괜히 얄미워지는 마음에 입술을 비쭉거렸다.

"뭐가요?"

"이렇게 혜원 씨랑 손잡고 걷는 거요."

소극장 앞에 다다른 지훈은, 고개를 숙여 혜원의 붉은 입술에 가볍게 입을 맞추었다.

"놀라울 정도로 심장이 뛰는데, 그게 썩 나쁘지 않아."

지훈의 시원한 미소에 혜원은 상당히 난감한 얼굴로 고개를 저었다.

"작가님은 정말…… 안 되겠네요."

"왜지?"

정말 모르겠는지 고개를 연신 갸웃거리는 모습이 몹시 사랑스럽다. 혜원은 결국 작음 웃음과 함께 고개를 들어 올렸다. 그녀는 망설임 없이 지훈의 뺨 위로 베이비 키스를 남겼다.

"제가 자꾸 떨려서요. 정말 어쩌실 거예요?"

장난스러움이 담긴 그녀가 사랑스러워 지훈은 혜원에게 조금 더 깊게 입을 맞추었다.

"책임져 줄게요. 평생."

속삭이듯 내려앉은 그의 목소리가 너무 감미로워, 혜원은 그를 가득 끌어안았다.

혜원과 지훈은 티켓 번호를 따라 좌석에 앉았다. 주말이라 좌석이 없을까 걱정이었는데, 이것저것 살피다 보니 자리가 남은 연극을 찾을 수 있었다.

장르는 공포. 로코나 개그물이 많은 연극 중에서 꽤 마니악한 장르인 듯 했지만, 평소 공포물을 좋아했기에 그것도 나쁘지 않았다. 지훈은 그녀의 의견에 작은 반대도 하지 않았다.

'역시 여름엔 공포지.'

소극장 특유의 먼지내, 좁은 무대, 어둑어둑한 주변, 그 사이로 내려오는 노란 조명.

모든 게 너무나 오랜만이었기에 설레었다. 그리고 그 설렘을 가장 증폭시켜 주는 존재는 바로, 충실히 옆을 지켜주는 사랑스러운 지훈이리라.

좁은 소극장에 에어컨을 아낌없이 틀어 놓으니, 추위가 느껴질 정도로 공기가 찼다.

"자리 안 불편하세요?"

혜원은 앞자리에 무릎이 닿아 전체적으로 구부정히 앉아있는 지훈에게 물었다.

그는 혜원의 시선을 슬쩍 피하며 어쩐지 불퉁한 어투로 말했다.

"웃음을 참는 것처럼 보이는데."

"큭…… 아니, 그게 아니라……."

혜원은 새로 칠해 싱그럽게 빛나는 입술을 꾹 물었다. 그녀는 조금 전부터 웃음을 꾹 참는 중이다.

자그마한 소극장 의자에 몸을 구부정히 접은 채 앉아 있는 지훈이라니.

그의 모습은 너무나 안쓰러웠지만, 동시에 상당히 귀여웠다.

"생각보다 별로 안 불편합니다."

혜원은 낮게 웃음을 흘린 뒤, 지훈에게 가까이 다가가 팔짱을 꼈다. 그가 양쪽 팔걸이라도 편히 사용할 수 있게끔 하기 위해서였다.

"이러면 조금 괜찮으시죠?"

지훈이 제 쪽에 조금 더 기댈 수 있도록 혜원은 더욱 몸을 겹쳤다. 자세를 확인한 뒤 고개를 휙 들어 올린 혜원은 고개를 갸웃 기울였다.

접혀 있던 그의 어깨는 어느 정도 숨이 트인 듯 보이는데, 표정은 썩 풀리지 않았다.

"저한테 조금 더 기대셔도 괜찮아요."

"아니, 조금 전보다 편합니다."

닿아 있는 혜원의 몸, 가까이 번지는 숨결, 시선만 슬쩍 내려도 바로 보이는 깊은 속눈썹과 동그란 코가 문제면 문제겠지.

게다가 오늘 혜원은 얇은 흰 셔츠 하나만 걸친 채였다. 살이 맞닿는 기분이 좋으면서도 야릇해, 지훈은 한숨을 꿀꺽 삼켰다.

'날씨를 탓해야겠지.'

지훈은 겨우 이런 것에 난감해하는 저에게 비웃음을 던지며 혜원의 이마에 가볍게 입을 맞추었다.

갑작스러운 접촉에 놀란 듯, 혜원이 고개를 들어 올려 지훈을 바라보았다. 어두운 곳에서 마주한 그녀의 눈동자는 평소보다 훨씬 맑아 보였다.

큰일이다. 이렇게 가까이 붙어있으니까 더 자제를 못 하겠어.

지훈은 결국 한 번 더 입을 맞춘 뒤 겨우 그녀에게서 시선을 떼어낼 수 있었다. 그때 마침 연극 시작 전 간단한 유의 사항을 전달해 주는 배우가 나와 분위기를 띄웠다.

잘생긴 배우의 화려한 언변에 관객들은 웃음을 터뜨렸다. 혜원도 작은 미소를 입가에 건 뒤 이제 막 시작하려는 연극에 집중했다.

연극이 시작되고 모든 조명이 꺼졌다. 연극은 '공포'라는 장르를 충실히 지켜나갔다. 갑자기 꺼지는 조명, 느리다가 숨이 막힐 정도로 빠르게 진행되는 배경 음악, 공포감을 조정하기 위해 곳곳에 설치된 장비.

극본은 크게 특별하지 않았지만, 공포 장르인 연극을 보는 건 처음이었기에 혜원은 연신 흥미를 담아 무대를 살폈다.

혹시 발견하지 못한 트릭을 발견할 수 있지 않을까 집중하며.

그때, 어쩐지 느껴지는 시선에 혜원은 조심스레 고개를 들어 지훈을 바라보았다.

예상대로 지훈의 두 눈이 오로지 혜원에게만 향해 있었다.

그의 시선이 떨어질 생각을 하지 않자 혜원은 작게 소곤거렸다.

"무서우세요?"

지훈은 혜원을 빤히 내려다보았다.

묵묵히 침묵하던 그는 가볍게 고개를 숙여 그녀의 입술에 입을 맞췄다. 입술이 닿은 기분 좋은 감촉이 좋아, 그는 조금 더 그녀의 향기를 가득 들이마셨다.

혀가 얽히진 않았지만, 지훈은 혜원의 부드러운 입술을 연신 핥고 빨아들였다. 어쩐지 어미새가 아기새의 부리를 쪼는 게 생각나 혜원은 두 뺨을 발갛게 물들인 채 미소 지었다.

입술이 떨어지자, 그녀는 지훈의 귓가에 작게 속삭였다.

"안 무서우신가 보네요."

"무서워요."

지훈은 누가 봐도 무섭지 않은 표정으로 혜원의 두 뺨을 조심스럽게 쓰다듬었다.

"거짓말."

웃음기 섞인 혜원의 속삭임은 너무나 달콤해, 지훈은 아주 조금 소리 내어 웃어 버렸다.

연극은 혜원의 예상대로 흘러갔고 엔딩 또한 클리셰에서 크게 벗어나지 못했다.

흥미로운 스토리는 아니었지만, 혜원은 어쩐지 이 연극을 잊을 수는 없겠다고 생각했다.

연극 중간중간 지훈과 키스를 나누었고, 스토리에 대해 이야기하며 엔딩을 예상했다.

그 순간순간이 참 재미있었다. 그와 볼 다음 연극이 기대가 될 정도로.

그와 저녁을 먹고 돌아온 익숙한 빌라. 혜원은 멀리서부터 눈에 들어오는 분홍색 건물에 아쉬움을 느꼈다.

다가올 월요일에 대한 한탄과 오늘 하루에 대한 마무리를 대화로 나누며, 혜원은 조수석을 빠져나왔다.

그녀가 내리자 빌라 앞 센서등이 반짝 켜졌다. 잠시 무언가를 생각하던 지훈이 입을 열었다.

"그런데, 혜원 씨는 언제까지 그럴 거지?"

갑작스러운 물음에 혜원은 가방을 고쳐 매며 물었다.

"무엇을요?"

"이름."

이름? 혜원이 뜬금없는 한마디에 의아해할 때, 지훈이 다시금 입을 열었다.

"불러 줄 때도 된 것 같은데."

지훈의 표정은 딱히 진지하지도 무겁지도 않았지만, 혜원은 그의 진심을 쉬이 알아챌 수 있었다.

그녀는 부드러운 웃음을 흘렸다.

"이름으로 불러드리기를 바라세요?"

그녀는 딱히 핀잔하거나 놀리는 투가 아닌, 순수한 물음을 담았다.

지훈은 '그렇다.'고 답했고, 혜원은 고개를 끄덕였다.

혜원은 흐트러진 지훈의 앞머리를 가볍게 정리해 주며 지훈이 사랑해 마지않는 그 목소리를 흘려보냈다.

"조심히 가세요, 지훈 씨. 오늘 정말 즐거웠어요."

다정히 뻗은 혜원의 목소리는, 오늘따라 유독 달콤하고 따스했다. 제 이름을 부르는 혜원의 입술은 상당히 참기 힘들다.

"다시, 다시 불러 줘."

"……지훈……!"

그는 그녀에게 조금 더 가까이 다가가 고개를 숙여 입을 맞췄다. 소중히 불러진 이름은 그대로 먹혀 버렸지만, 신경 쓰는 이는 아무도 없다.

지훈은 조금 더 깊게 혜원의 입술을 탐했다. 이 입술을 마음껏 머금을 수 있다니, 이 맑은 눈동자를 언제든 바라볼 수 있다니.

간혹 숨이 막힐 정도로, 지훈은 모든 것이 경이롭다.

숨을 작게 고르고 천천히 입술을 떼어낸 그는 입꼬리를 올렸다.

"조심히 들어가, 혜원아."

* * *

다원 출판사로 가기 위해선 역에서 10여 분 정도 걸어가야 한다. 가까운 편에 속하긴 했지만, 한겨울이나 여름엔 그 짧은 거리도 퍽 번거롭다.

"아, 진짜 덥네."

역 앞에서 우연히 만난 재희는 새하얀 손등으로 연신 부채질을 했다. 그녀의 손목을 감싼 은제 액세서리가 팔락이는 손짓에 따라 찰랑찰랑 흔들린다.

횡단보도에 서서 신호를 기다리던 혜원은 가방 속에서 누런 서류 봉투를 꺼내 대신 부채질을 해 주었다.

“아이고, 고마워, 혜원 씨.”

“좀 괜찮으세요?”

“그래, 정말 여름은 딱 질색이야. 화장 녹는 기분처럼 불쾌한 것도 없잖아.”

살랑살랑 흔들리는 그녀의 머리카락을 정돈해 주던 때에, 신호가 바뀌었다. 쏟아지는 햇볕을 그대로 받으며 두 사람은 회사로 향했다.

또각또각, 시멘트 바닥을 딛는 재희의 높은 구두 굽 소리가 경쾌하다.

“혜원 씨는 땀도 별로 안 흘리지?”

“아뇨, 저도 땀 많아요. 대신 더위는 조금 덜 타는 것 같아요.”

“그래? 자기는 여름에 태어나서 그런가.”

“그런가요?”

“응, 여름에 태어난 사람들이 더위에 강하다잖아.”

사소한 대화를 나누며 사무실에 올라왔다. 훅 들어오는 에어컨 냉기에 혜원은 작게 몸을 떨었다. 아무리 더위를 덜 탄다 해도 덥지 않은 건 아니다. 이제 좀 숨이 트이는 것을 느끼며 그녀는 자리에 돌아갔다. 뜨겁게 달아오른 두 뺨이 느릿하게 식는다. 자리에 앉은 재희는 가방을 몇 번 뒤적거리더니 자그마한 상자를 꺼냈다. 파란색 굵은 리본이 묶인 흰 상자였다. 혜원이 그것에 흘깃 시선을 던졌지만, 이내 관심을 끄고 컴퓨터를 켰을 때였다.

"혜원 씨, 이거."

지난날 출력해 둔 기획서를 빼놓던 혜원이 고개를 돌렸다. 재희가 건넨 것은 조금 전 그녀가 꺼낸 흰 상자였다. 푸른 리본이 몹시 잘 어울리는.

"이게 뭐예요?"

"생일 선물."

이번 주 금요일 자기 생일이잖아.

재희가 코랄빛 입술을 씨익, 말아 올렸다. 잠시 멍하니 자그마한 상자를 바라보던 혜원은 꾸벅 고개를 숙이며 조심스럽게 받아 들었다.

"우와, 감사해요, 대리님."

"나 이번 주 금요일 월차 쓰잖아. 못 챙겨 줄 것 같아서 미리 준비 좀 했지."

"상자부터 완전 예쁜데요."

"아부는 하지 말고."

혜원은 작게 웃으며 고개를 끄덕였다. 냉큼 상자를 풀어 보니, 예쁜 귀걸이 한 쌍이 들어있다. 리본만큼이나 짙은 푸른색이 눈에 가득 들어왔다.

"잘 쓸게요, 대리님."

"그래, 요즘 출간 준비하느라 어디 놀러갈 시간도 없을 텐데

가끔 기분 전환으로 하고 다녀. 자기한테 딱이겠더라."

사원들끼리 생일을 챙겨 주게 된 것은 작년부터였다.

아무래도 서로 호흡을 맞추는 시간이 계속 쌓이다 보니, 가족만큼은 아니더라도 충분히 가까운 사이가 되어 버렸다.

'대리님께서도 내 생일을 잊지 않아 주시는구나.'

"네가 박 작가 성격을 어떻게 다 안다고 그래? 그래도 연애하고 처음으로 맞는 생일인데 애인이랑 같이 있어야지."

어쩐지 며칠 전 재현과 나누었던 생일 관련 대화가 떠올라 혜원은 조금 신경이 쓰였다.

하지만 그 찝찝함은 바쁜 업무로 인해 금세 사그라졌다.

최근 다원은 마감일뿐만 아니라 매일 바쁘고 정신이 없었다. 사원들 책상에 올려 둔 달력은 저마다의 스케줄로 날짜를 확인하기 어려울 정도였다.

그중 가장 골치가 아픈 건, 소설팀 내에서 꾸준히 진행하는 새 레이블 준비와 여러 업체와의 프로모션이다.

번거롭기 그지없는 그 업무들은 출간 작업을 괴롭히는 가장 큰 문제였다.

"이 빌어먹을 프로모션 일정 맞추느라 요즘 무슨 정신인지도 모르겠네."

재희의 분노에 가슴 깊이 동조하며, 혜원은 검토가 끝난 기획서를 경훈에게 넘겼다.

3번이나 퇴짜를 맞아 밤새도록 수정한 그녀의 기획안은 드디어 통과될 수 있었다. 비록 경훈의 표정이 떨떠름하기 그지없었지만, 혜원은 시원하게 고개를 돌려 버렸다.

회사에 익숙해지면 익숙해질수록, 무엇에 감정을 쓰고 쓰지 말아야 할지 얼추 감이 잡힌다.

지금은 바로 쓰지 말아야 할 때.

찝찝한 마음을 접어 두고 그녀는 따로 출력해 놓았던 지훈의 피드백 자료를 꺼내들었다. 출간 작업 들어가기 전, 내용상 확인받아야 하는 부분들을 목차를 나눠 정리한 문서였다.

갑작스러웠던 작가의 부재로 인해 「그 여름의 골목」 출간 작업은 부랴부랴 진행 중이다.

올해 12월, 다원 창립 40주년 기념일. 출판사 신년회와 시기가 비슷해 상당히 빠듯하겠지만, 그녀는 최대한 실수 없이 일정을 소화하기 위해 고군분투 중이다.

그녀는 휴대폰과 출력한 서류, 필기구를 챙겨 자리에서 일어났다.

지훈과 사귀고 난 뒤 사무실에서 일적으로 통화를 나눈 적이 몇 번 있었는데, 그녀는 통화를 시작하고 1분 만에 후회했다.

작가와 통화하던 걸 가만히 듣고 있었던 건지 전화를 끊은 혜원에게 재희가 넌지시 물었다.

"박 작가랑 엄청 친해졌네?"

"……음, 그런가요?"

"그래, 우리 혜원 씨 다정한 건 알았지만, 이렇게 달큰달큰했었나? 막 설탕 뚝뚝?"

'그때 내가 무슨 생각을 했더라.'

아마도 '망했구나.' 내지는 '그래, 내가 그렇지 뭐.' 정도였던 것 같다.

혜원에게 부족한 부분을 꼽으라고 한다면, 그중 꼭 포함되는 것이 바로 연기력이다.

괜히 의식을 하게 되면, 평소 차분하고 조곤조곤한 어조가 유치원생도 알아차릴 만큼 어색함을 가득 담아낸다.

'덕분에 만우절 장난이나 서프라이즈 파티 주최 같은 건 상상도 못 했지.'

통화가 길어지거나 원고 이야기를 하게 될 경우 회의실을 사용하는 사원들이 많이 있기에 혜원도 그 방법을 이용하기로 했다.

작가와 연애를 한다는 것을 굳이 숨길 이유는 없겠지만, 업무로 얽혀 있는 관계이다 보니 밝히는 것보단 조심하는 것을 택했다.

"통화하러 가?"

"네, 길어질 것 같아서요."

"그래, 잘하고 와."

"2 회의실에 있을게요, 혹시 확인해야 할 부분 생기면 전달 부탁드리겠습니다."

"그래."

혜원은 에어컨을 틀어 후덥지근한 공기를 식히며 지훈에게 전화를 걸었다. 답답한 더운 공기가 얼른 차게 식길 바라는 마음을 담아.

항상 그렇듯 깨끗하게 정리된 회의실. 혜원은 의자 하나를 빼 엉덩이를 붙였다. 테이블 곳곳에 햇볕이 부서져 눈이 부시지만, 굳이 일어나 블라인드를 내리진 않았다.

최근 잦은 야근으로 지훈과 별로 만나진 못했다. 오늘따라 길게만 느껴지는 통화음을 마냥 기다리며 그녀는 출력한 피드백 자료를 훑어보았다.

[혜원아.]

교재를 시작하고 난 뒤, 그는 혜원에게 걸려온 전화를 단 한 번도 '여보세요'라고 받은 적이 없다.

통화 연결음이 끝나고 곧바로 이어지는 그의 매혹적인 목소리는, 항상 혜원의 이름을 정중하게 담아낸다.

게다가 언제부턴가 그의 입술은 자연스레 그녀를 호칭 없이 이름만 부르는데, 그건 상당히 달콤하고 설레는 일이었다.

'혜원아, 라니…….'

그녀는 슬쩍 입꼬리를 올렸다. 그에게 듣는 제 이름은 어쩐지 너무나 소중하게 들려, 조금 난감하다고 생각했다. 그렇게 이름을 불리고 난 뒤 항상 무어라 말하려 했는지 까먹곤 하기 때문이다.

"안녕하세요, 지훈 씨."

한 템포 쉰 혜원이 차분하게 말을 이었다.

혜원이 제 이름을 부르자 지훈이 의문을 담은 채 되물었다. 혜원은 사무실에서 지훈의 이름을 부르지 않는다.

[밖인가?]

"아뇨, 회의실이요. 편하게 통화하려고 들어왔어요."

지훈이 작게 웃음을 머금는다.

[그래, 그럼 편하게 말해도 되겠네.]

"그러게요, 우선 「그 여름의 골목」 작업 들어가기 전, 확인해야 할 부분 몇 가지가 있어 연락드렸습니다."

[뭐야, 일 얘기야?]

은근한 투정을 담은 그의 목소리에 혜원은 목울대를 울리며 낮게 웃었다.

"죄송해요, 출간 작업 바로 들어가려면 확인받아야 할 부분들이라서…… 그래도 오늘 데이트하잖아요."

[그래, 그랬지.]

기분 좋은 지훈의 울림에, 혜원은 웃음을 가다듬고는 대화를 이어나갔다.

“우선은, 정태가 본인의 마음을 깨닫고 지숙에게 찾아가 고백하는 부분 말인데요.”

[음, 중반 부분인가?]

“아마 그쯤일 거예요. 생각보다 분위기가 잘 안 사는 것 같아서 수정 요청 드렸는데, 누락이 되었는지 변동된 부분이 없더라고요. 상황상 의도하신 부분인가요?”

[정확히 어떤 부분인지 기억이 잘 안 나는데.]

혜원은 출력한 서류를 뒤적이며 최대한 상세히 설명했다. 서류엔 문제되는 장면이 그대로 출력되어 있었기에, 내용 전달은 어렵지 않았다.

“살인사건 용의자가 아니라, 개인으로 찾아온 장면이에요. 처음 찾아온 장면이니까 기억나실 거예요.”

작가로서, 혹은 독자로서도 당최 잊을 수가 없는 장면이었기에 혜원은 지훈이 쉽게 떠올릴 수 있을 거라 생각했다.

그러나 지훈의 목소리는 단호했다.

[읽어 줘.]

“……읽어 달라고요?”

혜원이 당혹감이 담긴 어투로 되물었다. 지훈은 어쩐지 즐거워 보이는 음성으로 수긍했다. 당황하는 혜원은 쉬이 볼 수 있는 게 아니다.

[그래, 기억이 잘 안 나. 내가 거기를 어떻게 썼더라.]

지훈의 능청에 혜원은 결국 웃음을 터뜨리고 말았다. 간혹 '아, 처음 만났을 때 얼음 뚝뚝 떨어지던 박 작가님이 맞나?' 싶을 때가 있지만, 지금 그의 모습은 조금도 싫지 않았다.

그녀는 다시금 차오르는 웃음을 꾹 참고는 목을 가다듬었다.

"흠, 컴퓨터를 켜시면 될 텐데요?"

[손가락이 아파서 도저히 컴퓨터를 못 켜겠어.]

지훈의 명연기는 쉬이 사그라들지 않았다. 혜원은 입술을 슬쩍 깨물어 웃음을 참았다.

[혜원아, 그러니까 직접 읽어 줘.]

혜원은 결국 꾹 누르던 웃음을 가득 흘려보냈다.

"푸하하, 제가 잘못했어요, 작가님. 읽어 드릴게요."

[내 담당자는 다정하기도 하지.]

지훈의 목소리는 그보다 더 만족스러울 수 없으리라.

혜원은 웃음을 참으며 출력한 원고를 찬찬히 읽어내려 갔다.

정태는 마음도 몸도 성한 곳이 단 한 곳도 없다. 그러나 분명한 것은 항상 존재한다. 지 형사에게 밟혀 기이하게 뒤틀어진 발목보다 더욱 아픈 건, 저를 내친 괴물의 차가운 시선이다.

그래, 이건 분명하다.

이 갈증은 용의자를 잡기 위한 형사의 촉 따위가 아니다. 이건, 피할 수 없는 붉은 욕정이다.

정태는 녹이 슬어 괴기스러운 괴물의 집 대문을 두드렸다. 산전수전을 다 겪은 사내의 거친 손에, 낡은 철제 대문은 당장이라도 무너져 내릴 듯 위태로웠다.

"뭐하니?"

비쩍 갈라진 목소리. 마을 사람들 모두 재수 없다 침을 퉤 뱉는 저 목소리는, 언젠가부터 정태에겐 너무나 달콤했다.

목소리 하나만으로도 숨 쉬는 것을 잊는 제가 혐오스러워 뜨거운 토악질이 올라왔다.

정태는 그러한 제 마음에 보란 듯이 숨을 내쉬었다.

억지로 목구멍을 열어 튀어나온 악은 탁하기 그지없다.

"후우- 후우-."

고개를 숙인 채 연신 숨을 뱉어내는 정태를, 여자는 조금도 건드리지 않았다. 다시 말을 걸지도 않았고, 무슨 일이냐 묻지도 않았다.

그저 같은 자리에서 물끄러미 바라볼 뿐이다.

그게 또 퍽 비참해, 정태는 부들부들 떨리는 주먹을 내려눌렀다.

숨을 몇 번 더 고른 그는, 여자에게 다가갔다. 그의 발걸음은 몹시 느렸지만, 여자는 여전히 꼿꼿이 허리를 세운 채 서 있다.

"당신, 내가 우스워?"

"……."

"우습냐고 묻잖아! 사람 죽인 년을 빤히 알고 있으면서, 미친놈처럼 뭐에 홀려 가지고 아무것도 못 하고 있는 게 우습냐고!!"

격앙된 남자의 외침에도 여자는 차분하다.

늙은 괴물은 작지만 또렷한 목소리로 말했다.

"난 사람을 죽인 적 없어."

"거짓말 마!"

"……."

"증거가 있다고! 빌어먹을 증거……! 만약 이 끔찍한 사건의 범인이 당신이 아니라면…… 이 증거에 해명할 부분이 있다면…… 그렇다면…… 제발 혼신을 다해 증명을 해."

"……내가 왜? 너는 나에게 왜 자꾸 해명을 하라고 하는 거지?"

여자의 매정한 물음에, 정태는 당장 울음을 터트려도 이상하지 않을 정도로 무너져 내렸다.

벅벅-

연거푸 훔치는 마른세수에 그의 얼굴과 목덜미가 붉게 달아올랐다.

"내 마음을 빤히 알고 있잖아. 내가 왜 이러는지 알고 있잖아."

기계적으로 본문 내용을 빠르게 읽어 내려가던 혜원은, 다음 대사에 잠시 입을 닫았다.

혜원이 다음 대사를 가만히 바라보고 있을 때 말없이 듣고 있던 지훈의 낮은 목소리가 그녀를 톡톡, 두드렸다.

[더 안 읽고 뭐 해?]

"음, 이 정도면 어디 즈음인지 아실 것 같은데요?"

[조금 전 지적했던 부분은 아직 등장하지 않은 것 같은데.]

혜원은 집요한 지훈은 도통 이길 수 없겠구나, 라고 생각했다. 그녀는 다음 대사를 눈으로 한 번 더 훑어보았다.

"……사랑한다고. 내가, 당신을……."

"돌아가. 곤란해지기 싫으면."

"사랑한다고, 말하잖아! 당신에게……!"

혜원은 웃음을 머금은 채 천천히 입을 열었다.

"괜찮으시겠어요?"

[어떤 부분이?]

"이 말을 이렇게 들으셔도요."

처음 하게 되는 '사랑한다.'라는 말. 질문의 의도가 어떤 건지 금세 눈치챈 지훈이 낮게 웃으며 수긍했다.

[그래, 그것도 그렇네.]

아무래도 장난은 이만 접어야겠다.

지훈은 평생 '사랑'이란 단어에 아무런 감흥도 느끼지 못했지만, 혜원에게 듣는 건 다르다.

그는 가벼운 웃음을 흘린 뒤 다시 원고 얘기에 집중했다.

[말해 준 부분은 나도 어느 정도 동의해. 아마 피드백 내용대로 수정 작업할 때 누락이 된 듯하네. 오늘 중으로 그 부분 수정된 원고 다시 넘겨주지.]

"네, 감사합니다."

혜원이 해당 부분을 간략하게 메모하던 중, 지훈이 느긋한 목소리로 그녀를 불렀다.

[그런데 혜원아.]

"네?"

[연기는 정말 아니더라.]

"……."

[혹시라도 제2의 직업으로 생각 중이라면 집어치우는 게 좋겠어.]

읽어 달라고 조른 게 누군데!

혜원이 엄습하는 부끄러움에 무어라 입을 열기도 전, 지훈은 재빨리 작별 인사를 건넸다.

[그럼 오후도 수고하고. 이따 봐. 얼른 보고 싶다.]

달콤한 인사를 남긴 뒤 지훈은 전화를 끊었다.

바탕 화면으로 돌아간 휴대폰 액정을 뚫어지게 바라보던 혜원은, 단호히 생각했다.

'졌다.'

그녀의 얼굴은 사뭇 진지해졌다.

'젔어. 방금 지훈 씨한테 무시당했어!'

어떻게 하면 연기가 형편없지 않다는 것을 증명할까 진지하게 고민하다가 혜원은 이내 고개를 저었다.

'무슨 바보 같은 생각을 하는 건지…….'

그녀는 피식 웃은 뒤 회의실을 간략하게 정리하고 자리에서 일어났다. 어쩐지 '사랑한다.'라는 말이 계속 생각나, 혜원은 지훈에게 그 말을 건네는 제 모습을 상상해 보았다.

상상만으로도 이질적인 모습에 멋쩍은 마음이 들었다. 고개를 저으며 회의실 문으로 손을 뻗던 그녀는, 숨을 훅 멈추고 말았다.

"……!!"

살짝 열린 회의실 문 사이. 경악에 가득 찬 시선으로 저를 바라보는 유경이 우뚝 서 있었기 때문이다.

웬만한 공포영화 뺨치는 상황에, 혜원은 숨 쉬는 것조차 잊어버렸다.

검게 흘러내린 그녀의 결 좋은 머리카락이 오늘따라 유독 괴기스럽다.

"……유경 씨."

"……."

혜원의 조심스러운 부름에도 유경은 아무런 대꾸가 없다. 두 여자는 아무런 말도 못 하고 서로의 눈을 바라보았다. 유경의 눈동자는 결국 충격을 이기지 못했는지 덜덜 떨리는 중이다. 혜원은 한껏 벌어진 그녀의 입을, 차마 닫아 줄 수 없었다.

'들었구나.'

유경 씨가 다 들어 버렸구나.

유경이 전화 내용 때문이 아닌 전혀 다른 것으로 충격을 받은 것이기를…….

혜원은 기적 같은 희망을 꿈꿔 보았지만, 그 소망은 결국엔 이루어지지 않았다.

그녀의 마음이 착잡하게 가라앉았다.

"……유경……."

"죽일 거야……."

그녀의 이름을 다시금 입에 올리던 그때, 유경이 새하얗게 질린 얼굴로 덜덜 떨며 입을 열었다.

혜원은 순간 잘못 들은 거라 판단했다.

"네……? 뭐라고요?"

"죽일 거야……."

그러나 안타깝게도 그건 혜원의 착각이었다.

유경은 떨리는 입술로 너무나 또박또박 '죽일 거다.'라고 외쳤으니까.

"죽일 거야……."

"저기, 유경 씨."

"박지훈!!!"

유경의 갑작스러운 표호에 출력물을 옮기던 윤진이 손에 쥔 것을 와르르 쏟았다.

"유경 씨! 갑자기 왜 그러세요?"

"박!! 지훈!!! 안 돼!!!"

정신을 약간 잃은 듯한 유경과 흩날리는 A4 용지를 멍하니 바라보던 혜원은 한숨을 푹 내쉬었다.

아무래도 오늘 지훈과의 데이트는 조금 어려울지도…….

지훈은 눈썹을 살풋 구기며 상대방 목소리에 귀를 기울였다. 조곤조곤한 목소리는 평소와 같았지만, 전해 주는 내용은 썩 반갑지 않았다.

[그래서 약속을 미뤄야 할 것 같아요.]

습관처럼 뺨을 긁적이거나 미간을 좁히는 그녀의 모습이 또렷하게 떠올랐다.

미안하거나 난감한 상황에 자주 보이는 모습이었는데, 지훈은 그 모습조차도 너무나 사랑스럽고 예뻤다.

"많이 늦을 것 같아?"

[네, 언제 끝날지도 잘 모르겠네요.]

"어쩔 수 없지. 너무 늦어질 것 같으면 말해. 데리러 갈게."

[늦어지면 꼭 연락드릴게요.]

"그래."

전화를 끊은 지훈은 휴대폰을 뚫어지게 바라보았다. 맞은편에서 식사를 하던 경수가 입 안 가득 밀어 넣은 오리고기를 꿀꺽 삼켰다.

"또 왜 그래?"

두 사람은 현재 지훈의 오피스텔 근처 한식당에서 점심 식사 중이었다. 오랜만에 먹는 쌀밥에 한껏 기분이 좋았던 경수는, 이젠 슬금슬금 지훈의 눈치를 봐야 했다.

물론, 그의 날카로운 기분을 신경 쓰기보단 지훈 몫의 오리고기를 노린다는 게 더 맞는 표현이겠지만.

입맛을 다시며 침을 뚝뚝 흘리는 경수는 노골적으로 지훈의 고기를 탐했다. 지훈은 경수의 빈 접시에 제 오리고기를 쏟아 넣어 준 뒤 차를 마셨다.

다시 신이 난 경수는 쌀밥을 푹푹 떠먹으며 물었다.

"혜원 씨가 오늘 만나지 말자고 그래?"

"그래."

"막 네가 싫어졌대?"

"……뭐?"

고조된 기분 때문인지, 경수는 상대의 눈초리가 어떠한지 살필 겨를이 없는 듯했다.

"막 꼴도 보기 싫으니까 꺼지래?"

"좋은 말 할 때 입 좀 다물지?"

그제야 경수는 바쁘게 씹던 입술을 뚝 멈추고는 지훈의 얼굴을 살펴보았다. 확실히 좋지 않다.

경수는 저가 할 수 있는 최대한의 안쓰러움과 연민을 얼굴 가득 담아냈다.

"뭐야…… 진짜야? 너 어쩌냐…… 이제 겨우 만났는데, 진짜 네 사랑……."

그러나 그는 곧 '으악!' 하고 비명을 지르고 말았다. 지훈이 제 옆에 고고히 자리를 지키던 철제 라이터를 집어 던졌기 때문이다.

고급스러운 문양이 새겨진 라이터는 둔탁한 소리를 내며 바닥을 굴렀지만, 조금의 흠집도 없이 번쩍번쩍 빛이 났다.

"야, 이 미친놈아! 이거 쇠잖아!"

"그러게 누가 함부로 입을 놀리래."

"내가 뭘! 내가 뭘!"

방음이 좋은 룸에서 식사 중이긴 하나, 경수의 쩌렁쩌렁한 목소리는 바깥까지 들릴 수 있을 정도로 컸다.

지훈은 짧게 혀를 차곤 거의 동이 난 차를 조금 더 따라 마셨다.

"괜히 약속 취소된 거 가지고 나한테 난리야."

"네가 먼저 깐족거린 건 생각 못 하지?"

경수는 안 들리는 척 귀를 막았다.

그 모습이 마치 딱 중고등학생 때 저를 놀리던 모습과 똑 닮아, 지훈은 결국 피식― 바람 빠진 웃음을 흘려 버렸다.

예나 지금이나, 박경수는 조금도 변한 게 없다.

사기 밥그릇의 바닥까지 싹싹 긁어 먹던 경수가 문득 생각이 났다는 듯 고개를 들었다.

"아, 그런데 요즘 이상한 소문이 돌더라?"

그가 답지 않게 은밀한 목소리를 냈다.

"관심 없어."

"글쎄, 이건 관심 있을걸."

예상대로 시큰둥한 지훈의 태도에 경수가 씨익, 입꼬리를 올렸다.

지훈은 조금씩 올라오는 흡연 욕구를 누르며 고개조차 들지 않았지만 경수는 멋대로 떠들기 시작했다.

"요즘, 다원이랑 계약한 젊은 여자 작가가 입을 좀 털고 다니거든."

"본론만 말해."

"아, 좀 참고 들어봐, 젊은 애가 왜 이리 성격이 급해."

툴툴거리던 경수는 다시 목소리를 가다듬었다.

"대체적으로 본인 담당자에 대한 이야기인데, 작가 모임 때마다 눈물콧물 다 짜내면서 하소연을 그렇게 하더라고. 제 담당자 그지 같다고."

'다원에 그런 편집자가 있었던가.'

지훈은 평소 혜원에게 사무실 이야기를 자주 들었기에 그녀와 나누었던 대화들을 떠올려 보았지만, 그러한 편집자는 없었다.

과장된 이야기라 판단한 지훈은 그대로 신경을 껐다.

혜원이 다원에 속해 있기는 하지만 그녀 외의 다른 것들에게 관심이 있는 건 아니다. 생각해 보면, 계약을 하려 마음먹었던 것도 결국엔 이혜원 때문이었으니까.

"거물 작가를 담당하는 편집자라 오만하기가 하늘을 찌르고, 신인 작가인 저를 막 대한다더라고. 나이에 비해 경력도 적은 주제에 가르치는 건 엄청 좋아하고, 자존감까지 아주 뚝뚝 깎아내린다더라."

지훈이 혜원과 다원에서 처음 만났던 꿈같은 순간을 떠올리는 와중에도 경수의 입은 멈추지 않았다.

얼굴도 알지 못하는 작가의 험담을 대신 듣는 건 상당히 지루하다.

차오르는 하품을 숨기지 않고 흘려보내던 그때였다.

경수가 앞서 떠들던 어투와는 조금 다른, 진중한 목소리로 뱉어낸 한마디에 지훈의 건조한 눈동자가 다시 색을 찾았다.

"그런데 그 편집자가, 박지훈 담당이라는 거지."

"……뭐?"

"네 담당자라고. 그 오만하고 가르치는 거 좋아하는 자존감 루팡이, 네 담당자, 혜원 씨라고."

지훈의 얼굴이 순식간에 싸늘히 가라앉았다. 그는 어처구니가 없다는 듯 비릿하게 입꼬리를 올렸다.

"너 지금 무슨 개소리를 하는 거야?"

"그래, 이제 좀 관심이 생기냐?"

경수가 짧게 혀를 찼다.

평소 작가 모임엔 코빼기도 안 비추니 이런 얘기가 도는 것도 전혀 눈치 못 채지.

지훈은 상당히 불쾌한 듯 얼굴을 구겼다.

"왜 혜원이한테 그딴 소문이 도는 거지?"

"글쎄, 진짜 이유는 나도 모르지. 뭐, 나야 혜원 씨랑 대화도 해 보고 얼굴도 마주해 봤으니 이게 악의적인 루머인 건 당연히 알지만, 다른 사람들은 아니야."

아는 만큼 보인다는 말이 있잖아.

경수의 말에 지훈은 헛웃음을 뱉어냈다.

오만하다고 자존감을 깎아내린다고?

이혜원과 단 한 마디라도 나눠 본다면 그렇게 말할 수 없다. 그녀가 얼마나 상대를 정중히 대하는지는, 그가 가장 잘 알고 있었으니까.

"그 소문이 언제부터 돌았는데?"

"얼마 안 된 것 같아. 나도 모임 참석 뜸하다가 최근에 다시 나간 거라……. 오랜만에 가니까 웬 어린 여자애가 이곳저곳에서 예쁨을 받고 있더라고."

"어린 여자애?"

"어, 그 작가 어려. 어린 나이에 문학상 타고 뭐 그랬다네. 근데 그것보다 더 신경이 쓰이는 건, 그 모임에 혜원 씨가 담당하는 다른 작가들도 있다는 거지."

선동은 참 무서운 거야.

경수는 고개를 절레절레 저으며 벗어둔 백팩을 어깨에 걸쳤다. 자리에서 일어나는 그를 따라 지훈은 묵묵히 룸을 빠져나왔다.

"이 바닥에 오지랖 넓고 예민한 사람들이 좀 많냐? 게다가 그 여자애가 상당히 예뻐."

"그게 무슨 상관인데?"

"젊고 예쁜 여자 작가한테 멋있어 보이려고 허세에 찌든 놈들이 오지랖 부릴 수 있다는 거지."

지훈은 싸늘한 조소를 흘렸다.

그의 외모에 혹해 시선을 돌린 이들도 찔끔 고개를 숙일 만큼 냉랭한 미소였다.

"게다가 혜원 씨 담당 작가들한테도 살랑살랑 꼬리치는데, 이거 왠지 가볍게 넘어가지 않을 수도 있을 것 같네."

경수는 이맛살을 찌푸리며 지훈의 승용차 조수석 문을 벌컥 열었다.

"그래서, 그 작가가 누구지?"

"알려 주면 뭐 해줄 거야?"

"그냥 내가 알아보도록 할 테니 넌 신경 꺼라."

경수는 자동차 시동을 켜기 전, 휴대폰 먼저 꺼내드는 지훈을 내려눌렀다.

“에헤이~ 그것참 성격 급하시다. 우리 지훈님.”

“그럼 말해.”

“하정안. 장르 쪽은 아니고, 「그대와의 시간」이라는 꽤 잘 팔린 에세이 작가야.”

제 12 장

소중한 모든 것

혜원은 아침부터 울리는 벨소리에 무거운 눈을 겨우 들어올렸다.

익숙한 번호와 저장된 이름을 눈에 담은 그녀는, 잠결에도 푸슬푸슬 웃음을 흘렸다.

이게 얼마만이지?

금세 잠이 달아난 혜원은 곧장 전화를 받았다.

[딸! 생일 축하해!]

스피커에 입술이 닿는 동시, 수화기 너머 높게 솟아오르는 목소리가 경쾌하다.

혜원은 웃음을 터뜨렸다.

"안녕, 엄마. 서프라이즈 인사네."

[그래, 오랜만에 우리 딸이랑 연락하니까 좋다.]

'나도.'라고 답한 그녀는 부드러운 미소를 입가에 가득 걸었다.

"드디어 휴대폰 샀나 보네?"

[응, 이젠 통화 아무 때나 해도 돼!]

"그래, 메일 보내는 거 좀 불편했어."

혜원은 오랜만에 듣는 소중한 엄마의 목소리에 늘어지던 몸을 벌떡 일으켰다. 그녀가 평소 씻는 시간까진 대략 삼십 분 정도 남아 있다.

이렇게 일찍 일어나는 건 꽤나 오랜만이라 혜원은 침대 위에서 길게 스트레칭을 했다. 근육이 슬금슬금 풀리는 느낌에 개운하다.

"일본도 아침일 텐데, 우리 엄마 여전히 부지런하네."

[시간을 아껴 써야지. 막상 돌아다니고 구경하다 보면 이것도 모자라.]

혜원이 태어나지도 않은 아주 오래전, 어머니인 연순은 아버지를 잃고 홀로 남았다. 아버지는 오토바이 사고로 돌아가셨다고, 키가 훌쩍 큰 혜원이 물었을 때 연순은 답해 주었다.

현재 그녀는 새 사람을 만나 재혼을 했고, 남편과 평생소원이던 세계일주 중이다.

연순은 꼼꼼한 혜원과는 다르게 워낙 덤벙대는 성격이라 휴대폰도 잘 잃어버리고 짐도 아무 곳에다가 버려두고 올 때가 많다.

덕분에 한 달에 한 번 연락하기가 힘들 때도 종종 있지만, 혜원은 그런 어머니가 참 사랑스럽다.

[그래, 준원이랑은 잘 지내고?]

한창 대화를 나누던 도중, 연순이 밝은 목소리로 준원의 안부를 물었다.

"잘 몰라."

[왜 몰라? 만날 붙어 다니더니.]

"그것도 옛날 말이지. 헤어졌어."

준원과의 이별을 누군가에게 말할 때가 온다면 꽤나 난감하거나 생각이 많을 줄 알았는데, 조금도 그렇지 않았다.

혜원은 스스로가 신기할 정도로 준원이란 존재에 대해 아무런 생각도 들지 않았다. 불쾌했던 경험조차 '그래, 그런 일이 있었지.' 정도로만 기억될 뿐이다.

[헤어졌어? 이번엔 좀 오래갈 줄 알았더니.]

연순은 저를 낳아 주고 키워 준 소중한 어머니이지만, 때론 누구보다 가까운 친구 같을 때가 있다.

이렇게 연인에 대한 이야기를 할 때가 유독 그러한데, 혜원은 연순과 이런 식의 대화를 나누는 게 좋았다.

[어머, 내가 너무 오래 붙잡고 있었구나? 빨리 씻어. 또 지각하지 말고.]

"나 지각 많이 안 해."

[웃기지 마. 내가 들은 것만 해도 열 손가락을 훌쩍 넘는구만. 아무튼, 딸. 생일 정말 축하하고 오늘 하루도 힘내! 생일 선물은 곧 보낼게.]

연순과 혜원이 또 다른 점이 있다면 바로 이것이다. 연순의 급한 성격. 그녀가 단숨에 본론을 다 쏟아내자, 혜원은 키득키득 웃으며 전화를 끊었다. 엄마와의 연락은 늘 유쾌하다. 혜원은 기분 좋은 미소를 지으며 이불을 털고 일어났다.

'생일 선물로 뭘 보내 주실까.'

아이 같은 생각에 절로 웃음이 나왔다.

행거에 널려 있는 수건을 툭툭 눌러 보니 아직 축축하다. 그러나 혜원은 고민 없이 덜 마른 수건을 어깨에 걸치고 욕실로 향했다.

"혜원 씨. 생일 축하해요."

유경이 이미 출근한 혜원의 어깨를 톡, 두드리며 말했다.

"좋은 아침이에요, 유경 씨."

"그러게요, 오늘도 아주 푹푹 찌네요. 그나저나 선물이 어설퍼서 미안해요. 아직 월급 전이라 뭐 좋은 걸 못해 주네."

그녀는 지난밤 프랜차이즈 제과점 이용권을 모바일로 보내주었다. 평소 단 것을 무척 좋아하는 혜원에겐 그만한 선물도 없다. 그녀는 눈을 둥그렇게 뜨곤 고개를 열심히 저었다.

"저한테 완전 필요한 거예요. 나 어젯밤에 받고 막 신나했는데."

"으이그, 됐어요."

입술을 슬쩍 비쭉인 유경은 그대로 재희의 빈자리에 앉았다. 재희는 오늘 월차를 쓴 관계로 출근을 하지 않았다. 그녀의 부재로 오늘은 조금 허전할 것 같다.

유경은 혜원에게 바짝 몸을 붙여 속삭였다.

"오늘 데이트해요?"

"데이트요?"

"네, 박지훈 작가님이랑. 혜원 씨 생일이잖아요."

유경에게 지훈과의 연애 사실을 들켰던 그날, 혜원은 깊은 난감함을 느꼈다. 첩첩산중으로 이 사실이 재희에게 흘러들어가기까진, 긴 시간이 걸리지 않았다.

유경과 재희에게 붙잡힌 채 1층 카페로 질질 끌려가던 순간에도, 혜원은 빠르게 머리를 굴렸다.

'어떻게 하면 연인이 아닌 관계로 보일 수 있을까?'

그러나 두 사람의 눈초리에 불가능한 일이라는 걸 금방 깨달을 수 있었다.

"두 사람 그럴 줄 알았어."

"아셨다고요?"

"그래, 자꾸 썸 타는 티를 풀풀 내는데 모르고 배겨?"

재희와의 대화를 떠올린 혜원은, 슬쩍 입꼬리를 올리며 유경의 머리를 쓱쓱 쓰다듬었다. 곱게 편 가느다란 머리카락이 손가락 사이사이 흐드러진다.

쿨하게 상황을 받아들인 재희와 다르게 그녀는 상당히 지훈을 경계했다. 그 모습이 퍽 귀여워, 혜원은 그녀가 꼭 친동생 같았다.

"아니, 오늘은 안 만나요."

"왜요?"

유경은 눈동자를 살풋 찡그렸다. 어쩐지 그 시선에 재현의 목소리가 겹쳐, 혜원은 시선을 조금 피했다.

"네, 오늘은 계약 건으로 일이 좀 있으세요."

"아, 그래요? 그래도 조금 아쉽겠어요. 연애하고 처음 맞는 생일일 텐데."

예쁘게 손질된 유경의 손톱을 살피던 혜원은 고민했다. 지훈은 오늘이 내 생일인 걸 알지 못한다, 라고 하면 유경은 뭐라고 할까? 어쩌면 그를 비난할지도 모르겠다.

"보통, 연인에게 생일이란 건 중요한 거죠?"

그래서 결국 다른 걸 물어보고 말았다.

"어머, 그럼요. 내가 사랑하고 나에게 소중한 사람인데 축하해 줄 수 있는 날엔 축하해 줘야죠."

"……음, 그렇구나."

아홉 시가 다 되어 경훈까지 출근하자, 유경은 제자리로 돌아갔다.

혜원은 업무 준비를 하는 내내 지훈이 신경이 쓰였다.

그는 오늘 영화 판권 관련으로 제작사와 미팅이 있다. 지훈은 하루에 한 번은 꼭 얼굴을 봐야 직성이 풀려 했기에, 오늘 만나지 못한다는 것에 상당히 아쉬워했다.

그의 아쉬움을 아는 혜원은 더욱 그를 보듬었다. 출근 중에도 계속해서 대화를 나누고, 웃었다.

그래, 어쩌면 몹시 쉬운 것에 쓸데없는 걱정을 한 것일 수도 있다.

나 오늘 생일이에요.

이 한마디가 어려워 그렇게 고민을 하다니.

'뭐, 아무리 고민해도 이미 늦었지만…….'

혜원은 작게 한숨을 내쉬고는 고개를 휘휘 저었다.

그저 오늘이 조용히 지나가기를 바라야겠다. 나중에, 더 나중엔 얘기할 수 있겠지.

혜원은 테이블을 톡톡 두드렸다. 잡고 있던 수화기가 무겁다 느껴질 만큼 상대는 날이 서 있다.

[저한테는 단권으로 작업하지 말라고 하셨잖아요.]

"그건 출판사 방침상……."

[박지훈 작가님은 단권 작업이라고 들었는데요?]

"……박지훈 작가님이요?"

[네, 저도 처음에 시놉 드렸을 때부터 얘기했잖아요. 최대한 여운도 남기고 잔잔하게 끝내는 게 목표라서 단권 작업하고 싶다고. 구성도 단권에 딱 맞췄고요. 그런데 그때 혜원 씨가 절대 안 된다고 했잖아요.]

혜원은 차오르는 한숨을 꿀꺽 삼켰다.

최근 작가들에게서 이런 연락이 자주 온다.

어디서 무슨 얘기를 들은 건지는 잘 모르겠으나, 그들은 하나같이 부당한 대우를 받는 사람들처럼 예민했고 때때론 언성을 높일 때도 있었다.

"작가님, 저희가 다루는 레이블이 여러 개 있는데, 레이블마다 적용 사항이 조금씩 달라요. 작가님과 박지훈 작가님은 장르 면에서 구별이 될 수밖에 없어……."

[박지훈 작가님이 그렇게 해 달라고 하면 들어 주실 거잖아요.]

"……네?"

[……아무튼, 편집자님 말은 잘 알아들었습니다. 말씀 주신대로 원고 작업해서 전달 드릴게요.]

일방적으로 끊어 단조로운 기계음만 들리는 수화기를 혜원은 멍하니 바라보았다.

이럴 때마다 혜원은 작가라는 존재가 참 단순하다는 걸 느낀다. 평소 제가 원하는 대로 일처리가 되면 가장 친한 친구처럼 친절하다가도, 조금만 기분이 상하면 금세 이를 드러낸다.

"혜원 씨, 표정이 왜 그래요?"

탕비실에서 녹차 티백을 꺼내오던 윤진이 고개를 갸웃거렸다. 혜원은 옆에 올려 둔 거울에 제 얼굴을 비춰 보았다. 아무리 좋게 말해도 밝은 표정은 아니다.

"작가들이 또 말썽 부려요?"

"딱히 말썽은 아닌데, 많이 예민하신 것 같네요, 다들."

"어휴, 작가들 예민한 거 어디 하루 이틀인가? 신경 꺼요. 제 잘난 맛에 사는 작가들 워낙 많잖아요."

콧노래를 흥얼거리며 자리로 돌아가는 윤진의 뒷모습을 물끄러미 바라보던 그녀는 천천히 고개를 돌렸다. 혜원은 가만히 모니터를 응시했다.

'사실 예민이라기보단…… '악의'가 느껴지는 것 같은데…….'

혜원은 주변 사람들이 저를 어떻게 느끼든, 어떤 시선을 보내든, 그다지 신경 쓰는 편이 아니다.

사람들은 그녀에게 몹시 다정하다 말하다가도 정이 없다고 평가를 내리곤 한다. 그만큼 주변에 깊은 신경을 쓰지 않는 덤덤한 성격 때문이리라.

그러나 내 담당 작가라면 얘기가 조금 달라진다.

혜원은 현재 돈을 받고 일을 하는 일개 회사원이다. 작가와 편집자는 좋든 싫든 비즈니스적인 관계이고, 이 관계를 별 탈 없이 유지하는 게 편집자의 또 다른 일이다.

물론 그렇게 만들어진 관계는 대부분 언제 어떻게 무너져도 이상할 게 없을 만큼 얄팍하다. 그러니 계약되어 있는 작가들이 허튼 생각을 하지 못하도록 잘 관리를 해야 하는데…….

'단체로 이러는 걸 보면 뭔가 문제가 있다는 거겠지.'

톡톡, 테이블을 두드리던 소리가 멈추었다.

소 잃고 외양간 고치는 것만큼 번거로운 것도 없다.

'원고료가 문제일까. 아니면 계약 조건? 또 터무니없는 소문이라도 돌고 있는지도 몰라. 작가 모임에서 별의별 얘기가 다 나온다고 하니까…….'

혜원은 팔짱을 끼고 생각했다.

'그나저나, 이걸 누구한테 먼저 알리는 게 좋을까.'

혜원이 담당하는 작가는 총 8명. 대부분이 여자이고 그녀보다 어렸다.

모든 담당 작가들에게 한 번씩 연락을 돌려보고 타 편집자들의 이야기를 들어본 결과, 그녀는 확신했다.

대부분의 내 담당 작가들은, 나에 대한 불만이 상당하다.

"무슨 일일까."

그녀는 업무적으론 눈치가 몹시 빨랐다. 불과 한두 달 전만 해도 상냥하던 이들의 목소리 뒤에 날이 서 있다는 것쯤은 쉬이 알 수 있다.

'자꾸 지훈 씨 이름을 거론하는 걸로 봐선 무언가 지훈 씨와 관련하여 기분 상하는 일이 있었을지도.'

낮은 한숨을 뱉어낸 혜원은 가죽 의자 헤드에 기댔다. 멍하니 올려다본 사무실 천장이 참 높다.

'그래도…….'

생각은 깊이, 아주 깊이 떨어진다.

"항상 혜원 씨와 통화하면 설득당하고 마네요. 저를 너무 잘 조련하시는 거 아니에요?"

"혜원 씨! 일 그만두는 거 아니죠? 혜원 씨 그만두면 나도 다원이랑 계약 안 할 거예요."

"혜원 씨만 한 편집자 없어요. 제가 늘 감사하죠."

친형제까진 아니어도, 가까운 친우처럼 저를 대하던 작가들이 하나둘 떠올랐다.

'난 단 한 번도, 거짓으로 작가를 대한 적 없는데.'

높은 천장을 한동안 두 눈에 담아내던 혜원은 천천히 고개를 저으며 가라앉으려는 기분을 털어냈다.

아직 무슨 일인지 잘 모르니까, 너무 성급하게 생각하고 혼란스러워하지 말자. 별일 아닌 일일 수도 있으니까.

워낙 업체와 직접적으로 계약을 하고 이런저런 일들을 많이 겪어서 그런 걸까. 작가들은 상대의 의견에 너무나 쉽게 흔들린다. 혜원은 그러한 작가들의 특징을 너무나 잘 파악하고 있었다.

그녀는 충전이 완료된 휴대폰을 빼고 작가 연락처 파일을 정리했다.

'작가 모임에 참석하는 사람이 또 있으려나.'

담당 작가들을 제외하니 생각나는 이가 많지 않다. 작가들 모임도 종류가 꽤 많은데, 다원 쪽 작가들은 대부분 메이저 작가들이다. 이들이 참석하는 모임엔 아무나 발을 들일 순 없을 듯하다.

'우선 이쪽 작가 모임에 참석할 수 있는 사람을 알아보자.'

작가들 사이에서 무슨 얘기가 오가고 있는지 확인을 해야 경훈에게 문제되는 부분을 알리고 해결하는 것도 수월하겠지.

고민을 하다 보니 시간이 훌쩍 흘렀다.

부랴부랴 남은 업무를 처리하다 보니, 사무실엔 어느새 그녀 홀로 남게 되었다.

다른 이들은 모두 떠들썩하게 보내는 생일.

케이크는커녕 미역국도 먹지 못한 채 늦게까지 야근하는 제 모습이 퍽 처량하게 느껴질 법도 한데, 그녀는 무덤덤한 얼굴로 쭉 기지개를 켰다.

자취를 하다 보면 흔히 있는 일이다.

바쁘게 돌아가는 서울 생활. 쌓이기만 하는 업무. 이 모든 것에 익숙해지려면, 미역국이나 예쁜 케이크보다 더욱 신경써야 할 것이 많다.

[우리 재현]

아직까지 일함? 미쳤네.

우리 혜원이 힘들어서 어째.

미역국도 못 먹었지?

오후 9시 30분

어쩐지 육성으로 들리는 듯한 그의 목소리에 혜원은 작게 웃으며 컴퓨터를 껐다. 그녀는 밝은 모니터에서 빛이 사라지는 것을 확인한 뒤, 싱거운 답변을 보내고 자리에서 일어났다.

그때 전화벨이 울린다.

당연히 재현일 거라 생각하며 휴대폰을 들어 올리니, 또 다른 반가운 이름이 액정을 가득 채운다.

[지훈 씨]

혜원은 얼굴 가득 웃음을 흘리며 전화를 받았다.

"네, 지훈 씨."

[퇴근은?]

"이제 하려고요. 미팅은 잘하셨어요?"

사무실 불을 모두 끈 혜원은 무거운 발을 끌고 엘리베이터로 향했다.

[항상 너무 늦어. 다원에선 일을 다 너한테만 시키는 건가?]

못마땅한 어투에 혜원은 작게 웃음을 터뜨렸다.

"안 그래요. 원래 출판사가 야근이 많잖아요."

오늘 하루는 어떻게 보냈는지 두런두런 이야기를 나누며 건물 로비를 빠져나가자, 후덥지근한 공기가 피부에 가득 닿는다. 얇은 셔츠 한 장에 면 치마를 걸쳤음에도 상당히 덥다.

'이젠 밤이 되어도 공기가 가볍지가 않구나.'

숨을 천천히 들이쉰 혜원이 발을 떼려던 그때, 누군가 그녀의 가느다란 팔뚝을 잡아끌었다.

갑작스러운 접촉에 깜짝 놀란 그녀가 무어라 입을 열려던 그때,

"혜원아."

다정하게 저를 부르는 목소리에 그녀는 막힌 숨을 터뜨리듯 입꼬리를 올렸다. 고개를 휙 돌리는 순간, 자연스럽게 그의 품에 가득 안기게 되었다.

익숙한 향기가 곳곳에 채워진다.

"보고 싶었어."

혜원을 붙잡은 그대로 품에 가둔 지훈은 조금의 틈도 허용치 않으려는 듯 세게 끌어안았다.

그녀는 키득키득 웃었다.

회사 사람들이 모두 퇴근한 것을 알았기에, 출판사 앞에서 이렇게 진한 스킨십을 나눠도 눈치가 보이지 않았다.

"언제 왔어요?"

"방금."

"저 퇴근했으면 어쩌려고 연락도 안 하고 왔어요?"

"넌 항상 퇴근할 때가 되면 퇴근한다고 말하니까."

그녀의 가느다란 머리카락을 부드럽게 쓸어 넘기며 지훈은 혜원의 향기를 가득 들이마셨다.

오늘 하루 종일 진행된 미팅은 몹시 지루했다. 시간이 지나면 지날수록 어찌나 혜원이 생각나던지, 그는 당장이라도 그녀에게 달려가고 싶은 걸 참느라 혼났다.

"저녁은 먹었어요?"

"아니."

"그럼 여기서 이러지 말고 어디 가서 뭐라도 먹어요, 우리."

부드러운 목소리로 혜원이 지훈의 머리카락을 조심스럽게 쓸었다. 그녀의 손길과 그녀의 눈동자. 모든 것이 사랑스러워 견딜 수 없던 지훈이 그녀의 콧잔등에 살짝 입을 맞췄다.

'우리'라는 말이 그렇게 좋을 수가 없다. 그녀의 어여쁜 입술에서 흘러나온 말이라면 더더욱.

혜원을 꼼꼼히 살펴보던 그때, 훤히 드러난 그녀의 가는 목덜미가 눈에 들어왔다. 셔츠 자락이 잔뜩 벌어져 깊게 파인 쇄골과 흰 목선이 적나라하다.

"여름이 빨리 지나갔으면 좋겠어."

지훈의 커다란 손이 혜원의 목덜미와 어깨를 가볍게 쓸었다. 그의 손길과 눈길이 어떤 의미인지 너무나 잘 알았기에, 혜원은 저도 모르게 뺨을 붉혔다.

"어차피 아무도 안 보는 걸요."

"봐."

지훈은 피식, 웃으며 혜원의 뺨에 입을 맞췄다.

"넌 네가 얼마나 눈에 띄는지 몰라."

차분하게 가라앉은 눈동자와 가느다랗진 않지만 몹시 매력적인 목소리. 제 시선을 단번에 사로잡았던 그녀의 모든 것들.

"이건 너무 예뻐서 보여 주기 싫다."

연신 쓰다듬는 손길에 발끝까지 긴장이 된다. 혜원은 천천히 숨을 뱉었다. 이렇게 달콤한 얘기를 들을 때마다 꼭 저가 아니게 된 것만 같다.

"옷, 너무 파인 건 되도록 안 입을게요."

"그래, 착하다."

자그맣게 올라간 그의 입꼬리에 시선을 빼앗긴 혜원이 맑은 웃음을 흘렸다.

사소한 것 하나하나에 동요하고 가슴 떨려하는 제 모습이 재미있어, 그에게 잡힌 손을 작게 흔들었다.

조용조용 대화를 하며 근처에 주차시켜 둔 그의 차로 향하던 그때, 익숙한 목소리가 혜원의 발걸음을 붙잡았다.

"어, 혜원 씨. 이제 퇴근해요?"

걸음을 멈춘 혜원이 시선을 돌리자, 그녀보다 훨씬 먼저 퇴근했던 유경이 시야 가득 들어왔다. 깜짝 놀랐는지 그녀의 두 눈이 동그랗게 뜨였다.

"유경 씨, 이 시간에 웬일이에요? 아까 퇴근했잖아요."

"지갑을 놔두고 와서요. 요 근처에서 친구랑 술 마시고 있었거든요. 제가 요즘 이래요. 정신을 어디에다 두고 다니는지."

유경은 한탄 아닌 한탄을 하며 슬쩍 눈동자를 돌렸다. 혜원 옆에 우뚝 서 있는 박지훈 작가.

저 남자는 제가 나타났음에도 불구하고 혜원의 손을 놓지 않는다. 그녀는 비쭉 튀어나오려는 입술을 숨긴 뒤 깍듯이 고개를 숙였다.

"안녕하세요, 작가님. 오랜만에 뵙네요."

"네."

"혜원 씨한테 얘기 들었습니다. 축하드려요. 이렇게 보니까 두 분 너무 잘 어울리네요."

국어책을 읽듯 주절주절 뱉어진 멘트에도 지훈은 조금의 미동도 없다.

혜원의 손을 꼭 붙잡고 있는 저를 보고도 놀라지 않는 것으로 보아, 눈앞의 여자가 혜원이 말한 그 사람인가 보다. 사귀는 것을 들켰다던.

지훈은 건조하게 고개를 끄덕였다.

그의 시선을 받는 유경은 어쩐지 몸이 뻣뻣해지는 것 같았다.

차가운 시선. 저 새카만 눈동자가 어찌나 어둡고 깊은지, 어두운 곳에서조차 눈을 마주치기 어렵다. 유경은 '여전하시네.'라는 생각을 하며 혜원에게 눈동자를 돌렸다.

"그래도 오늘 데이트하시나 보네요."

"네, 그렇게 됐네요."

"아, 다행이다."

다행이라니? 혜원이 고개를 갸웃거리자, 유경은 개구지게 웃으며 말했다.

"생일인데 되도록 남자 친구랑 보내는 게 좋잖아요."

밝고 예쁜 목소리가 공기를 울리는 순간, 혜원은 숨을 훅, 들이켰다.

"그럼 전 이만 올라가 볼게요. 작가님, 우리 혜원 씨 오늘 생일이니까 잘 부탁드려요."

"……아."

"그럼 내일 봐요, 혜원 씨~"

유경은 발랄하게 손을 흔들고는 건물 안으로 쏙 들어갔다.

혜원은 뺨에 쏟아지는 시선에 숨을 제대로 쉴 수가 없었다. 그와 만나고 줄곧 달콤하던 더운 공기가 어느새 싸늘히 식은 듯했다.

무거운 정적이 흐른 지 몇 분.

혜원은 천천히 고개를 들어 지훈을 올려다보았다.

그저 가볍게 넘어가길 바랐던 상황은, 그의 얼굴을 보니 무리일 듯싶다.

저를 내려다보는 지훈의 어두운 눈동자, 딱딱하게 굳은 얼굴. 그 와중에도 그는 혜원의 손을 풀지 않았고, 천천히 걸음을 옮겼다.

차문의 도어록을 푼 그는 그녀를 조수석에 앉힌 뒤 흐트러진 머리카락을 정돈해 주었다.

“잠깐 기다려.”

그는 그대로 혜원을 두고 사라졌다. 차 안은 몹시 고요했고, 그녀의 가느다란 숨소리만이 가득했다.

‘화가 난 것 같지는 않지만…….’

혜원은 난감해진 상황에 뺨을 긁적였다.

이런 상황은 참 익숙하지 않지만, 역시 재현의 말을 들을 걸 그랬다. 아무리 어색해도 말을 할 걸 그랬어. 그게 뭐 그렇게 어렵다고.

지훈을 신경 쓰이게 만들었다는 사실이 신경 쓰여 그녀는 휴대폰을 꺼내 들었다.

천천히 한 글자 한 글자 써내려가던 그때, 조수석 문이 벌컥 열렸다. 깜짝 놀란 혜원이 고개를 들어 올리자 지훈이 우두커니 서 있다.

왜 조수석 문을 열었는지 의문이 들기보단, 그가 돌아와서 좋았다. 무어라 얘기를 꺼내려 하니, 지훈은 허리를 숙여 앉아 있는 혜원과 눈을 맞췄다. 그가 천천히 손을 뻗는다.

“상태 좋은 장미는 남은 게 이것뿐이라더라.”

뻗어진 그의 손이 혜원의 뺨과 귓가를 스쳤다. 스치듯 눈에 담은 익숙한 붉은 꽃잎에 그녀는 천천히 입술을 닫았다.

“조금 아쉽지만…….”

훅, 번지는 장미꽃 향기.

그는 조심스럽게 손을 뻗어 혜원의 귀 뒤에 장미꽃을 꽂아 주었다.

혜원의 귓가에 꽂힌 장미 한 송이는 몹시 붉고 탐스럽다. 그녀의 맑은 얼굴과 너무나 잘 어울려, 지훈은 부드럽게 미소 지었다.

"예쁘다."

그의 표정도, 손길도, 조심스럽게 끼워진 장미 한 송이도…… 너무나 따스해서, 혜원은 어쩐지 울고 싶었다. 조금 전까지 신경 쓰던 모든 것, 생일도, 작가 문제도, 그 외의 바쁜 업무도.

모든 것을 잊고, 그냥 울고 싶어졌다.

건물 모퉁이를 돌아 조금 가다보면 꽃집이 하나 있다. 늦게까지 야근하는 회사원들이 워낙 많은 곳이라 문 닫는 시간은 느리지만, 여기서 거리가 그렇게 가깝진 않다.

혜원은 어렴풋이 알 수 있었다.

만약 그곳이 문을 닫았다면, 지훈은 장미꽃을 구하기 위해 다른 곳으로 걸음을 옮겼을 것이다.

저에게 꽃을 주기 위해 뛰고, 또 뛰었겠지.

그저 입술만 달싹이는 혜원의 두 뺨을 그러쥔 지훈이 무릎을 굽혀 앉았다. 조금 전보다 더욱 낮아진 시야에 혜원은 고개를 숙일 수밖에 없었다.

지훈은 흘러내리는 그녀의 머리카락을 장미가 꽂히지 않는 반대쪽 귓가에 넘겨주며 입을 열었다.

"미안해."

뺨에 닿는 그의 손끝은 조금 차가웠지만, 화상을 입을 지도 모른다 생각이 들만큼 뜨겁게 느껴졌다.

"내가 이런 거에 익숙하지가 않아."

지훈의 길게 뻗은 곧은 눈이 부드럽게 혜원을 응시했다.

"혜원아, 네가 말해 주지 않으면 난 또 이렇게 소중한 날을 그냥 지나칠지도 몰라."

"지훈 씨, 그냥 생일인걸요. 저는 늘……."

"소중해."

"……."

"너와 관련된 것 중에 소중하지 않은 건 단 하나도 없어."

이렇게 커다란 사랑을, 온전히 받아 보았던 적이 있었던가?

고개를 숙인 혜원은 마음을 가득 담아 지훈에게 입을 맞췄다. 가만히 그녀의 입술을 받아내는 지훈이 귀여워 웃음이 나왔다.

왜 저가 유독 지훈의 앞에서만 서면 다른 사람이 되는 것 같은지. 사소한 것 하나에도 주체할 수 없을 정도로 심장이 떨리는지. 살아생전 단 한 번도 신경 써 본 적 없는 것에 고민을 거듭하는 건지.

혜원은 또 한 번 깨달았다.

내가 이 남자를 정말, 너무나 많이 사랑하는구나.

"사랑해요, 지훈 씨."

깊게 일렁이는 지훈의 두 눈에 혜원은 작게 웃음을 터뜨렸다.

“나도 어쩌지 못할 정도로, 정말 많이 사랑해요.”

그 달콤한 목소리가 이어진 순간, 지훈은 손을 뻗어 혜원의 목덜미를 움켜쥐어 끌어당겼다.

뜨겁게 달아오른 입술이 거칠게 부딪힌다.

그는 다급하게 혜원의 입술을 물고 빨아들였다. 입술이 스치는 순간순간 손끝에 닿는 그녀의 피부에 지훈은 달아나려는 이성을 겨우 붙잡았다.

이런 곳에서 혜원을 안을 수는 없다.

그는 겨우 떼어진 입술을 느릿하게 핥아 올리며 혜원을 응시했다.

“하아…… 혜원아.”

“…….”

“난 널 데리고, 내 오피스텔로 갈 거야.”

가라앉은 그의 목소리는 곤란할 정도로 섹시했고, 저에게서 떨어질 줄 모르는 두 눈동자는 제 모든 것을 낱낱이 살피는 것만 같다. 벌거벗겨진 기분이란 이런 걸까. 신기하게도 그의 노골적인 시선이 조금도 불쾌하지 않다.

“도착하면…….”

잠시 숨을 고른 지훈이 뜨거운 시선으로 혜원의 두 눈을 옭아맸다.

“널 안을 거야.”

혜원은 그 시선에 그대로 집어삼켜지는 상상을 했다.

그것만으로도 너무 아찔해, 그녀는 저도 모르게 몸을 떨었다.

무슨 정신으로 지훈의 집까지 왔는지 기억이 잘 나지 않는다.

조금 전 지훈은 그대로 운전석으로 향해 시동을 걸고 액셀을 밟았다. 그의 오피스텔로 향하는 내내 두 사람 모두 아무런 말이 없었지만, 붙잡은 손은 떨어지지 않았다.

"하아……."

혜원은 목덜미에 닿는 지훈의 뜨거운 입술에 몸을 떨었다.

쿵―!

커다란 원목 현관문이 닫히고, 지훈은 그녀에게 끊임없이 입을 맞추며 집 안으로 걸음을 옮겼다. 그 생경한 감각에 결국 다리에 힘이 풀린 혜원이 그대로 주저앉고 말았다.

치마가 올라가 여실히 드러난 허벅지를 가볍게 움켜쥔 지훈은, 천천히 고개를 숙여 다리 라인을 따라 입술을 내렸다. 허벅지, 무릎, 종아리, 어느덧 발목까지 내려온 입술이 그녀의 작은 복숭아뼈를 물고 혀를 굴린다.

"읏……!"

그녀의 신음소리는 몹시 자극적이다. 신고 있던 혜원의 신발을 벗겨낸 그는, 그대로 그녀를 가볍게 안아들어 몸을 일으켰다. 녹색 플랫슈즈가 대리석 바닥 위로 경쾌하게 떨어진다.

침실로 들어선 지훈은 침대 위에 혜원을 조심스럽게 내려놓았다. 가지런히 정리한 침대 시트에 옅게 주름이 진다. 새하얀 침구 위에 누워 저를 가만히 바라보는 혜원과 눈을 마주치니, 지금 당장 미쳐도 이상하지 않을 정도이다.

"정말 죽겠다, 너 때문에."

자조적인 중얼거림에, 가만히 입술을 달싹이던 혜원도 고운 두 뺨을 붉혔다.

"저도, 저도 그래요."

"……뭐?"

"지훈 씨 때문에, 저도 죽을 것 같아요."

제 입에서 이렇게 낯 뜨거운 말이 나온 적이 있었던가. 달아올랐을 제 얼굴이 여실히 느껴져 조금 부끄러웠으나, 그래도 혜원은 지훈의 손길을 느끼고 싶었다.

끊임없이, 끊임없이.

"하아…… 혜원아."

혜원의 가느다란 어깨를 꾹 내려누른 그는 겨우 입을 열었다. 그의 목소리는 조금 전보다 더욱 탁해졌으며 낮았다. 그 목소리만으로도 혜원은 정신이 아찔해졌다. 이 남자, 목소리마저 너무나 위험하다.

"어쩌지……."

"……네?"

"이젠 네가 싫다고 해도 멈추질 못할 거야."

혜원의 두 눈이 커다랗게 커지는 동시에 지훈의 혀가 그녀의 귓가를 진득하게 핥아 올렸다.

흠칫 움츠러드는 그녀의 어깨에 작게 웃음을 흘린 그는, 천천히 제 셔츠 단추를 풀었다.

혜원은 저를 뚫어지게 응시하며 셔츠 단추를 푸는 지훈의 모습에 숨이 막혔다. 이대로 저 붉은 입술에 날름 삼켜질 것만 같다.

길게 찢어진 그의 눈이 너무 야해 혜원은 결국 눈을 감고 말았다. 그때, 차가워서 이질적인 그의 손끝이 그녀의 눈꺼풀을 조심스럽게 문질렀다.

"눈."

"……."

"피하지 마."

그녀의 허리 위에서 셔츠를 벗은 지훈은, 그대로 고개를 숙여 혜원의 목덜미를 물었다. 단단한 이에 물린 여린 살에 그녀는 낮은 신음을 흘렸다. 셔츠 아래로 들어온 그의 커다란 손이 속옷채로 가슴을 움켜쥔 순간, 혜원의 허리가 크게 흔들렸다.

능숙하게 브래지어 후크를 풀어낸 지훈은 혜원의 혓바닥을 강하게 옭아매며 가슴을 움켜쥐었다. 오랜만에 느껴보는 아찔한 감각에 혜원의 눈가가 붉게 번졌다.

고개를 숙인 지훈이 그녀의 치마 사이로 손을 집어넣으며 가슴을 빨아들이듯 한가득 입에 물었다. 뜨거운 감각에 혜원의 목울대가 크게 울렸다.

그녀는 신음을 참기 위해 입술을 잘근 깨물었지만, 터지는 목소리를 막기엔 역부족이다.

"하……아…… 지훈……."

"쉬이……."

"흐읏……."

혜원의 목소리는 높기보단 조금 허스키했는데, 그 낮은 울림이 제 이름을 부르는 순간 지훈은 견딜 수 없을 만큼 울렁거리는 희열을 느꼈다.

지훈은 그녀의 목울대까지 올라간 셔츠 단추를 풀어 내렸다. 그의 허벅지가 그녀의 몸을 단단히 고정시켜, 그녀는 옴짝달싹할 수 없었다.

질척하게 혀를 섞는 소리.

톡, 톡, 끌러지는 얇은 셔츠.

겹치는 숨결.

이 모든 것이 너무나 자극적이어서, 혜원은 아무것도 생각할 수가 없었다.

얇디얇은 여름 셔츠는 금세 벗겨지고 그녀는 나신이 되었다. 침대맡 커다란 창 새로 비집고 들어오는 달빛이 그녀의 몸 위로 뚝뚝 떨어진다. 바라보는 것만으로도 눈이 부셔 지훈은 마른 입술을 느릿하게 핥았다.

가느다란 어깨도, 봉긋하게 솟은 예쁜 가슴도, 부드럽게 떨어지는 허리도, 그리고 찬란하게 빛나는 저 눈.

'저 눈은 정말…….'

지훈의 손은 집요하고 야릇하게 혜원을 적셨다. 그의 손길 하나에, 숨소리 하나에, 눈빛, 목소리 하나에, 혜원은 꿈을 꾸는 듯 정신을 차릴 수 없다.

철컥—

버클이 풀리는 익숙한 마찰음에 혜원은 눈동자를 천천히 내렸다. 그녀의 눈가엔 어느새 그렁그렁 눈물이 맺혀 있었는데, 지훈은 그것조차 아깝다는 듯 모두 핥았다.

어느새 바지 버클까지 모두 끌어내린 그는, 그대로 혜원의 팬티를 이로 물어 내렸다. 노곤노곤하게 풀어진 몸에 혜원은 부끄러워 눈을 가렸다.

"아……아아……!"

지훈의 손길에 혜원은 머리가 새하얗게 변해 신음을 터트렸다. 눈이 꾹 가려진 채였는데도 번쩍번쩍한 불꽃이 피어나는 듯했다.

아래를 끊임없이 자극하던 지훈은 옅은 미소를 지으며 혜원의 팔목을 가볍게 그러잡았다.

그는 천천히 그녀의 팔목을 끌어내려 단단히 하체를 밀착시켰다. 잔뜩 흥분한 그의 욕망이 노골적이게 느껴지자, 혜원은 마른침을 꿀꺽 삼켰다. 그 귀여운 표정에 지훈은 한 번 더 웃음을 흘렸다.

PM 11 : 45

커다란 침대 옆 작은 테이블, 그 위에 올려둔 전자시계가 가리킨 시간에 그는 부드러운 미소를 입에 걸고 혜원과 가까이 눈을 맞췄다.

"혜원아."

탁하게 가라앉은 목소리에 혜원은 온몸이 달아오르는 듯했다. 이보다 더 뜨거워질 수 있을까, 싶을 만큼 자극적이다.

그런 혜원의 입술을 천천히 문지른 그는 온기를 가득 담아 말했다.

"생일 축하해."

*　　*　　*

혜원의 몸을 깨끗하게 닦아 준 지훈은 그대로 그녀를 품에 안고 이불을 끌어 올렸다. 따스한 이불이 어깨를 가볍게 누르자 혜원은 옅게 미소를 흘렸다.

그녀는 평소 너무나 성숙하고 어른스럽지만, 때때로 보여주는 이런 아이 같은 모습이 울렁거릴 정도로 사랑스럽다.

"안 피곤해?"

"네, 괜찮아요."

지훈의 품 안에 가만히 누워 있던 혜원이 문득 입을 열었다.

"혹시 지훈 씨도 작가 모임 참석해요?"

"아니."

시끄러운 건 딱 질색이거든.

혜원은 천천히 고개를 끄덕였다. 역시, 지훈의 성격상 작가 모임은 그와 어울리지 않는다.

"작가 모임은 왜?"

지훈의 물음에 혜원은 조금 망설였다. 그러나 곧 천천히 말을 이었다. 그에게 딱히 숨길 이유도 없었으니까.

"요즘, 제가 담당하는 작가분들이 조금 예민하세요."

"……."

"뭐, 글 쓰시는 분들이 조금 날카로운 게 있긴 하지만…… 아무래도 단체로 태도가 바뀌신 게 마음에 걸리더라고요."

"그래?"

지훈의 눈빛이 가라앉은 걸 보지 못한 혜원은, 느릿느릿 혓바닥을 움직였다. 오늘 상당히 피곤했는지 잠이 슬슬 쏟아진다.

"아직 잘은 모르지만…… 계약이든 뭐든, 작가님들 사이에서 문제되는 말이 나온 건 아닐까 해요."

"작가들이 널 어떻게 대하지?"

그의 표정은 무섭도록 딱딱해졌지만, 그녀를 쓰다듬는 손길과 목소리는 달콤하기 그지없다.

혜원은 포근한 그의 품이 기분 좋아 조금 더 파고들었다. 잠에 취한 목소리가 탁하다.

"글쎄요…… 뱉어내는 말에 악의가 느껴지거나…… 아…… 지훈 씨와 본인을 비교하기도 하고요."

지훈은 조소를 머금었다.

'비교라…….'

"뭐, 아무튼…… 혹시 정말 이상한 얘기라도 돌고 있는 거라면, 문제가 생기기 전에 알아보는 게 좋을 것 같아서…… 작가 모임에선 이런저런 얘기가 많잖아요."

그녀의 목소리가 점점 느리게 이어진다.

"그리고……."

잠시 숨을 고른 혜원이 감기는 눈을 느릿하게 깜빡였다. 저를 가만히 내려다보는 그의 시선이 느껴진다.

고요하게 내려앉은 공기와 기분 좋게 쓸어 넘겨지는 머리카락. 체온이 조금 낮은 그의 피부가 시원하다.

이 모든 상황이 마치 그녀의 모든 것을 위로하는 것 같아서, 혜원은 망설이던 입술을 조심스럽게 움직였다.

"마음이……."

"……."

"아주 조금, 서글픈 것 같기도 하고……."

마음을 나누고 몸을 섞었기 때문일까.

그와 대화를 나누고 눈을 마주하면 할수록, 자꾸만 솔직해지고 감정이 증폭된다.

자존심이라는 단순한 것과는 별개로, 누군가에게 제 약한 모습을 보인다는 건 참 어렵다. 그리고 그건 일찍 철이 들었던 혜원에겐 유독 익숙하지 않은 일이다.

그럼에도 불구하고 이렇게 마음을 열고 제 이야기를 꺼낸다는 건, 확실히 박지훈이란 남자를 신뢰한다는 반증일지도.

얼마 후, 혜원은 고른 숨을 뱉어냈다. 어느새 곤히 잠든 혜원이 귀여워, 지훈은 부드럽게 입꼬리를 올렸다.

흐트러진 그녀의 머리카락을 쓸어 넘기며 그는 휴대폰을 집어 들었다.

[경수]

신호음이 몇 번 흐른 뒤, 가라앉은 목소리가 다짜고짜 욕을 뱉어냈다.

[야, 이 씨…… 미친놈아, 지금 새벽 3시거든.]

“그런데?”

[나 일찍 자는 거 모르냐?]

“알아, 그 정도는.”

경수의 욕설은 더욱 거세졌지만, 지훈은 여유롭게 휴대폰 통화음을 줄였다. 쩌렁쩌렁 울리는 경수의 목소리에 혹여나 혜원이 깰까 걱정이 됐다.

[용건이 뭔데, 빨리 말해.]

“네가 참석한다는 작가 모임. 다원 작가들도 포함되어 있다고 했지?”

[뭐? 갑자기 뭔 소리래.]

"대답이나 해."

[참 나, 알다가도 모르겠네.]

경수는 늘어지게 하품을 하며 투덜거렸다.

[어, 메이저 작가들은 대부분 들어와 있으니까 당연하지.]

"그래?"

[작가 모임은 왜?]

경수의 목소리에 의문이 서렸다.

지훈은 혜원을 향한 눈길을 거둬 커다란 창밖을 응시했다. 높게 솟은 달이 흐린 밤하늘 사이에 콕 박혀 있다.

새카만 눈동자에 소름 끼칠 정도로 서늘한 냉기가 가득 차올랐다. 조금 전 혜원에게 쏟아지던 따스한 온기는 찾아볼 수가 없다.

"작가 모임에 참석을 좀 할까 하고."

어느 때처럼 지훈의 오피스텔 앞에 다다른 경수는 곧바로 비밀번호를 누르고 집에 들어섰다.

그의 손엔 누런 서류 봉투가 들려 있었는데, 경수는 그 얇은 봉투가 퍽 무겁게 느껴졌다.

길게 이어진 현관을 지나 신발을 벗으니, 인기척을 느꼈는지 지훈이 방문을 열고 나온다.

해는 중천에 떴지만, 그가 눈을 뜬 지는 얼마 되지 않아 보였다.

"여, 좋은 아침."

"그래."

평소와 다를 것 없는 아침 인사에 지훈은 대충 맞장구를 쳐 주었다. 대충 머리를 털어 넘기곤 부엌으로 향하려던 그가 걸음을 멈추고 경수를 돌아보았다.

"야."

비척비척 소파로 걸어가던 경수가 말하라는 듯 고개만 까닥한다.

"다음부턴 들어올 때 초인종 눌러."

"……뭐?"

"절대, 문 벌컥벌컥 열지 마."

지훈의 표정은 하염없이 진지했다. 잠시 인상을 찌푸렸던 경수는 짧게 혀를 차며 손에 들린 것을 지훈에게 흔들어 보였다.

저놈이 제 집에서 뭘 하든, 지금은 이게 더 중요하다.

"됐고, 이거나 확인해 봐라."

"초인종."

"……."

"누르라고."

"그래, 알았으니까 이것 좀 보라고!"

경수가 툴툴거리며 던지듯 서류 봉투를 건네자, 지훈은 만족스러운 얼굴로 그것을 받아 들었다.

"뭔데."

"저작물 양도 계약서. 네 소설."

소파에 앉은 지훈은 봉투를 열어 계약서를 꺼내 보았다.

지훈이 작가로서 데뷔를 한 건 「깊은 숲」이었지만, 세상에 당당히 이름을 알리게 된 것은 차기작을 영화 제작사와 계약한 이후이다.

「나의 바다」는 그의 두 번째 작품으로, 감각적인 제목과는 다르게 어린 살인자에 대한 이야기를 잔혹하게 풀어낸 작품이다.

사랑스럽게만 보이는 어린 소년. 누구에게나 사랑받는 이 소년은 얼마나 추락할 수 있을까? 소년을 추락시킨 진실은 과연 무엇일까?

지훈은 잔인하리만치 어두운 밑바닥을 창조해 냈고, 영화는 그 모든 걸 빠짐없이 영상에 담아냈다.

하루가 멀다 하고 높아지는 누적 관객 수에 사람들의 열광은 소설에까지 미쳤다. 그건 박지훈의 이름을 대중에게 각인시키기 충분했다.

그리고 작년에 출간되어 또 다른 추리소설 신드롬을 낳았던 「화가의 얼굴을 그리는 여자」. 지훈은 또 한 번 영화 제작의 기회를 얻었다.

계약서엔 계약금과 계약 조항이 빽빽하게 적혀 있다.

양도할 작품 이름과 작가 이름, 주소 등이 비워진 계약서를 훑어보며 지훈이 시큰둥한 얼굴로 물었다.

"이게 왜?"

"……왜라니."

"……."

"너, 그 제작사랑 계약할 거야?"

지훈은 서류 봉투에 계약서를 다시 넣어두고 테이블 위에 가지런히 올려두었다.

무슨 소리를 하나 했더니…….

"거기 제작사……."

"알아."

"안다고?"

덤덤한 지훈의 목소리에 경수는 슬쩍 미간을 찌푸렸다.

"너……."

"별로, 상관없어."

그는 길쭉한 몸을 일으켜 부엌으로 향했다. 곧이어 원두가 갈리는 소리가 널찍한 거실을 가득 채웠다. 경수는 가볍게 혀를 차고는 거실 소파에 드러누웠다.

"에휴, 나도 모르겠다."

지훈이 계약하려는 제작사는 상당히 규모가 크다. 화려한 영상미와 높은 퀄리티를 자랑했고, 최근 발표하는 작품마다 반응이 좋았다.

그 모든 작업 자금을 대주는 후원자는, 바로 이름만 대도 누구나 알 법한 〈K〉 기업의 사모님이다.

그녀의 이름은 남희우. 업계 쪽에서 꽤나 이름을 날리는 그 여인은, 손을 뻗는 사업마다 높은 이윤을 남기기로 유명하다.

커피를 탄 지훈이 경수의 맞은편에 자리를 잡았다. 우아하게 커피를 마시는 그의 모습이 상당히 얄밉다.

시선을 떼고 의미 없이 휴대폰 화면만 응시하던 경수가 넌지시 물었다.

“진짜 아무렇지 않냐?”

“어. 신기하게도.”

“그래…… 대단하다.”

사업 수완이 좋은 그 사모님은 과거, 지훈을 사들였던 재벌가 여자이기도 하다.

“난 네가 무슨 생각인지 모르겠다.”

“몰라도 문제없잖아.”

“그건 그렇지.”

경수가 금세 수긍하자 지훈은 픽, 입꼬리를 올렸다.

‘그래…… 뭐, 제작사 후원 사모님이랑 박지훈이 만날 일이 뭐가 있겠냐마는…….’

느긋하게 커피를 마시는 지훈을 바라보던 경수가 꺾인 고개를 돌려 높은 천장을 응시했다.

부모님을 만나고 온 이후. 아니, 어쩌면 혜원과 만나게 된 이후, 지훈은 변했다.

그는 여전히 날카롭고, 무섭고, 싸가지가 없었지만, 대체적으로 표정이 부드러워졌고 웃을 때도 종종 있다.

물론 이혜원이란 여자 한정이겠지만, 불과 작년의 박지훈과 비교했을 때 어마어마한 변화인 건 맞다.

“뭐냐, 너.”

“또 뭐가.”

“만날 집에만 틀어박혀 있던 놈이 왜 이래?”

“그런가.”

“그래. 갑자기 작가 모임 얘기를 꺼내질 않나. ‘준미디어’ 제작사랑 계약을 하려고 하질 않나.”

박지훈이 작가 모임이라니. 경수는 터지는 비웃음을 참지 않았다. 가서 또 누구를 조져 놓으시려고.

“너, 혜원 씨 때문에 그렇지?”

왜, 누가 괴롭힌대? 하정안 작가한테 매수당한 작가가 혜원 씨한테 시비라도 털었대?

경수가 수다스러운 입으로 조잘조잘거렸지만, 지훈은 여전히 묵묵부답. 결국 경수가 제풀에 지쳐 입을 다물 때 즈음, 그는 건조한 한마디를 던졌다.

“글쎄.”

“맞네, 맞아.”

혜원 씨 때문이네.

확신에 찬 목소리에도 지훈은 말이 없다.

경수는 새삼 모든 것이 새로웠다.

여자 때문에 곧 죽어도 발을 들이지 않던 작가 모임에 참석하려는 박지훈도, 더 이상 과거를 피하지 않는 저돌적인 박지훈도,

그리고…….

"꼭 딴 사람 같다."

"내가?"

"응. 네가."

밝은 빛이 가득한 테라스를 가만히 응시하던 지훈이 피식, 입꼬리를 움직였다.

그래, 저렇게 빛을 가득 품은 박지훈도…….

전부 새롭다.

"그냥."

그의 시선은 어느 한곳에 고정되어 있었는데, 경수는 그곳이 어디인지 어렴풋이 알 것만 같았다.

아주 잠깐의 시간이 흘렀다. 흑색 눈동자는 느리게 움직여 경수에게 고정이 되었다.

경수도, 지훈도.

이렇게 서로를 마주 보고 있는 지금이 바로 현실이다.

"이젠 가만히 있는 게 지겹네."

아, 그렇구나.

경수는 생각했다.

과거에 발목을 붙잡혔던 박지훈은 이제 더 이상 없구나.

* * *

“옛다.”

재현의 작업실 소파에 몸을 기댄 혜원은, 곧장 날아오는 물건을 가볍게 잡아챘다. 손에 들어온 건 고급스러운 감색 봉투였다.

“이게 뭐야?”

재현은 혜원의 옆자리에 앉으며 그녀의 어깨에 팔을 올렸다.

“생일 선물.”

“생일 다 지났는데 무슨? 돈이야?”

“열어 보세요.”

봉투 안에 들어있는 건 두 장의 영화 티켓이었다. 꼼꼼히 뜯어보니 모두 커플석이다.

혜원은 크게 웃음을 터뜨렸다.

“갑자기 안 주던 선물은 왜 주나 했더니.”

“야, 그래서 싫어?”

당장이라도 뺏을 것 같은 재현의 손짓에 혜원은 부드러운 미소를 지으며 고개를 저었다.

“아니, 좋아. 고마워, 재현아.”

“그래, 데이트도 좀 하고 그래라.”

“응.”

그제야 재현도 시원하게 입꼬리를 올렸다. 언제, 어디서든 혜원의 미소는 찬란하다.

재현의 눈에도 지금의 혜원은 몹시 행복해 보였다.

그녀는 딱히 연애에 능숙한 스타일은 아니다. 밀당은커녕 애교 하나도 제대로 피우지 못한다.

상대에게 늘 최선을 다하지만, 받는 입장에선 항상 부족하고 부족한 것이 사랑이다.

그녀가 다른 여자들처럼 말과 행동으로 사랑을 표현하진 못해도 늘 상대를 소중히 대해 주었다는 것쯤은 잘 알고 있다.

그럼에도 불구하고 늘 같은 이유로 이별을 반복하는 것이 혜원에겐 또 다른 상처였다. 물론 그마저도 그녀는 묵묵히 받아들였지만.

그래서일까. 재현은 지금의 혜원이 몹시 신기하면서도 가슴 깊숙이 안도를 느꼈다.

그녀는 누가 봐도 연애를 하는 여자처럼 특유의 밝은 기운을 품고 있다. 연인인 지훈 덕분에 웃는 일이 많아졌고, 항상 찬란하던 미소엔 더욱 가득한 빛을 끌어 담았다.

'그래서 나도 모르게 이것저것 챙겨 주게 되는 거겠지.'

재현은 귀엽다는 듯 혜원의 기다란 머리카락을 마구 쓰다듬었다. 애정이 듬뿍 담긴 거친 손길에 혜원은 작게 비명을 질렀지만, 그의 손길은 쉬이 그치질 않았다.

어시들이 작업실에 돌아올 때까지 두 사람의 투닥거림은 쭉 이어졌다. 겨우 재현의 손길을 떼어낸 혜원이 장난스럽게 그의 뺨을 잡아 늘렸다.

"아주 혼나려고."

"아아아아! 아파!"

어시가 두 팔을 걷고 두 사람을 말리고 나서야, 그들은 결국 크게 웃음을 터트렸다.

소파에 바로 앉은 재현이 뭉친 어깨 근육을 풀어주며 물었다.

"근데 오늘은 어쩐 일로 여기에 출근했냐. 박 작가는?"

"친구분이랑 선약이 있대."

"친구 누구? 여자는 아니겠지?"

"무슨 감시해?"

"박 작가 엄청 잘생겼다면서. 유명 작가에 얼굴까지 잘생겼다면 여자가 줄줄 따르겠지."

혜원은 설핏 웃으면서 예전에 만났던 경수를 떠올렸다.

"아니야. 오늘 만나는 분은 훨씬 어렸을 때부터 친하게 지낸 것 같더라고."

"혜원 님은 어떠세요?"

지난날, 지훈의 오피스텔에서 만났던 경수와의 만남은 퍽 강렬했다.

"혜원 님에게도 지훈이가 특별해요?"

그때 그의 질문은 아직까지도 혜원의 머릿속에 강하게 남아 있다. 저를 응시하던 경수의 두 눈이 어찌나 맑고 깊은지, 그녀는 지훈의 곁에 참 좋은 사람이 있구나, 라고 생각했다.

혜원은 작게 미소를 띠었다.

그렇다, 라는 대답을 어렵지 않게 떠올릴 수 있었다.

저녁 7시. 해가 길어진 덕에 늦은 시간에도 주변이 밝다.

약속 장소에 도착한 경수는 신경질적으로 조수석 문을 쾅 닫았다. 그는 조금 전까지 제가 타고 있던 번쩍거리는 외제차를 잠시 흘겨봤다. 곧 운전석에서 훤칠한 사내가 내렸고, 지훈은 끌끌 혀를 찼다.

그들이 도착한 곳은 이태원의 유명 와인바.

작가들의 모임이 주로 이루어지는 이곳은 매달 넷째 주 금요일마다 통째로 예약이 걸린다.

장르를 불문하고 메이저 작가들이 모이는 가장 큰 모임으로, 어지간한 작가가 아닌 이상 발을 들이는 것조차 어렵다.

경수는 무심하게 휴대폰을 몇 번 툭툭 두드리는 지훈을 불안하게 바라보았다. 지훈의 외모는 이 고급스러운 바를 초라하게 만들 만큼 화려했지만, 반대로 여긴 그와 조금도 어울리지 않는 곳이다.

"야, 진짜 가게?"

"어."

푸른 셔츠에 세미 정장 차림을 한 지훈은 서 있는 것만으로도 사람들의 시선을 물고기처럼 낚았다. 문제는 도통 무슨 생각을 하는지 모를 저놈의 시커먼 두 눈이겠지만.

"왜 그렇게 보는 건데?"

영문을 모르겠다는 그의 시선에 경수는 후드 티셔츠 주머니에 손을 찔러 넣었다. 티셔츠 앞섶이 주욱 늘어났지만, 그는 아랑곳 않았다.

"가서 뭐 하게? '이혜원 괴롭힌 놈들 다 나와!' 이러려고?"

"좀 닥쳐."

지훈의 표정엔 '한심하다.'라는 감정이 아낌없이 번졌다.

"……됐다. 가자, 가."

하정안이든 뭐든, 지가 알아서 하겠지, 뭐.

경수는 입구에 서 있는 정장 차림의 사내에게 익숙하게 회원카드를 보여 주곤 안으로 들어갔다.

후드셔츠에 찢어진 청바지, 컨버스. 경수의 옷차림은 자유롭기 그지없었으나 워낙 자주 들락날락거린 터라 출입하는 데 문제는 없었다.

바에 들어가기 위해선 길게 이어진 복도를 쭉 지나야 하는데, 지훈은 느긋하게 걸음을 옮기며 누군가에게 전화를 걸었다.

"박지훈입니다."

사무적인 어투에 경수는 귀를 쫑긋 세웠다.

"확인되었습니까? ……네, 이름은요?"

지훈은 작가들이 모여 있을 바 입구에 다다랐다. 그는 차갑게 가라앉은 두 눈과는 다르게 몹시 덤덤한 목소리로 답했다.

"확실합니까? ……그렇군요, 고생 많으셨습니다."

전화는 끊어졌고, 앤티크한 철제문이 열렸다.

바 내부는 그렇게 넓지 않았고, 자리를 지키는 작가들의 수도 그렇게 많진 않다.

삼삼오오 모여 있는 작가들의 시선이 모두 입구로 돌아간다.

쏟아지는 눈동자들을 시큰둥한 얼굴로 살핀 뒤 지훈이 경수를 돌아보았다.

"빨리 끝내고 가지."

우아한 독재자와도 같은 모습에, 경수는 어깨를 으쓱였다.

네, 네. 어련하시겠어요.

지훈의 등장 후 내려앉은 정적은 아주 잠시. 작가 모임에 처음 발을 들인 영화배우 같은 남자가 누구인지, 작가들은 금세 알아챘다.

"박 작가님, 만나서 영광입니다."

"저, 연초 다원 신년회 때 인사드렸는데 기억하시나요?"

"저도 다원 신년회 참석했어요. 이렇게 인사드리는 건 처음이네요."

남녀 할 것 없이 지훈에게 모여드는 작가들에, 경수는 느긋하게 바로 다가가 술 한 잔을 주문했다. 어차피 운전은 지훈이 녀석이 할 테니 오늘은 조금 마셔도 좋겠지.

하나둘 아는 척을 하는 작가들과 두런두런 이야기를 나누고 있자, 지훈이 다가와 옆자리에 털썩 앉았다.

경수는 흘긋 시간을 보았다.

자리에 앉은 지 20분 정도 지났다.

지훈이 저에게 달려드는 사람들을 쫓아내는 건 그다지 어렵지 않다. 그가 인상만 조금 써도 사람들은 지레 겁을 집어먹었으니까.

마치 연예인을 바라보는 소녀 팬처럼 작가들은 멀찍이 떨어져서 지훈을 훔쳐보았다. 자리를 피하는 그의 행동과 어투는 너무나 정중해서, 귀찮게 따라붙는 것 자체가 눈치를 보게 만들었다. 그만큼 지훈에겐 쉽게 다가갈 수 없는 아우라가 있다.

"용케 떼어냈다?"

경수의 놀림조에도 지훈은 별다른 대꾸 없이 얼음물을 주문했다. 어차피 오래 있을 자리도 아니니, 딱히 음료를 마실 이유는 없다.

워낙 내부가 넓지 않은 터라 바는 금세 찼다. 공기 사이를 잔잔하게 흐르는 재즈 음악이 퍽 듣기 좋다.

"이런 데가 대체 왜 재미있는 거지."

진심으로 이해할 수 없다는 지훈의 물음에 경수는 낮게 웃었다.

어차피 그의 목적은 정보 공유 정도일 뿐, 작가 모임에 그 이상을 바란 적은 없다.

어느 곳이든 그렇겠지만, 애초에 작가 모임이란 것 자체가 특별할 것 없다. 그저 저들끼리 모여 수다를 떠는 게 다였으니까.

요즘은 무슨 작업을 한다든지, 어디랑 계약을 했다든지, 혹은 누가 마음에 들지 않다든지.

어쨌든 경수도 작가이고 아무리 난다 긴다 하지만, 그에겐 지훈만큼의 재능은 없다.

출판사마다 다른 계약 조건과 원하는 글 스타일, 현재 시장의 흐름 등은 그의 재능을 채워 줄 부분들이었고, 그것들을 속속들이 알기 위해선 이런 모임에 참석해 모든 이야기를 들어야 했다.

그게 쓸모 있든, 없든. 그건 두 번째 문제이다.

경수는 그만큼 작가라는 직업과 본인의 미래에 대해 진지하게 생각했다.

"뭐, 꼭 재미로 오나. 가만히 있다 보면 꽤 쓸 만한 얘기들이 들려 와."

"부지런하네."

오리들 사이에 나 홀로 고고한 백조처럼 이질적이던 지훈은 여전히 별다른 행동 없이 얼음물만 마셨다.

그가 누구를 기다리고 있는지 경수는 어렵지 않게 알 수 있었지만, 굳이 먼저 이야기를 꺼내진 않았다.

지훈의 옆자리를 차지해서일까. 저에게 꽂히는 부러움 가득한 시선들에 슬슬 익숙해질 때 즈음 사근사근한 목소리가 두 사람을 두드렸다.

"이런 곳에서 다 뵙네요."

고개를 돌리니 길게 내려오는 머리를 높게 틀어 묶은 여자가 생글생글 웃고 있다. 푸른색 원피스가 퍽 싱그럽게 어울린다.

지훈은 눈앞의 여자를 어렵지 않게 떠올릴 수 있었다.

올해 초, 다원에서 열렸던 신년회. 혜원에게 목소리를 높이며 표독스럽게 대들던 얼굴을 똑똑히 기억하니까.

물론 그전에 지훈에게 망신을 당했던 전적이 있음에도 불구하고 그녀는 예쁜 미소를 입에 걸며 지훈에게 깍듯이 고개를 숙였다. 마치 그날의 일이 조금도 기억나지 않는다는 듯, 아주 예의 바른 자태로.

"안녕하세요, 작가님."

경수는 흘긋, 지훈을 돌아보았다. 지훈은 무슨 생각인 건지 그저 흔들림 없는 눈동자로 정안을 응시했다.

"하정안 작가, 맞나?"

정안의 얼굴이 단번에 밝아졌다.

"와, 맞아요! 작가님, 절 기억해 주셨네요."

그의 표정엔 아무런 감정도 담겨 있지 않았지만, 정안은 아이처럼 해맑게 웃었다. 그녀의 새하얀 두 뺨이 발갛게 물들었다.

그녀는 아예 지훈의 옆자리에 자리를 잡고 앉아 자그마한 입술로 조잘조잘 대화를 이어 나갔다. 지훈은 아무런 대꾸가 없었지만, 뭐가 그렇게 좋은지 얼굴엔 미소가 떠나질 않았다.

하나둘 모여드는 시선에 경수는 고개를 절레절레 저으며 맥주를 들이켰다. 확실히 최근에 여론 형성을 잘해 두긴 했나 보다. 하정안이 등장한 순간 지훈과 비슷한 느낌으로 시선이 모였으니까. 그리고 지금도.

'역시 예쁘면 장땡인 건가.'

줄곧 무관심한 표정을 고수하던 지훈이 처음으로 누군가에게 말을 걸었다. 그 사실만으로도 흥미로웠는지 작가들은 숨을 죽이고 두 사람을 지켜보았다.

정안은 저와 지훈에게 쏟아지는 시선을 즐기며 지난날을 떠올렸다.

"내 시간을 허비할 정도로, 썩 가치 있어 보이진 않아."

조롱하듯 던진 말에 아직도 화가 부글부글 끓긴 하지만, 역시 이 남자의 얼굴과 배경은 너무나 근사하다. 바라보는 것만으로도 황홀한데 이미 지난일이 다 무슨 소용일까.

"이젠 저에게 대화를 나눌 정도의 가치가 생겼나요?"

정안은 어린 나이임에도 불구하고 조금도 기가 죽지 않았다. 그러나 그녀의 발칙한 도발에도 지훈은 시큰둥한 시선으로 빈 물 잔을 바텐더에게 흔들어 보였다.

지훈의 물 잔이 가득 채워지는 걸 보며, 경수는 생각했다.

'저 여자, 울겠다.'

정안의 목소리를 묵묵히 듣던 지훈이 천천히 입을 열었다.

"그쪽이 내 담당자에게 불만이 상당하다던데."

나지막이 뱉어진 한마디에 주변은 찬물을 끼얹은 듯 조용해졌다. 숨소리 하나 들리지 않는 고요한 곳을 유유자적 누비는 것은, 바텐더의 취향임이 확실한 재즈 음악뿐.

단번에 바뀐 분위기에 지훈은 최근 혜원이 얼마나 이들의 혓바닥 위에 오르내렸는지 알 수 있었다.

좋은 쪽이든 나쁜 쪽이든, 혜원의 이름이 이런 이들에게 불린다는 게 상당히 불쾌하다.

조금 전 바쁘게 떠들던 여자는 어디를 갔는지, 지훈은 입술을 꾹 다문 채 가만히 저를 바라보는 정안에게 다시금 물었다.

"맞나?"

"……."

곱게 다듬은 눈썹을 좁히며 정안이 되물었다.

"갑자기 그분은 왜……."

"왜냐고?"

지훈은 차가운 조소를 흘렸다. 그가 이곳에 발을 들인 뒤 처음으로 피어난 미소였지만, 조금도 반갑지 않았다. 그는 테이블을 톡, 톡, 두드리며 정안을 응시했다.

여느 미술품과 비교해도 손색이 없을 것 같은 붉은 입술은, 믿기지 않는 말들을 나열했다.

"그쪽이 그 저급한 입으로 내 담당자를 욕보였으니까."

"……."

"해명을 좀 듣고 싶은데."

길쭉한 다리를 꼰 지훈은 오만한 황제처럼 고개를 기울였다. 저들끼리 뭐라고 떠드는 건지, 술렁임이 그대로 느껴진다. 당장 닥치라고 소리를 지르고픈 것을 꾹 눌러 참은 정안은, 최대한 평정을 가장한 얼굴로 두 눈을 누그러뜨렸다.

"그분은, 박 작가님뿐만 아니라 제 담당자이기도 하세요."

"……."

"해명이라니, 무슨 말을 하시는지 모르겠네요."

"담당자?"

지훈은 피식 웃으며 경수를 돌아보았다.

"어때, 이 여자가 이혜원 씨를 담당자라 생각하던가?"

하여간 악랄한 새끼.

경수는 정안이 언제 울음을 터뜨릴까 타이밍을 생각하며 고개를 저었다. 박지훈이 악랄한 건 악랄한 거고, 그 역시 정안이 마음에 들지 않았다.

이렇게 질 나쁜 짓을 하다니. 혜원 님 같은 편집자가 어디 있다고. 그럼, 그럼, 박지훈을 이렇게 보듬는 것만 해도 흔하지 않지.

괘씸한 마음이 들어 경수는 부러 날카롭게 답했다.

"아니, 지나가던 개가 웃겠어."

"그렇다는데."

"……박 작가님, 이게 지금 무슨……."

울컥 터지려는 목소리를 꾹 눌러 삼킨 정안은 천천히 숨을 가다듬었다.

왜 자꾸 교양 없어 보이게 제 감정도 컨트롤하지 못하는 건지. 본인 스스로도 짜증이 치밀어 올랐지만, 최대한 눈빛을 고요하게 가라앉혔다.

박 작가가 이혜원을 싸고도는 이유는 모르겠지만, 작가들은 대체로 귀가 얇다. 아무리 박지훈이 이쪽 업계에선 탑을 달린다 해도 주변 의견들을 완벽히 무시할 수 있을까.

정안은 좀처럼 잊기 힘들던 신년회 때 혜원의 모습을 겨우 지워내며 입을 열었다. 이혜원의 그 고요한 눈동자. 그걸 떠올릴 때마다 부아가 치밀어 오른다. 그렇게 치욕스러운 경험은 더 이상 하고 싶지 않다.

"혜원 씨가 졸래졸래 가서 이르던가요?"

"……."

"작가들이 자기 욕한다고?"

지훈의 가라앉은 눈동자가 보이지 않는 건지, 정안은 천천히 말을 이었다.

"다들, 그분 때문에 상처를 많이 받으셨어요. 얼마나 오만하고 편견이 많은 사람인지 아시나요? 박 작가님도 지금 사정을 잘 모르시니까 이혜원 편집자님을 두둔하는 거라고 생각해요."

"상처라……."

지훈은 느릿하게 손을 뻗어 남은 물을 모두 마셨다. 표면에 맺힌 물방울이 뚝뚝 흘러 내려 테이블에 떨어졌다.

달칵—

테이블에 닿은 크리스털 잔 바닥이 분위기와는 조금도 어울리지 않는 경쾌한 소리를 만들어 냈다.

지훈은 특유의 새카만 눈동자로 정안을 가만히 바라보았다.

조소조차 떠오르지 않는 그의 표정은, 정말이지 당장 시선을 피하고 싶을 정도로 무섭다.

"……작가님."

이어지는 그의 침묵에 숨이 막혀 결국 정안은 먼저 입을 열었다.

그러나 지훈은 더 이상 그녀의 해명 따윈 듣기 싫다는 듯, 가볍게 말을 끊었다.

"하정안 작가, 똑바로 들으세요."

어째서일까. 지훈의 시선은 오로지 정안에게 향해 있지만, 왜인지 이곳에 있는 모든 작가들을 비난하는 것처럼 들렸다.

"내가 다원이랑 계약한 이유는 단 하나입니다."

"……."

"쓰레기 같은 출판사나 작가들과는 다르게, 편집자가 몹시 훌륭하거든."

정안에게서 빗겨나간 두 눈이 주변에서 입술만 달싹이는 작가들을 하나하나 담았지만, 아무도 무어라 입을 열지 못했다.

잠시 말을 멈춘 지훈의 시선이 다시금 정안에게 박혔다. 온기라곤 조금도 찾아볼 수 없다.

"만약 당신이 뱉어낸 거짓말 때문에 이혜원 씨가 업무 진행을 하는 데 문제가 생기거나 다른 해프닝이 벌어진다면……."

"……."

"난 누가 됐든 가만두지 않을 예정이야."

"어우, 소오름."

경수는 팔뚝을 벅벅 문지르며 지훈의 뒤를 졸졸 따랐다.

'이혜원 괴롭힌 놈들 다 나와!'까지는 아니지만, 지훈의 행동은 충분히 위협적이었다. 좋게 말해 경고이지, 사실상 협박이나 다름없지 않은가. 이쪽 업계, 특히나 장르 쪽에서 지훈의 입지는 두텁다 못해 산을 쌓았으니까.

'잘생기면 뭐하냐, 성격이 저리 더러운데.'

속으로 실컷 흉을 보던 경수는 지훈과 눈이 딱 마주치자 어색하게 입꼬리를 올려 웃어보였다.

"아이고, 혜원 씨가 부럽다, 야. 너처럼 완벽한 애인이 있다니."

"비꼬지 마라."

"어이쿠, 어이쿠, 나도 가만 안 두려고?"

경수는 실없는 농담을 던지며 과장되게 팔을 허우적거렸다.

그 모습이 우스꽝스러워 지훈은 피식 입꼬리를 올렸다.

그때, 날카로운 구두 굽 소리가 공기를 찔렀다.

고개를 돌린 경수는 무섭게 달려오는 인영에 침을 꿀꺽 삼켰지만, 지훈의 발걸음엔 조금의 흔들림도 없다.

그때, 가느다란 손가락이 지훈의 옷자락을 꽉 움켜쥐었다. 만만치 않은 악력이다.

"박 작가님……!"

지훈은 뒤를 돌았다. 곧바로 지훈을 따라 뛰어왔는지, 정안은 더운 숨을 잘게 뱉어냈다. 그녀가 완전히 숨을 고를 때까지 지훈은 가만히 시선을 내려 감정 없는 눈으로 그녀를 응시했다.

"오해가…… 오해가 있으신 것 같습니다."

겨우 고개를 들어 올린 정안이 분홍빛으로 반짝이는 입술을 잘끈 깨물었다.

"……."

"혜원 씨 일에 대해서 많이 언짢으신 것 같은데……."

주저리주저리 해명을 하려던 정안은 천천히 입술을 닫았다. 끝이 보이지 않는 지훈의 깊은 눈, 그 위에 떠오른 것은 분명한 노기였기에 그녀는 흠칫 어깨를 떨었다. 그녀는 지금 진심으로…… 눈앞의 남자가 무서웠다.

"하정안 씨."

"……."

"닥쳐요."

아무리 영악해도 겨우 20대 초반의 어린 여자아이. 애초에 지훈과 대면할 수 있었던 것 자체가 기적으로 느껴질 만큼, 정안의 다리가 형편없이 떨렸다.

신년회 때의 지훈도 만만치 않았지만, 이렇게까지 소름이 끼치진 않았다. 지금의 그는 숨을 쉬기 어려울 정도로 존재감이 커진 느낌이다.

대체 뭘까, 이 몇 달 사이 그에게 무슨 일이 있었던 걸까? 무슨 일이 있었기에 이렇게나…….

"……자, 작가님, 저는……."

"그 저급한 입에, 더 이상 혜원이 이름 담지 말라고."

정안의 두 눈이 붉게 달아올랐다. 경수는 울먹이는 그녀가 안쓰러우면서도, 결국 이런 상황을 만든 장본인이란 생각에 모든 것이 꼴사납게 느껴졌다.

'그러게, 왜 감당하지도 못할 거짓말로 사람을 바보 만들어.'

목이 막힌 정안이 끝끝내 입을 다물자 지훈은 만족스럽게 고개를 끄덕였다.

"훨씬 봐줄 만하네."

그는 더 이상 상대하고 싶지 않다는 듯 멈춰 있던 다리를 움직였다. 그때, 공기를 쩌렁쩌렁 울릴 만큼 높은 목소리가 지훈의 목덜미를 움켜쥐었다.

"……후회하실 거예요!"

"……."

"후회하실 거라고요!! 당신이 뭔데!! 고작 편집자 하나 때문에 나를……!!!"

언제 어디서나 예쁨을 받았고, 누구나 공주님처럼 떠받들어 주었다. 이런 식의 대우는 아무리 박지훈이라도 견딜 수가 없다.

움직이던 지훈의 걸음은 다시 멈췄다.

그는 그대로 정안에게 다가갔다. 순식간에 가까워진 지훈의 체향에 정안은 훅, 숨을 들이켰다.

지훈의 두 눈은 정안을 온전히 담아냈다.

자존심이 바닥까지 떨어져 추하게 일그러진 얼굴이 참으로 꼴사납다.

"후회?"

"……."

"내가?"

지훈은 천천히 입꼬리를 올렸다. 비웃음이라기엔 그건 너무나 또렷한 미소였다. 경수는 작게 한숨을 내쉬며 고개를 돌렸다.

"보니까 내 이름도 심심치 않게 판 것 같은데, 함부로 사용한 대가는 생각해 봤나?"

"……그건……."

지훈은 천천히 고개를 숙여 정안의 귓가에 입술을 가까이 가져갔다. 그가 매혹적인 목소리로 작게 속삭였다.

"'박지윤 씨'는, 안녕해?"

박지윤.

그의 입에서 뱉어진 이름에 정안의 얼굴은 새하얗게 질렸다. 그녀는 우뚝 서서 잘근잘근 씹던 입술을 겨우 열었다. 조금 전까지만 해도 둥글게 호선을 그리던 두 눈이 표독스럽게 번뜩인다.

"그걸…… 어떻게……."

"글쎄."

덜덜 떨리는 그녀의 두 손을 감흥 없는 눈길로 바라본 지훈은 가볍게 어깨를 으쓱였다.

그는 그대로 걸음을 옮겼다. 미련 따윈 조금도 찾아볼 수 없는 행동에 경수는 혀를 차며 그의 뒤를 따랐다.

시동이 걸린 차의 조수석에 탄 경수가 도저히 모르겠다는 듯 물었다.

"박지윤이 누구냐?"

"……."

"아무리 생각해 봐도 모르겠다."

차는 미끄러지듯 새카만 건물을 빠져나갔다. 백미러로 뒤쪽을 확인한 지훈이 무미건조한 목소리로 답했다.

"곧 알게 돼."

* * *

정확히 일주일 후.

크게는 아니지만 도서 출판 관계자라면 눈이 번득 뜨일 만한 헤드라인이 인터넷 기사 문화란에 올랐다.

「전국 문학 공모전 최연소 수상자 '하정안', 대필 작가 의혹?」

아무리 의혹이라지만 그녀 역시 다원의 매니지먼트 작가 중 하나였기에, 출판사는 발칵 뒤집어질 수밖에 없었다.

경훈은 혜원을 따로 불러다가 의심이 가는 부분은 없었느냐고 물었지만, 그녀는 '없었다.'라고 대답하는 것이 고작이었다.

"세상에, 대필 작가라니."

재희는 인터넷 창을 켜둔 휴대폰을 덮으며 혀를 끌끌 찼다. 그녀는 거품이 모두 꺼진 맥주를 시원하게 들이켰다. 잔이 비자 유경이 곧바로 맥주를 가득 채워 주었다.

"어쩐지, 그 어린 나이에 필력이 너무 좋다 했어요."

"어머, 나이랑 필력은 아무 상관없어."

"그런가요?"

"그래, 박지훈 작가 봐라. 「깊은 숲」을 고딩 때 쓴 거라잖아."

혜원도 묵묵히 고개를 끄덕이며 수긍하니, 재희가 얄밉다는 듯 눈을 흘긴다.

"남자 친구라고 또 막 자랑하는 것 봐."

누가 봐도 괜히 찔러보는 심술이었기에 혜원은 키득거리며 반박했다.

"제가 언제 자랑했어요? 그냥 고개만 끄덕였지."

"됐어, 커플들은 솔로 앞에서 숨만 쉬어도 안 되는 거 몰라?"

"맞아요, 저번에는 막 회사 앞에서 손잡고……."

"어머, 어머. 회사 앞에서?"

"네에, 우리 박 작가님 어찌나 저돌적이신지."

"박 작가 그렇게 안 봤는데 남자네, 남자야."

솔로들의 한탄을 묵묵히 듣던 혜원이 과장스럽게 눈썹을 찌푸렸다.

"우리 박 작가님 아니에요."

"뭐?"

"제 박 작가님이에요."

"……."

혜원의 발언은 춥다 느껴질 만큼 강한 에어컨 바람을 단번에 꺼트리기에 충분했다. 유경은 심각하게 고개를 숙였고, 재희는 주황색 그릇에 가득 담긴 옥수수 과자를 집어 혜원에게 던졌다.

"빌어먹을."

"젠장."

여자들의 거침없는 언사가 술자리를 더욱 달아오르게 만들었다. 그것 때문인지, 머리와 옷가지에 우수수 떨어지는 과자에도 혜원은 시원하게 웃었다. 보는 이로 하여금 절로 기분이 좋아지게 만드는 저 미소는 참 어여쁘다.

"박 작가가 멀쩡한 혜원 씨한테 무슨 짓을 한 건지."

"저 내일 출근하면 당장 박 작가님한테 연락할 거예요. 당신 때문에 우리 혜원 씨 아프다고 소리 지를 거야!"

"혜원 씨 능력 있다. 아주 열이 훅훅 오르네."

결국 세 여자는 피어오르는 웃음을 고스란히 터뜨리며 열심히 입술을 움직였다.

과자 부스러기를 모두 털어낸 혜원이 덤덤한 어투로 물었다.

"그럼, 하정안 작가님은 어떻게 되는 걸까요?"

"팀장님은 뭐래?"

"별다른 얘긴 없으세요, 그냥 대필 작가 관련해서 아는 건 없다고 하니 알겠다고만 하시더라고요."

"흐음……."

기사엔 '의혹'이란 단어를 사용했지만, 내부자들 사이에선 공공연한 사실이 되어 버렸다.

소문의 출처가 어디인지는 잘 모르겠으나 회의 당시 경훈은 루머가 아니라고 못을 박아 말했으니까. 다른 작가들이 물어보면 잘 모르는 일이라 잡아떼라던 경훈을 떠올리며, 혜원은 안주로 나온 오징어 다리를 우물우물 씹었다.

"상황이 상황인데 계약 파기 아니겠어요? SNS나 작가 갤러리 같은 곳에선 다들 사실이라고 난리도 아니던데."

"그래? 그럼 사이트마다 얘기는 계속 돌겠네."

"네, 다원이 또 그런 거엔 칼 같잖아요."

재희와 혜원은 유경이 건넨 휴대폰을 훑어보았다. 휴대폰엔 인터넷 창 하나가 열려 있었는데, 하정안 작가에 관련된 게시글이었다. 댓글이 100개를 훌쩍 넘겼지만 그중에 옹호 의견은 단 한 개도 없었다.

"어휴, 보기만 해도 피곤하다."

"사람 인생 참 한순간이에요. 그렇게 떵떵거리더니 꼴좋네, 뭐."

재희가 못된 말을 뱉은 유경의 입술을 아프지 않게 찔렀다.

"요놈의 입, 입. 그런 말하다간 벌 받는다?"

"에잇, 뭐 그럴 수도 있죠. 제가 틀린 말 했나요? 그 작가 때문에 대리님이랑 혜원 씨만 고생하고."

재희와 잠깐 눈을 맞춘 혜원은 덤덤히 미소를 지었다.

정안이 작가로서, 혹은 사람으로서 실망스러운 모습을 보인 건 맞지만 그렇게 화려하게 빛나던 소녀가 얼굴도 모르는 이들에게 난도질을 당하니 기분이 썩 좋진 않다. 그건 아마 재희도 마찬가지리라.

정안의 담당자가 된 뒤 혜원은 그녀에게 큰 신경을 쏟지 않았다. 저의 모든 말을 예민하게 받아들이는 정안과의 통화는, 아무리 멘탈이 단단한 혜원에게도 상당히 피곤했으니까.

그래도 이렇게 허무하게 그녀의 계약이 파기된다면 마냥 마음이 편하진 않을 듯하다.

"대리님, 전화 오는 것 같은데요?"

유경이 테이블 위를 두리번거리며 말하자 재희는 휴대폰을 집어 들고는 자리에서 일어났다.

"어휴, 하여간 작가들…… 이 시간까지 괴롭히네."

"대리님, 받지 마세요."

"안 돼, 내일 아홉 시 마감이란 말야. 어디까지 작업했는지 체크는 해야지."

재희는 툴툴거리면서도 냉큼 전화를 받았다. 호프집 바깥으로 향하는 와중에 들려온 그녀의 목소리가 퍽 상냥하다.

"하여간 우리 대리님, 열정적이야."

"그러게요."

두 사람은 가볍게 잔을 부딪쳤다.

"작가들도 참 이기적이죠. 만날 주말인 지들이랑 우리랑 똑같은 줄 알아."

술이 조금 들어가서 그런지, 유경의 비난이 평소보다 신랄하다. 작가 때문에 스트레스 받지 않는 편집자가 과연 어디 있을까. 이 정도의 푸념은 오히려 애교에 가깝다.

"배려를 좀 더 해 주시면 서로 좋을 텐데."

"그니까, 늦은 시간엔 연락 좀 안 해야 하는 거 아니에요?"

"원래 다들 본인 작품 관련해서 답답한 거 못 참으시잖아요."

"그게 문제지, 그게."

금세 동이 난 유경의 빈 잔에 혜원은 남은 맥주를 모두 따라 주었다.

"어머, 얼마 안 남으셨네요?"

재희는 호프집 바깥에 즐비한 플라스틱 의자에 앉았다. 실내가 너무 시끄러워 밖으로 나오긴 했지만, 조금 후회스럽다. 밤인데도 이렇게 덥다니.

[아으…… 이대로 밤새서 작업하면 아침엔 드릴 수 있을 거예요.]

"네, 아홉 시 꼭 지키셔야 해요. 아셨죠? 업체 쪽에 들어가는 거라 더 이상 늦어지면 안 돼요."

[네, 네, 맞춘다고 했잖아요.]

대충 던져진 대답에 재희의 눈썹이 슬쩍 구겨졌다.

태도 좀 보라지. 하여간 이놈의 작가들, 예쁘게 봐주려고 해도 그럴 수가 없다.

[아, 맞아. 이번에 작가 모임에서 완전 쩌는 일 있었는데.]

곧장 전화를 끊으려던 재희가 멈칫했다.

"작가 모임이요?"

[네, 하정안 작가 대필 건으로 일 터진 거 알고 계시죠?]

곧장 대답을 해야 할까 고민하던 차에, 다행히도 작가는 대답을 원했던 게 아닌지 저 혼자 입을 놀리기 시작했다.

[이번 작가 모임에서 박지훈 작가님한테 완전 깨졌잖아요.]

"……누가요?"

[누구긴요, 하정안 작가지.]

박지훈 작가가 하정안 작가를 갑자기 왜?

의문을 가지던 재희는 이윽고 던져진 말에 천천히 고개를 끄덕였다.

[하정안 작가가 박 작가님 이름 팔아 가면서 담당자 흉을 엄청 보고 다녔거든요.]

"박 작가님 담당자라면…… 이혜원 편집자님 말씀하시는 건가요?"

[네 뭐, 그런 이름이었던 것 같은데. 그, 신년회 때 검은 원피스 입으셨던 분위기 쥑이던 분. 그분이에요.]

재희는 다리를 꼬며 의자 헤드에 몸을 기댔다.

신년회 때 혜원은 모델 같은 자태와 박 작가의 담당자라는 위치 때문에 꽤 많은 이목을 끌었다.

[아무튼 이번 대필 작가 건도 그렇고 하정한 작가한테 허언증이 좀 있는 것 같더라고요. 나이도 어리고 학교도 좋은 데 나왔던데, 아주 보통내기가 아니에요.]

허언증이라…….

짙게 화장된 재희의 눈이 날카롭게 가라앉았다.

전화를 끊은 그녀는 짧게 혀를 찼다. 작가들 참 입이 싸다, 고 생각하면서도 하정안 작가가 저질렀던 만행에 헛웃음이 나왔다.

"누가 누굴 욕하는 건지."

의자에서 일어선 그녀는 엉덩이 부근을 툭툭 털어냈다. 조금 전 작가가 신나서 떠들던 말들을 하나하나 곱씹어 보니, 건조한 웃음이 절로 차올랐다.

그나저나……,

"박 작가 한성격하네."

붉게 빛나는 입술을 슬쩍 비쭉인 재희는 호프집 안으로 들어갔다. 창가 쪽에 바로 보이는 자리엔 혜원과 유경이 앉아 있다.

무슨 재미있는 얘기를 들은 건지, 혜원은 여자인 제 심장께를 간질일 만큼 부드러운 미소를 가득 피워냈다.

매번 느끼는 거지만 다 큰 처자의 미소가 어쩜 저렇게 싱그러울 수 있을까.

그래, 박 작가 정도는 되어야 존재만으로도 찬란한 이 여자를 만날 수 있는 거겠지.

"통화 길어지셨네요."

재희가 흘러내린 머리카락을 획 뒤로 넘기며 말했다.

"작가들이 다 그렇지, 뭐."

땅값 비싼 곳에 위치한 티를 내는 듯 콩알만 한 귀걸이 한 짝에도 수백, 수천을 호가하는 고급 주얼리 샵.

도도한 표정으로 번쩍번쩍한 대리석 바닥을 거닐던 매니저가 숨을 훅 들이쉬며 우뚝 걸음을 멈췄다. 커다란 유리문을 열고 들어온 한 남자 때문이었다.

단정하게 차려입은 직원들은 곧은 자세를 유지함에도 불구하고 흘끔흘끔 그 남자를 훔쳐보며 마른침을 꿀꺽 삼켰다.

그도 그럴 것이, 차가운 시선으로 주위를 둘러보는 남자의 외모가 상당히 비현실적이다.

새카만 머리카락과 짙은 눈썹이 조화롭게 어우러진 깨끗한 피부, 체구도 훤칠하고 탄탄해 보인다. 어깨에 가볍게 걸친 붉은 계열의 여름 재킷도 훌륭하게 소화해 낸 것이, 보기 드문 미남이다.

배우인가? 키가 워낙 크니 어쩌면 모델일지도. 아니지, 저 정도 외모의 연예인이 있다면 모를 수가 없다.

끈적하게 달라붙는 점원들의 시선에 조금도 눈길을 주지 않은 채, 지훈은 화려한 조명이 가득한 곳에 발을 들였다.

"찾으시는 물건 있으신가요?"

어두운 톤의 벨벳 위 가지런히 진열된 액세서리를 담담한 눈으로 바라보던 지훈에게 매니저가 조용히 다가와 물었다.

작고 큰 보석이 자잘하게 박힌 액세서리들은 하나같이 화려했다. 지훈은 그것들에서 시선을 뗐다.

"조금 더 심플한 건 없습니까?"

딱딱하기 그지없는 말투였지만, 끝내주게 좋은 목소리에 매니저는 숨을 삼켰다. 잠시 호흡을 가다듬은 그녀는 깨끗한 백색 장갑을 착용하며 물었다.

"본인이 착용하실 건가요?"

"아뇨."

착각일까? 근사하지만 너무나 차가워 감히 시선을 마주치기 어려웠던 두 눈에 작은 온기가 감돈 것은.

"제 연인이, 착용할 겁니다."

여자는 이루 말할 수 없는 실망감에 맥이 탈 풀리고 말았다. 그래, 이런 남자가 애인이 없을 리가 없지.

이미 머릿속 한켠에 남자와의 로맨스를 진득하게 찍고 있던 여자는, 미련을 접어두고 영업용 미소를 입가에 가득 띠었다.

"커플이시면 커플링으로 보여드릴까요?"

"……커플링?"

"네, 꼭 기념일이 아니라도 많이들 찾으세요."

지훈의 길쭉한 손가락에 아무것도 끼워져 있지 않은 것을 파악한 매니저가 입술 끝을 조금 더 올렸다.

커플링은 조금도 생각지 못했기에, 지훈은 조금 고민이 되었다.

누군가와 무엇을 맞추어 함께 착용하는 것 자체가 그에겐 상당히 생소한 경험이다.

그러나 그녀의 고운 손과 제 손에 끼워진 한 쌍의 반지를 떠올린 순간, 지훈은 어렵지 않게 결정을 내릴 수 있었다.

"그러지."

"아, 커플링으로 보시겠어요?"

지훈이 한 번 더 고개를 끄덕이자 매니저는 생글생글 웃으며 새하얀 링이 심플한 반지를 꺼내 주었다.

그러나…….

"다음."

"별로인데."

"더 심플한 건 없습니까?"

"다음."

"다음."

매니저는 붉은 입술을 간신히 들어 올렸다.

무어라 말을 꺼내려 했지만 그것도 쉽지 않다. 어쨌든 샵의 고객으로 온 남자에게 아무거나 끼라고 소리를 버럭 지를 수는 없는 일 아닌가?

"이 디자인도 여성분들에게 상당히……."

"아뇨, 다른 거 보여 주십시오."

그 다른 거를 보여준 게 벌써 10번째다, 이 개자식아. 유명 배우만큼 잘생긴 외모와 피지컬에 심장이 두근두근거렸던 게 거짓말로 느껴질 만큼, 지금 매니저는 혀를 세차게 내두르고 싶었다.

자격지심이라 느껴질 수도 있겠지만, 꼭 고객과 매니저가 아니라 왕과 하인이 된 것만 같다.

그녀는 눈물을 삼키며 사파이어가 세공된 반지를 케이스에 조심스럽게 넣었다.

그녀는 결국 가격이 만만치 않아 신변이 뚜렷한 고객에게만 공개하는 상품을 노출시키기로 마음먹었다.

"백금 라운드에 심플하지만 다이아몬드 세공이 세심하게 들어간 디자인입니다."

지훈은 조잘조잘 설명을 하는 매니저의 목소리를 한 귀로 흘리며 반지를 뜯어보았다. 짙은 눈썹 밑에 자리 잡은 검은 눈동자는 몹시 진지했다.

혜원의 손은 참 곱다. 손가락 하나하나가 어쩜 그리 가늘고 앙증맞은지, 가끔 깍지를 끼고 있다가도 덜컥 겁이 나곤 한다. 너무 세게 쥔 건 아닐까, 이러다가 부러지지는 않을까.

그렇게 어여쁜 손이니 아무거나 사다 끼울 수는 없다. 게다가 처음 맞추는 커플링이니까. 최대한 그녀가 돋보일 수 있는 디자인으로 고르고 싶었다.

지훈이 지금까지와 다르게 상당히 오랫동안 고민하자 매니저는 두 팔을 활짝 벌려 소리라도 치고 싶었다.

제발! 제발 괜찮다고 말해라!

그녀의 울부짖음을 들은 건지, 지훈은 고민 끝에 고개를 끄덕였다.

매니저는 안도의 한숨을 필사적으로 숨기며 빠르게 입을 움직였다. 혹여나 번복을 할까 걱정이 되어서였다.

“연인분 사이즈가 어떻게 되시나요?”

지훈은 걸치고 있던 재킷 주머니를 뒤적거려 무언가를 꺼내 매니저에게 보여주었다.

그의 매끈한 손끝으로 시선을 옮긴 매니저의 표정이 아주 조금 요상하게 변했다.

그가 몹시 소중하다는 듯 꼬옥 쥐고 있는 것은 작은 종잇조각이었다. 그것도 잔뜩 구겨지고 비뚤게 접힌.

잠시 그것을 내려다보던 매니저가 그 종이의 정체를 밝혀내려 천천히 입을 열던 그때였다.

"표시해 두었습니다."

"……표시요?"

조심스럽게 종이를 받은 매니저가 그것을 슬쩍 살펴보았다. 길쭉한 종이 사이를 죽 가리는 검은 선. 이건 마치…….

"이 검은 선. 여기부터 여기까지 둘레입니다. 사이즈."

은은한 클래식 음악이 흐르는 샵 내부에 아주 무거운 정적이 내려앉았다. 기다란 속눈썹을 끔벅이던 매니저가 애써 영업용 미소를 입술 가득히 띠우며 고개를 끄덕였다.

"네, 잠시만 기다려 주세요."

단번에 홀려 영혼이라도 팔 수 있을 것만 같았던 눈앞의 섹시한 고객은, 아무래도 이만 잊는 게 좋을 듯싶다.

계산까지 빠르게 끝낸 지훈은 주차시켜둔 차에 올라탄 뒤 반지 케이스를 조심스럽게 열어 보았다.

와인색 케이스 안에 담긴 한 쌍의 커플링이 퍽 보기 좋다. 얼른 혜원의 손가락에 끼워주고 싶은 생각에 지훈의 심장은 두근두근, 부드럽게 울렸다.

그러나 시동을 걸고 혜원에게 연락을 하려던 그때, 아주 작은 고민이 생겨 버렸다. 지훈이 길쭉한 손가락으로 핸들을 가볍게 두드렸다.

그는 한참 고민 후, 어딘가로 전화를 걸었다.

[안녕, 미친놈.]

미적지근한 목소리가 수화기 너머로 흘러 나왔다. 지훈의 갑작스러운 전화에도 미동조차 없는 사내는 바로 경수였다.

그는 하정안 작가의 고스트라이터 논란 이후 지훈을 '미친놈'이라고 불렀다. 네놈이 그렇게 사이코일지는 몰랐다며 분개하던 경수의 모습이 훤했지만, 지훈은 딱히 문제 삼지 않았다.

제가 생각하기에도 확실히 혜원과 관련된 일에는 유독 제정신이 아닌 것 같았으니까.

"반지를 샀다."

인사도 없이 다짜고짜 꺼내진 본론에도 경수는 별다른 반응이 없다. 다년간 이런 식으로 이어진 지훈과의 통화에 이미 익숙해질 대로 익숙해진 것이리라.

지훈 역시 아무런 대꾸도 없는 수화기 너머의 인물에게 천천히 제 할 말을 건넸다.

"어떻게 전해 주는 게 좋을까."

[누구 건데.]

"혜원이."

[아, 그래. 그럼 던져 줘.]

경수의 답은 명쾌했다.

[오다가 주웠다고 말하면서. 요즘 그게 트렌드다. 나쁜 남자,

엉? 그게 먹힌다고.]

물론 진지함이라곤 눈곱만큼도 찾을 수 없다는 게 흠이었지만.

그러나 지훈은 경수를 어떻게 다뤄야 하는지 가장 잘 알고 있다.

"더 이상 살고 싶지 않지?"

[던지다니, 감히 혜원 님이 착용하실 반지를 던지다니! 너 이 녀석, 우리 소중한 혜원 님한테 그따위로 행동하면 안 된다.]

그의 태세 전환은 수준급이다. 경수는 지훈이 화가 나면 얼마나 무서운지 누구보다 잘 알고 있다. 그랬기에 그의 입술을 필사적으로 움직였지만, 지훈은 아무렴 좋았다.

현재 그에게 중요한 것은, 혜원과 잘 어울리는 이 반지를 어떻게 잘 건네줄 수 있느냐는 것이다.

"알면 똑바로 말해 봐."

짐짓 진지하게 가라앉은 목소리가 이 상황을 꽤나 열심히 고심하는 듯 보였다.

"그래도 처음으로 함께 착용할 수 있는 건데, 아무렇게나 건네주고 싶진 않다."

그의 말을 가만히 곱씹던 경수가 미간을 깊게 찌푸리고는 물었다. 아주, 아주 조심스러운 목소리였다.

[……함께 착용한다고?]

"그래."

[……혹시나 해서 묻는 건데…… 그 반지, 혜원 님만 끼는 거지?]

"커플링이다."

[오, 젠장. 빌어먹을.]

경수의 목소리는 고심하는 지훈만큼이나 밑으로 추락했다.

박지훈이 커플링이라니…… 내일은 해가 서쪽에서 뜨는 게 아니라 그냥 땅으로 꺼져버릴 것만 같다. 해가 땅으로 꺼져 버리면 앞으로 우리의 아침은 어떻게 되는 걸까.

[이제 밝은 아침을 볼 수 없다니…….]

이건 비극이야.

정신 나간 사람처럼 중얼거리는 경수는 아무래도 상관없다. 반지 케이스를 재킷 안주머니에 잘 넣어 둔 지훈이 못마땅한 어투로 한 번 더 물었다.

"반지를 어떻게 주는 게 좋은지 말해 봐."

깊은 혼란에 빠진 경수는 되는대로 내뱉었다.

[눈 감기고 끼워 줘.]

"……뭐?"

[눈 감고 있으라고 말한 다음에 손가락에 짠, 하고 끼워주면 혜원 님도 좋아라 하시겠지.]

지훈은 아주 천천히 고개를 끄덕였다.

'그래, 눈을 감기는 게 좋겠어.'

결론을 내린 그는 경수와의 통화를 미련 없이 끝낸 뒤 곧장 혜원에게 전화를 걸었다.

[데리러 갈래.]

단호하다 싶을 만큼 직설적이게 건네진 말에 혜원은 흘긋 옆을 바라보았다. 재희와 유경의 시선이 뚫어져라 혜원에게 향한다.

'데리러 갈게.'도 아니고 '데리러 갈까?'도 아닌, '데리러 갈래.'라니. 입술이 절로 씰룩일 만큼 귀엽긴 하지만…….

그때, 눈치 빠른 재희가 먼저 선수를 쳤다.

"데리러 온다고 그러지?"

"……귀신이시네요."

"내가 누군데. 유경 씨랑 나는 바로 전철역으로 갈 테니까 작가님 오시라고 해."

수화기 너머 재희의 목소리가 들렸는지, 듣기 좋은 지훈의 목소리가 혜원을 붙잡았다.

[5분만 기다려, 근처거든.]

근처라고?

의문을 가지기도 전, 전화는 뚝 끊어졌다.

혜원은 작게 웃으며 무릎까지 오는 화단에 엉덩이를 붙였다. 적당한 소음이 흐르는 이곳에서 지훈을 기다린다는 사실이, 심장을 설레게 만든다.

유경과 재희가 돌아가고 정확히 5분 뒤, 익숙한 검은 세단이 호프 집 앞에 세워졌다. 그의 칼 같은 시간관념에 감탄이 나왔다.

"안녕."

저 진중한 얼굴로 '안녕'이라니.

혜원의 입가에 더운 공기마저 청량하게 바꿀 정도의 시원한 미소가 번졌다.

지훈은 참 보면 볼수록 근사하다 못해 귀엽다.

가만히 저를 바라보던 혜원이 갑작스레 웃음을 터뜨리자, 지훈은 고민 끝에 물었다.

"왜 웃어?"

"귀여워서요."

"내가?"

"네, 지훈 씨가."

귀엽다는 말은 처음인지라 지훈은 진지하게 '귀엽다'는 표현에 대해 고민했다.

"귀엽다는 말은 싫어요?"

"아니."

그는 이내 가볍게 입꼬리를 올린 뒤 혜원의 어깨에 손을 뻗었다.

"너한테 듣는 건데 싫을 리가 없잖아."

그게 뭐예요, 라는 말을 하면서도 혜원은 잔잔한 미소를 흘렸다. 아, 정말이지. 지훈과 함께 있으면 자꾸만 웃음이 나온다.

"그런데 근처엔 어쩐 일이에요?"

혜원이 사원들과 술을 마신 곳은 회사 근처에 위치한 맥주 전문점이다.

혜원에겐 단골이다 싶을 정도로 자주 가는 곳이긴 했지만, 지훈의 오피스텔을 생각했을 때 그에게 썩 가까운 거리는 아니다.

능숙하게 한 손으로 핸들을 잡은 지훈은 곧장 혜원의 왼손에 깍지를 꼈다. 단단하게 맞닿은 피부 너머로 그의 체온이 전해진다. 적당히 서늘한 기운이 기분 좋다.

"회사 근처에서 술 마신다고 했잖아."

"그랬죠."

"같이 가고 싶어서 일부러 이쪽에서 볼일 봤어."

그가 말하는 '볼일'이 어떤 건지는 잘 모르겠지만, 혜원은 굳이 꼬치꼬치 캐묻진 않았다. 다만, 저 때문에 여기까지 오다니. 그의 다정함에 혜원의 심장이 잘게 떨렸다.

"그거 정말…… 감동이네요."

자그맣게 던져진 말에 지훈은 흘긋 혜원을 바라보았다. 그녀는 참 놀랍다. 아무런 수식어도, 과장도 없는 말 한마디에 어쩜 이렇게 진심을 가득 담아낼 수 있는 걸까.

'감동'이라는 단어에 지훈 역시 떨리는 심장을 조심스레 눌렀다.

"저녁은 먹었어요?"

"아니."

"아직도요? 이 시간까지 밥도 안 드시고 뭐하셨어요."

꽤 듣기 좋은 잔소리에 지훈은 가만히 혜원을 바라보았다. 저녁을 먹지 않은 게 그렇게 큰일인 걸까. 그녀는 진지한 얼굴로 조곤조곤 입술을 움직인다.

'엄청 귀엽네.'

제 딴에는 엄하게 말하는 거라 생각할지도 모르지만, 그의 눈엔 그저 사랑스럽다.

"그럼 잠깐 들르는 김에 밥 먹고 가요."

잠깐 신호가 멈춘 사이, 지훈이 그녀의 뺨 위로 가볍게 입술을 찍어 눌렀다. 작은 마찰음이 마른 공기를 적셨다.

"그 말, 후회하지 마."

"후회요?"

눈을 동그랗게 뜨는 혜원이 귀여워 지훈은 다시 그녀의 입술에 깊게 입을 맞추었다. 맥주를 마셔서 술 냄새가 나진 않을까 걱정이 되었지만, 지훈은 아랑곳 않고 그녀의 붉은 입술을 진득하게 핥아 올렸다.

더워진 공기에 붉어졌을 두 뺨을 가리고 싶어도, 지훈의 단단한 손 때문에 그럴 수 없었다.

"응, 한번 들어가면 아무리 내쫓아도 안 나갈 거거든."

내가 거기서 너한테 무슨 짓을 할지 몰라.

어린아이 같은 말에 혜원은 기분 좋게 웃었다.

늘 에어컨을 시원하게 틀어놨지만, 오늘은 창문을 모두 연 채로 도로를 질주했다.

맞닿은 손도 좋고, 시원하게 실내를 감싸는 바람도 좋았다. 혜원이 제멋대로 춤을 추는 머리카락을 쓸어 넘기던 때 지훈이 입을 열었다.

"요즘 일은 어때?"

"칼퇴까지는 아니지만 막 늦게까지 야근할 정도도 아니에요. 얼마 전에 계속 준비하던 공모전을 드디어 마무리했거든요."

"그래?"

"네. 어휴, 공모전 카피 때문에 얼마나 혼났는지 몰라요."

혜원은 평소 일이 힘들다고 푸념을 늘어놓는 편이 아니다. 그녀는 한창 고생을 할 땐 묵묵히 입을 다물고 있다가, 모든 것이 마무리가 된 후에야 '참 힘들었다'고 말하곤 했다.

그 모습이 참 그녀답고 사랑스러웠지만, 그래도 지훈은 그녀가 저에게 조금 더 기댔으면 좋겠다고 생각했다.

그래, 얼마 전…… 깊은 정사 후 침대 위에서 나누었던 이야기들처럼.

"작가들 일은 잘 해결됐고?"

혜원은 문득 떠오른 지난날에 더듬더듬 마른 뺨을 문질렀다.

"마음이…… 아주 조금, 서글픈 것 같기도 하고……."

아, 그래. 내가 지훈 씨에게 그런 말도 했었지.

괜스레 쑥스러운 마음이 들어 혜원은 잠시 입술을 달싹였지만, 이내 어깨를 으쓱였다.

"아직 잘 몰라요. 내부적으로 일이 좀 터져서, 다들 그것 때문에 정신이 없거든요."

"대필 작가 논란 말하는 건가?"

덤덤한 지훈의 목소리에 혜원이 의외라는 듯 시선을 돌렸다.

"어떻게 아셨어요?"

"그 정도는 모르고 싶어도 자연스럽게 알게 되더라고."

아, 그렇구나. 혜원은 작게 고개를 끄덕였다.

하긴, 지훈이 아무리 다른 일에 관심이 없어도 주변에서 그를 가만히 놔두진 않겠지.

오늘 몇몇 작가에게 먼저 연락이 오긴 했다. 대화의 흐름은 대체적으로 하정안 작가에 대한 것이긴 했으나 저번처럼 악의가 느껴지진 않았다.

그저 예민하다고 치부하기엔 마음이 걸리는 점이 몇 가지 있었지만, 어쩐지 제 눈치를 보는 듯한 작가들 반응에 혜원은 우선 지켜보는 쪽으로 마음을 굳혔다.

내가 조금 예민했었던 것 같다, 정도로 얼버무리니 지훈은 별말 없이 수긍해 주었다.

"다행이네."

그의 건조한 대답과 함께 검은 세단이 혜원의 빌라 앞에 세워졌다. 별다른 어려움 없이 주차장에 차를 주차시킨 지훈은 곧장 내려 혜원의 조수석 문을 열어 주었다.

그의 손을 잡고 빌라 안으로 들어가려던 그때, 지훈이 우뚝 걸음을 멈추었다.

덩달아 멈추게 된 혜원이 시선을 올리자, 그의 두 눈동자가 또렷이 혜원에게 닿아 있다.

"왜요?"

짐짓 진지하게 가라앉은 그의 시선에 혜원은 조심스럽게 물었다. 지훈은 무슨 생각을 하는 건지 도통 알기 어려운 눈으로 가만히 혜원을 바라보았다.

"네 회사 근처에서 뭘 했는지 안 물어봐?"

그 물음은 너무나 갑작스러워서, 혜원은 순간 말문이 막히고 말았다.

그러나 지훈은 딱히 혜원의 대답을 바란 건 아니었는지 걸치고 있던 여름 재킷 주머니를 뒤적거렸다. 깜빡이는 가로등과 번쩍 켜진 센서등 밑, 고요함이 조용히 내려앉는다.

주머니 속을 몇 번 뒤적거리던 지훈의 손이 우뚝 멈춘다.

"눈 감아."

"……눈이요?"

"그래."

혜원의 순순히 눈을 감았다. 슬슬 그가 무엇을 하려는 건지 궁금해지기 시작했다. 저 주머니에 숨긴 건 대체 뭘까? 눈은 왜 감으라고 했을까?

생각을 하면 할수록 그녀는 가장 중요한 사실을 새삼 깨달았다.

'귀여워.'

혜원은 번지는 미소를 꾹 눌렀다.

'이 남자, 정말 귀엽네.'

지훈은 그녀가 필사적으로 웃음을 참는다는 걸 눈치챘지만, 별다른 말없이 눈을 감은 혜원을 감상했다.

마치 미술 작품을 보는 듯 두 눈동자가 진중하게 가라앉았다.

그는 눈을 감은 혜원도 무척 아름답다고 생각했다. 고운 눈썹과 짙고 길쭉한 속눈썹, 살짝 벌어진 입술까지, 모든 것이 모난 부분 없이 조화롭다.

한참 그녀의 얼굴을 감상하던 지훈은 이내 퍼뜩 정신을 차린 뒤 주머니에서 꺼낸 것을 그녀의 손에 끼워 주었다.

그의 손길은 상당히 조용하고, 정중했다. 절로 소중하다는 생각이 들 만큼.

이질적인 감각이 느껴졌을 텐데도 그녀는 여전히 눈을 감고 있다.

착실하게 제 요구를 들어주는 혜원이 귀여워, 그는 웃음기 먹은 목소리로 그녀를 두드렸다.

"이제 눈 떠."

눈을 뜬 혜원은 곧장 제 손을 내려다보았다.

그녀의 왼쪽 약지에 눈처럼 반짝이는 반지가 곱게 끼워져 있다. 심플한 라운드 가운데 앙증맞게 박혀 있는 보석까지, 화려하진 않지만 은은하게 빛나는 반지가 너무나 아름답다.

제 손을 멍하니 바라보던 혜원은 고개를 들어 지훈과 눈을 맞추었다. 그는 마치 혜원의 반응을 살피는 듯 숨도 제대로 쉬지 못하고 그녀를 꼼꼼히 뜯어보는 중이다.

꼭 주인의 칭찬을 기다리는 강아지 같은 모양새라, 그녀는 벅차오르는 웃음이 터지고 말았다.

'박지훈을 강아지에 비유하다니, 벌 받을 거야.'

혜원은 가로등 밑으로 조금 더 가까이 다가갔다. 쏟아지는 노란 불빛에 반지가 더욱 예쁘게 빛난다.

"조금 늦었지만, 생일 선물이야."

잠시 망설이던 지훈은 혜원에게 반지 케이스를 건넸다. 반쯤 입이 열린 반지 케이스 안에는, 남성용 반지가 덩그러니 남아 있다.

"커플링, 너랑 하고 싶어서 내 마음대로 샀어."

그의 입술을 비집고 나온 '커플링'이란 단어가 퍽 이질적이었지만, 아무도 그것에 신경을 두지 않았다.

혜원이 반지 케이스를 받아 들자 그가 조심스러운 목소리로 말했다.

"원한 게 아니었다면 미안해."

"미안하다고요?"

"여자 선물은 잘 모르거든."

"……아뇨, 아니에요, 지훈 씨. 이건…… 너무 과분해요."

그녀는 작게 웃으며 반지 케이스에서 덩그러니 남은 반지를 꺼냈다. 지훈의 손을 잡고 그 곧은 손가락에 반지를 끼워 줄 때까지, 그는 숨도 제대로 쉬지 못했다.

'우리'의 커플링을 직접 끼워 주는 이혜원이라…….

이건 생각보다 더 심장에 좋지 않다.

그녀를 위해 고심해서 반지를 고른 보람이 느껴졌다.

조금 전부터 미치도록 뛰는 심장에 난감함을 느끼며 시선을 내린 순간, 반지를 모두 끼운 혜원과 눈이 정면으로 마주쳤다.

미소가 어린 그녀의 두 눈동자에 지훈은 그대로 고개를 숙여 입을 맞추었다. 오늘따라 그녀의 입술이 유독 달다. 너무 달아서, 이대로 녹아내리는 건 아닐까 걱정이 될 정도이다.

"사이즈는 어떻게 알았어요?"

커플링이 끼워진 손을 잡고 혜원의 원룸으로 들어가던 때에, 그녀가 궁금하다는 듯 물었다.

"너 잘 때 몰래 재 봤어."

주머니에서 무언가를 꺼낸 지훈이 그것을 가볍게 흔들었다. 혜원의 눈앞에 흔들리는 그것은 길쭉한 종잇조각이었는데, 자세히 보니 중간에 검은색 줄이 그어져 있다.

"아…… 정말……."

혜원은 결국 참지 못하고 크게 웃음을 터뜨렸다.

지훈이 이 커다란 덩치로 자고 있는 제 손에 종이를 두르고 펜으로 표시를 했다고 생각하자, 정말이지 견딜 수가 없었다.

그의 곧게 뻗은 손가락이 붙잡고 있는 종이를 바라보던 혜원은 벅차오르는 가슴에 터지듯 숨을 쉬었다.

"직접 물어 보셔도 되는데……."

혜원의 집에 발을 들이자마자 그녀를 품에 가둔 지훈이 낮은 목소리로 말했다.

"쑥스럽잖아."

어쩐지 그의 목소리엔 즐거움이 담겨 있는 듯해서, 혜원도 한 번 더 웃음을 터트리고 말았다.

제 13 장
편린일지라도

수정은 깨끗하게 정리된 손톱을 꼼꼼하게 살펴보았다. 뜨거운 여름이니까 시원한 푸른색으로 포인트를 주었다. 한결 좋아진 기분에 그녀는 작게 콧노래를 부르며, 휴대폰으로 포털 사이트를 열었다.

커서가 깜박이는 검색창에 그녀는 새로 손질한 손톱을 토독토독 두드려 글자를 채워나갔다.

다원 출판사

워낙 유명한 출판사였기에 위치를 알아내는 건 사탕을 빨아 먹는 것보다 쉬웠다.

시간을 확인한 그녀는 흠칫 놀라 의자에서 일어났다.

미용실에 가 염색을 새로 하려면 시간이 썩 넉넉하진 않다.

“펌도 다시 해야겠네.”

거울에 비친 제 모습을 요리조리 뜯어보던 수정이 자그맣게 중얼거렸다.

그녀는 이내 머리를 높게 틀어 묶고는 콧노래를 부르며 욕실로 들어갔다.

*　　*　　*

극심한 통증이 허리와 아랫배를 세게 찔렀다. 혜원은 바쁘게 키보드를 두드리던 손을 내렸다. 가느다란 손이 화급히 배를 감쌌지만, 통증은 여전하다.

“아으…….”

“괜찮아?”

탕비실에서 커피를 타오던 재희가 혜원의 어깨를 조심스럽게 두드렸다.

“그러게 조퇴하라니까 미련하게…….”

“오늘이 딱 마감이라 어쩔 수 없었어요. 조퇴할 만큼 심하지도 않고요.”

“충분히 심해 보이거든?”

재희의 타박에 혜원은 쓴웃음을 삼켰다. 그녀는 혜원의 만류에도 따뜻한 물을 떠서 직접 손에 쥐여 주었다. 손바닥에 닿는 온기는 조금 뜨거웠지만, 그것만으로도 한결 기분이 나아진 듯했다.

"생리통 심한 사람은 약도 소용이 없다던데…… 자기가 딱 그런 체질이구나?"

"네, 뭐…… 이렇게까지 심하진 않는데, 요즘 생활 리듬이 통 엉망이라 어느 정도 예상은 하고 있었어요."

"어이구, 자랑이다. 아주 연애하느라 바쁘지?"

혜원은 어깨를 으쓱였지만, 딱히 그녀의 말에 반박하진 않았다. 오히려 '티 나요?'라며 너스레를 떠는 폼이 꽤 자연스럽다.

재희는 그러한 혜원의 변화가 몹시 마음에 들었다. 항상 이래도 좋고 저래도 좋던 그녀가, 지훈과 연애를 시작하고부터 본인의 감정 표현에 조금 더 자유로워진 것처럼 보였기 때문이다.

"진짜 힘들면 꼭 말해야 한다?"

회의에 들어가기 전, 재희가 한 번 더 신신당부를 했다. 대리 이상의 직급이 있는 사원들만 참석할 수 있는 회의였기에 혜원을 비롯한 몇몇 평사원들은 참여하지 않았다. 듬성듬성 자리가 비니, 사무실은 더욱 고요하다.

한창 키보드를 두드리던 때에 지훈에게서 연락이 왔다.

몇 주 전, 혜원은 지훈과 작은 규칙을 하나 만들었다.

그녀가 사무실에 있는 시간, 지훈이 사무실 내선 전화로 연락을 한다면 업무에 관련된 일, 휴대폰으로 한다면 개인적인 일이라는 신호이다.

물론 혜원이 지훈에게 연락을 할 때에도 마찬가지이고.

지금 울리는 것은 혜원의 휴대폰이었다.

사무실이 어느 정도 비어 있었기에 자리를 비우는 게 딱히 눈치가 보이진 않았다.

아무리 회사 분위기가 자유로워도 개인적인 일로 자리를 비우는 게 마냥 편하진 않았으니까.

[혜원아, 전화 받을 수 있어?]

"네, 받을 수 있어요."

다정히 건네진 말에 가볍게 고개를 끄덕이며 혜원은 사무실을 빠져나왔다. 텅 빈 복도 사이사이 그녀의 목소리가 낮게 울렸다. 혜원은 조금 더 목소리를 낮춘 뒤 비상계단으로 향했다.

[보고 싶어서 전화했어.]

혜원이 지훈과 만나며 상당히 놀랐던 부분은, 상당히 서슴없는 그의 애정 표현이다. 찔러도 피 한 방울 나오지 않을 것 같던 (출판사 사람들의 표현을 빌리자면) 박지훈이 이렇게 달콤한 말을 쉬이 할 수 있다니.

만약 지훈을 잘 알고 있는 누군가가 우연히 듣는다면, 깜짝 놀라 손을 덜덜 떨지도 모를 일이다.

"네, 저도 보고 싶었어요."

[그래, 딱 알맞은 때에 전화한 것 같네.]

그리고 또 한 가지 놀라운 점은, 그녀 스스로도 간지러운 애정 표현을 아무렇지 않게 할 수 있어졌다는 것.

오히려 이 정도도 부족하게 느껴진다는 게 안타까운 일이기는 하나, 혜원은 아무렴 좋았다.

본인이 그에게 사랑한다 말하고 보고 싶다고 표현할 때마다, 그는 항상 행복해서 어쩔 줄 모르겠다는 눈빛, 혹은 목소리로 저를 가슴 떨리게 만들었으니까.

[오늘은 괴롭히는 사람 없고?]

서늘한 비상계단에 걸터앉은 혜원은 어김없이 건네진 그의 물음에 잔잔한 웃음을 터뜨렸다.

지훈은 요즘 그녀에게 '괴롭히는 사람이 없느냐.'라고 자주 묻는데, 그 질문이 상당히 귀여워 혜원은 늘 활짝 피어난 웃음으로 화답을 하곤 했다.

오늘은 참으려 입술 끝을 단단히 잡았지만, 썩 쉽지가 않다.

"요즘 그 부분에 관심이 되게 많으시네요."

[말 돌리지 말고.]

"없어요."

[정말?]

"정말로요. 그리고 '오늘은'이 아니고 '오늘도' 없는 거예요."

웃음을 머금은 그녀의 정정에 지훈은 이내 수긍해 주었다.

[항상 걱정이 돼.]

"어떤 부분이요?"

[너와 관련된 모든 게.]

어디 아프진 않을까, 또 힘든 일로 고생하고 있지는 않을까. 천천히 전해지는 한 마디, 한 마디에 혜원은 벌어진 입술을 느릿하게 닫았다.

그녀는 어김없이 콕콕 찌르듯 아파 오는 아랫배를 살며시 감싸 쥐었다. 찬 곳에 오래 앉아 있어서 그런지, 통증이 사무실에 있을 때보다 심하다.

그러나 걱정이 된다는 그의 말에도 '나 아프다.'라는 말을 쉬이 꺼낼 수가 없었다. 누군가에게 어리광을 부리는 건 정말이지 익숙하지 않다. 걱정 끼치는 게 싫고, 생리통이라 얘기를 하는 것도 조금 신경이 쓰였다.

바보 같은 생각이지만 혜원은 지훈에게 늘 예뻐 보이고 싶다. 아무리 좋게 생각해도 생리통 때문에 고생하는 모습은 썩 예뻐 보이진 않는다.

재희의 말이 맞다. 이런 게 미련한 것이 아니라면 대체 그 무엇이 미련하다는 것인가?

혜원은 속으로 혀를 차곤 떨어지지 않는 입술을 겨우 들어 올렸다.

"지훈 씨, 이만 사무실로 들어가 봐야 할 것 같아요."

[그래, 바쁠 텐데 통화가 길었지.]

"에이, 이 정도는 괜찮아요."

잔잔한 그녀의 목소리에 지훈은 기분 좋은 미소를 흘렸다.

[저녁에 시간 괜찮아?]

혜원은 조금 고민했다. 늘 그랬듯이 저 말에 수긍하면 그와 저녁을 즐겁게 보낼 수 있다. 그러나 오늘은 도저히 그럴 만한 몸 상태가 아니었다. 목소리는 어떻게 숨길 수 있다지만, 그녀의 형편없는 연기 실력으론 지금의 몸 상태를 금세 들켜 버릴 게 뻔하다.

그녀는 결국 거짓말을 하고 말았다.

"아뇨, 오늘은 야근 때문에 퇴근이 조금 불확실해요."

[아쉽네.]

그의 안타까운 한마디에 혜원은 마음이 아팠다.

"네, 저도…… 너무 아쉽네요."

그녀의 깊은 진심을 알아챈 걸까, 지훈은 작게 웃으며 혜원을 다독였다.

[내일 만나자. 맛있는 거 사줄게.]

"네, 내일 꼭 만나요. 같이 저녁 먹고, 영화도 봐요."

[그래, 그러자.]

분명 즐거울 내일의 데이트를 시시콜콜 떠든 뒤 혜원은 전화를 끊었다. 그나마 잠시 잊고 있었던 고통이 다시금 시작되었지만, 그녀는 무거운 몸을 일으켜 비상계단을 빠져나왔다.

배를 살살 쓰다듬으며 사무실로 들어오니 듬성듬성한 빈자리가 그대로다. 회의가 길어지는 구나, 라고 생각하며 자리에 앉으려던 그때, 윤진이 혜원을 불렀다.

"혜원 씨, 어디 갔다 오는 거예요?"

다급하진 않지만 무언가의 눈치를 보는 듯 그의 눈동자가 은근히 길을 잃는다. 혜원은 고개를 갸웃거렸다.

“잠깐 전화를 좀 받느라…… 무슨 일 있었어요?”

“무슨 일까지는 아니고, 저기…….”

혜원은 윤진이 가리키는 곳으로 눈동자를 돌렸다.

그가 가리킨 곳은 손님이나 작가가 내방을 할 경우 편히 기다릴 수 있도록 마련해 둔 자그마한 테이블이었다. 그 테이블과 함께 준비되어 있는 의자엔, 너무나 의외의 사람이 바르게 앉아 있다.

혜원은 아주 잠시 제 눈을 의심했다.

‘저 사람이 왜…….’

줄곧 혜원을 괴롭히던 아픈 과거의 조각. 그 조각은 썩 크진 않았지만, 너무도 날카로워 존재만으로도 참 아팠다. 그 잔혹한 파편이 너무도 자연스럽게 이 공간에 녹아 있다.

혜원은 순간 말문이 막혀 가만히 과거의 조각을 바라보았다. 그 조각의 시선이, 아주 천천히 혜원에게 닿았다.

시선을 마주친 순간 혜원은 깨달았다.

저건 정말이지, 지독한 과거구나.

“……윤진 씨, 저 여자분이 저를 찾아오셨나요?”

“네, 복도 바깥에서 계속 서성이고 계시기에 여쭤보니, 혜원 씨 보러 오신 게 맞다고 하시네요.”

혜원은 저를 똑바로 바라보는 여자를 가만히 바라보았다. 아주 추웠던 작년 11월. 그때 보았던 사랑스러운 외모의 여자가 눈 앞에 그림처럼 앉아 있다.

풍성하게 컬이 들어간 짙은 갈색의 머리카락도, 톡 건드리면 쓰러질 것만 같은 여리한 몸매도, 자그마한 체구도, 모든 게 그대로인 여자.

마지막으로 스치듯 보았던 그녀의 얼굴을 똑똑히 기억한다. 잔뜩 붉어져 저에게 무어라 소리치던 구겨진 얼굴. 그날의 여자와 지금의 여자가 자연스럽게 겹쳐 보인다.

'꿈이 아니구나.'

그제야 현실이라는 자각이 되었다. 조용히 걸음을 뗀 혜원은 여자에게 다가갔다. 그녀의 손님이 사무실까지 찾아온 건 처음이었기에, 유경을 비롯한 내부에 남은 사원들이 호기심 어린 시선을 보냈다.

걸음을 옮기는 와중에도 아랫배의 통증이 계속됐지만, 놀랍게도 고통을 느낄 겨를이 없었다.

"안녕하세요, 수정 씨."

까마득한 기억 저 먼 곳에 있던 떠올리고 싶지 않은 이름. 그것을 끄집어 올리는 건 확실히 유쾌한 기분은 아니다.

그럼에도 불구하고 혜원은 어렵지 않게 그녀를 부르고, 눈을 마주치고, 대화를 나눌 수 있었다. 동요 없이 차분한 모습에 수정은 천천히 자리에서 일어났다. 내려다보는 혜원의 맑은 눈동자가 불쾌하다.

"오랜만이에요."

"네, 정말 그러네요."

"작년 11월 즈음이었죠. 준원 오빠가 혜원 씨를 떠난 게. 그때 이후로 처음이네요. 그렇죠?"

혜원은 앙증맞게 움직이는 수정의 핑크빛 입술과 새카만 렌즈를 껴 깨끗하게 빛나는 눈동자를 가만히 번갈아 보았다.

적당한 높이로 뻗어나간 목소리가 사무실을 울렸다. 전혀 시끄럽진 않았지만, 사무실은 조금 전보다 더욱 조용해졌다. 누군가 찬물이라도 끼얹은 게 아닐까 걱정이 될 정도이다.

"준원이 오빠 일로 찾아오게 되었어요."

아무런 말이 없는 혜원이 동요 중이라고 판단했는지, 그녀의 목소리에 슬쩍 힘이 실렸다.

"그쪽 때문에 우리가 다시 이렇게 되었으니, 해명이라도 듣고 싶어서요."

"저를 찾아올 정도의 일은 없을 텐데요."

"모른 척할 셈이에요? 행복하게 잘 지내던 우리가 그쪽 때문에 산산조각이 났으니, 혜원 씨 얼굴 볼 이유가 충분하죠."

수정의 가냘픈 목소리를 가만히 듣던 혜원은 고개를 끄덕였다. 그녀가 왜 낯선 사무실 안까지 발을 들인 건지 알겠다.

혜원은 손목을 들어 올려 시간을 확인했다. 사무실에서 이러고 있는 건 사원들에게도 실례이다. 슬슬 회의도 끝나갈 테니, 그만 자리를 옮기는 게 좋겠다.

"유경 씨, 저 잠깐 밑에 내려갔다 올게요."

"아, 네. 그렇게 해요. 대리님이랑 팀장님 오시면 잘 말씀드릴게요."

"네, 고마워요."

"고맙긴요. 천천히, 아주 천천히 얘기 나누고 오세요."

'천천히'에 악센트를 주는 유경이 귀여워 혜원은 슬쩍 입꼬리를 올렸다. 한쪽 눈을 찡긋거리는 유경의 표정이 꽤나 듬직하다.

혜원은 다시 수정을 돌아보았다.

"내려가죠."

"왜요? 여기서는 말 못 할 일이라서 그런가요?"

어설픈 도발은 안 하느니만 못한데.

혜원은 흘러내린 머리카락을 쓸어 넘기며 담담히 물었다.

"수정 씨, 몇 살이죠?"

"지금 그런 걸 왜 물어요?"

날카로운 어투엔 그녀를 향한 감정의 색깔이 고스란히 담겨 있다. 너무나 노골적인 악의가 그대로 느껴져, 혜원은 조금 웃음이 나왔다.

"기본 예의라는 건 어느 곳에나 존재해요. 그러니 그만 어린애처럼 굴고 따라와요."

혜원은 더 이상 수정의 의사를 묻지 않았다. 다행히도 수정은 그렇게 얼굴이 두껍지는 않은 건지, 자존심을 죽이고 혜원을 따랐다.

제 자리에서 지갑을 챙겨들고 바깥으로 향하던 혜원이 다시금 수정을 돌아보았다. 그녀는 수정이 신고 있는 높은 핑크빛 하이힐을 가리켰다.

"다른 사원분들 일하는 중이니까 발소리 죽이고요."

사무실을 빠져나오니 바쁘게 움직이던 수정의 입이 꾹 닫혔다.

혜원은 그녀를 이끌고 승강기에서 내린 뒤 로비에 위치한 카페로 향했다. 지훈과 처음 만났던 붉은 문 카페였다.

그때 이후로 이 카페를 지날 때마다 지훈이 떠오른다. 반갑지 않은 손님과 함께 동행할 때에도 어김없이 그가 떠올라, 혜원은 한결 기분이 나아졌다.

벌써 9월에 훌쩍 접어들었지만, 날씨는 여전히 후덥지근하다. 10월도 금방 올 텐데 아직까진 얇은 여름옷에서 벗어날 엄두가 나지 않는다.

출입구 사이로 터지듯 들어오는 더운 바람을 가득 느끼며 혜원이 카페 안으로 들어섰다.

"뭐 마실래요?"

"……."

"그럼 제가 알아서 시킬게요."

카운터로 고개를 돌린 그때, 수정의 고운 목소리가 혜원의 귓가에 박혔다.

"뜨거운 건 시키지 말아요."

"……."

"곧 그쪽한테 뿌릴 거거든요."

어처구니가 없는 와중에도 혜원은 작게 감탄했다.

'역시 젊은 애들은 패기가 달라.'

이쯤 되니 슬슬 무슨 일로 찾아온 건지 궁금해진다. 이렇게 노골적인 증오와 악의는 처음 경험해 보는 것이었기에 신기하기도 하고.

혜원은 별다른 고민 없이 주문을 했다.

"민트 초코 하나랑 찬물 주세요. 민트 초코는 따뜻하게 해 주세요."

뿌릴 거라면 끈적거리는 음료보단 찬물이 낫겠지.

혜원이 주문을 하는 동안 수정은 카페 구석으로 향한 뒤 도도하게 다리를 꼬았다. 짧은 원피스가 말려 올라가 허벅지가 그대로 드러났지만, 아랑곳하지 않았다.

"다리, 가릴 거 드릴까요?"

결국 보다 못한 혜원이 물었지만, 수정은 표정 하나 바뀌지 않은 채 입을 열었다.

"원래 그런 식이에요?"

"그런 식?"

"쿨한 척, 담담한 척하면서 상대 머리 꼭대기에서 놀고 있다고 어필하는 거요."

혜원은 딱딱한 나무 의자에 앉으며 작게 웃었다.

"내가 그러나요?"

"네."

"그건 또 몰랐던 사실인데."

답답한 정적이 좁은 카페를 가득 채웠다. 분명 카페 안에선 최신가요가 흘러나오는 중인데도 혜원은 참 고요하다는 생각이 들었다.

"오빠랑 저, 꽤 오랫동안 사귀었어요. 저희 관계가 소홀했던 차에 오빠가 잠깐 눈을 돌렸던 것 같은데, 이젠 그럴 일 없어요. 워낙 마음이 약한 사람이라 그쪽에게 상처 주길 싫어하는 것 같기에 제가 직접 나온 거예요. 제 말, 무슨 말인지 아시겠죠?"

과거, 저에게 상처를 주었던 기억의 조각들은 여전한가보다.

조금만 마음먹어도 과거가 생생히 떠오르다니.

어쩔 수 없는 것이라 생각하고 그냥 두는 게 최선인 걸까?

혜원은 수정과 이렇게 마주 보고 앉아 있는 것 자체가 코미디란 생각이 들었다.

웃음이 나올 만큼 유쾌한 상황은 아니었지만, 확실히 일반적이진 않다.

제 연인과 놀아났던 여자 앞에서 느긋하게 차를 마시는 것도 상당히 골 때리는 일이고.

음료가 나오고 서로의 앞에 민트 초코와 얼음물이 놓아지게 되는 순간까지도 그 정적은 유지가 되었다. 의미 없는 가사가 나열되는 걸 그룹의 노래를 머릿속으로 흥얼거리던 그때, 수정이 입을 열었다.

그녀의 시선은 어느새 혜원의 왼손에 향해 있다. 정확히 말하자면 그녀의 왼손에 끼어져 있는 커플링에.

"이혜원 씨, 사람 참 뻔뻔하네요."

그녀에게서 '뻔뻔'이란 단어가 나오니 상당히 신선하다. 혜원은 민트 초코를 조금 들이켰다. 달달한 것의 섭취는 항상 옳다. 혀가 아릴 정도로 단 음료가 입 안을 가득 적시자, 무거운 몸도 그나마 풀리는 느낌이다.

혜원이 민트 초코의 단맛을 여유롭게 음미할 동안 수정은 차가운 조소를 흘렸다.

"마치 더러운 것을 버린다는 듯이 커플링 던지고 사라져 놓고, 다시 새 반지를 끼고 계시네요."

"……."

"저한테 잘난 듯 떠드셨던 주제에, 자존심이랑 양심은 그쪽이 더 없는 것 같네요."

머그컵을 내려놓은 혜원은 고개를 슬쩍 기울였다. 수정이 먼저 본론을 말할 때까지 기다리려 했지만, 이런 식으로 계속 빙빙 돌려 말한다면 시간이 너무 아깝다.

지훈의 「그 여름의 골목」 출간 작업은 시간을 오래 잡아먹는

다. 문장 하나하나 공을 들여 보는 중이고, 표지에도 세세한 작업 요청을 내려야 했기에 최근 그녀는 조금 예민했다. 우선 다음 달까지 원고 교정을 마무리하려면 단 하루도 허투루 쓸 수 없다.

"수정 씨, 저를 왜 찾아오셨는지 그것부터 말해 주세요."

"……."

"수정 씨가 제 직장까지 찾아와서 저를 추궁할 정도로 중요한 일이 뭔가요?"

수정의 눈꼬리가 매섭게 올라갔다. 저렇게 어른인 척하는 것도 재수가 없다. 잠시 숨을 고른 그녀는 최대한 감정을 억누르려 애쓰며 입을 열었다.

"그쪽이 준원 오빠 다시 꼬드겼잖아요."

"……누굴 꼬드겨요?"

"자꾸 모르는 척 연기하지 마요. 우습지도 않으니까. 그쪽이랑 준원 오빠랑 다시 만나는 거 알아요. 준원 오빠가 스튜디오에 그쪽이랑 찍은 사진 버젓이 장식해둔 거, 제 두 눈으로 똑똑히 확인했고요."

혜원은 순간 말문이 막혔다. 이 여자가 지금 누구랑 누굴 엮는 거지? 그러나 혜원의 마음을 알 리 없는 수정은 다시금 입을 열었다.

"아무렇지 않은 척 헤어지고 나니까 너무 아깝죠? 일개 직장인 주제에 준원 오빠 같은 사람 만나기 어렵겠죠. 외모도, 재력도, 오빠만큼 훌륭한 사람 찾기 힘드니까."

“이봐요, 수정 씨.”

“배가 아팠을 거예요, 화려하던 인생이 하루아침에 밑바닥으로 떨어졌으니 짜증나고 복수하고 싶었죠?”

“…….”

“그래서 준원 오빠를 뺏어갔어요? 자존심도 버리고?”

높게 솟은 수정의 목소리를 가만히 듣던 혜원은 손을 뻗어 머그컵을 쥐었다. 적당히 따뜻하던 민트 초코는 조금 더 미지근해졌다. 온기를 잃은 음료를 입 안에서 가볍게 굴린 뒤, 넘겼다.

대충 어떤 상황인지 파악이 되자 헛웃음이 번졌다.

혜원은 차오르는 웃음을 어렵지 않게 지웠다.

“수정 씨가 그랬어요?”

“…….”

“준원이에게 버려졌을 때…… 아깝고, 배가 아프고, 화려하던 인생이 나락으로 떨어진 것 같고…….”

혜원의 높낮이 없는 목소리는 너무나 평온해 오히려 소름이 끼쳤다.

어느새 밑바닥을 드러낸 머그컵을 가만히 바라보던 혜원이 고개를 들어 수정을 똑바로 바라보았다.

눈을 마주치기 거북할 정도로 깨끗하고 깊은 눈동자가 수정에게 잔인하게 박힌다.

“그래서, 나한테 복수하고 싶었어요?”

수정이 두 눈을 부릅떴다.

그녀는 덜덜 떨리는 손으로 얼음물이 가득 담긴 컵을 쥐고 그대로 혜원에게 뿌리려 팔을 들어올렸다.

그러나 물컵은 허공을 가르는 대신 테이블 위를 형편없이 굴렀다. 혜원이 손을 뻗어 수정의 자그마한 손을 찍어 누르듯 잡아내렸기 때문이다.

커다란 마찰음이 공기를 울렸고, 겹쳐진 손 주위에 차가운 얼음물이 흥건하다.

테이블을 가득 적신 물과 얼음의 잔해가 밑으로 뚝뚝 흘러내려 떨어진다. 점원이 숨을 훅, 들이키는 소리가 유독 크게 들렸다.

수정은 더러운 오물에 닿은 것처럼 제 손을 꽉 붙잡은 혜원의 손을 쳐냈다.

혜원은 순순히 손을 떼고 다시 바르게 앉아 수정을 응시했다.

저 시선, 이혜원의 저 시선과 마주하면 제 꼴이 너무나 추악해 보인다. 작년, 준원이 잔혹하게 혜원을 버릴 때도 이런 기분을 느꼈다. 상처를 받아도, 아무리 아프고 아파도 고고하던 저 두 눈.

아프도록 주먹을 쥔 수정이 악을 썼다.

"말이면 다인 줄 알아?!"

"……."

"누가 누구한테 복수를 한다는 거야! 누가 누굴 버려!!"

수정의 거친 숨소리를 가만히 듣던 혜원은, 차분하게 가라앉은 눈으로 그녀와 시선을 맞췄다.

"김준원이 수정 씨를 버린 거예요. 작년에 나를 버렸던 것처럼."

현실은 참으로 잔인하다.

"여기까지 찾아왔다는 건 나한테 사과를 받고 망신이라도 줄 심산이었을 텐데, 안타깝게도 잘못 짚었어요."

혜원은 잔잔한 웃음을 뱉어냈다.

"이 반지의 주인은 김준원이 아니거든요."

번쩍 고개를 든 수정의 눈동자에 서린 건 어두운 불신.

그러나 혜원은 아무렴 상관이 없었다.

그녀가 믿든 말든, 더 이상의 대화는 무의미하다는 것을 깨달았으니까.

"지금 나에게 김준원은 조금도 중요하지 않아요. 배신을 당하고 잔혹하게 버림받았던 남자에게 다시 흔들릴 만큼 바보도 아니고요."

혜원은 천천히 자리에서 일어났다.

"수정 씨와 준원이 사이에 무슨 일이 있었던 건지 전 조금도 몰라요."

"……."

"그러니까, 연관도 없는 치정싸움에 더 이상 나를 끌어들이지 마요."

물이 뚝뚝 떨어지는 테이블을 노려보는 수정에게 잠시 시선을 둔 혜원은 이내 고개를 저었다.

"이제 그만 돌아가요. 여긴 수정 씨가 있을 곳이 아니니까."

혜원은 미련 없이 카페 문을 열고 나왔다. 겨우 눌러 참던 통증이 허리를 타고 올라와 아랫배를 퍽퍽 때린다. 애먼 곳에 신경을 쏟다 보니 그 잠깐 새에 스트레스를 받았나 보다.

수정은 이대로 마음을 접지 못할 것이다.

그녀는 제가 결론을 내린 사실이 절대적이라 여기고, 그것만을 기준으로 행동하는 타입이다.

오늘과 같은 피곤한 일이 또 생기지 않으리란 법은 없다.

'아무래도 손을 써두는 게 좋겠지.'

혜원은 차갑게 가라앉은 눈으로 승강기에 올랐다.

"김준원……."

정말이지, 생각했던 것보다 더 최악이구나.

승강기의 차가운 벽면에 기댄 혜원은 조용히 눈을 감았다 아무래도 조퇴를 해야 할 것 같다.

어쩐지 이 순간 지훈이 몹시 보고 싶어, 혜원은 조금 울적해졌다.

[잘났다. 그러게 그냥 일찍 조퇴하라니까.]

시어머니처럼 쏟아지는 잔소리에 혜원은 한숨을 몰아쉬며 침대에 파고들었다. 결국 얼마 버티지 못하고 조퇴를 하고 말았다.

"재현아, 너까지 잔소리하지 마라. 이미 회사에서 시원하게 들어 먹었으니까.”

[자랑이다, 인마.]

신랄한 재현의 말에 혜원은 피곤한 얼굴로 한숨을 내쉬었다. 그 목소리가 퍽 안타까워 잠시 망설이던 재현은, 부러 더욱 짓궂은 어투로 말했다.

[그만 누워 있고 문이나 열어.]

“……문?”

[그래, 팔 아파 죽겠다.]

무거운 몸을 겨우 이끌고 문을 여니, 커다란 비닐 봉투를 든 재현이 밝은 얼굴로 손을 흔들었다.

“안녕, 이혜원.”

“너…….”

“이야, 이혜원 원룸은 또 오랜만이네.”

제집처럼 신발을 벗고 들어오는 재현을 가만히 바라보던 혜원은 마른 웃음을 뱉어냈다. 그는 익숙한 걸음으로 자그마한 냉장고를 열어 이것저것 채워 주었다.

“냉장고 꼴 봐라. 이게 사람 사는 집이냐? 대체 뭘 먹고 다니는 거야?”

투덜거리는 재현의 목소리와 차곡차곡 채워지는 냉장고에 어쩐지 참 평화롭다는 생각이 들었다. 그래서일까. 혜원은 혼자 있을 때 죽어도 오지 않던 잠이 이제야 쏟아지는 것을 느꼈다.

“너 오니까 졸리다.”

"약은 먹었어?"

"먹어도 소용도 없는걸."

"그래도 챙겨야 해."

혜원은 재현이 챙겨 준 약을 받아들어 그대로 삼켰다. 재현은 그녀가 누운 옆자리에 앉아 조심스럽게 머리카락을 쓰다듬어 주었다.

"박 작가님은 알아?"

"뭘?"

"너 아파서 이렇게 골골거리고 있는 거."

"아니, 몰라."

머리카락을 쓰다듬던 손이 슬쩍 멈춰진다. 혜원이 고개를 조금 올려보니, 재현의 표정 위로 못마땅함이 가득하다.

"왜 말 안 했어?"

"낮에 통화했을 때 멀쩡한 척 연기한 것도 있고…… 생리통인 게 부끄럽기도 하고, 또…… 걱정 끼치는 게 싫고."

"진짜 하나같이 그지 발싸개 같은 이유네."

재현은 한쪽 입꼬리를 올려 피식, 조소를 뱉어냈다.

"……충분히 잘 알고 있으니까 굳이 확인 사살 안 시켜 줘도 되거든……?"

"웃기지 마. 잘 알고 있긴 개뿔."

재현은 다시금 혜원의 머리카락을 정성스럽게 쓰다듬어 주었다. 조심스러운 손길에 비해 그의 입술은 혜원의 심장을 쿡쿡 찔렸다.

“생각해 봐라. 박 작가가 몸이 아픈데 너한테 말을 안 했어. 그럼 서운할까, 안 서운할까?”

“서운하지. 그런데 난 그런 거에…….”

“익숙하고, 익숙하지 않고는 중요하지 않아. 그런 거 하나하나가 연애를 하면서 신뢰를 만들어 가는 거라고. 당연히 노력해야 하는 부분 아니겠어?”

재현이 왜 스토리 작가를 따로 구하지 않는 건지 잘 알겠다. 그녀는 새삼 감탄하며 낮은 한숨을 쉬었다.

“그래, 내가 잘못했다.”

“반성하는 거 맞아?”

“정말로 잘못했습니다.”

“그래, 그래.”

그제야 재현이 낮게 웃는다. 그의 웃음소리는 어쩐지 자장가 같아, 혜원은 그제야 몸에 힘을 뺄 수 있었다.

“뭐 좀 먹어야지.”

“아니, 괜찮아. 아까 사무실에서 점심을 억지로 먹었더니 소화가 잘 안 되는 것 같네.”

“그래도 따뜻한 거 먹어야 해. 그나저나 너 병원 가 봐야 하는 거 아니냐? 어째 점점 더 심해지는 것 같아.”

생리통은 그저 여자의 숙명이라 생각하는 혜원에게는 이런 일로 병원에 가는 것이 참 생소했다.

어쩐지 깊게 생각을 하는 것이 귀찮아졌다. 그저 푹신한 침대에 누워 가만히 천장을 바라보던 혜원은, 조금 피곤해졌다.

'이렇게 일찍 잠들면 새벽에 깰지도 모르는데……'

영양가 없는 생각을 하며 무거운 눈꺼풀을 가만히 내리던 그 때, 재현이 그녀의 어깨를 톡톡 두드렸다.

"혜원아, 이혜원. 너 전화 온다."

"안 받을래."

어차피 작가겠거니 생각하며 대충 손을 휘두르니, 재현이 키득거리며 그녀를 조금 더 흔들어 깨웠다.

"박 작가님인 것 같은데."

박 작가님. 그 한마디에 혜원은 번쩍 눈을 뜨곤 휴대폰을 찾았다. 시원하게 웃음을 터뜨리는 재현을 잠시 노려본 그녀는 손에 잡힌 휴대폰을 곧장 집어 들어 전화를 받았다.

"네, 지훈 씨."

목소리가 낮게 가라앉아 신경이 쓰였다. 몰래 목소리를 가다듬던 그때, 지훈이 낮은 목소리로 물었다.

[지금 어디야?]

혜원은 침대 옆 자그마한 테이블 위에 올려 둔 전자시계를 확인했다. 오후 5시 20분. 평소라면 아직 회사에 있을 시간이다.

잠시 고민하던 혜원은 이내 고개를 저으며 답했다. 기운은 쭉 빠져 있고 당장 그에게 기대고 싶었지만, 그녀는 또 거짓말을 하고 말았다.

"어디긴요, 회사죠."

[…….]

수화기 너머로 짧은 정적이 흐른다. 혜원은 아무런 대꾸가 없는 지훈의 반응에 침대 헤드에 기대어 있던 상체를 천천히 들어 올렸다.

가만히 지훈의 반응을 기다리던 그때, 오늘따라 유독 낮게 들리는 그의 목소리가 혜원에게 닿았다.

[방금 사무실에 연락했어.]

혜원은 천천히 눈을 감은 뒤 낮은 한숨을 쉬었다.

[「그 여름의 골목」 표지 시안 확인했거든.]

"지훈 씨……."

[지금 네 집 앞이야.]

그는 집 앞이라는 한 마디를 남기고 전화를 끊었다.

혜원은 흥미진진한 눈으로 저를 바라보는 재현에게 말했다.

"어쩌지."

"뭐라는데?"

"집 앞이시래."

"박력 있네. 뭐하고 있어? 냉큼 나가야지."

"지금 무섭다고 느끼면 내가 한심한 건가?"

재현은 다정한 눈으로 혜원의 두 뺨을 부드럽게 쓰다듬었다.

"혜원아, 넌 이미 충분히 한심해."

"……."

"그러니까 그딴 거 걱정 말고 빨리 나가 봐."

"그래, 눈물 나게 고맙다."

혜원은 꺼내 두었던 회색 후드 집업을 걸치고 거울을 들여다보았다. 평소 화장을 진하게 하는 편이 아닌 터라 차이가 크진 않았지만, 헝클어진 머리가 신경이 쓰인다.

재현은 지훈이 왔다는 소리에 머리 정리를 하는 혜원을 놀랍다는 듯 바라보았다. 세상에, 둔함이 하늘을 찌르는 이혜원이 남자 친구가 찾아왔다고 거울을 보다니.

부랴부랴 신발을 신는 혜원을 느긋하게 바라보던 재현이 벌러덩 침대에 누웠다.

"몸 어디가 안 좋은지 꼭 말해라. 넌 혼 좀 나야 돼. 어설픈 거짓말 하지 말고. 뻥도 제대로 못 치는 주제에."

"……어휴."

무거운 다리를 겨우 움직여 집 밖으로 빠져나온 순간, 저를 단숨에 옭아매는 새카만 두 눈과 마주할 수 있었다. 혜원은 저에게 향한 시선을 조금도 피하지 않은 채 마주했다.

지훈은 오늘도 여전히 근사했고, 그의 입술 사이에 걸린 담배와 흩어지는 연기가 마치 영화 속 한 장면처럼 다가왔다. 뿌연 연기 사이로 저를 바라보는 남자의 두 눈이 상당히 무겁다.

"오셨어요?"

그녀의 물음에도 아무런 말이 없던 지훈은, 피우고 있던 장초를 그대로 눌러 껐다.

높은 가을 하늘 사이로 쏟아지는 햇볕 아래. 두 사람은 분명 그 아래에 있는데도 혜원은 손끝이 차가웠다.

"몸, 어디가 안 좋은 거야?"

"……."

"왜 말을 안 했지?"

지훈이 가볍게 고개를 기울였다. 새카만 머리카락이 부드럽게 흔들린다.

"내가…… 못 미더운가?"

절대 아니라고, 당신은 나에게 너무나 많은 신뢰를 주었고, 그렇기 때문에 괜한 걱정 끼치기 싫었다고, 그렇게 얘기를 꺼내려 했지만 혜원은 그럴 수 없었다.

짙게 내려앉은 지훈의 눈빛이 지독하리만치 차가웠기 때문이다. 혜원은 힘겹게 입술을 들어올렸다.

"그렇지 않아요."

"그것도 아니면, 대체 왜."

이렇게 차가운 눈으로 나를 바라본 적이 있었던가. 항상 따스한 온기만을 주려 노력하고 아껴주는 그였다. 혜원은 제 바보 같은 모습에 조금 화가 났다.

한꺼번에 너무 많은 신경을 쏟아서일까, 다리가 꺾이고 무너져 내릴 정도로 배와 허리의 통증이 거세졌다. 혜원은 결국 지훈의 앞에서 크게 휘청거리고 말았다.

"이혜원……!"

차갑던 지훈의 눈동자가 크게 뜨여졌다. 그는 앞으로 고꾸라지려는 혜원을 그대로 품 안에 가두었다. 무섭게 혜원을 추궁하던 지훈의 두 눈에 금세 번진 걱정에 혜원은 조금 울컥했다.

그래서 혜원은 배를 움켜쥔 채로 주절주절 떠들었다.

이젠 지훈이 제 모습을 꼴사납게 느껴도 상관없다. 혜원은 오늘 하루 너무 많이 지쳤고, 피곤했다. 그저 그의 품 안에서 어린아이처럼 어리광을 부리고 싶었다.

"생리통…… 생리통이 너무 심해서 조퇴한 거예요. 거짓말하려던 건 아니고, 그냥…… 제가 아프다고 말하는 게 익숙하지 않아요. 어렸을 때부터 뭐든 혼자 해결을 했거든요."

지훈은 혜원을 조금 더 품 안에 가득 가뒀다. 그 포근한 감각에 그녀는 온몸에 힘을 풀고 그에게 기댔다.

"지훈 씨에게 기대고 싶다는 생각을 하면서도 입이 잘 안 떼어지더라고요, 그리고…… 나도 여자예요."

"……알아, 너 여자인 거."

느리게 건네진 그의 말에 혜원은 바람 빠진 웃음을 흘리며 고개를 저었다.

"아뇨, 그게 아니라, 저도 여자라서 지훈 씨에게 말하기 부끄러운 것도 있다고요. 별거 아닌 거라고 생각할 수도 있는데, 저도 지훈 씨가 제 좋은 모습만 봤으면 좋겠어요."

"……."

"그래서, 이런 마음이 하나둘 겹치다 보니 말을 못 했어요. 참 형편없는 변명이죠?"

지훈은 말이 없다. 저에게 쏟아지는 시선을 고스란히 느끼며 혜원은 한숨이 가득 담긴 목소리로 작게 중얼거렸다.

"다음부터는 다신 안 그럴게요."

지훈은 탁한 숨을 뱉어내며 머리를 감싸 쥐었다. 그는 곤란한 표정이었지만, 혜원의 허리를 붙잡은 커다란 손은 단단하다.

"너한텐 화도 제대로 못 내겠다."

"……기분 좀 나아졌어요?"

"아니, 그런데 이만 들어가는 게 좋겠어. 너 얼굴이 하얗게 질렸다."

지훈의 목소리와 두 눈동자엔 걱정과 불안이 뚝뚝 떨어졌다. 온전히 마음을 다해 걱정을 받는다는 건 참 묘했다. 찌릿찌릿한 통증마저 완화시킬 정도이니, 특별한 기운인 건 확실하다.

그러나 이러한 잔잔한 설렘도 그의 다음 말에 산산조각 나고 말았다.

"올라가자. 너 자는 것까지 보고 가야겠어."

혜원은 반사적으로 원룸 안에서 드러누워 있을 재현이 떠올랐다. 아직 지훈은 기분이 전부 풀린 게 아니다. 이런 상황에서 그녀의 침대 위에 누워 있을 재현과 마주한다면…….

딱히 상상하고 싶지 않은 상황을 겨우 지워내며, 혜원은 최대한 덤덤한 목소리로 지훈을 붙잡았다.

"바쁘실 텐데 이만 들어가 보세요, 저 정말 괜찮아요."

"그런 소리 하지 마. 너 지금 되게 안 좋아 보여."

"그래도……."

"혜원아."

지훈의 목소리 톤이 한층 더 낮아졌다.

아, 역시 얼굴을 굳히는 그는 상당히 무섭다.

"화나게 만들지 마."

"……네."

"그래, 착하다."

그는 정말 칭찬을 하듯 그녀의 머리카락을 가볍게 쓰다듬어 주었다. 결국 혜원은 지훈의 품에 폭 안긴 채 빌라 계단을 오르게 되었다.

제집 현관문이 가까워질수록 혜원은 빌고 또 빌었다.

재현이 그녀를 위해 창문을 통해서라도 저 비좁은 집을 빠져나갔기를.

"왜 이렇게 오래 걸려? 잘 보냈냐?"

역시나 그런 기적 같은 센스는 발휘되지 않았다.

현관에서 고개만 돌리면 바로 침대가 훤히 보이는 구조였기에, 눈치를 줘서 그를 옷장 안으로 밀어 넣지도 못했다.

혜원의 어깨를 가만히 감싸 안고 있던 지훈은 저와 눈이 마주친 훤칠한 사내를 가만히 바라보았다. 평소 마이 웨이가 강한 재현도 이건 예상하지 못했는지, 둥그런 눈을 찢어질 정도로 크게 뜨고 있다.

잠시나마 일이 정리되었나 싶었는데…… 혜원은 끓어오르는 한숨을 삼키고 지훈의 옷깃을 잡았다. 그럼에도 불구하고 지훈의 눈은 혜원을 향하지 않았다.

그저 혜원의 침대 위에 벌러덩 누워 있던 재현을 섬뜩할 정도로 가라앉은 눈으로 바라보았다.

"지훈 씨, 이건……."

"안녕하세요, 저는……."

얼떨떨한 얼굴로 침대에서 일어선 재현이 고개를 푹 숙였지만, 그의 인사는 마무리되지 못했다.

쾅—!

흉흉한 얼굴로 재현을 노려보던 지훈이 그대로 밖으로 나갔기 때문이다.

좁은 원룸 안에 덩그러니 남은 재현과 혜원은 가만히 서로를 바라보았다.

"오늘 진짜 무슨 날인가 보다……."

혜원은 피로에 젖은 목소리로 잠시 발끝을 바라보다가 곧장 문을 열고 나갔다. 재현은 지훈을 따라나서는 혜원의 뒷모습을 가만히 바라보았다.

그래, 어쩌면 이 상황으로 인해 두 사람 사이에 작은 변화가 일어날지도 모른다. 그 변화가 이루어지기까지의 과정은 썩 반갑진 않겠지만, 이혜원에겐 반드시 필요하리라.

혜원은 빌라 밑으로 내려가자 곧바로 지훈을 발견할 수 있었다. 그대로 차를 타고 돌아갔을 거라고 생각했는데, 그는 여전히 혜원의 눈앞에 서 있다.

잠시 숨을 고른 혜원이 말을 걸었다. 여전히 배와 허리가 끊어질 듯이 아파왔지만, 이제 그런 건 조금도 신경 쓰이지 않았다.

"지훈 씨."

"……."

"거기서 뭐하세요."

조용하게 뻗은 혜원의 목소리. 지훈은 천천히 고개를 돌려 그녀를 바라보았다. 가만히 눈을 맞추던 그는, 굳게 닫힌 입술을 들어올렸다.

"생각."

"……생각이요?"

"그래, 애인 집에 낯선 남자가 있는 게 얼마나 자연스러운가에 대해 생각을 좀 하려 해."

무섭게 가라앉은 지훈의 어투는 더없이 진지했다. 혜원은 어쩐지 속이 답답해졌다.

그건 지훈 때문이 아니라, 한심하기 그지없는 저 때문이었다.

어쩐지 눈가가 시큰거리는 것을 겨우 갈무리한 혜원은 최대한 차분한 얼굴로 해명했다.

"재현이는 제 가장 친한 친구예요."

"……."

"지훈 씨에겐 경수 씨와 비슷한 사람이죠. 지훈 씨가 오해하실 만한 일은 조금도……."

"오해라……."

지훈은 진지하게 가라앉은 눈으로 물었다.

"넌 나에 대해 얼마나 잘 알지?"

조금 뜬금없다고 느껴질 정도의 질문이었지만 혜원은 움직이려던 입술을 천천히 닫았다. 저를 바라보는 지훈의 두 눈을 깊숙이 지나간 것은, 날카로운 상처였다.

"난 너에 대해 아는 게 아무 것도 없어."

"……."

"그 흔한 생일도 당일이 되어서야 우연히 알게 되었고, 가족관계는 어떤지, 친한 친구는 누구인지, 무슨 음식을 좋아하고, 무슨 취미가 있는지."

그의 낮은 목소리와 무섭게 가라앉은 얼굴이 심장을 사정없이 찌르고 찔렀다. 그녀에게 가까이 다가온 지훈이 그녀의 가느다란 목덜미에 손을 뻗었다.

"제대로 아는 건 아무 것도 없어."

그건 마치 제 목을 아프게 움켜쥘 것만 같았지만, 혜원은 미동도 할 수 없었다. 그는 아주 천천히 그녀의 목덜미와 귓가를 더듬었다. 그의 목소리와 눈동자는 서늘한 손끝만큼이나 온기 하나 없다.

"제 연인이 아픈 것도 모르고, 목소리를 들을 수 있다는 생각에 신나서 연락을 했어. 전화를 받은 사원이 네가 아파서 조퇴를 했다는데, 다른 사람을 통해서 네 생일을 알았을 때만큼이나 비참해지더라."

"……."

"친구라는 이름으로 나보다 먼저 널 간호해 주고 챙겨 줬을 사내가 있는 네 공간. 거기에서 빠져나오는 내 심정을 네가 알까."

"지훈 씨……."

"우리가, 연인이 맞아?"

그의 손이 떼어졌다. 그가 닿아 있던 모든 곳이 화상을 입은 듯 뜨겁다.

지훈은 멍하니 서 있는 혜원에게서 시선을 떼고 운전석에 올랐다. 순식간에 좁은 골목을 빠져나가는 그의 세단을 응시하던 혜원은, 그것이 흔적도 없이 사라지는 순간 그대로 주저앉았다.

시야에 가득 찬 커플링에 혜원은 가만히 숨을 몰아쉬었다. 정말이지, 너무나 꼴사나워서 얼굴을 제대로 들 수도 없다.

그에 대해 모르는 것을 인정했고, 더욱 많은 것을 공유하고 싶다고 생각했는데…….

그렇게 더욱 가까워져, 미처 알지 못했던 상처까지 가득 끌어안아 주겠다고, 마음먹었는데…….

나는 또 이렇게,

'사랑하는 사람에게 상처를 주었구나.'

지훈은 거칠게 핸들을 꺾었다. 저를 황망히 바라보던 혜원의 물기 어린 두 눈이 좀처럼 사라지지 않는다.

기분이 아주 나쁘다.

"후우……."

사랑하는 사람과 마음을 공유하고 함께하게 된다면, 그것만으로도 충분히 행복할 것이라고 생각했다. 그녀와 깊은 사이가 되고, 그렇게 서로의 온기를 나누면…… 더 이상의 소원은 없을 것이라고 생각했다.

그런데 이게 뭔가.

지훈은 자조적인 웃음을 흘렸다.

"부족해."

사람은 참 간사하다. 그 정도로도 충분히 만족할 것이다, 라고 생각했던 것은 이젠 옛말이 되어 버렸다.

그는 혜원의 더 많은 것을 원했다.

그녀의 두 눈이 그저 저만 보았으면 좋겠고, 그녀가 제 옆에만 있기를 바랐다. 그 맑은 눈동자와 고운 피부도, 모든 것이 제 것이 되길 진심으로 바라고 바랐다.

"정말 미쳐 버린 건가……."

가장 가까워진 존재가 되었음에도 간혹 느껴지는 거리감에 화가 치밀어 올랐다. 그녀를 향한 제 집착에 점점 머리가 아파온다.

혜원에게 마음을 고백하고 함께 잠들었던 자그마한 침대. 그 위에 너무나 익숙하게 누워 있던 젊은 사내.

불쑥 머리 사이를 비집고 들어온 조금 전의 상황에, 지훈은 결국 차를 멈추고 말았다. 그것을 떠올리는 것만으로도 새카만 질투가 스멀스멀 피어올라 견딜 수가 없다.

그는 창문도 열지 않은 채 담배를 꺼내 입에 물었다. 깊게 빨아들인 담배 연기를 쏟아내듯 뱉어 내자 차 안 공기가 금세 탁해진다.

제 감정도 함께 뱉어지길 진심으로 바랐지만, 오히려 그것은 더욱 겹겹이 쌓여 지훈의 숨을 졸랐다.

"친구……."

어둡게 가라앉은 목소리가 담배 연기를 진득하게 감싼다. 그는 한 번 더 숨을 쉬듯 연기를 뱉어냈다.

그 작은 행동 하나하나가 색정적이게 느껴질 정도로 자극적이었지만, 그의 표정은 감히 다가갈 수조차 없을 만큼 섬뜩했다.

"친구란 말이지……."

지훈은 고개를 저었다. 결 좋은 머리카락이 그의 고갯짓을 따라 흔들린다.

그 순간, 그대로 집 밖으로 빠져나오지 않았다면 무슨 일이 일어났을까. 너무나 빤히 보이는 결과에 헛웃음이 차올랐다.

그는 차 시트에 몸을 기대 눈을 감았다.

지금 이 순간에도 지훈은 혜원이 너무나 보고 싶었다.

*　　*　　*

무슨 정신으로 일을 하는 건지 모르겠다.

지훈이 그녀를 두고 돌아갔던 다음날. 여느 때처럼 사무실에 도착하니 사원들은 지난날 그녀를 찾아왔던 수정에 대해 물었다.

아직 골치 아픈 일이 하나 더 남았다는 생각에 혜원은 절로 한숨이 차올랐다.

지훈이 그렇게 돌아가고 닷새 정도 지났다.

이 모든 사건의 원인이라 치부하고픈 몸 상태는 언제 그랬냐는 듯 괜찮아졌다. 찌르듯 아프던 배와 허리도 더 이상 괴롭지 않았고, 컨디션도 썩 좋았다.

그녀는 바쁘게 움직이던 손가락을 멈추고 휴대폰을 확인했다. 그에게선 여전히 연락이 없었고, 그녀의 전화도 받지 않았다.

'사귀고 난 다음에 이렇게 오랫동안 연락이 안 된 것도 처음이네.'

뭐, 이제 겨우 몇 개월이 지난 것뿐이지만.

혜원은 가만히 의자 헤드에 머리를 기댔다.

'화가…… 많이 나셨겠지. 나한테 정말 실망하셨을 거야.'

그의 기분을 이해하는 건 조금도 어렵지 않았다.

반대의 상황이었다면 분명 저도 깊은 가슴앓이를 하고 화도 났을 것이다.

그런 감정을 가지는 건, 그가 단순히 연인이기 때문이 아니다. 그저 박지훈, 그 남자이기에, 내 심장을 울리는 단 한 사람이었기에…… 진심으로 이해할 수 있는 거겠지.

점심시간인 터라 사무실은 텅 비어있다. 생각이 없다는 혜원의 말에 유경과 재희가 억지로 데려가려 했지만, 이내 그만두었다. 아무래도 오늘따라 얼굴색이 좋지 않아 걱정이 됐기 때문이리라.

간단하게 요기할 거라도 사오겠다는 그녀들의 목소리 너머, 짐짓 진지하게 말하던 재현의 목소리가 불쑥 고개를 들었다.

"노력해 봐, 이혜원."

혜원은 멍하니 천장을 훑었다.

그렇게 진지한 재현을 얼마 만에 보는 거였더라…….

"박 작가 마음 풀어지게 한번 최선을 다해 봐. 넌 지금까지 연애할 때 너무 소극적이었고, 상대한테 관심이 없었잖아."

혜원은 연애가 참 귀찮았다.

늘 상대는 그녀가 중요치 않게 생각하는 것들로 화를 내고 언성을 높였다. 처음엔 이해를 해 주는 것처럼 굴다가도 결국엔 그녀의 무심함에 상처받고 떠났다.

아무리 이해를 하고, 배려하고, 마음을 열기 위해 노력해도, 또 다른 배신과 아픔으로 제 심장에 깊은 생채기를 남기기도 했다.

그래, 이제는 너무나 희미해진 김준원처럼.

수정의 갑작스러운 방문 때문일까, 까마득하게 잊고 있던 준원이 떠오른다. 지금 생각해도 전혀 유쾌한 기억은 아니었지만 그와의 이별이 더 이상 아프지도, 두렵지도 않다.

빈자리에 누군가가 채워진다는 건 참 어려운 건 줄 알았다. 성격이라 여겼던 저의 습관, 생각, 사소한 행동들까지. 그 모든 것이 한 사람에게만 예외가 된다는 것도…… 쉬이 상상해 본 적 없다.

그녀는 지금 전혀 귀찮지가 않다. 오히려 저 때문에 마음이 상했을 지훈을 당장이라도 달래주고 싶었다.

"박 작가도 너한테 그런 사람이야? 떠나면 떠나는 대로, 있으면 있는 대로 상관없는, 애인 흉내 내던 네 전 연인들처럼."

아니라고 생각했다.

'지훈 씨는 그렇지 않아. 떠나지 않았으면 좋겠고, 계속 내 옆

에 있었으면 좋겠어.'

혜원은 당장 그의 눈을 보고 제 마음을 전하는 게 중요하다고 생각했다.

지금까지 연애를 하면서 필사적이었던 적은 단 한 번도 없었는데…….

그들의 감정조차 이해하기 벅찼으니까.

혜원은 자그마한 웃음을 터뜨렸다.

한심하게도, '떠난다'는 단어를 생각하는 것만으로도 시야가 흐릿해진다. 눈물이 차오르고 있음을 인지하기까진 그다지 오랜 시간이 걸리지 않았다.

그녀는 묵묵히 눈물을 삼켰다.

평소 아무리 차분하고 담담해도 눈물이 없는 건 아니다. 오히려 그녀는 겉으론 무던해 보여도, 몹시 감성이 깊었다.

"나도 참, 나이를 먹으니 눈물만 많아지네."

괜히 부끄러워 나이 탓을 해 보았지만, 스스로 느끼기에도 그다지 설득력이 있진 않다.

고인 눈물을 모두 삼켜낸 혜원은 마음을 다잡았다.

지훈을 향한 제 마음이 깊듯이, 저를 향한 지훈의 마음 또한 깊다는 것을 알고 있다.

그가 전해준 진심의 크기는 혜원이 느끼기엔 정말이지 심장이 벅찰 정도로 거대했으니까.

그러니까 이렇게 소중한 진심을 준 남자가 저에게 지치지 않도록, 저를 떠나지 않도록, 온 힘을 다해 노력해 보고 싶었다.

'아…… 나 진짜 지훈 씨를 사랑하는구나.'

저에겐 참 생소했던 '사랑'이라는 단어를 조용히 입에 굴리니, 혜원은 아주 조금 마음이 가벼워졌다.

* * *

지훈의 오피스텔 현관 비밀번호는 이미 눈 감고도 누를 수 있을 정도였지만 굳이 누르진 않았다.

그의 화가 아직 다 풀리지 않았으니, 최악의 경우 쫓겨날 수도 있지 않을까.

그렇게 된다면 아무래도 집 안에서 쫓겨나는 것보다는 복도에서 쫓겨나는 게 모양새가 더 나을 것이다.

여기까지 와서도 모양새를 따지고 있다니, 재현이 들었다면 잔뜩 비웃을 생각을 하며 혜원은 건조한 얼굴로 차가운 대리석 벽면에 등을 기댔다.

퇴근을 하고 무작정 그의 집 앞으로 찾아왔다.

벨을 눌러도 미동이 없는 것으로 보아, 집 안엔 아무도 없는 듯했다.

벽에 등을 기대고 서 있던 그녀는 싸늘한 바닥에 쪼그려 앉았다.

바지를 입고 와서 다행이다.

찬 기운이 피부에 스며들었지만, 크게 중요치는 않았다.

현재 시간은 7시 30분. 돌아온 지훈의 깊은 두 눈을 얼른 볼 수 있기를 바라며, 혜원은 살며시 눈을 감았다.

[계약 완료했어?]

"어."

[수고했다. 그게 다 얼마야. 우리 지훈이 늙어 죽을 때까지 놀고먹어도 되겠네. 나랑 살자, 박지훈.]

주절주절 뱉어진 경수의 말에도 지훈은 별다른 대꾸 없이 승강기에 올랐다. 그는 한 층, 한 층, 제 집과 가까워지는 안내판 숫자에서 시선을 뗐다.

[이제 계약했으니 영화 제작까지 시간 좀 걸리겠네.]

"그렇겠지."

[어디냐?]

"집."

[웬일로 혜원 님이랑 데이트 안 해?]

의문이 어린 그의 목소리에 지훈의 눈동자가 어둡게 내려앉았다. 수화기 너머의 무거운 정적을 단번에 눈치챈 경수가 밝은 목소리로 물었다.

[싸웠구나.]

"……."

[그렇지? 싸웠지?]

지훈은 구겨지려는 미간을 엄지로 문질렀다. 경수는 간혹 짜증이 치밀어 오를 정도로 눈치가 빠른데, 그럴 때 그는 난감할 정도로 지훈을 괴롭힌다.

[그럴 줄 알았어. 드디어 싸울 줄 알았다고. 축하한다, 인마! 우리 지훈이 다 컸네, 여자 친구랑 싸워서 뚱해 있기도 하고.]

신나서 떠드는 경수를 무시하며 승강기에서 내린 그때, 곧장 보이는 현관 앞에 쪼그리고 앉아 꾸벅꾸벅 졸고 있는 한 여자가 두 눈 가득 들어왔다.

"……이혜원?"

멍하니 눈앞의 여자를 바라보던 지훈은, 경수의 목소리가 쩌렁쩌렁 울리는 휴대폰을 미련 없이 끊었다.

정말이다. 정말 이혜원이야.

다섯 걸음 남짓한 거리. 그는 가만히 서서 혜원을 바라보았다.

숙여진 고개 때문에 얼굴이 보이진 않았지만, 그녀가 이혜원인 것을 알아채는 데에는 조금도 문제되지 않았다.

어깨 사이로 흘러내린 가느다란 머리카락, 마른 체형, 흰 피부, 그리고…… 늘 그녀에게서 흘러나오는 달콤하고도 부드러운 향기.

그녀는 지훈이 온 것을 조금도 눈치채지 못한 듯 보인다. 그는 난감한 얼굴로 혜원을 가만히 내려다보았다.

그녀임이 확실한데도, 어쩐지 꿈을 꾸는 것만 같다.

이혜원이 내 집까지 찾아와 나를 이렇게 기다려 주는구나.

"하아…… 이혜원."

그의 탁한 숨이 고요한 공기를 툭 두드렸다.

혜원의 집 앞에서 그녀를 홀로 두고 온 지 닷새 정도 지났다.

그동안 지훈은 그녀의 연락을 의도적으로 피했다. 조금 겁이 났다.

아무리 채우고 채워도 그저 부족한 이혜원. 이런 어두운 집착으로 인해 결국 그녀가 제풀에 지쳐 떠나가 버리면 어쩌지.

연락을 하면 그대로 저에게 이별을 말하지는 않을까, 그는 덜컥 겁을 집어 먹었다.

저 스스로도 한심하기 그지없다 생각했지만, 두려움을 떨치기란 생각보다 쉬운 게 아니었다.

조심스럽게 발소리를 죽여 다가간 지훈은 그녀를 따라 무릎을 굽혀 쪼그리고 앉았다. 가까이 전해지는 그녀의 숨소리, 색이 옅은 피부에 저절로 손이 뻗어지는 것을 간신히 참아냈다.

한동안 그녀를 가만히 지켜보던 그는 손을 뻗어 흩어진 머리카락을 살살 쓰다듬었다.

"이혜원."

"……."

"……혜원아."

익숙한 낮은 목소리에, 혜원은 천천히 고개를 들어올렸다. 잠깐 졸았는지 눈꺼풀이 너무 무겁다. 찌르듯 새어 들어오는 빛 무리에 잠시 신음을 삼킨 그녀는 겨우 눈을 떴다.

아래로 향해 있던 시선 끝에 걸린 것은, 반짝반짝 빛이 나는 검은색 구두코. 그녀는 천천히 눈동자를 들어 올렸다. 짧다면 짧은 며칠 사이, 너무나 보고 싶던 한 사람이 저를 가만히 바라보고 있다.

혜원은 어쩐지 당장이라도 눈물이 차오를 것만 같다고 느끼며 천천히 입술을 열었다.

"와…… 지훈 씨다."

"왜 여기서 이러고 있어."

그와 가만히 눈을 마주치던 혜원이 흐리게 미소 지었다. 그녀의 표정이 마치…… 금방이라도 눈물을 흘릴 것만 같아서 지훈은 아무런 말도 할 수 없었다.

"보고 싶어서요, 지훈 씨."

"……."

"너무 보고 싶어서, 찾아왔어요."

온전히 저를 향한 진심은 그 언제 들어도 벅차다. 그녀가 저를 떠나진 않을까 바보 같은 생각에 버렸던 하루하루는 기억 속에서 가라앉았다.

지훈은 아무런 말 없이 그녀를 일으켜 품에 끌어안았다. 혜원은 그를 조금도 거부하지 않고 온전히 받아들였다. 그것만으로도 너무나 감격스러워, 지훈은 그녀의 허리를 조금 더 강하게 끌어안았다.

"어쩌자고 여기까지 찾아온 거지."

그의 어투엔 아주 작은 질책이 담겨 있어 혜원은 조금 몸을 떨었다. 지난날 저에게 향하던 무섭도록 차가운 그의 눈빛을 똑똑히 기억한다.

그러나 지훈은 그런 그녀를 안심시키듯 커다란 손으로 그녀의 머리카락을 소중히 쓰다듬었다. 마른 입술이 연신 이마와 머리카락에 닿아 혜원은 심장이 떨렸다.

"내가 널, 그대로 집어삼키면 어쩌려고."

달콤한 말에 혜원은 눈을 감았다.

어떻게 참았을까. 지훈에게 닿지 못했던 지난 며칠을, 자신은 어떻게 참았던 걸까.

"죄송해요. 지훈 씨."

"……."

"제가 참 많이 서툴러요. 그 서투름 때문에 저도 모르는 새에 지훈 씨에게 상처를 줬어요."

담담하게 전해지는 혜원의 목소리가 너무나 매혹적이다. 지훈은 조금 더 숨을 깊게 들이마셔 그녀의 체향을 가득 느꼈다.

"솔직해질게요."

"……."

"아프면 아프다, 중요한 날이 있으면 그 전에 꼭 말하고, 무슨 일이 있어도 바로 말할게요."

천천히 고개를 든 혜원은 지훈의 품에서 가볍게 떨어져 그의 뺨을 조심스럽게 쓰다듬었다.

"그러니까 지훈 씨……."

손끝에 닿는 서늘한 피부를 가만히 더듬던 그녀는, 아주 조금 서글픈 얼굴로 말했다.

"저 미워하지 말아 주세요."

잠시 지훈은 숨 쉬는 것조차 잊은 채 하염없이 혜원을 바라보았다. 너무나 소중해서, 저 보드라운 두 뺨에 손을 뻗을 수조차 없다. 부서지진 않을까, 흩어지진 않을까, 덜컥 겁이 났다.

그녀의 어깨를 그러잡은 지훈은, 천천히 혜원을 일으켜 그대로 품에 안았다. 너무나 소중하고 정중하게, 감격을 가득 담아. 온몸에 느껴지는 그녀의 체온에 그제야 지훈은 제대로 숨을 쉴 수 있었다.

아, 정말이지 짧았던 며칠 동안 너무나 그리웠다.

너무 그리워서, 이미 오래전에 말라 버린 눈물을 뚝뚝 떨어트리고 싶을 정도로.

"저 안 미워하실 거죠?"

다시 한 번 자그맣게 전해진 그녀의 목소리에 지훈은 마른 입술을 겨우 움직였다. 하루 종일 두 팔 가득 그녀의 모든 것을 안고 싶은데, 또 맑디맑은 눈동자와 시선을 맞추고 싶다.

결국 지훈은 슬쩍 몸을 떼 혜원의 깊은 눈동자를 들여다보았다.

"널 미워하다니."

굳어 있던 그의 입가에 아주 옅은 미소가 피어올랐다.

"그건 아마 평생 불가능할 거야."

"어째서 그렇게 확신해요?"

제 마음을 가득 표현하고 나니, 혜원은 어쩐지 조금 부끄러워졌다. 괜스레 불퉁한 어투로 말하자 지훈의 미소가 조금 더 짙어진다.

"이건 확신 따위가 아니야. 당연한 거지."

"당연하다니……."

그녀의 뺨을 연신 쓰다듬던 지훈은 혜원의 이마, 콧등, 입술 위에 차례대로 입을 맞추었다. 가벼운 접촉임에도 너무나 달콤해, 혜원은 쿵쿵 울리는 심장 소리가 그에게 들릴까 조금 걱정스러웠다.

그녀가 달싹이던 입술을 한 번 더 머금은 지훈이 낮은 목소리로 말했다. 그 목소리가 너무나 감미로워, 혜원은 손끝에 맴도는 긴장을 애써 모른 척했다.

"나한테 소중히 피어난 너를, 내 손으로 꺾어 버릴 리 없잖아."

찬바람과 냉기만 가득하던 나에게 피어난 이혜원. 너무나 소중하고 소중해서, 이대로 모든 걸 삼켜 버리고픈 이혜원.

그런 이혜원을 제 손으로 꺾어 버린다니…….

"그렇게 네가 나에게서 사라진다면, 난 그렇게 또 홀로 말라 죽어가겠지."

두 사람은 깊게 입을 맞추며 현관을 지나 침실로 향했다. 그의 침실로 한 걸음 한 걸음 향하는 도중에도 지훈은 그녀의 온몸을 가득 쓰다듬었다.

가느다란 목덜미와 잘록한 허리, 봉긋한 가슴과 부드러운 엉덩이. 모든 것을 만지고 보고 집어삼키고 싶어, 그의 손길은 몹시 초조하고 뜨거웠다. 그런데도 닿는 부분마다 너무나 자극적이라, 혜원은 입술을 꾹 물고는 신음을 삼켰다.

"입술 깨물지 마."

듣고 싶어, 네 목소리.

"아…… 흐윽……."

그의 뜨거운 혀가 귓가를 삼키고 커다란 손이 가슴을 움켜쥔 순간, 혜원은 저도 모르게 낮은 신음을 터뜨리고 말았다.

그녀가 걸치고 있던 셔츠가 거의 풀러지고 침대에 던지듯 눕혀졌을 때, 지훈은 감상하듯 혜원을 내려 보았다. 셔츠 사이로 보이는 브래지어가 감싼 가슴골이 몹시 선정적이다. 골반부터 종아리까지 아찔하게 감싼 청바지가 그녀의 곡선을 여실히 드러내 주었다.

그는 천천히 손가락을 뻗어 그녀의 귓가부터 은밀한 곳까지 천천히 쓸어 내렸다. 아주 작은 접촉일 뿐인데도 혜원은 정말이지 미칠 것만 같았다.

그의 손길이, 눈빛이, 제 모든 걸 핥아 내리는 것만 같아 혜원은 질끈 눈을 감으려 했다. 그러나 곧 지훈의 목소리에 번쩍 눈을 뜰 수밖에 없었다.

"눈, 감지 마. 나를 똑바로 봐."

오만한 황제와도 같은 어투였지만, 그것만으로도 자극이 돼 혜원은 잘게 몸을 떨었다.

그가 천천히 입술을 핥으며 혜원의 브래지어를 위로 올렸다. 흰 둔덕이 그대로 모습을 드러내자 혜원의 두 뺨이 붉게 달아올랐다. 이렇게 가만히 보고만 있는 게 더 부끄럽다.

지훈이 천천히 상체를 숙여 혀로 가슴을 깊숙이 핥았다. 혜원의 허리가 크게 떨렸다. 그 자극이 너무나 강해, 그의 손이 혜원의 바지 버클을 벗기는 것조차 바로 인지하지 못했다.

순식간에 바지를 끌어내린 지훈이 앙증맞은 팬티를 손끝으로 살살 쓸었다. 입술은 끊임없이 가슴을 핥아 올린다. 어느새 거의 반나체가 되어 버린 자신과 다르게, 그의 근사한 정장 차림은 조금도 흐트러지지 않았다.

"지훈 씨…… 그만…… 하앗!"

"그만이라…… 밑은 벌써 이렇게 젖었는데."

그의 기다란 손가락이 야릇하게 쓰다듬던 팬티의 안으로 침범했다. 은밀한 곳에 닿은 그의 손가락이 혜원의 밑을 헤집었다. 질척거리는 소리가 너무나 적나라해 혜원의 두 눈가가 붉게 물들었다.

"아……아아! 하아…… 으윽……."

"넌 어떻게 안 예쁜 곳이 없지?"

"아아…… 지훈…… 흐윽……!"

사정없이 떨리는 그녀의 나신을 축축이 젖은 눈으로 바라보던 지훈이 그대로 벨트를 풀고 바지 버클을 내렸다.

'어떡해, 미칠 것 같아…….'

그러나 그녀는 곧 아무런 생각도 할 수가 없게 되었다. 고개를 숙인 그가 그녀의 입술을 집어삼킬 듯 키스를 했기 때문이다. 섞이는 혀와 끊임없이 괴롭혀지는 가슴은 이미 오래전에 붉어졌다.

그는 이미 녹진해진 그녀의 몸을 더욱 탐하며 그대로 깊숙이 제 분신을 찔러 넣었다. 갑작스레 들어온 뜨거운 기운에 혜원의 두 눈을 크게 뜨여졌다.

"하아…… 혜원아……."

"흐윽……."

입술 너머로 그의 야릇한 신음이 흘러들었다.

이렇게 이어지게 된 것이 얼마만이던가. 그 감각은 눈물이 나올 정도로 모든 것을 충족시켜 주었다.

그래서일까, 혜원은 높은 신음을 뱉어내며 허리를 흔드는 도중에 조금 울고 말았다.

혼자 도달했던 것과 비교도 할 수 없는 쾌락 때문인지, 지훈과의 결합이 감격스러워서인지, 잘 모르겠다.

"회사 조퇴했던 날, 예전에 헤어졌던 남자의 연인이 찾아왔어요.”

가만히 침대에 누워 지훈의 품에 안겨 있던 혜원이 불현듯 입을 열었다. 조금도 반갑지 않은 주제였지만 지훈은 묵묵히 그녀의 말을 들었다.

그녀가 무엇 때문에 지난날에 대해 이야기를 꺼낸 건지 지훈은 너무도 잘 알고 있었다.

“무언가 오해가 있었나 봐요. 저를 엄청 비난하더라고요.”

“너를?”

불쾌한 듯 지훈의 미간이 찌푸려졌다.

“뭐…… 어쨌든 그러다 보니 도저히 조퇴를 안 하고는 못 버티겠더라고요.”

지훈은 차게 가라앉은 눈동자를 비스듬히 틀며 그녀의 마른 어깨를 조금 더 포근히 감싸 주었다. 그렇게 마냥 무겁진 않은 정적이 흐르고, 혜원은 또 다시 먼저 입을 열었다.

“저는, 형제가 없어요.”

“그래, 넌 꼭 맏이 같아.”

“정말? 그래 보여요?”

“응. 책임감도 강하고, 다정하니까.”

아, 지훈은 저를 그렇게 생각하는구나. 어쩐지 쑥스러운 기분이 든다. 부드럽게 제 머리카락을 쓰다듬는 지훈의 손길을 느끼며 혜원은 다시금 입을 열었다.

“음…… 아무튼, 형제는 없고, 부모님만 계세요. 아버지는 오래전에 돌아가셨고 엄마는 현재 재혼한 분과 세계여행 중이고요. 저도 이제 서른이니까 자취를 하는 것 정도는 부담이 안 되더라고요. 물론 가끔 부모님이 보고 싶긴 하지만."

어찌나 자유로우신지, 연락 한번 하기 어렵더라고요.

혜원은 맑은 웃음을 지으며 어깨를 작게 으쓱였다. 조곤조곤 조잘거리는 그녀가 귀여웠지만, '너에 대해 아무 것도 모른다'던 제 말에 많은 신경을 쏟은 듯해 심장이 조금 아렸다.

그러나 지훈은 그저 착실히 혜원의 말에 맞장구를 쳐주며, 그녀가 직접 들려주는 그녀의 이야기를 빠짐없이 모두 듣고 담았다.

"음악 듣는 거 좋아해요. 마데온 좋아하고, 글렌체크 좋아해요. 영화보단 연극을 좋아하고, 집에 가만히 누워서 책을 보거나 케이블 예능을 보며 시간 때우는 걸 즐겨 해요. 약간 집순이 스타일이거든요."

잠시 숨을 멈춘 혜원은 줄곧 지훈의 목덜미와 단단한 턱에 향해 있던 시선을 들어 올려 눈을 마주쳤다.

"그런데 그중에서 가장 좋아하는 건,"

잠시 고른 숨과 이내 훅 풍기는 그녀의 향기.

"지훈 씨에요."

지훈은 그 모든 게 아찔해서, 그만 움직이던 손가락을 우뚝 멈추고 말았다. 혜원은 저를 쓰다듬던 그의 멋스러운 손을 맞잡았다.

"정말 너무 좋아해서, 이렇게 바보같이 찾아와서 주절주절 떠드는 이 시간이, 이 상황이, 조금도 싫지 않아요."

이혜원은 이런 여자다. 진심이란 걸 본인 스스로가 확실히 자각하면, 그 어느 때보다 또렷한 눈동자로 제 본심을 전달한다. 이때의 그녀는 너무나 아름답고 고귀해 보이기까지 한다.

"혜원아, 이혜원."

매력적인 바리톤의 목소리가 혜원의 두 눈과 두 귀를 옭아맸다.

"사랑해."

"……."

"사랑해, 이혜원."

"저도요, 지훈 씨. 정말 사랑해요."

잠시 눈을 맞춘 두 사람은 깊게 입을 맞추었다. 노골적으로 혀를 섞지는 않았지만, 닿은 입술이 질척해질 정도로 농도가 깊었다.

한참을 그렇게 혜원의 입술을 괴롭히던 지훈은 아쉬운 듯 입술을 떼어냈다. 그녀가 열심히 자신에 대해 알린 만큼, 저도 가만히 있고 싶진 않았다.

"난 마데온을 좋아하지 않아. 벨소리는 경수가 멋대로 바꿔 놓은 거고, 실제론 시끄러운 음악은 질색이야. 글렌체크도 마찬가지고."

"예전에 마데온 좋아하신다고……."

"그거야 네가 너무나 예쁜 표정으로 좋다고 하는데, 관심 없다고 말할 수 없었어. 너무 귀여워서 참을 수가 있어야지."

그의 짓궂은 음성에 혜원은 입술을 비쭉였다. 지훈에게 속아도 단단히 속은 것 같다. 마데온을 실제로 좋아하는 사람을 만나 얼마나 기뻤는데.

그러다 혜원은 문득 예전에 지훈이 했던 말을 떠올렸다.

"어렸을 때, 난 고아원에 있었거든."

"날 버린 부모의 행방을 찾아서, 그 사람들의 얼굴을 보러 다녀왔습니다."

과거에 무슨 일이 있었는지 자세히 물어봐도 괜찮을 걸까.

그녀가 머릿속을 가득 채운 그의 과거에 고민하는 동안, 지훈이 무언가 생각났다는 듯 먼저 입을 열었다.

"그런데, 아까 했던 얘기 좀 더 자세히 해 봐."

"무슨 얘기요?"

혜원이 고개를 갸웃 기울였다. 조잘조잘 떠든 이야기가 어디 한두 개여야지.

"예전에 사귀었던 남자의 연인."

지훈은 오래전 혜원을 처음 만났던 때를 어렵지 않게 떠올릴 수 있었다. 그날의 이혜원은 너무나 아름답고 인상 깊어서, 지훈의 머릿속에 콕 박혀 버렸으니까. 결국엔 그 잔상이 심장 한구석을 가득 채웠던 거였지만.

히터가 적당하던 좁은 카페, 제 귀에 똑똑히 박히던 이혜원의 매혹적인 목소리.

"김준원이 누굴 사랑했든, 결국엔 나랑 5년 동안 만났던 남자예요. 나는 몰랐다지만, 그쪽은 다 알고 있었잖아요?"

"결혼해 주세요."

"이, 쓰레기랑."

깊고 깊어 절로 집중을 하게 되었던 그 마법 같은 목소리.

그때 이혜원을 만나지 않았더라면, 자신은 그녀를 제 담당자로 둘 수 있었을까. 그녀의 진심에 멀리하고프기만 했던 과거를 똑바로 바라볼 용기를 얻을 수 있었을까.

그녀와의 모든 건 그저 우연이라 치부할 수 있는 것들이겠지만, 그것에 동의할 수 없다. 혜원과 마주친 시선, 스친 손길, 나누던 대화. 모든 것이 그에겐 깊은 인연이었으니까.

거기까지 생각이 미치고 나니, 지훈은 조금 오싹해졌다.

이혜원과 만나지 못할 수도 있었다니. 그건 정말이지, 너무나 끔찍하다.

짐짓 어둡게 가라앉던 표정이 혜원의 나지막한 목소리에 조금 흐려졌다.

"별건 아니었어요. 오해가 있었는지 제가 전 남자 친구랑 다시 사귄다고 생각하시더라고요."

혜원의 맑은 피부와 눈동자를 모두 두 눈에 새긴 지훈이 물었다.

"도와줄까?"

가만히 저를 내려다보는 새카만 눈동자에 혜원은 천천히 입술을 닫았다. 깊은 잠자리로 인해 평소 약간 서늘한 편인 그의 체온도 뜨겁게 올라가 있는 채다. 그런데 이상하게도 혜원은 조금 오싹한 느낌이 들었다.

그녀는 이내 옅게 미소를 지으며 고개를 저었다.

"전 남자 친구를 먼저 만나볼 생각이에요. 저를 찾아왔던 여자분도 준원이에게 버림을 받은 것 같더라고요. 상처가 큰 만큼 쉽게 물러나진 않을 것 같아요. 확실하게 정리를 해야죠."

"그래도 달라지지 않으면?"

지훈의 눈동자는 매우 곧게 그녀를 바라보았다. 그와 가만히 시선을 맞춘 혜원은 슬쩍 고개를 끄덕였다.

"그럼 그때, 도와주세요."

"그래. 그러지."

그저 '그렇게 하겠다'는 그 말이 어쩐지 너무나 진심처럼 느껴져, 혜원은 말문이 막혀 버렸다.

그러나 지훈은 그런 생각마저 차단하려는 듯 천천히 고개를 숙여 그녀의 입술을 진득하게 빨아들였다. 질척하게 얽히는 혀와 입술에 혜원은 겨우 진정된 몸이 다시금 달아오르는 것을 느겼다.

그의 커다란 손이 혜원의 가슴을 한 번 더 움켜쥐었다. 단단한 엄지에 스치는 가슴이 금세 빳빳하게 고개를 드는 것이 고스란히 느껴졌다.

"아…… 흐윽…… 지훈 씨……."

"이제 내 생각만 해. 그딴 얘기라도 네가 다른 남자를 거론하는 건 생각보다 더 불쾌하다."

진득하게 물린 목덜미에 혜원은 흡, 신음을 삼켰다. 그의 입술과 혓바닥은 좀처럼 목덜미를 떠나지 않았다. 혜원은 내일 출근 땐 꼭 목이 긴 셔츠를 입어야겠다고 생각했다.

그리고 지훈의 과거를, 언젠가는 꼭 물어봐야지.

* * *

두툼한 카디건을 걸친 혜원은 싸늘하게 불어오는 바람에 살짝 몸을 떨었다.

봄, 가을이 점점 사라진다더니, 벌써부터 추위가 예사롭지 않다.

출판사 창립일과 「그 여름의 골목」 출간일이 다가오면서, 최근 혜원은 하루가 멀다 하고 야근을 해야 했다.

주말에까지 진행되는 업무에 지훈과 휴일을 즐기는 게 퍽 어려워졌다.

어쩌다 시간이 나면 꼭 그와 데이트를 하곤 했는데, 오늘은 시간이 있음에도 불구하고 오랜만에 그와 만나지 않았다.

시간을 확인한 그녀는 부지런히 걸음을 옮겼다.

목적지는 〈J 스튜디오〉, 준원의 작업실이다.

그녀는 아주 잠깐 길을 헤맸지만, 어렵지 않게 목적지까지 찾아갈 수 있었다. 무리 없이 찾아왔다는 것에 스스로도 조금 놀랐다.

가라앉은 기억이 떠오르는 건 참 순식간이다.

이것도 습관이라면 습관이겠지.

물론, 이제 곧 모든 게 정리가 되겠지만. 먼지처럼 아주 미세하게 남아 있던 기억의 잔재들까지도.

굽은 골목을 지나서 조금 더 올라가면, 높진 않지만 세련된 신축 건물이 나온다. 고급스러운 필체로 쓰인 스튜디오 이름을 흘긋, 바라본 혜원은 조용히 걸음을 멈추었다.

물끄러미 건물을 바라보던 그녀는 조용히 문을 열고 안으로 들어섰다. 주말 오후 2시. 그는 항상 이 시간에 작업했던 작업물들을 정리하며 스튜디오를 지킨다.

이젠 저 먼 기억 저편에 존재하게 된 공간에 발을 들이며, 혜원은 생각했다.

'아, 내가 참 오랫동안 김준원이란 남자를 잊고 있었구나.'

어쩌면 존재조차도.

앤티크하게 꾸며진 문을 열고 들어가니, 너무나 낯설어진 향기가 그녀의 콧속을 찔렀다. 혜원은 천천히 숨을 고르고는 눈동자를 움직였다. 흰 프레임이 길게 내려온 촬영 무대 앞. 자그맣게 마련된 새카만 간이의자에 준원이 앉아 있다.

카메라의 감도를 조율 중이던 준원은, 인기척을 느꼈는지 천천히 고개를 들었다. 그 모습이 참 오래전 보았던 필름 카메라의 한 장면 같아, 혜원은 어쩐지 마음이 가벼워졌다.

"……이혜원."

그의 목소리가 가라앉은 공기를 울렸다. 준원과 시선을 가만히 마주하고 있는 지금 이 순간이 참 이질적이다.

그러나 분명한 것은, 언젠가는 그를 향해 뛰었던 이 심장이 이젠 조금의 미동도 하지 않는다는 것.

"오랜만이야."

"혜원아……."

멍하니 혜원을 바라보던 준원은 그대로 자리에서 일어나 그녀에게 팔을 뻗었다. 그대로 품 안에 가두려는 그의 몸짓에 혜원은 가볍게 그의 팔을 저지했다. 다행히도 그는 금세 몸을 멈췄다.

그는 평소 배려가 많은 성격은 아니었기에, 이러한 행동이 퍽 신기했다.

"할 말이 있어서 왔어."

"우선 들어와서……."

"아니, 여기서도 충분해."

촬영이 이루어지는 스튜디오를 지나면, 준원의 개인 공간이 나온다. 가지런히 정돈된 침대와 소파, TV, 욕실 따위가 훌륭하게 갖춰진 공간이었지만, 그곳에 발을 들일 생각은 조금도 없다.

"준원아."

그녀가 제 이름을 부르는 게 얼마만일까. 지난겨울, 혜원에게 찾아갔을 때 들었던 서늘한 목소리가 아니다.

나지막한 목소리에 담긴 온기가 너무나 따스해 준원은 질끈 눈을 감았다.

정말이지, 눈물이 차오르도록 감격스럽다.

그러나 준원이 미미한 온기를 느끼며 과거를 회상하는 동안, 혜원은 굳게 닫혀 있던 입술을 움직였다.

준원이 그녀와의 만남을 기대하든, 과거에 젖어 추억을 회상하든, 그건 현재의 혜원에겐 조금도 중요하지 않았다.

"수정 씨가 날 찾아왔어."

그의 눈매가 금세 사나워졌지만, 혜원은 천천히 말을 이었다.

"준원아, 우리 작년에 끝났잖아."

"……."

"그런데 왜 네 여자 친구가 날 찾아와서 너를 빼앗아 갔다며 나를 비난하는 거지?"

왜일까, 분명 온기가 느껴지는 부드러운 목소리인데 준원은 어깨를 떨었다. 수정을 향한 분노가 슬금슬금 올라왔지만 그는 묵묵히 그것을 눌렀다. 준원이 딱딱하게 굳어진 입가를 간신히 열었다.

"이혜원, 난……."

"넌 날 버렸고, 우린 끝났잖아."

"설명할게."

어쩐지 괴로운 표정을 짓는 그에게 혜원은 단호히 말했다.

"아니, 넌 더 이상 설명하지 않아도 돼."

일그러진 그의 표정만큼이나 깊은 고통이 전해진다. 항상 당당하고 오만하게 저를 내려다보던 김준원은 그저 과거의 인물인 걸까.

안타까움보다는 생소하게까지 느껴지는 그의 모습에 혜원은 몇 번이고 놀라야 했다. 제 이름을 애절하게 부르는 김준원, 고통스럽게 저를 바라보는 김준원, 이유는 모르겠지만…… 나를 잡으려는 김준원.

그런 김준원을, 혜원은 모른다.

"나 만나는 사람 생겼어."

고요한 음성이 탁 내뱉어진 순간, 정적이 공간을 가득 채웠다. 곧게 뻗어 뭇 여성들의 마음을 흔들어 놓기 바빴던 준원의 눈매가 조용히 혜원을 직시했다.

"너 어차피 오래 못 가잖아."

"……."

"넌 절대 타인에게 깊이 마음 못 줘. 올해 초, 내가 너한테 찾아갔을 때만 해도 사귀는 사람 없었던 거 알아."

그는 이내 옅은 한숨과 같은 웃음을 흘렸다.

"나더러 너와 반년도 만나지 않은 사람을 경계라도 하라는 건가?"

비릿하게 올라간 입꼬리는 금세 가라앉았지만, 혜원은 똑똑히 보았다. 그래, 사람은 그리 쉽게 약해지지 않지. 특히 사람들의 머리 꼭대기 위에서 모든 것을 내려다보던 김준원이라면 더더욱.

"이혜원, 우리 더 이상 시간 낭비하지 말자. 내가 바보 같았던 거 인정해. 네가 나한테 무관심한 게 싫어서 그랬어. 나도 너한테 사랑받고 싶어서……."

"준원아."

혜원은 천천히 고개를 저었다.

그녀가 시선을 고정해 준원을 똑바로 바라본 순간, 그의 눈동자가 크게 뜨여졌다. 혜원의 입가에 가득 피어난 것은, 봄 햇살만큼이나 달큰한 미소였다.

그녀는 환한 미소를 입가에 가지런히 걸고는 말했다.

"나는 지금, 사랑을 하고 있어."

아주 담담하게, 그러나 깊은 진심을 품은 그녀의 한마디. 그 말의 의미를 깨달은 순간 준원의 얼굴이 금세 형편없이 구겨졌다. 흠칫 몸이 떨릴 정도로 무서운 표정에도 혜원은 말을 멈추지 않았다.

"지금 내 마음에 품은 사람이 너무 커서, 다른 사람은 상상도 할 수 없고, 이별은 더더욱 상상하기 싫어."

"이혜원, 너……."

혜원은 한 발자국 뒤로 걸음을 뗐다. 그저 조금 멀어진 것뿐인데, 그 순간 준원은 혜원이 잡을 수조차 없는 곳으로 가 버린 것만 같아 심장이 덜그럭거림을 느꼈다.

"이제 수정 씨가 나를 찾아오는 일이 없었으면 좋겠어."

그녀는 단호하게 고개를 저었다. 그가 처음으로 혜원에게 관심을 가졌던 이유이자, 결국 빠져들 수밖에 없었던 모습이다.

"그리고 내가 널 찾아오는 것도 이게 처음이자 마지막일 거야."

소름 끼치도록 서늘한 공기를 느끼며 황망히 서 있던 준원은 똑똑히 보고야 말았다.

그녀의 입가에 떠오른, 그가 사랑해 마지않던 미소를.

너른 품에 끌어안고픈 충동이 일 정도로 어여쁜 미소를 지으며 혜원은 말했다.

"준원아 나는, 지훈 씨를 정말로 사랑하게 되었어."

"……."

"그러니까 너도, 더 이상 과거에 얽매여 있지 마."

어찌나 눈이 부신지, 저 미소를 똑바로 보는 게 너무 힘겹다.

결국 그는 바보 같게도 미련 없이 멀어지는 그녀를 잡지 못했다. 너무나 비참해지는 심장에 속이 쓰려, 준원은 아무런 말 없이 주먹만 말아 쥐었다.

모든 게 후회스러운 기분은, 혐오스러울 정도로 끔찍하다.

과거, 한때는 그녀의 모든 것이었던 김준원. 그와의 추억과 모든 감각이 또렷하게 담겨 있는 스튜디오를 빠져나오며 혜원은 깊은 숨을 내뱉었다.

그는 혜원을 잡지 않았다.

혜원은 가볍게 기지개를 켰다. 쭈욱 뻗는 팔뚝을 따라 뭉쳐 있던 근육에 힘이 들어갔다.

언젠가 저 스튜디오에서 그와 소소한 이야기를 나누었고, 감정을 공유했고, 깊은 사랑을 받았다.

그래, 그 시절의 혜원은 분명 준원에게 사랑을 주었다.

사랑받는 게 행복했고, 즐거웠다. 화려한 영화나 드라마의 여주인공이 된 것만 같은 느낌을 받았던 것도 같다.

그때 그 감정은 몹시 소중했다. 조금도 놓치고 싶지 않을 정도로, 미련하게 가득 삼키고 싶을 정도로.

그러나 이젠 그 모든 기억들이 흩어지는 먼지만큼이나 보잘것없다.

사람의 감정이란 이리도 쉽게 꺼지는구나.

고였던 인연은 이리도 쉽게 멀어지는구나.

"지훈 씨, 지금 뭐 하려나."

혜원은 휴대폰을 가볍게 두드리며 골목을 주욱 내려갔다. 뺨을 스치는 바람은 서늘하기보단 퍽 시원하다.

과거, 아주 작은 조각의 흔적을 깨끗이 털어내자.

이미 지나간 것들에 미련을 두기엔 지금 지훈과의 시간이 너무나 소중하다.

그 사람을 가득 품에 안아, 상처받았던 모든 것들을 마주 보고 다가올 모든 감정을 끌어안자.

그게 아주 작은 편린일지라도.

제 14 장
그대를 안고

붉은색 굵은 벨벳 리본이 묶인 검은색 카드는 상당히 고급스럽다.

그것을 마치 철천지원수처럼 이리저리 노려보던 경수는, 종이비행기 날리듯 던졌다.

팔락팔락 허공을 날던 종잇조각은 정확히 지훈의 안경다리에 안착했다. 말이 좋아 안착이지, 꽂혔다는 것이 좀 더 정확할지도.

"히익……!"

못 볼 것을 보았다는 듯 경수의 입술 새로 가느다란 비명이 튀어나왔다.

지훈은 잔뜩 구긴 미간을 겨우 펴며 카드를 집어 내렸다. 경수는 근처에 굴러다니는 리모컨 따위를 집어 들고 화제를 돌리기 바빴다.

"아이고, 요즘 세상이 어떻게 돌아가는가."

"……서경수."

"너도 좀 세상사에 관심을 가져라. 내가 친구로서 걱정이 돼서 그래. 요즘 버스비가 얼마인지는 아냐?"

"안 닥쳐?"

"미안……."

경수는 금세 꼬리를 내리곤 A4용지를 내려놓았다.

조금 전 그가 저 카드를 쥐고 집 안에 발을 들인 순간부터 지훈은 내내 표정이 좋지 못했다.

"그러게 내가 계약하지 말라고 했잖아."

"그거 때문에 그러는 거 아니야."

"그럼?"

단번에 튀어나온 대답에 경수가 눈썹을 슬쩍 들어올렸다.

"혜원이가 연락이 안 돼."

아, 이런 빌어먹을.

경수는 짜증이 치밀어 오르는 얼굴로 지훈을 노려보았지만, 그의 시선은 자그마한 휴대폰 액정에 박혀 있을 뿐이다.

혜원은 오늘 외부 미팅으로 6시 전까지 내내 연락이 어려운 상황이었다. 경수도 알고 있는 사실을 그가 모르진 않을 텐데도, 지훈은 도통 휴대폰에서 시선을 떼지 못했다.

박지훈이 여자 연락이나 기다리며 휴대폰 따위를 들여다보고 있다니. 사랑에 빠진 박지훈은 생각보다 더욱 비현실적이다.

"지금 그게 중요한 게 아니잖아. 그리고 안 되는 거랑 어쩔 수 없는 거랑은 구별 좀 해라. 작가잖아."

"대체 이혜원보다 중요한 게 뭐지."

"장난해?"

그러나 지훈은 정말 모르겠다는 표정을 지었다. 경수는 답답하다는 듯 던져 둔 카드를 쥐고 펄럭였다.

"영화 제작사에서 초대장 보낸 거 안 보이냐."

"보여. 「화가의 얼굴을 그리는 여자」 제작 기념 파티겠지."

"그걸 누가 몰라! 거기 누가 올 것 같냐? 응?"

"관계자들이나 오겠지."

경수는 잔잔하던 기분이 끓어오름을 느꼈다. 그는 소파 팔걸이에 올려 둔 다리를 내리며 버럭 소리 질렀다.

"아니! 이 파티 〈K〉 기업에서 후원하는 거라고! 그 여자도 참석할 텐데, 너 갈 거야?"

경수가 말하는 '그 여자'가 누굴 지칭하는지는 어렵지 않게 알 수 있었다. 그러나 이미 기사로도 몇 번 언급이 된 사실임에도 불구하고 그는 크게 신경을 쓰는 모양새가 아니다. 경수가 고개를 슬쩍 기울이며 대답을 독촉하자 지훈은 가볍게 어깨를 으쓱였다.

"가야겠지. 원작 작가인데."

그의 대답은 너무나 뜻밖이었기에, 경수의 둥그런 눈동자가 크게 흔들렸다.

"……뭐?"

"갈 거야. 내 작품 제작 기념 파티인데, 얼굴은 비춰야겠지."

담담히 입을 연 그는 뚫어지게 바라보던 휴대폰을 내려놓은 뒤 자리에서 일어났다. 빈 커피 잔을 쥐고 부엌으로 향하는 그를 멍하니 바라보던 경수는, 성큼성큼 쫓아가 그의 팔목을 그러쥐었다.

체격부터 많은 차이가 나는데도 불구하고 지훈은 저를 붙잡는 경수의 손길에 쉬이 걸음을 멈췄다. 경수를 내려다보는 그의 시선엔 조금의 동요도 없다.

"간다고?"

"어."

"……너, 정말 거기 참석할 거야?"

그래, 경수는 아직 '용기를 얻은 박지훈'을 실감하지 못할 것이다.

겁쟁이 박지훈, 과거에 연연하는 박지훈이 그에겐 더 익숙할 테니까. 규학과 함께하던 어린 시절은 물론이고, 이미 훌쩍 커 버린 현재까지도.

그가 무엇을 걱정하는지 너무나 잘 알고 있기에 지훈은 부드럽게 입꼬리를 들어 올렸다. 정말 오랜만에 보는 그의 다정한 미소에 경수는 덜컥 숨이 막혔다.

박지훈이 언제부터 이렇게…… 따뜻했더라?

경수가 복잡한 머릿속을 정리하지 못하고 멍하니 서 있던 그 때, 지훈이 입을 열었다.

"후원 기업이라고 대표가 항상 모습을 보이진 않아."

"네가 세상 돌아가는 거에 관심이 없어서 그렇지, 요즘 이곳저곳 얼굴 비추기 바쁜 여자야. 게다가 어떻게 성사시킨 박지훈 작가 계약인데. 분명 참석해."

"그래, 그럴 수도 있겠지."

경수는 벌어진 입술을 천천히 닫았다. 쳐다보기 두려울 정도로 깊고 깊은 지훈의 눈동자. 그 눈동자가 말하는 것의 의미를 어렵지 않게 알 수 있었다.

'그래도 상관없다.'는 그의 눈빛을 애써 떼어내며 경수는 고개를 숙였다. 그때 머리를 가볍게 누르는 커다란 손길.

참 오랜만에 그의 머리를 쓰다듬는다는 생각을 하며, 지훈은 피식 웃었다.

"말했잖아, 서경수."

"……."

"난 그냥, 과거를 똑바로 볼 용기가 생긴 것뿐이야."

* * *

"요즘 많이 바쁘지?"

회의실에 경훈과 나란히 앉게 된 혜원은 가볍게 고개를 저었다.

아니라곤 하지만 그녀가 요즘 주말에까지 나와 일하는 것을 잘 알고 있었기에 경훈은 가볍게 타박했다.

"거짓말 좀 하지 마. 주말에까지 나와서 일하는 거 빤히 알거든?"

"아, 정말요? 모르셨으면 섭섭할 뻔했어요."

"나 그렇게 악덕 상사 아니다."

혜원의 넉살에 가벼운 농담조를 흘린 경훈은 태블릿 PC 캘린더를 뒤적였다. 그는 잠시 벗어 둔 안경을 다시 쓰며 말했다.

"갑자기 부른 건 「그 여름의 골목」 작업 진행 상황 좀 자세히 알까 해서야. 뭐, 혜원 씨야 업무 진행 상황 워낙 꼼꼼히 보고하니 괜찮기는 한데, 이제 슬슬 전체 일정도 파악해야 하니까."

놀랍게도 9월은 금세 찾아왔다. 갑작스러운 지훈과의 연애에 출간 작업, 창립 행사 준비까지. 그렇게 정신없이 하루하루를 보내다 보니 어느새 여름이 훌쩍 지나가 버렸다.

아침에 가을 카디건을 찾는 제 모습에, 혜원은 새삼 여름이 지나갔다는 것을 깨닫고는 조금 놀라고 말았다.

"그래, 표지 컨펌까지 끝난 걸로 알고 있는데. 타이틀도 잘 박혔고. 디자인팀에서 신경 좀 썼더구먼."

"네, 인쇄물은 오늘 받아 보기로 했어요."

"꼼꼼하게 확인한 다음에 올려. 막상 인쇄물로 출력해 보면 느낌이 다를 수 있으니까."

"네, 잘 확인하겠습니다."

"데이터는 언제쯤 넘어갈 것 같아? 교정 작업도 거의 마무리 되었지?"

"이번 달 말까진 최종 원고 넘길 수 있도록 스케줄 조율 중이에요. 기존 일정에서 최대한 벗어나지 않게요."

경훈은 스케줄러를 확인한 뒤 고개를 끄덕였다. 예정대로라면 10월 중순에 「그 여름의 골목」 데이터가 넘어갈 것이다. 그렇다면 대략 12월 전까진 제작을 모두 끝낼 수 있을 터였다.

"양장에 후가공까지 많이 들어가서 제작일도 꽤 잡아먹을 테니까 최대한 잘 마무리해서 넘겨. 아직 이른 것 같아도 금방 10월이고, 데이터 넘길 때 즈음엔 연말 준비에 인쇄소 터진다. 그러니까 정리할 건 미리미리 다 끝내."

"네, 잘 챙기겠습니다."

혜원은 챙겨야 할 것들을 노트에 체크하며 다시 한 번 머리에 눌러 담았다. 그런 혜원을 물끄러미 바라보던 경훈이 넌지시 물었다.

"휴가 줄까?"

"휴가요?"

"그래. 창립일 행사까지 맞춰 진행할 정도로 큰 타이틀인데 부담도 클 거 아니야. 원래 다들 이 정도 고생하면 휴가 받아 가곤 하니까 혜원 씨도 좀 챙겨."

재희를 비롯해 특별 휴가를 받아가는 편집자들은, 대부분 경력이 5년 이상에 직책까지 가진 사람들이다. 아직 혜원은 경력도 부족하고 직책도 없었기에 조금 머뭇거렸다.

"쓰읍, 지금 거절하면 두 번 다시는 안 물을 거야."

잠시 생각에 빠진 혜원은 옅게 웃음을 흘린 뒤 작게 고개를 끄덕였다.

"네. 주세요, 휴가."

"혜원 씨, 표지 인쇄물 왔어요!"

회의를 끝내고 나오니 어제 의뢰 넘겼던 「그 여름의 골목」 표지 인쇄물이 도착했다. 혜원은 곧장 인쇄물을 받아 들었다.

도중에 시안이 다섯 번이나 엎어져 온갖 고생을 했던 걸 떠올리니, 조금 감격스러웠다.

시린 푸른색이 젖은 종이에 가득 흘러내리는 듯한 표지는 몹시 색감이 좋았다. 비슷한 기법으로 칠해진 좁은 골목길과 캘리그래피로 멋스럽게 적힌 제목도 조화롭다.

"와, 혜원 씨가 고생한 보람이 있네. 이번 표지 진짜 예쁜데?"

"그러게요, 반응 좋을 것 같네."

사원들은 너도나도 다가와 둘러보며 관심을 가졌다. 표지 인쇄물까지 도착하고 나니, 출간일이 성큼 다가온 실감이 들어 혜원은 조금 긴장이 되었다. 온라인, 오프라인 서점 이벤트까지 진행하려면 정신을 바짝 차려야 한다.

"박 작가님 가져다 드려."

자리에 돌아와 인쇄물을 좀 더 꼼꼼히 살펴보고 있으려니, 슬그머니 다가온 재희가 속삭였다.

"네?"

"퇴근하고 박 작가님 가져다 드려, 표지. 작가님도 이렇게 먼저 인쇄물로 보는 건 처음일 거 아니야."

이게 다 작가님을 위한 거니까.

라는 것치고는 재희의 눈동자가 상당히 반짝반짝거린다.

혜원은 작게 웃으며 대답을 회피했지만, 머릿속은 퇴근 시간을 계산하며 빠르게 회전했다.

*　　*　　*

언제부터였을까. 박지훈의 겨울이 녹아내리기 시작한 게.

오늘도 어김없이 지훈의 오피스텔로 천천히 향하던 길, 경수는 저도 모르게 깊은 생각에 잠겼다.

'상처와 외로움이 가득하던 박지훈에게 온기라…….'

그러고 보면, 부모님을 만나고 온 뒤 지훈은 상당히 많은 점이 변했다.

"벌벌 안 떨어."

"난 지금 절망스럽지도, 괴롭지도 않거든."

"그러니까…… 내년 할아버지 기일엔, 같이 찾아뵙자."

"말했잖아, 서경수."

"난 그냥, 과거를 똑바로 볼 용기가 생긴 것뿐이야."

언제 이렇게 강해졌을까.

도약하려 무릎을 굽히고 숨을 고르는 박지훈…….

정말이지 익숙하지 않다.

어쩐지 깊어지는 생각에 땅바닥만 바라보며 걸음을 옮기던 그때, 누군가의 목소리가 경수의 귓가를 톡 두드렸다.

"경수 씨?"

여자치고는 조금 낮지만 몹시 다정하고 자꾸만 듣고 싶어지는 목소리. 이런 소리를 내는 사람을 단 한 명, 그는 알고 있다.

경수는 뒤를 돌아 저를 부른 여자를 바라보았다.

둘둘 말린 흰 종이를 두 손에 꼭 쥐고 있는 이혜원. 저녁시간이라 더욱 쌀쌀하게 느껴지는 가을바람이 두 사람의 머리카락을 가볍게 헤집었다.

"지훈 씨한테 가시는 거예요?"

청량함이 가득한 미소. 숨이 탁 트일 만큼 시원하지만, 한편으론 쌀쌀한 날씨마저 잊게 할 만큼 따스하다.

외투 주머니에 손을 찔러 넣은 그는, 가만히 혜원의 미소를 바라보았다.

어쩌면…… 지훈이 변하게 된 건 부모님을 보고 온 다음이 아닐지도 모른다.

그가 새 원고에 로맨스를 다시 담을 수 있었던 것도, 부모님을 만나러 가게 된 계기도, 그래서 과거를 마주볼 수 있게 된 것도…….

"혜원 님."

예의 개구진 미소를 지으며 어깨를 으쓱인 경수가 혜원에게 물었다.

"우리 커피 한잔 할래요?"

지훈의 오피스텔로 향하던 길, 갑작스럽게 마주한 경수는 뜻밖의 제안을 건넸다. 그런 그와 가만히 눈을 마주치던 혜원은 가볍게 고개를 끄덕였다.

"네, 그래요."

입가의 미소엔 흔들림이 없다.

"그건 뭐예요?"

눈에 띄는 커피숍에 곧장 들어온 경수가 혜원의 맞은편에 앉으며 물었다. 그의 시선은 혜원이 소중하게 끌어안은 출력물에 향해 있다. 두께가 상당한지, 노란색 고무줄을 몇 개나 사용한 게 보인다.

"지훈 씨 신작 표지요. 이번에 인쇄물 뽑았거든요."

"우와, 다원은 그런 것도 챙겨줘요?"

"아뇨, 원래 안 챙겨드려요."

혜원이 쑥스럽다는 듯 콧잔등을 슬쩍 구겼다.

"사실 지훈 씨가 보고 싶어서 찾아온 거예요. 이건 그냥 선물이고."

저도 작가님에게 표지 인쇄물 가져다 드리는 건 처음이네요.

혜원은 멋쩍은 듯 웃었지만 부끄러운 기색은 아니었다.

경수는 조금 놀랐다. 망설임 없이 제 마음을 표현하는 이혜원은, 생각보다 더욱 사랑스러웠다.

'보고 싶어서'라는 뻔한 이유에 이렇게 진심을 가득 담아낼 수 있다니.

그래서일까. 지훈이 마음을 열게 된 건.

이렇게 사소한 것에도 제 마음을 가득 담아내는 여자니까. 다정함과 온기가 가득한 여자니까. 사랑에 빠질 수밖에 없었던 걸까.

"혜원 님은, 지훈이에 대해 어느 정도 알고 있어요?"

경수가 다시 입을 연 건 주문한 커피 두 잔이 나왔을 때였다. 혜원은 그가 먼저 입을 열 때까지도 마주앉아 커피를 마시는 이 상황에 의문을 가지지 않았다.

그녀는 뜨거운 김이 올라오는 커피를 천천히 티스푼으로 식혔다.

"지훈 씨의 취미, 습관, 행동 같은 걸 물으시는 건가요?"

"……."

"아니면, 지훈 씨의 과거요?"

"그 녀석의 과거를 알아요? 그놈이 다 말하던가요?"

눈에 띄게 흔들리는 경수의 깨끗한 눈동자. 그것을 가만히 바라보던 혜원은, 아직 뜨거운 커피를 조심스럽게 들이켰다.

"아뇨, 제가 아는 건 극히 일부예요."

"극히 일부라면……."

"고아원에 계셨다는 것까지요. 얼마 전 어렸을 적 헤어진 부모님을 찾으러 가셨던 것도 알고 있긴 하지만……."

경수는 작게 고개를 끄덕였다. 그는 왜 지훈의 과거를 전부 알지 못하느냐며 혜원을 타박하지 않았다. 오히려 조금 놀랐다.

지훈은 생각보다 이혜원이란 여자를 많이 신뢰하는구나.

"……박지훈, 그 녀석은 상처가 많은 놈이에요. 어쩌면, 혜원 씨가 생각하는 것보다 더요."

천천히 커피 잔을 내려놓은 혜원은 시선을 조금 내렸다.

그녀를 물끄러미 바라보던 경수가 결심한 듯 물었다.

"혜원 님은 궁금하지 않아요?"

"……."

"그 녀석에게 무슨 일이 있었는지, 자세히 알고 싶지 않으세요?"

간간히 흐르던 정적이 지금은 유독 무겁게 느껴진다.

경수는 달싹이던 입술을 겨우 진정시켰다.

"알려드릴까요?"

다시 되묻는 그의 의도를 파악하려는 건지, 혜원은 여전히 말이 없다. 그녀의 고요하고 깨끗한 눈동자. 어쩐지 점점 바라보기가 힘들다.

"알려드릴까요, 혜원 님?"

조용히 경수와 눈을 마주치던 혜원은 이내 천천히 고개를 저었다. 그녀의 입가에 피어난 미소를 경수는 똑똑히 보았다.

"아뇨, 경수 씨."

"……."

"지훈 씨 과거사는 제가 직접 듣도록 하겠습니다."

군더더기 없는 손짓으로 찻잔을 들어 올린 그녀는 조금 목을 축였다. 쓰디쓴 커피가 입 안을 상쾌하게 해줄 리 만무했지만.

"좋지 않았던 과거를 누군가에게 말한다는 건, 상당히 많은 용기가 필요하다고 생각해요."

그녀의 어투나 표정은 조금도 경수를 비난하는 게 아니었지만, 그는 제 자신이 한심하고 부끄러웠다. 저도 모르게 숙여진 고개를 들어 올리기가 참 힘겹다.

왜 이런 질문을 하게 되었는지 모르겠다. 그저 궁금했던 것일까. 당신을 시험하고 있노라고, 직접적으로 묻는 것과 다름이 없는 이 물음에 혜원이 보일 반응을.

혜원은 흐트러짐이 전혀 없는 모습으로 바르게 앉은 채 말을 이었다.

"그럼에도 불구하고 조금이나마 자신의 이야기를 건네준 지훈 씨에게 저는 정말 많은 감사를 드리고 있어요."

“…….”

“그러니까…… 너무 걱정 마세요, 경수 씨.”

아, 그렇구나.

경수는 비로소 알 수 있었다.

박지훈이 혜원에게 빠져든 건 이것 때문이었구나.

그 어떤 이유도 중요치 않았다. 이혜원의 마음, 눈동자, 목소리…… 또렷하고 강하게 느껴지는 그녀의 존재.

그래, 이혜원의 존재.

잠시 숨을 멈춘 경수는 눈꼬리를 축 늘어뜨렸다.

“미안해요, 혜원 님. 기분을 상하게 하려던 건 아니었는데…….”

그를 유독 어려 보이게 하던 둥근 눈꼬리가 시무룩해, 혜원은 조금 웃고 말았다.

“괜찮아요, 경수 씨. 그런 의도로 하신 말씀이 아니라는 건 잘 알고 있는걸요.”

그녀의 부드러운 어조에 경수는 조금 머쓱해져 천천히 두 손을 내렸다. 애꿎은 옷자락만 꾹꾹 잡아 내리던 그는 시선을 들어 그녀의 두 눈을 똑바로 응시했다.

“그냥…… 감사 인사를 하고 싶었어요.”

어쩐지 단단한 무언가가 느껴지는 눈빛에, 혜원은 고개를 갸웃거렸다.

“감사요?”

"네, 제가 깨달았거든요. 지훈이 녀석이 변하게 된 계기를요."

혜원은 곰곰이 지훈을 떠올려보았다.

그래, 확실히 지훈은 변했다. 처음 그를 만났던 출판사 건물 자그마한 카페. 잘 만들어진 인형처럼 차갑게 느껴지던 그는, 사실 참 따뜻한 사람이었다. 냉정하게만 보이는 그에게 간혹 나타나는 감정의 색깔. 그것을 발견하는 건 퍽 즐거웠다.

그와 얽히며 조금씩 더 가까워지고 결국엔 마음을 빼앗기게 되는 순간까지. 지훈은 분명 변했고, 그건 박지훈이란 사람을 더욱 돋보이고 아름답게 만들어 주었다.

그리고 혜원이 그의 변화를 눈치챌 정도라면, 경수 역시 크게 다르지 않을 것이다. 오히려 가장 먼저 알게 되었을지도.

"혜원 님이 그놈한테 준 거예요."

가만히 지훈의 변화를 생각하던 그때, 경수가 다시금 입을 열었다.

'내가 지훈 씨에게 주다니?'

고민하는 혜원의 모습에 경수는 작게 웃었다.

"온기요."

"……."

"제가 전부 채워주지 못했던 걸, 혜원 님이 해주시고 계세요."

혜원의 고요한 눈동자가 흔들림 없이 경수를 응시했다. 그 눈빛은 너무나 따스해서, 그는 조금 울고 싶어졌다.

꼭 쥐고 있던 커피 잔에서 손을 뗀 경수는 그대로 꾸벅 고개를 숙였다.

“정말, 정말 감사합니다. 혜원 님.”

“…….”

“박지훈의 겨울을 녹여 주셔서, 정말 감사해요.”

고개를 들어 올린 경수는 평소의 그처럼 밝게 웃었다. 어린아이처럼 맑은 웃음이었지만, 혜원은 그를 따라 입꼬리를 올리지 못했다.

남은 커피를 모두 들이켠 경수는 그대로 겉옷을 챙겨 자리에서 일어났다. 커피숍을 나온 그는 지훈의 오피스텔이 아닌 제 작업실로 향했다.

데이트하는 연인들을 방해할 수는 없지.

겉옷을 단단히 여민 그는 바쁘게 걸음을 옮겼다. 그 역시 최근에 계약을 하게 되어 신작 준비로 정신이 없었다.

‘지훈이 그 녀석은 더 이상 춥지 않을 거야.’

경수는 높이 올려다본 탁한 서울 하늘을 바라보며 긴 숨을 뱉어냈다.

*　　*　　*

지훈의 집 앞에 도착한 혜원은 잠시 망설였다. 떨리던 경수의 목소리와 눈동자가 아직까지 선해서 그런 걸까. 어쩐지 다리가 무겁게만 느껴졌다.

경수와 그렇게 많은 시간을 보낸 건 아니지만, 그녀가 기억하는 서경수란 남자는 몹시 유쾌하고 웃음이 많은 사람이다. 그런 그가 그렇게 울적한 얼굴로 지훈의 과거를 언급하니, 신경이 쓰이지 않을 수가 없었다.

'지훈 씨에게 무슨 일이 있는 건가…….'

자연스레 걱정이 되는 것도 어찌 보면 당연한 거겠지.

곧장 집으로 돌아갈까 고민도 해 보았지만, 그래도 주고자 했던 게 있으니 직접 만나 주고 싶다. 물론 얼굴도 보고 싶었고.

망설이던 혜원은 그에게 전화를 걸었다.

[응, 혜원아.]

"저 지금 지훈 씨 집 앞이에요, 문 좀 열어 주세요."

수화기 너머의 그는 잠시 말이 없었지만, 문은 금세 열렸다. 휴대폰을 귀에 대고 문을 열어준 지훈은 조금 낮게 가라앉은 눈으로 혜원을 바라보았다.

"지금 끝난 거야?"

"음……."

"벌써 11시가 다 됐어. 아무리 야근이 많다지만 매번 퇴근이 너무 늦는데."

전화라도 하지 그랬어. 조용히 꾸짖는 그의 목소리가 기분 좋아, 혜원은 잔잔하게 웃었다. 휴대폰을 주머니에 찔러 넣은 그녀는 그대로 지훈의 허리를 끌어안고 집 안으로 들어갔다.

고양이처럼 안겨 오는 그녀가 귀여워, 짐짓 엄하게 굴던 지훈은 금세 표정을 풀 수밖에 없었다. 소파에 혜원을 앉혀 둔 그는 그대로 주방으로 가 커피를 내렸다.

"밥은?"

"아직이요."

"밥도 안 먹고 일을 한 거야?"

소파에 앉아 잠시 고민하던 그녀는 천천히 입을 열었다.

"아뇨, 야근은 아니고…… 경수 씨와 차를 한잔 마셨어요."

"서경수?"

의외인데.

금세 커피를 내려 온 지훈이 그녀의 앞에 찻잔을 놓아 주었다. 그녀가 줄곧 손에 쥐고 있던 흰 종이 뭉치를 흔들어 보였다.

"이것도 가져다 드릴 겸."

"그게 뭔데?"

"「그 여름의 골목」 표지 인쇄물이요. 실물로 보여 드리고 싶어서……."

혜원의 애교로 풀어질 수 있었던 그의 표정이 다시금 어두워졌다.

"이것 때문에 이 늦은 시간에 혼자 온 거야?"

"에이, 표정 풀고 한번 펼쳐 보세요. 정말 예쁘게 나왔어요."

담담히 입꼬리를 올리는 혜원이 귀여워 지훈은 짧은 숨을 뱉어내곤 그녀가 건네는 종이를 받았다. 정말, 그녀에겐 화를 내는 게 참 힘들다.

"멋지죠?"

진중한 표정으로 표지를 훑어보는 지훈을 바라보며 혜원이 밝게 물었다. 그는 결국 졌다는 듯 작은 미소를 띠고 말았다.

"그래, 멋지다."

"매번 바뀌는 시안 확인하시고 피드백 주시느라 고생 많으셨어요."

정중하게 고개를 숙이는 혜원이 어여뻐 지훈은 부드러운 얼굴로 그녀의 귓가를 쓰다듬어 주었다. 이혜원은 하는 행동 하나하나가 참 예쁘다.

그녀가 먹을 만한 음식을 주문하니, 벌써 11시에 가까워졌다.

"그나저나, 밥도 안 먹고 둘이서 무슨 얘기를 한 거지? 그것도 이 늦은 시간까지."

이런 상황에 질투를 할 정도로 경수를 모르지 않았지만, 의문이 드는 부분도 분명했다. 경수는 겉으론 몹시 친화력이 좋아 보여도, 가깝지 않은 이와 선을 긋는 데엔 선수였다.

그런 그가 혜원과 차를 마시다니.

"지훈 씨 과거에 대해 얘기했어요."

차를 한 모금 들이켜던 지훈이 우뚝, 손가락을 멈췄다.

"내 과거?"

"네, 지훈 씨 과거요."

"……."

"경수 씨가…… 많이 불안해 보이시더라고요."

지훈은 혜원의 잔잔한 눈동자를 가만히 바라보았다. 그녀는 이내 시선을 내려 생각에 잠겼다. 긴 시간은 아니었다.

"지훈 씨."

푸른색 띠가 고급스럽게 둘러진 찻잔을 잠시 내려다보던 혜원이, 다시금 지훈과 시선을 맞췄다. 그녀의 목소리가 물질이었다면 어쩐지 묵직하게 느껴질 정도로 무게감이 있었다.

"무슨 일이, 있으신가요?"

고개를 슬쩍 기울인 혜원은 솔직하게 그에게 물었다. 사실 아직도 그의 과거 이야기를 먼저 꺼내도 되는 건지 확신이 서진 않았다. 그건 그녀에겐 또 다른 결심과 같았기에, 혜원은 조금 색깔이 다른 긴장을 느낄 수 있었다.

지훈은 남은 차를 모두 마신 뒤 조금은 가벼운 어투로 이야기를 시작했다.

"다음 주에 「화가의 얼굴을 그리는 여자」 제작 기념 파티가 열릴 예정이야. 저번에 〈준미디어〉와 계약했다고 얘기했지?"

"네."

"그 제작사에서 진행하는 영화, 드라마의 제작 비용을 후원해 주는 기업이 하나 있어."

"〈K〉 기업이요?"

인터넷 기사나 잡지에 심심치 않게 등장하는 이야기였으므로, 혜원도 어렵지 않게 접하던 사실이다. 지훈은 고개를 가볍게 끄덕이고는 차를 더 내리기 위해 주방으로 향했다.

그가 천천히 걸음을 옮기며 말했다.

"그 기업의 사모님이, 예전에 나를 입양했던 사람이야."

"……."

"그 궁궐 같던 집에 있었던 건 그렇게 오랜 시간은 아니었어. 도중에 도망쳤거든."

그의 목소리는 큰 높낮이 없이 혜원에게 천천히 전달되었다. 혜원은 그의 뒷모습에서 조금도 시선을 떼지 않고 그가 뱉어내는 모든 말을 가슴에, 머리에, 차곡차곡 담았다.

"도망친 날 고맙게도 경수의 할아버지를 만났고, 그 녀석 집에서 살게 되었지."

차를 모두 내린 그는, 다시금 혜원의 앞에 마주앉아 말을 이었다. 옅은 미소를 지은 그는 따스한 온기를 가득 품은 목소리로 말했다.

"작은 집이었지만, 참 즐거웠어. 부모님한테 버림받아 고아원에 있었던 것도, 궁궐 같은 저택에서 도망쳤던 것도, 이렇게 보상받으려고 그랬나 보다, 생각이 들 만큼."

그는 푸근한 김이 올라오는 차를 가볍게 들이켰다. 혜원은 어느새 텅 빈 잔을 조용히 내려놓고 물었다.

"그럼 경수 씨 할아버지는……."

"돌아가셨어. 그놈이랑 내가 고등학생 때. 그때가 딱 「깊은 숲」을 출간하던 때야."

처음 지훈이 다원과 계약할 수도 있다는 사실을 전해 들었을 때 어렴풋이 느끼던 감정이 떠올랐다. 그의 글 스타일이 「깊은 숲」 이후 달라졌던 것엔 이런 이유가 있을 수 있겠구나.

두 사람은 잠시 아무런 말 없이 마주 앉아 있는 채였다. 조용한 정적은 지훈이 다시 타 온 차가 바닥을 보일 때까지 계속되었다.

그가 빈 찻잔을 내려놓았을 때, 혜원이 천천히 입을 열었다.

"옷, 골라드릴까요?"

"……뭐?"

"제작 기념 파티에 입고 갈 옷, 같이 골라드릴까요?"

아주 조금 흐리지만, 담담하고 부드러운 미소를 피워낸 혜원이 물었다. 그녀가 건넨 제안이 너무나 사랑스러워 잠시 아무런 말도 못 하고 그녀의 눈동자만 들여다보던 지훈은 이내 작은 웃음을 터뜨렸다.

어떻게 이런 여자가 나에게 왔을까. 말 한 마디, 행동 하나하나가 너무 어여쁘고 아름다운 이런 여자가 어떻게…….

지훈은 차오르는 감격을 꾹, 삼키며 느리게 고개를 끄덕였다.

* * *

〈준미디어〉에서 진행하고 〈K〉 기업에서 후원하는 「화가의 얼굴을 그리는 여자」 제작 기념 파티 당일. 지훈은 여느 때와 다름없이 이른 아침 눈을 떠 혜원과 짧은 통화를 했다.

그녀는 잠에서 깨 낮게 잠긴 지훈의 목소리를 유독 좋아했는데, 그 사실을 알게 된 후부터 자꾸 일어나자마자 연락을 하게 된다.

[잘 잤어요?]

"응."

[완전 비몽사몽이네. 늦게 잤어요?]

조곤조곤, 듣기 좋은 그녀의 목소리에 조금씩 잠을 깨며 지훈은 가만히 하늘을 올려다보았다.

"아니. 출근은 어때, 피곤하지?"

[피곤하긴요.]

다원은 원고 편집 교정 작업에 상당히 공을 들이기로 유명하다.

몇 차례에 걸쳐 진행되는 작업에, 표지 시안은 이미 최종 컨펌이 끝났음에도 그녀의 일거리는 도통 줄어들 기미가 보이지 않았다.

"내 소설 때문에 주말에까지 출근하고."

[에이, 저희 출판사 빅 타이틀 중 하나인데 이 정도는 당연히 해야죠.]

"그래도 피곤하잖아. 너 힘든 거 싫어."

[지훈 씨 작품이라서 더 신경 쓰는 거예요. 누구 신작인데 아무렇게나 낼 수는 없죠. 카피 하나라도 더 완벽하게!]

그녀의 결의에 찬 목소리가 듣기 좋아, 지훈은 저 역시 벅차오르는 듯했다.

'벅차다'라는 감정이라니.

이게 이렇게나 달콤한 감정이었던가?

"「그 여름의 골목」은 내가 평생 품에 안고 다녀야겠어."

[하하. 책, 멋지게 내줄게요.]

쏟아지는 아침햇살만큼이나 반짝이는 그녀의 목소리에 지훈은 미소 지었다. 그는 자리에서 일어나 가볍게 스트레칭을 하며 거실로 향했다.

"혜원아."

[네?]

"보고 싶다."

그녀를 향한 마음을 간결하지만 깊이 담아냈다. 혜원의 낮은 웃음소리가 귓가를 부드럽게 간지럽혔다.

[저도요. 아침부터 되게 보고 싶네요.]

"여기 와서 일해. 내 소설이니까 상관없잖아."

[우와, 지훈 씨 방금 되게 아이 같았던 거 알아요?]

혜원의 과장에 작게 웃은 지훈이 흔들리는 커튼을 열어 테라스 사이로 찌르듯 들어오는 햇볕을 가만히 응시했다.

"그래서 싫어?"

[설마요, 당장 달려가고 싶네.]

햇볕을 가만히 내리쬐던 지훈은 입꼬리를 조금 더 올렸다. 혜원의 목소리를 들어서일까, 피부에 닿아 부서지는 빛 무리가 몹시 포근하다.

'빛'이라는 게, 이렇게나 따스한 거였구나.

싸늘한 공기에 바람이 불든, 추운 겨울이든, '빛'은 어디에나 존재한다는 것을 지훈은 이제야 알게 되었다.

그는 낮은 숨을 고르게 쉬며, 입을 열었다.

"오늘, 잘 다녀올게."

그가 먼저 얘기를 꺼내 주길 기다렸던 걸까. 잠시 대답이 없던 혜원이 조금 전보다 더욱 가득한 미소를 품은 채 대답했다.

[네, 조심히 잘 다녀오세요. 지훈 씨.]

얼마 전 혜원이 직접 골라준 그레이 슈트를 입었다. 지훈의 훤칠한 체구를 멋스럽게 감싼 슈트는 그와 몹시 잘 어울렸다. 그녀가 직접 골라 준 옷을 입으니 기분이 퍽 좋다.

블랙 넥타이에 넥타이핀까지 완벽하게 착용한 그는 진열된 액세서리 중 무난한 메탈 시계를 찼다. 거울을 흘긋 바라본 그는 시간을 확인한 뒤 현관으로 향했다.

노파까지도 뒤를 돌아보게 만들 정도로 완벽한 모습이었지만, 제 모습을 훑은 그의 두 눈엔 감흥이라곤 조금도 찾아볼 수 없었다.

혜원이 한참 고민 끝에 선택한 짙은 갈색 구두가 현관 앞에 가지런히 놓여 있다. 그녀의 손길이 닿은 모든 것을 착용했다고 생각하니, 어쩐지 견딜 수가 없었다.

'더 보고 싶다.'

당장이라도 혜원을 끌어안고 싶다는 상상을 하며, 그는 곧장 현관문을 열고 바깥으로 향했다.

문이 닫히고 고개를 든 순간 지훈은 멍하니 앞을 응시했다. 길게 찢어진 그의 두 눈이 둥그렇게 뜨여졌는데, 그 모습이 퍽 귀여웠다.

"……이혜원."

현관 바로 앞 벽에 기대어 서서 맑게 웃고 있는 여인은, 바로 혜원이었다. 지훈이 정말 깜짝 놀란 듯해 혜원은 즐거운 얼굴로 웃었다.

순간 '꿈인가? 너무 보고 싶어서 환각이 보이나?' 의심을 했지만, 분명 그녀가 맞다.

그녀가 실제라는 것을 파악하자마자 지훈은 성큼성큼 다가가 혜원의 마른 어깨를 강하게 끌어안았다.

아, 이혜원 냄새. 이혜원 목소리.

진짜 이혜원이다.

"우와, 지훈 씨 진짜 깜짝 놀랐나 보네요."

"그래, 정말 놀랐어."

며칠 전에 옷차림으로 잔소리를 해서일까, 오늘 그녀는 꽤 따뜻하게 입었다. 보들보들한 감촉의 카디건이 만족스럽다. 그녀의 정수리에 연신 입을 맞추던 지훈은, 고개를 슬쩍 내려 혜원의 입에도 가벼운 입맞춤을 했다.

"보고 싶어서 죽는 줄 알았어."

"하하, 저도요. 와, 제가 골라준 슈트 입었네요."

과하지 않게 꾸민 지훈을 꼼꼼하게 뜯어본 혜원이 환하게 웃었다. 그녀가 골라 준 갈색 구두까지 착용하고 액세서리도 놓치지 않았다. 심장이 쿵, 떨릴 정도로 근사한 모습에 그녀는 두근두근 설렘을 느꼈다.

"아, 진짜 멋있다."

"그래?"

"네, 누구 남자 친구인지 참 훤칠하네요."

장난스러운 혜원의 어투가 귀여워, 지훈은 슬쩍 입꼬리를 올렸다.

"퇴근하고 바로 온 거야?"

"네, 지훈 씨 나가는 시간 맞춰서 놀래주려고 했죠."

깍지를 껴 혜원의 손을 잡은 지훈이 느릿느릿 엘리베이터로 향했다. 나란히 승강기에 오른 뒤 지훈은 곧장 혜원의 허리를 끌어안고 깊게 입을 맞췄다.

당장 누가 탈 수도 있겠다는 생각에 긴장이 되었지만, 지훈의 입술은 좀처럼 떨어지지 않았다. 질척하게 얽히는 혀에 혜원은 푸스스 웃으며 그의 허리를 꽉 붙잡았다.

결국 엘리베이터가 지하 주차장에 도착하고 나서야 두 사람의 입술은 떨어질 수 있었다. 혜원이 무어라 타박했지만, 지훈은 그저 그녀의 머리카락을 조심스럽게 쓸어 넘겨 줄 뿐이었다.

"데려다줄게."

"제작 파티 늦으면 어쩌려고요?"

"그 정도론 안 늦어."

단호한 지훈의 목소리에 혜원은 조금 웃었다. 그녀는 가볍게 어깨를 으쓱였다.

"아쉽지만 오늘은 저도 갑자기 약속이 생겨서 당장 집에 들어가진 않을 것 같아요. 그냥 요 앞 사거리에서 내려 주세요."

"아, 그래?"

지훈은 조금 못마땅한 듯 시간을 확인하며 차에 탔다.

"지금 7시야."

"음, 그러네요."

"너무 늦게 만나는데…… 그럼 끝날 때 즈음 전화해."

"네, 연락할게요."

그녀의 요청대로 오피스텔 앞 사거리에 차를 세운 지훈은, 내리려는 그녀의 팔목을 가볍게 잡았다.

잠시 머뭇거리던 그가 물었다.

"남자야?"

"네?"

"오늘 만나는 사람, 남자야?"

어쩐지 몹시 진지해 보이는 그를 가만히 바라보던 혜원은 조금 크게 웃고 말았다. 그러나 키득키득거리는 혜원을 불퉁한 표정으로 바라보던 지훈은 꼭 쥔 그녀의 팔목을 놓아주지 않았다.

"아뇨, 아니에요. 회사 사람 만나요. 유경 씨랑 정 대리님이랑 영화 보기로 했어요."

그녀의 대답이 마음에 들었는지, 그는 언제 그랬냐는 듯 만족스러운 표정으로 혜원의 손목을 놓아주었다.

"연락하고."

대신 부드러운 뺨을 쥐고는 조금 깊게 입을 맞추었다. 얽히는 혀와 입술에 잠시 어깨를 떤 혜원은, 떨어지고 나서도 붉어진 뺨을 천천히 쓸어 내렸다.

지훈은 그런 혜원의 머리를 더욱 소중하게 쓰다듬어 주었다. 손가락 사이사이 흘러내리는 그녀의 얇은 머리카락이 기분 좋다.

그는 한층 온기를 담아낸 눈동자로 말했다.

"잘 다녀올게."

"네, 잘 다녀오셔야 해요."

"그래, 조금 신기하다."

어쩐지 조금 가볍게 느껴지는 어투에 혜원은 고개를 슬쩍 기울였다. 그 사랑스러운 모습에 지훈은 한 번 더 그녀에게 입을 맞추었다.

"분명 신경이 쓰이는 게 정상일 텐데, 놀랍게도 난 지금 조금도 두렵지가 않아."

"……지훈 씨."

"네 덕분인가 봐."

지훈은 따뜻한 눈빛으로, 손길로, 혜원을 옭아맸다. 아주 잠깐이라도 보내기 싫은 듯한 행동에 그녀는 부드러운 미소를 흘렸다.

"네 덕분에 내가 이렇게, 아무것도 두렵지 않나 봐."

그는 혜원의 이마에 정중하게 입을 맞추었다.

"정말이지 넌, 나에게 너무나 경이로워."

약도가 잘 표시되어 있었고 워낙 유명한 호텔이었기에 파티 장소는 어렵지 않게 찾을 수 있었다. 지훈은 능숙하게 발레파킹 요원에게 차 키를 건네곤 호텔 로비로 향했다.

회색 슈트에 짙은 머리카락을 시원하게 올린 그는, 등장만으로도 사람들의 시선을 끌었다.

평소 유명 배우나 모델들의 출입이 잦았음에도 불구하고 로비를 지키는 직원들은 꿀꺽 침을 삼켰다.

"아이고, 작가님. 여기까지 찾아와 주셔서 정말 너무나 감사합니다."

로비까지 뛰어 나온 제작사 대표는 마치 신을 모시듯 지훈을 깍듯이 챙겼다. 탐욕에 번들거리는 눈을 구별하는 건 어렵지 않다. 저런 눈을 가진 사람들에게 이런 대우를 받는 건 익숙했지만, 볼 때마다 역겨운 건 어쩔 수 없나 보다.

이 제작사 대표가 어떻게 이 자리까지 올라오게 되었는지 너무나 훤히 보여 조금 우스웠다.

지훈은 차게 식은 눈동자로 그에게서 시선을 돌렸다.

"정말 볼 때마다 멋있어지십니다. 최고십니다, 최고."

쉬지 않고 움직이는 그의 입에 지훈은 귀를 닫고 혜원의 목소리를 떠올렸다. '지훈 씨.'라고 부르는 조금 낮고 허스키하지만 몹시 따뜻한 목소리. 그걸 떠올리는 것만으로도 지훈은 기분이 한결 나아졌다.

도착한 파티장은 돈을 얼마나 쏟아부었는지 호화스럽기 그지없었다. 테라스 가장자리부터 쭉 내려오는 붉은색 커튼과 먼지 한 톨 보이지 않는 대리석 바닥. 번쩍번쩍 빛나는 조명과 화려하게 꾸민 관계자들 사이에서도 지훈은 유독 돋보였기에, 파티장에 들어온 순간 더욱 많은 시선이 진득하게 달라붙었다.

그나마 비공개로 진행되는 것을 다행으로 여기며 지훈은 조용히 사람들의 시선을 피해 구석으로 향했다.

휴대폰을 뒤적이던 그는 경수에게서 도착한 메시지를 읽곤 피식, 입꼬리를 올렸다.

[경수]

꼴보기 싫은 새끼야, 잘 갔다 와라

올 때 우리 집 들러서 족발 좀 사다 줘

그 너네 집 근처에서 사가지고 왔던 거기, 기억 나지?

거긴 배달 안 돼

잊지 마라, 엉?

오후 8시 10분

평소와 조금도 다를 것 없는 메시지에 지훈은 조금 더 웃고는 휴대폰을 집어넣었다.

그때, 어수선하던 분위기가 조금 정돈이 됐다. 잠시 지훈의 곁에서 자리를 비운 제작사 대표는, 어느 여인을 깍듯이 에스코트하며 파티장 안으로 들어오는 중이다. 개인 경호원까지 대동한 그녀의 존재가 단번에 사람들의 시선을 잡아끌었다.

삼삼오오 모여 떠드는 것에 정신이 팔려 있던 사람들이, 여인의 등장에 목소리를 죽이고 술렁이기 바빴다.

화려하게 꾸민 여자를 보는 순간 지훈은 그녀의 정체를 단번에 알아챌 수 있었다.

"작가님, 작가님!"

제작사 대표는 헐레벌떡 다가와 지훈에게 속삭였다.

"〈K〉 기업 대표님께서 오셨습니다. 인사 나누시죠."

"알겠습니다."

지훈은 쥐고 있던 칵테일 잔을 내려두고 그를 따라 여인에게로 걸음을 옮겼다.

"직접 뵙는 건 처음이시죠? 엄청 미인이세요. 역시 있는 집 사모님들은 뭐가 달라도 다른가 봅니다."

아니, 처음이 아니다.

조금씩 가까워지는 그녀와의 거리에 지훈은 제가 지금 어떠한 마음인지 곰곰이 생각을 해보았다.

'글쎄, 무어라 표현하는 게 좋을까. 이걸.'

울렁이는 목구멍이 제가 긴장했음을 알렸지만, 분노, 혹은 증오가 느껴지진 않았다.

가볍진 않지만 괴롭지도 않다. 오히려 부모님을 만나러 속초까지 내려갔던 그때. 그들을 기다리기 위해 하루 종일 기다리던 여름날보다, 감정의 흐름은 잔잔한 편이다.

지훈은 조금 더 어깨를 당당히 펴고 시선을 여인에게 고정했다.

저의 또 다른 과거가 바로 지금, 이 자리에 있다.

그는 이제 나이를 먹었고, 버려지기 두려워 골방에 틀어박혀 숨을 죽이던 어린 날의 아이는 더 이상 존재하지 않는다.

그때의 슬픔에 축 젖어 있던 제 마음조차도.

"사모님, 「화가의 얼굴을 그리는 여자」 원작을 집필하신 박지훈 작가님이십니다."

여인은 세월이 지났음에도 여전히 아름다웠다. 굵게 웨이브져 흘러내리던 머리카락이 어깨 위로 짧아진 것을 제외하면, 조금도 달라진 게 없다. 세월의 흐름 따위는 전혀 보이지 않는 매끈한 피부를 흘긋, 눈으로 훑은 지훈은 천천히 고개를 숙였다.

가볍게 묵례하는 그의 번듯한 외모에 여인은 속으로 작게 탄성을 질렀다. 최근 만났던 배우들보다도 근사하다. 세간에서 그렇게 치켜세워 주는 박지훈 작가가 이런 미남이었다니. 관심이 어찌 안 생길 수 있을까?

“어머, 처음 뵙겠습니다.”

제 존재를 수치스럽게 여기던 날카로운 목소리도 여전하다.

고개를 들어 올린 지훈은 저를 황홀하게 바라보는 여인과 가만히 눈을 마주쳤다. 저에게 똑바로 박혀 빛나는 지훈의 눈동자. 그것을 가만히 들여다보던 여인은, 저도 모르게 시선을 조금 피해 버렸다.

분명 보석보다 아름답게 빛나는데, 가만히 들여다보고 있으면 마치 치부를 찌르는 것처럼 마음이 불편해진다.

“평소 공식석상은 물론이고 이런 자리엔 절대 참석하지 않으시는데, 이번엔 특별히 참석해 주셨습니다. 이게 다 사모님 덕분입니다.”

“제가 뭐 한 게 있나요.”

슬금슬금 지훈을 피하던 여인의 눈동자가 다시금 흥미로 빛났다.

감히 저와 눈도 마주치지 못하던 제작사 대표가 제멋대로 떠드는 것을 가만히 듣고 있는 지훈에게 여자가 관심을 보였다.

“그나저나, 글을 쓰시는 분인데도 참 근사하세요.”

고풍스러운 색깔로 빛나는 입술이 우아한 미소를 만들어냈다.

“하하하, 우리 박 작가님이 또 한외모하십니다! 유명 배우 열 부럽지 않다니까요!”

지훈은 시끄럽게 울리는 제작사 대표의 웃음소리 너머, 더 먼 곳을 보았다.

궁궐처럼 호화스러운 저택에서 뛰쳐나왔던 지난 겨울.

둥근 눈송이는 피부에 닿는 것만으로도 너무 아파 눈물이 나왔고, 스치는 찬바람에 그대로 산산조각 부서져 버릴 것만 같았던 날.

그날은 지훈에게 끔찍한 밑바닥이었지만, 생각지도 못했던 온기를 선물해 준 꿈같은 날이기도 하다.

"그런데 어쩐지 낯이 익은데…… 어디서 뵌 적이 있던가요?"

지훈은 고개를 가볍게 기울이는 여자를 물끄러미 바라보았다.

"나는 네가…… 행복했으면 좋겠어."

"지훈아 난 정말, 정말로 네가 행복했으면 좋겠어."

언젠가 홀로 규학의 기일을 챙기고 돌아왔던 어느 날, 집 앞까지 찾아온 경수가 제 마른 옷가지를 쥐고 중얼거리던 것이 떠올랐다.

'행복이라…….'

좀처럼 벗어날 수 없던 과거의 또 다른 아픔을 마주한 지금, 지훈은 생각했다.

용기를 주는 사람의 마음을 이 심장 한가득 품었기에 두려울 것은 없다. 더 이상 피하지 말자. 그대로 굳어 버린 발자국처럼 짙게 남아 있는 과거라면, 더더욱 진심을 다해 마주 보자.

그러고 나면…….

"아뇨."

지훈은 줄곧 차갑게 식어 있던 눈동자에 작은 온기를 담아냈다.

잠시 숨을 고른 그는 천천히 입을 열었다.

"처음 뵙습니다, 사모님."

곧게 뻗은 그의 목소리에 시끄럽게 떠들던 제작사 대표조차 숨을 죽였다. 묵직한 소리가 심장을 쿵 울린다.

지훈은 다시 한 번 정중히 고개를 숙인 뒤, 여인에게서 멀어졌다.

그는 지난날 저를 괴롭히던 날카로운 과거들을 차근차근 꺼내 펼쳐 보았다.

매순간 외롭지 않은 적 없었고, 단 한 번도 온기를 느껴 본 적 없던, 끝없는 추락만이 기다리고 있던 어린 날.

지훈은 더 이상 그것들을 피하지 않았다. 저를 버린 부모님의 존재도, 저를 장식품처럼 여기던 여자도, 그들이 저를 기억하지 못하든, 기억하든.

그 모든 것을 똑바로 마주 본 채, 두 손에 쥐었다.

흘러넘칠 정도로 가득 끌어안은 그것들을 혜원이 채워준 이 심장 밖으로 하나둘, 버렸다.

더러운 감정도.

슬픈 감정도.

외로운 감정도.

아픈 감정도.

그렇게 하나하나, 깨끗이 버렸다.

테라스로 빠져나온 그는 문을 닫고 잿빛 밤하늘을 올려다보았다.

파티장을 가득 울리던 잔잔한 클래식 음악이 차단되었다. 흐리기 그지없는 밤하늘이었지만, 바라보는 것만으로도 가슴이 진정이 되었다.

이 지루한 행사가 끝나면 경수에게 야식을 사다 주어야겠다.

그 후엔 곧장 혜원을 찾아갈 것이다. 그녀를 보는 순간 이 품안에 가득 안아 주어야지.

조금도 벗어날 수 없도록, 아주 강하게.

그리고 당당히 말하리라.

나는 이제 더 이상 과거가 두렵지 않노라고.

나를 괴롭히던 것들을 당당히 마주 보고, 내 손으로 직접 버리고 왔노라고.

당신이 채워준 심장에 불필요한 모든 감정들을 그렇게 정리하고 왔노라고.

그렇다면 혜원은 기쁘게 웃어 주겠지.

경수는…… 어쩌면 눈물을 터뜨릴지도 모르겠다.

지훈은 옅은 미소를 지으며 바라보던 하늘에서 시선을 뗐다.
그래, 정말 펑펑 울지도 모르겠어.

*　*　*

문을 벌컥 연 경수는 높이 솟은 지훈을 가만히 올려다보았다.
잠시 눈을 맞추던 그는 흘긋, 밑으로 시선을 내렸다. 지훈이 손에 쥔 커다란 흰 봉투. 겉면에는 그가 부탁한 족발집의 로고가 붉게 프린트되어 있다.
"족발, 사 왔네."
"어."
경수는 그 족발 봉투를 빼앗듯이 쥐고는 흘긋, 지훈을 바라보았다. 지훈은 여전히 흔들림 없는 눈동자로 저를 응시하고 있다.
현재 시간이나 옷차림을 보아하니, 파티가 끝나고 곧장 온 듯했다. 경수는 묵직한 봉투를 고쳐 안고는 물었다.
"잘 다녀왔냐?"
"어."
"그 여자는, 뭐…… 여전히 잘 먹고 잘살고 있겠지."
"그렇지."
"그래도 네놈이 어디 가서 꿀릴 놈도 아니고……."
"서경수."

주절거리는 그의 입술을 막은 지훈의 목소리에, 경수는 조금 숨이 막혔다. 그는 줄곧 피하던 시선을 들어 올려 지훈의 새카만 눈동자를 들여다보았다.

"나는 이제, 아무것도 두렵지 않아."

"……."

"그저…… 다가올 미래가 궁금해. 혜원이의 손을 잡고 너와 나란히 걸을 미래 말이야."

사람들은 저 눈동자가 무슨 생각을 하는지 전혀 알 수 없다곤 하지만, 경수는 늘 그의 감정이 너무나 또렷이 느껴졌다. 지금 이 순간에도.

"할아버지 기일에……."

경수는 잠시 망설인 뒤 입을 열었다.

"혜원 님도 데리고 갈까?"

조금의 흔들림 없이 저를 응시하던 지훈은, 날카로운 눈꼬리를 부드럽게 접으며 고개를 끄덕였다.

"그래, 그러자."

지훈의 따뜻한 한마디에 족발 봉투를 끌어안은 경수는 푹 고개를 숙였다. 그는 물기가 가득 담긴 목소리로 의미 없는 대답을 뱉어내며 고개를 끄덕였다.

"응, 응…… 같이 가자."

꼭 같이 가자. 셋이서, 할아버지에게 가자.

울음기 가득한 경수의 목소리가 멎을 때까지, 지훈은 계속계속 그의 머리카락을 쓰다듬어 주었다.

그동안 마음고생 많았을 제 소중한 친우가 더 이상 울지 않기를 진심으로 바라며.

주차장으로 내려와 혜원에게 전화를 거는 순간, 지훈은 물기 어린 경수의 물음을 떠올렸다.

"할아버지 기일에…… 혜원 님도 데리고 갈까?"

지훈은 피식 웃었다. 혜원의 손을 잡고, 경수와 함께 규학에게 찾아간다니.

그건 상상만 해도 너무나 달콤하고 따스해서 지훈은 어쩐지 조금 눈물이 나올 것 같았다.

[지훈 씨, 스케줄 끝나셨어요?]

수화기 너머로 들려오는 그녀의 목소리를 들으며, 그는 옅게 웃었다.

"응, 다 끝났어."

'다 끝났다'는 지훈의 말에 혜원이 작은 미소를 짓는 게 느껴졌다. 차 시트에 깊숙이 기대며 시동을 거는 그때, 혜원이 따스한 목소리로 말했다.

[보고 싶어요.]

"……."

[저 보러, 빨리 와 주세요.]

지훈은 그저 보고 싶다, 고 말해 주는 혜원이 너무나 고맙고 예뻤다. 그래서 그 역시 잔잔한 미소를 입가에 가득 걸어 둔 채 입을 열었다.

"응, 지금 갈게."

9월 가을 밤하늘은 몹시 높았고, 바람은 선선했다.

다가올 10월을 알리듯 벌써 누렇게 붉게 물든 나뭇잎들을 하나둘 눈으로 훑으며, 지훈은 혜원을 만나기 위해 곧장 차를 출발시켰다.

* * *

"혜원 씨, 박 작가 최종고 입고됐어?"

"네, 오전에 들어왔습니다."

"언제쯤 끝날 것 같아?"

"내일 오전엔 마무리할 수 있습니다."

깍듯한 혜원의 대답에 경훈은 고개를 끄덕였다. 갑작스럽게 진행된 회의는 지훈의 출간과 출판사 창립일 행사 위주의 이야기로 흘러갔다.

"온라인 이벤트 쪽도 신경 쓰고."

"네, 카피는 다 완성됐고, 오늘 중으로 최종 확인 후 디자인팀에 넘길 예정입니다."

"음, 좋아."

짧게 답한 그는 출력한 프린트물을 돌렸다. 창립일 행사 일정과 식순이 간략하게 정리된 내용이었다. 출력물을 찬찬히 훑어보던 재희가 다리를 꼬며 한숨을 뱉어냈다.

"10월도 벌써 첫 주가 다 갔네요."

"그래, 이제 창립일까지 두 달밖에 안 남았어. 다들 출간 준비며 개인 업무 때문에 정신없겠지만, 마지막까지 잘 마무리하자고. 알았지?"

"네."

"예, 알겠습니다."

다들 힘없이 대답을 뱉어내고 나서야 회의는 끝이 날 수 있었다. 저마다 가득 채워진 달 력이 얼마나 업무에 치여 살고 있는지를 직접적으로 보여주었다.

"어째 10월인데 별로 춥지가 않네요."

"요즘 날씨가 그렇지, 뭐. 그래도 밤엔 쌀쌀하더라, 겉옷 잘 챙기고 다녀야겠어."

"그러게요."

자리로 돌아온 혜원은 지훈에게 받은 최종 원고를 정리했다.

최근에 그도 이곳저곳 계약 때문에 정신이 없는 것 같았는데, 착실히 최종고를 작업해서 보내주었다.

그가 세심하게 손보았을 부분들을 하나하나 체크하며 혜원은 미소 지었다.

로맨스 때문에 혹평을 받았던 박지훈이 생각나지 않을 만큼, 그는 「그 여름의 골목」에서 절절하고 애절한 감정선을 잘 다루었다.

언젠가…… 이렇게 마무리할 수 있었던 건 혜원 덕분이라고 말하던 그의 모습이 불현듯 떠올라, 그녀는 바쁘게 움직이던 손가락을 잠시 멈추었다.

'내 덕분이라…….'

그가 로맨스를 쓸 수 있었던 게, 내 덕분이라니.

어쩐지 떠올리는 것만으로도 너무나 로맨틱한 기분이 들어 혜원은 곤란한 듯 입술을 물었다.

「그 여름의 골목」 최종고를 마무리하고 남은 작업까지 서둘러 끝내야겠다. 그렇게 데이터를 제작부에 넘기게 된다면, 지훈과 아주 오랫동안 데이트해야지.

높은 가을 하늘 아래에서, 그의 미소와 함께.

* * *

12월 10일. 모두가 바쁜 연말, 어젯밤엔 흰 눈이 펑펑 내렸다. 소복소복 쌓인 눈이 사람들의 발자취 등으로 인해 금세 녹아내릴 때, 다원 출판사의 창립 기념행사가 열렸다.

유명 호텔의 가장 큰 홀을 빌린 터라, 그것만으로도 행사의 규모가 어느 정도 될지 가늠할 수 있었다. 타 출판사 관계자들은 물론, 다원과 매니지먼트 계약을 한 작가들 역시 자유롭게 참석할 수 있는 자리이다.

제 담당 작가들 한 명, 한 명에게 인사를 건넨 혜원은 천천히 주위를 둘러보았다. 당연한 이야기겠지만, 대필 작가 사건으로 계약 파기까지 당한 정안은 머리카락 끝도 보이지 않았다.

아마 당분간은 작가들이 모이게 될 때마다 그녀의 생각이 어렴풋이 날 것이라는 예감이 들었다. 안타까움도 동정도 아닌 이 감정이 무엇인지는 모르겠지만, 그저 시간이 지나면 나아질 것이라는 판단을 내렸다.

"혜원 씨, 이제 곧 시작하는데 박 작가님은 아직이야?"

회색 슈트를 근사하게 차려입은 경훈이 넥타이를 정돈하며 물었다. 이미 너무나 많은 손님들을 상대한 터라, 그는 벌써 지친 기색이 역력했다.

"지금 마중 나가려는 중입니다."

"그래, 겉옷 꼭 걸치고 나가. 밖에 엄청 춥다. 어으, 갑자기 웬 눈이냐."

"네, 그럴게요. 그럼 올라올 때 연락드리겠습니다."

"응…… 그럼 난 이제 다시 저 전쟁터에 뛰어들어야겠다."

나이 지긋한 작가가 행사장 안으로 들어오는 걸 발견한 경훈이 울적한 목소리로 말했다. 그의 마음을 아는지 모르는지, 와인빛 원피스를 멋스럽게 차려입은 재희가 후다닥 다가와 경훈의 팔을 끌었다.

"팀장님, 서관욱 작가님 오셨어요. 빨리 오셔서 인사드리셔야죠. 저번에 제대로 대우 안 해 줬다고 난동 피우신 거 기억 안 나세요?"

"간다, 가……."

경훈을 끌며 재희가 혜원에게 물었다.

"혜원 씨, 박 작가님은?"

"이제 곧 도착하실 거예요. 로비로 내려가려고요."

"그래, 수고해."

"네."

고개를 꾸벅 숙인 혜원은 마주치는 관계자들, 작가들에게 깍듯이 인사를 건네며 행사장을 빠져나왔다. 묵직한 원목 문이 활짝 열린 행사장 입구엔, 지훈의 출간 도서인 「그 여름의 골목」이 가지런히 진열되어 있었다.

오랜만에 발표한 그의 신작이었기에 타 출판 관계자들을 포함해 도서출판 쪽 기자들도 많았다. 출간 예정작이 올라간 후 여러 블로거들과 독자들은 열광했고, 전작에 실망한 이들도 관심을 보였다.

호텔 로비로 내려가던 혜원은 어깨에 걸친 코트를 조금 더 단단히 여몄다. 확실히 날씨가 추워졌나 보다. 로비임에도 불구하고 행사장 밖으로 나서자마자 금세 온도가 뚝 떨어지는 게 느껴졌다.

금세 싸늘히 식은 손으로 지훈의 번호를 누르며 회전문을 통과하려던 그때였다.

"……앗!"

제 팔을 잡아끄는 손길에 그녀의 몸이 빙글 돌아 누군가의 품 안으로 폭 빠졌다. 익숙한 샤워코롱 향기가 훅 콧속을 찌르자, 혜원은 슬쩍 미소를 지으며 자세를 바로 했다.

"나 마중 나온 건가?"

"누가 보려면 어쩌려고요."

"보면 어쩔 수 없지."

어깨를 가볍게 으쓱이는 그의 모습에, 혜원은 옅게 미소 지었다. 블랙 슈트를 근사하게 차려입은 지훈의 어깨엔 남색 롱 코트가 걸쳐진 채였다. 슈트도 넥타이도 코트도, 지난날 혜원이 고심해서 골라 준 것들이었다.

시원하게 올라간 앞머리 덕에 그의 날카로운 눈매가 깔끔히 드러났다. 그 깊은 눈매가 너무 멋있어 혜원은 만족스러운 얼굴로 크게 고개를 끄덕였다.

"잠은 푹 주무셨어요?"

"그래, 넌?"

"저도요."

길게 풀어 내린 혜원의 머리카락을 귀 뒤로 넘겨준 지훈이, 그녀의 어깨를 가볍게 그러쥐고 옷차림을 찬찬히 살폈다.

어두운 남색 톤의 짧은 미니원피스가 그녀의 쭉 뻗은 다리와 날씬한 허리 라인을 돋보이게 해 주었는데, 그게 퍽 자극적이다.

지훈은 못마땅한 표정으로 코트 단추를 목 끝까지 채워 주었다. 그녀는 재미있다는 듯 그가 하는 모양새를 바라보았다. 그는 모든 단추를 채웠음에도 불구하고 굳은 표정이 풀어지지 않았다.

"정말 너무하네."

"뭐가요?"

"가끔 난 자제하는 법을 까맣게 잊어버리는 것 같아."

작게 한숨을 쉰 그는 훤히 드러난 그녀의 곧은 다리 라인을 어떻게 가릴까 고심했다. 가만히 제 다리를 노려보는 그의 눈초리에 혜원이 웃음을 터뜨리던 그때였다.

"어…… 사랑을 나누시던 중에 죄송하지만……."

익숙한 목소리가 두 사람을 툭툭 두드렸다. 투피스를 깔끔하게 차려입은 유경이 멋쩍은 얼굴로 뺨을 긁적였다.

"이제 곧 행사가 시작될 것 같으니 올라오시는 게 어떨까요?"

경훈의 압박에 덩달아 내려온 유경은, 핑크빛 가득한 커플에 한 걸음 물러서며 물었다.

그도 그럴 것이 저를 날카롭게 내려다보는 지훈의 눈빛이 유독 흉흉했기 때문이리라.

"미안해요, 유경 씨. 제가 조금 꾸물댔죠?"

"에이, 팀장님 성격 아시잖아요. 미리미리 딱딱 준비하는 거. 그것 때문에 그렇죠, 뭐. 아직 넉넉하니까 지금 올라가요."

"네."

고개를 끄덕인 혜원이 불퉁한 표정의(그녀의 눈에만) 지훈을 이끌고 행사홀로 향했다. 홀에 가까워지면 가까워질수록 사람들의 시선이 가득 따라붙었다. 이쪽 바닥에선 유명 스타와 다름없는 남자이니, 시선을 끄는 건 당연한 부분일지도.

활짝 열린 홀 입구 앞에 선 혜원은 지훈을 올려다보며 부드러운 얼굴로 말했다.

"작가님, 오늘도 잘 부탁드리겠습니다."

붉게 빛나는 그녀의 입술이 만들어 낸 '작가님'이란 소리가 퍽 듣기 좋아, 지훈은 옅게 미소 지었다.

얼마만이더라, 그녀에게 '작가님'이라 불리는 게. 새삼 그녀와 저의 각별한 사이가 실감이 나 지훈은 기분이 좋았다.

"네, 저도 잘 부탁드립니다."

멋들어진 저음이 건네지자, 혜원은 조금 더 깊이 웃으며 그를 홀 안으로 이끌었다. 쏟아지는 사람들의 시선과 환호를 받으며, 다원 출판사의 창립 기념행사가 시작되었다.

2주년마다 진행되는 행사이니만큼, 사장인 태혁의 축사가 천천히 이어졌다. 평소 카리스마 있는 눈매로 사원들에게 인기가 좋은 그는, 높은 곳에서 스포트라이트를 받으니 더욱 훤칠해 보였다.

"오늘 혜원 씨 애인 완전 멋지네요."

유경이 건네는 칵테일 잔을 받으며 혜원은 조금 웃었다.

"그래요?"

"네, 완전 연예인인 줄 알았어요. 그 얼굴로 작가라니…… 사기야, 진짜."

늘 지훈에 대한 평가가 야박했던 그녀였기에, 오늘따라 지훈의 근사함을 칭찬하는 모습이 퍽 신기했다. 그런 혜원의 마음을 눈치챘는지 유경은 작게 헛기침을 했다.

"흠, 흠. 그게 아니라 오늘 보니까……."

"우리 유경 씨가 얼빠라서 그래."

"얼빠……."

"얼굴 본다고."

재희가 어깨를 으쓱이며 홀 벽에 등을 기대자, 유경과 혜원은 키득거리기 바빴다.

"대리님, 그런 말도 할 줄 아세요?"

"왜? 편집자 주제에 좀 상스럽나?"

"푸하하. 아, 대리님 진짜……."

지루한 축사와 행사 진행 안내가 이어지는 동안, 세 사람은 두런두런 이야기를 나누었다. 간간히 박수도 치고 농담을 건네니 어느덧 지훈이 사람들의 시선을 가득 받으며 마이크를 잡고 있었다.

"박 작가님 마이크 잡았다."

"어후, 저런 자리 서시는 거 되게 잘 어울리네요."

혜원 역시 마이크 앞에 서서 오만한 눈동자로 사람들을 내려다보는 그의 모습과 상황이 너무나 잘 어울렸지만, 한편으론 신기했다. 그의 성격상 어디에 나서서 마이크를 쥔다는 게 퍽 현실성이 없었기 때문이다.

"안녕하세요, 박지훈입니다."

덤덤하게 꺼내진 낮은 목소리는 좌중을 금세 고요하게 만들었다. 차분한 얼굴로 천천히 주변을 훑은 그의 시선은 정확히 혜원에게 박혔다.

"우선 제 차기작 출간과 이렇게 좋은 행사를 함께 준비해 주신 다원 출판사 관계자님들께 감사의 인사를 드리고 싶습니다."

그의 시선이 너무나 단단해서, 혜원은 어쩐지 이 넓은 곳에 그와 저 단둘이 있는 기분이 들었다.

"저는 참 부족한 게 많은 작가입니다."

잠시 말을 멈춘 그는 숨을 고른 뒤 천천히 입을 열었다.

"작업을 진행하는 내내 외적으로, 내적으로 많은 의지가 되어준 제 담당자인 이혜원 씨에게…… 진심으로 감사하다는 말씀을 전하고 싶습니다."

혜원은 흘긋흘긋 저에게 향하는 유경과 재희의 시선을 미처 깨닫지 못한 채 옅은 미소를 지었다.

그에게 미소 짓는 걸 알아차린 걸까. 그는 한결 부드러워진 얼굴로 다시 한 번 그녀를 향해 말했다.

"고맙습니다."

쏟아지는 박수 소리가 장내를 가볍게 쓸었다. 마이크에서 입을 떼고 환한 조명 아래에서 벗어난 지훈은, 그대로 혜원에게 다가왔다.

그의 걸음엔 조금의 망설임도 없었기에 그녀는 피어오르는 미소를 지우지 않았다. 가까이 번지는 혜원의 향기를 가득 들이마신 지훈은 천천히 입꼬리를 올렸다.

"담당자님."

그리고 조금 더 작게 속살이듯 건네진 한마디.

"데이트할래요?"

그의 어투가 너무나 사랑스러워, 혜원은 그만 꽃 같은 미소를 띠고 말았다. 그녀는 작게 고개를 끄덕였다.

"네, 작가님."

* * *

나뭇가지를 꼭 붙들던 푸른 나뭇잎이 언제 다 졌던가.

혜원은 어느새 앙상하게 변한 나뭇가지가 가로등의 주황빛을 가득 품은 것을 가만히 바라보았다.

근사한 저녁을 먹고 도착한 남산. 짧아진 해 덕에 주변은 몹시 어둑어둑했다. 차가운 공기에 숨이 탁 트이는 것을 느끼며, 혜원은 높은 하늘을 가만히 바라보았다.

"높은 곳 좋아해요?"

공기를 가득 머금은 혜원의 목소리엔 웃음이 가득하다. 지훈은 그녀의 목소리가 너무나 사랑스러워 그만 입꼬리를 슬쩍 올리고 말았다.

"아니."

"아, 정말요? 그럼 왜 괜찮다고 하셨어요."

오기 싫다고 말씀하시지. 머쓱한 듯 뺨을 긁적인 혜원의 머리카락을 천천히 쓰다듬으며 지훈이 가볍게 답했다.

"네가 오고 싶어 하니까."

어깨가 떨릴 정도로 추운 날씨임에도 불구하고, 혜원은 조금도 춥지 않았다.

"오늘, 너희 집에 갈래."

조금은 뜬금없는 지훈의 말에 혜원은 웃음을 터뜨렸다. 그는 머쓱한 표정으로 시선을 피했다. 어쩐지 짓궂은 마음에 혜원이 입꼬리를 장난스레 올렸다.

"왜요?"

"……화장실 좀 쓰려고."

"네, 쓰세요. 쓰시고 바로 가시는 거죠?"

"목이 마를 수도 있겠다."

"푸흐흐, 그리고요?"

혜원이 가볍게 걸친 머플러에 입술을 묻으며 눈꼬릴 접자, 지훈은 이내 시선을 그녀에게 고정시켰다. 그는 사랑스럽다는 듯 그녀의 눈가를 더듬으며 어깨를 으쓱였다.

"그 후엔 잠이 쏟아져서 한숨 자야 할 것 같은데."

"푸하하하."

결국 참지 못하고 웃음을 터뜨린 혜원에 지훈도 낮은 웃음을 뱉어냈다. 아, 어쩜 이렇게 찬란할 수 있을까. 그녀의 뺨에 조용히 입을 맞춘 그는 잠시 그녀의 눈동자를 바라보았다.

그녀와 함께 작업했던 「그 여름의 골목」은 무사히 출간되었고, 창립 행사까지 성공적으로 마무리되었다. 그녀와 처음 만났던 겨울 이후 시간은 천천히, 혹은 빠르게 걸어 다시금 겨울이 찾아왔다.

현재 두 사람은 모든 것을 차곡차곡 쌓아 둔 채 함께 마주 보고 있다.

이 심장에 가득 피어난 이혜원. 그런 그녀와 함께한 매 순간순간이 떠올랐다. 그건 너무나 따스한 경험이었기에, 지훈은 어쩐지 깊은 감격을 느꼈다.

잠시 숨을 멈추고 한참 그녀를 바라보던 그는 충동적이지만 오랫동안 생각해 오던 진심을 꺼냈다.

"이혜원."

지훈은 근사하게 웃으며 손을 건넸다. 갑작스럽게 제 이름을 너무나 달콤히 부르며 손을 뻗는 그의 행동에 혜원은 슬쩍 눈을 둥그렇게 떴다.

"손 좀 잡아 줘."

"……손이요?"

의문스러웠지만 너무나 진중히 저를 바라보는 그의 눈동자에 혜원은 조심스럽게 지훈의 손을 맞잡았다. 그새 식은 손가락 사이사이로 그녀의 온기가 빠르게 나누어진다.

그 온기를 너무나 소중히 끌어안으며 지훈은 고개를 끄덕였다.

"그래. 이 손, 평생 내 곁에서 잡아 줘."

"지훈 씨?"

지훈은 옅은 미소를 지으며 맞잡은 손에 천천히, 그러나 정중히 입을 맞추었다.

"나는 지금, 너에게 '우리'의 미래를 말하는 거야."

심장을 웅웅 울릴 정도로 낮은 그의 목소리가 전해진 순간, 그리고 그가 말하는 것의 의미를 깨달은 순간, 혜원은 떨리는 입술을 꾹 다물고 말았다.

그녀는 작지만 또렷하게 고개를 끄덕였다. 바쁘게 흔들리는 감정을 겨우 갈무리한 그녀는, 잔잔히 웃으며 답했다.

"네, 지훈 씨."

그녀의 고운 손이 그의 커다란 손을 조금 더 강하게 맞잡았다.

가녀린 혜원의 손가락이 또 한 번 얽히는 기분에 지훈은 미소 지었다. 그녀는 지훈이 저에게 했던 것처럼, 정중하게 그의 손등에 입을 맞춘 뒤 더욱 예쁘게 웃었다.

"이 손, 평생 잡아 드릴게요."

그녀의 미소가 너무나 사랑스러워 지훈은 품 안 가득 그녀를 끌어안았다. 아무리 안고 안아도 부족하다는 듯, 그녀의 가느다란 허리와 어깨를 강하게 가두었다.

나의 이혜원.

나에게 피어난 나의 꽃.

그녀는 이 심장에서 단 한 순간도 지지 않으리라.

함께하는 매 순간, 영원토록.

*　　*　　*

따스한 바람이 분다.

오랜만에 만난 당신은 조금 더 나이를 먹었지만, 여전히 아름답다.

처음 보았던 낡은 시멘트길, 제 모든 것을 옭아맸던 당신의 시선, 목소리…… 그 무엇 하나 잊은 것도, 변한 것도 없다.

기억이란 건 이리도 끈질긴 것이었던가.

시간이 지나면 지날수록 너무나 또렷한 당신의 잔상에, 부끄럽게도 눈물을 삼켰던 게 벌써 여러 번이다.

피비린내에 헛구역질을 하던 지난날이 꿈만 같다.

죽어가던 '그' 남자의 누런 눈동자까지도.

"나 왔어."

조금은 퉁명스러운 정태의 목소리에 여인은 조금 웃었다.

"당신을 보러 왔어."

"그래."

"당신을 보기 위해, 모든 걸 포기하고 왔어."

"그래."

"난 이제 아무것도 없어. 그러니까."

"……."

"제발 나를 받아 줘."

따스한 바람이 분다.

제 마음을, 그의 손을, 그들 둘 사이를 푸근하게 감싸는 바람에 여인은 눈을 감았다.

그대로, 눈을 감았다.

겨우내 나를 찾아온 당신에게 어느덧 가늠할 수 없을 정도로 부풀어 오른 마음을 선물합니다.

나의 겨울에 피어난 사랑스럽고 어여쁜 당신.

이 황량한 심장에 자그마한 꽃을 피워 준 당신.

사랑합니다.

사랑합니다.

마음을 다해, 사랑합니다.

— 『그 여름의 골목』 엔딩 中

에필로그

혜원은 여유롭게 시간을 확인했다. 지훈은 현재 인터뷰 중이었고, 그녀는 햇볕 가득한 카페에 앉아 있다.

그와 함께 보내는 매 시간이 너무나 당연해졌기 때문일까. 혜원은 지훈을 기다리는 일분일초마저 즐거웠다.

전면유리로 인테리어된 카페엔 오후 2시의 따스한 기운이 꽃잎처럼 피어올랐다. 그 포근한 기운을 만끽하며 그녀는 천천히 책장을 넘겼다.

시리도록 푸른 색감의 표지가 돋보이는 책이었다.

제목, 그 여름의 골목.

저자, 박지훈.

책임편집, 이혜원.

그녀의 이름, 그리고 그의 이름이 나란히 적힌 책을 찬찬히 훑어본 혜원은, 좀처럼 벅차오르는 가슴을 진정시키기 어려웠다.

왜일까. 잠시 후, 저를 만나기 위해 바쁘게 달려오고 있을 지훈이 눈에 선해 어쩐지 웃음이 나왔다.

혜원은 조용한 카페 안, 쏟아지는 햇볕을 가득 품에 안았다.

그의 손을 잡고 찬찬히 나아갈 미래가 해피엔딩이기를 진심으로 바라며.

〈눈꽃, 피어나다 완결〉

눈꽃,
피어나다
외전

눈꽃, 피어나다 외전

초판 1쇄 인쇄 2016년 12월 22일
초판 1쇄 발행 2017년 1월 3일

지은이 이나레
발행인 오영배
기획 박성인
책임편집 김규영
표지 · 본문 디자인 권지연
제작 조하늬

펴낸 곳 (주)삼양출판사 · 단글
주소 서울시 강북구 도봉로 173
대표 전화 02-980-2112 **팩스** / 02-983-0660
편집부 전화 02-980-2116 **팩스** / 02-983-8201
블로그 blog.naver.com/dan_gul
출판등록 1999년 3월 11일 제9-00046호

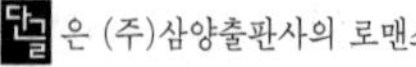

CONTANTS

번외 Ⅰ

깊은 숲

경수의 부모님은 그가 젖을 떼기도 전에 이혼했다. 덕분에 소년은 하루아침에 천덕꾸러기가 되어 버렸다. 두 부모 중 그를 데려가겠다는 이가 아무도 없었기 때문이다.

이웃집을 전전하던 아이는 결국 친할아버지인 규학에게 맡겨졌다.

가족들끼리도 워낙에 교류가 없었던 터라 규학은 제대로 된 사정 하나 몰랐다.

그러던 중 하루아침에 애 하나를 떠맡게 되었지만, 그는 커다란 불만 없이 아이의 손을 잡아 주었다.

홀로 남은 아이가 안쓰러웠는지 규학은 아낌없이 경수를 보듬어 주었다.

경수는 어릴 때부터 외로운 것엔 도가 텄다. 다른 아이들과는 다르게 태권도장이나 피아노 학원엔 발 한 번 들인 적 없었고, 컴퓨터 게임을 하는 것은 하늘의 별 따기였다.

그래서 경수에게 지훈의 존재는 깜짝 선물과도 같았다.

줄곧 남자 형제를 바랐던 소년은, 어느 날 규학의 손을 잡고 문턱을 넘었던 지훈이 너무나도 소중했다.

어린아이가 빨리 자란다는 게 거짓은 아닌지, 규학의 허리춤에 오던 두 소년은 금세 고등학교에 입학할 나이가 되었다.

학교에 입학하면 비용이 만만치 않다는 걸 너무나 잘 알고 있었기에 지훈은 고등학교 졸업장을 포기하려 했다. 그러나 규학의 끈질긴 만류로 인해, 지훈은 결국 경수와 나란히 교복을 맞추게 되었다.

똑같은 교복을 차려입고 규학의 앞에 어색하게 서 있던 그날을, 경수와 지훈은 아직도 똑똑히 기억한다.

그건 상당히 부끄럽고 머쓱했지만 싫지만은 않은 기억으로 남아 있다.

규학이 지훈에게 공모전 투고 제안을 한 것은 그보다 훨씬 더 시간이 지난 후였다.

지훈이 매일 손에서 놓지 않던 노트를 우연히 발견한 규학은, 슬쩍 훔쳐본 내부에 깜짝 놀라고 말았다.

그가 꾸리던 책방 때문이었을까. 경수 녀석도 곧잘 무언가를 쓰기 바쁘더니, 지훈이 녀석도 마찬가지였다.

하긴, 둘이서 투닥거리며 노는 것 외엔 어렸을 때부터 변변찮은 장난감도 쥐여 주지 못했으니 어쩌면 당연한 것일지도 모르겠다.

그런데 노트 가득 끄적거린 수려한 문체에 규학은 그만 시선을 빼앗기고 말았다. 추리소설을 쓴 듯한데 그게 또 퍽 긴장감 넘친다.

잠시 깊은 고민에 빠진 규학은 이내 고개를 끄덕이더니 이곳저곳 전화를 돌렸다.

"이게 뭐예요?"

규학이 건넨 공모전 포스터를 흘긋, 바라보며 지훈이 물었다. 과자를 까먹던 경수도 금세 흥미가 생겼는지 그의 곁에 딱 붙어 포스터를 들여다보았다.

제1회 [추리/미스터리] 작품 공모전!

그 당시에도 추리소설 공모전을 찾아보기란 하늘의 별 따기만큼이나 어려웠기에, 지훈은 그저 어리둥절한 눈으로 규학을 바라보았었다.

"이건……."

"추리소설 공모전이다."

"공모전이요?"

"그래, 네가 쓴 소설 보니 여기 투고하면 딱이겠더라.

봐 봐라, 여기 작품 활동 없는 신인 포함…… 어, 그래, 기간도 넉넉하고……."

규학이 간혹 이야기를 먼저 꺼냈기에, 그가 제 소설을 읽었다는 것쯤은 애초에 알고 있었다. 그러나 지훈은 작게 고개를 저었다.

"어차피 안 될 거예요. 글자 수도 더 채워야 하고……."

"왜 넣기도 전에 안 된다고 생각혀? 되든 안 되든 눈 딱 감고 넣어 봐라. 이런 기회가 흔치 않잖니."

규학은 생각보다 끈질겼고, 경수까지 거들어 지훈은 결국 공모전 준비를 하게 되었다.

당선자 발표일은 12월 25일 크리스마스.

단 한 번도 크리스마스를 기다려 본 적이 없던 규학과 경수는, 처음으로 함께 손꼽으며 성탄절을 기다렸다.

저보다 더 떨려하는 두 사람을 보니 저도 모르는 새에 지훈 역시 달력을 살피는 날이 잦아졌다.

고3, 경수와 지훈은 적당히 수능을 치르고 방학을 맞

았다. 그때 경수는 한창 글 쓰는 것에 맛을 들였던 터라, 시간만 남으면 지훈의 곁에 딱 붙어 이것저것 끄적이기 바빴다.

규학의 책방에 점점 사람들의 발길이 끊어질 때 즈음 그토록 기다리던 12월 25일이 다가왔고, 햇볕 가득한 겨울 오전, 전화 벨소리가 낡은 책방을 맑게 울렸다.

지훈이 공모전에 투고한 원고는 「깊은 숲」, 수상은 금상이었다.

"크리스마스인데, 뭐 하고 싶은 거 있누?"

지훈의 무릎 위에 벌러덩 누워 만화책을 넘기던 경수가 입술을 삐죽였다.

"할아버지도 참, 우리가 뭐 앤가요."

"이놈아, 지훈이 녀석도 공모전 당선되고 좋은 날인데 그래도 조촐하게 뭐라도 해야지."

무려 금상이잖니, 금상.

전화를 받아 지훈의 수상을 확인한 규학은, 낡은 책방이 떠나가라 쩌렁쩌렁 웃으며 동네방네 자랑을 했다.

'책방의 예쁜 학생'이라고 소문이 자자했던 지훈이었기에, 많은 사람들의 축하를 받을 수 있었다.

"지훈아, 뭐 먹고 싶은 것도 없누?"

규학과 경수의 물음에 잠시 고민하던 지훈은 조심스럽게 입을 열었다.

"케이크…… 크리스마스 케이크가 먹고 싶어요."

처음으로 저에게 무언가를 요구한 지훈이 기특해 규학은 싱글벙글한 얼굴로 냉큼 옷을 꿰어 입었다. 단 한 벌 가지고 있는 규학의 겨울 외투는, 잔뜩 낡아 색이 모두 바랬다.

'상금을 받으면 외투부터 사 드려야겠다.'

단단히 다짐하며 지훈과 경수는 바깥으로 향하는 규학을 배웅했다.

얼마나 지났을까, 규학이 쪄 두었던 고구마를 입에 밀어 넣던 경수가 시간을 확인했다. 그가 밖으로 나간 지 꽤 시간이 지났는데 아직도 돌아오지 않았다.

"할아버지 왜 이렇게 늦으시지."

"그러게, 빵집 별로 안 먼데."

지훈은 저도 모르게 차오르는 불안함을 꾹 누르고 고개를 저었다.

"곧 돌아오시겠지."

그러나 잠시 후에 찾아온 것은, 규학이 아닌 전화 벨소리였다.

잠시 시선을 맞춘 지훈과 경수는 언제부터인가 가라앉은 공기를 느낀 건지 표정이 좋지 못했다.

망설이던 지훈이 전화를 받았고, 수화기 너머 흘러나온 다급한 목소리에 눈을 질끈 감았다.

경수는 떨리는 목소리로 중얼중얼 상황을 전하는 지훈의 손을 꼭 붙잡고 허겁지겁 외투를 걸친 뒤 병원으로 향했다.

또다시 전화가 올까 홀로 남은 지훈은, 정적이 내려앉은 자그마한 거실에 우두커니 서서 멍하니 벽만 바라보았다.

"……박지훈."

무겁게 가라앉은 공기를 툭, 두드린 그의 목소리가 추락하듯 밑으로, 밑으로 떨어졌다.

"너, 왜 그랬어."

지훈은 차오르는 숨을 꾹 들이쉬었다.

심장이, 아프도록 답답하다.

의사는 바쁘게 걸음을 옮기던 규학이 빙판을 잘못 디뎌 넘어지고, 그대로 쓰러졌다고 전했다.

처음엔 가벼운 뇌진탕으로만 알았는데 평소 나이도 지긋하고 몸도 좋지 않았기에 상황은 꽤 심각했다.

규학은 도통 눈을 뜨지 못했지만, 그저 살아있다는 것만으로도 두 아이는 하늘에게 감사했다.

공모전 상금으로 낼 수 있는 병원비는 상당히 한정적이어서 경수와 지훈은 돈을 모으기 위해 잠 한 번 제대로 잔 적이 없었다.

그러던 도중 공모전에 당선된 지훈의 책이 출간되었고, 얼마나 잘된 선지는 모르겠지만 얼마의 돈이 또 입금되었다.

"축하해, 첫 출간."

지훈의 첫 출간작인 「깊은 숲」을 들고 경수는 맑게

웃으며 축하해 주었다.

제 부탁으로 규학이 그리되었는데, 경수는 단 한 번도 지훈을 나무라거나 화를 내지 않았다.

경수의 시원한 미소를 물끄러미 바라보던 지훈은 그를 따라 입꼬리를 올렸다.

"고맙다."

항상 딱딱한 얼굴로 표정 변화가 많지 않은 지훈이었기에, 그의 미소가 더욱 크게 다가왔다.

지금 많이 힘들고 고되어도 잘 이겨 낼 수 있을 거야.

할아버지는 금방 눈을 뜰 거고, 지훈의 출간을 누구보다 기뻐하겠지.

그러면 우린 다시, 원래대로 돌아갈 수 있을 것이다.

년도가 바뀌고 겨울의 추위는 더욱 거세졌다.

찬바람에 피부가 꽁꽁 얼어붙어도, 어린 나이에 돈벌이가 시원치 않아도, 경수와 지훈은 희망의 끈을 놓은 적이 단 한 번도 없었다.

그러나 앙상한 나뭇가지가 유독 시려 보이던 2월,

규학은 끝끝내 깨어나지 못했다.

그가 세상을 뜬 2월은, 경수와 지훈에겐 너무나 춥고 괴로울 뿐이었다.

지훈은 흐릿한 영정 사진을 가만히 내려다보았다.

그의 입가엔 학생답지 않은 건조하고 차가운 미소가 걸렸다.

겨우겨우 잡은 또 다른 온기를, 내 욕심으로 인해 놓치고 말았구나.

지훈은 제 손에 쥐어진 자그마한 판형의 도서를 물끄러미 바라보았다.

「깊은 숲」

숲을 표현한 예쁜 초록빛에 짙은 색감의 타이틀이 그럴듯하게 새겨진 표지 위로 턱, 막힌 숨결이 쏟아지듯 흘러내렸다.

울지 말자.

울지 말자.

이겨낼 수 있다. 늘 그랬던 것처럼.

나는, 이겨낼 수 있다.

그러나 지훈은 결국 차오르는 감정에 무너지고 말았다.

나 때문에 할아버지가 돌아가셨어.

내가, 괜히 크리스마스 따위에 관심을 가져서 그래.

그러면 안 되는 거였는데…….

내가 그렇게 염치없는 행동을 하면 안 되었던 건데…….

입 안 가득 수많은 말들이 떠올랐지만, 지훈은 쉬이 꺼낼 수가 없었다. 제 마음도 뻥 뚫린 것처럼 너무나 아프고 고통스러웠지만, 아프다는 말조차 하기 어려웠다.

한참 입술만 달싹이던 지훈은 울컥 치솟아 오르는 눈물을 무거운 인내심으로 찍어 눌렀다. 그리고 끝끝내 뱉어낸 한 마디.

"……미안해."

슬픔만이 가득한 좁은 공간에, 서글프게 젖은 목소리

가 애처로운 떨림을 만들어냈다.

잔뜩 붉어진 얼굴 가득 번진 눈물을 조금도 추스르지 못하던 경수는 가느다랗게 흘리던 흐느낌을 뚝 멈추었다.

"미안하다."

정말 미안해.

나 따위가 감히, 감히…….

"내가……."

그때, 경수가 벌떡 몸을 일으켰다.

잔뜩 붉어진 눈가가 매섭게 지훈을 노려보았다. 부들부들 떨리는 그의 주먹에 지훈은 조용히 눈을 감았다. 그가 저를 마구잡이로 때린다 해도 지훈은 충분히 이해할 수 있었다. 그렇다 해도 전혀 속죄할 수 없는 문제란 것을 잘 알고 있었으니까.

그러나 덤덤히 그의 주먹을 기다리는 그에게 뻗친 것은 매서운 독설도, 무자비한 폭력도 아니었다.

"닥쳐, 개자식아!"

찢어지듯 울리는 목소리.

그리고…….

어깨에 가득 닿은 경수의 단단한 두 팔에, 지훈은 감은 눈을 커다랗게 떠 버렸다.

경수는 있는 힘껏 지훈을 끌어안았다.

그는 또래 아이들에 비해 작은 편이 아니었지만, 제품을 힘겹게 끌어안은 모습을 보니 그저 자그맣게만 느껴졌다.

지훈의 검은 눈동자가 어지럽게 흔들렸다.

"왜…… 사과해. 왜……."

형편없이 떨리는 목소리가 지훈의 귓가를 울적하게 적셨다. 둥그렇게 떠진 지훈의 두 눈이 다시금 조용히 닫혔다.

"왜…… 왜……."

알 수 없는 물음만을 반복하는 경수의 젖은 입술. 힘없이 떨어진 손을 천천히 들어 올린 그는 경수의 마른 등을 조용히 쓸어 주었다.

결국 경수는 참지 못하고, 한 번 더 아이처럼 울음을 터트려 버렸다.

"흐어엉…… 으아…… 지훈아…… 할아버지……."

그렇게 지훈은 한참 동안 경수의 등을 쓸어 주었다. 젖어 가는 제 어깨에 눈가가 시큰거렸지만, 꿋꿋이 이겨 냈다.

내가 무슨 염치가 있다고, 눈물을 흘릴까.

* * *

어둠 커튼이 모두 걷혀지지 않은 숲 속.

아이는 새벽의 이슬을 머금은 녹색 들판을 밟고 밟아 달렸다. 헐떡이는 숨이 턱 끝까지 차올랐다.

깨끗하던 들판을 질척하게 적신 짙은 핏자국.

그건 분명 어제까지만 해도 누군가의 몸속에서 뜨겁게 끓어오르던 붉음일 것이다.

뒤는 돌아보지 말자.

아직 여기에 있을 수도 있잖아.

몇 번이나 궁지에 내몰렸었다.

그렇게 갈 곳 없이 방황하던 자신이 겨우 찾은 보금자리.

절대 빼앗길 수 없다.

숲아,

숲아.

나의 숲아.

숨겨 줘. 나를 숨겨 줘.

간절함을 다해 다리를 움직이다 보면, 눈을 뜬 숲이 손을 뻗어 줄 것이다.

목덜미를 낚아챌 듯 가까워진 '저것'에서 멀어지자.

이름 모를 사냥꾼이 제 모든 것을 앗아가기 전에, 숲의 품에 뛰어들어 모습을 숨기자.

– 『깊은 숲』 72p 中

번외 II

감정의 시작

감정의 시작은 참 보잘 것 없었다.

"재현아."

그 한마디에 거짓말처럼, 고독이 흐리게 번졌으니까.

*　　*　　*

고등학교를 졸업할 당시, 재현은 새카만 머리의 남학생들 사이에서 유독 눈에 띄었다.

물론 그는 유명 인사도, 잘난 외모도 전혀 아니었다.

키 182cm, 몸무게 120kg.

유치원생까지 '돼지'라고 손가락질을 할 정도로 그의 모습은 참 거대했다. 또래 아이들이 아무리 건장하다지만, 그 누구도 재현만큼 체구가 크진 않았다.

워낙 장신이었던 터라 두툼한 지방 가득한 몸이 더욱 커 보였지만, 재현은 아무렴 상관이 없었다. 거울을 볼 때나 부모님이 한숨을 쉴 때, 사람들이 놀려 댈 때에도 딱히 기가 죽진 않았다.

어렸을 때부터 먹는 게 좋았고 음식을 목구멍으로 삼키는 매 순간이 즐거웠다. 그 행복감이 좋아 제 손으로 음식을 집어 먹었으니, 살이 찌는 것도 당연하다.

게다가 그의 취미는 또래 아이들처럼 축구나 농구 따위가 아니었다.

동네 꼬마들이 골목대장 흉내를 낼 동안에도 그는 방구석에 처박힌 채 손가락을 꿈지락거렸다.

취미는 만화 그리기.

새하얀 모눈종이에 줄을 그어 칸을 만들고, 섬세한 손길로 배경을 깐 뒤 인물을 파기 바빴다.

고심해서 적어 넣은 대사가 제 마음에 쏙 들면, 그것도 몹시 즐겁다.

'오타쿠', '십덕후', '오덕'.

그랬기에 그의 별명이 이렇게 진부한 느낌으로 흐르게 된 것은 어쩌면 당연한 수순이었을지도 모른다. 그것에 재현이 수치스러운 감정을 느꼈느냐면, 사실 조금도 그렇지 않았다.

재현은 참 모든 것에 감흥이 없었다. 매사에 시큰둥한 그의 반응에 친우들의 괴롭힘도 점차 줄어들 수 있었던 거겠지만, 그렇지 않다 해도 아마 크게 신경 쓰진 않았을 것이다.

그저 먹는 게 좋았고, 만화 그리는 게 좋았고, 안경을 낀 꼬마가 세상의 정의를 외치는 꼴이 마음에 들어 덩달아 추리 만화 작가를 꿈꾸던, 평범하디평범한 남고생.

그는 제 몸도, 제 취미도, 제 인생도. 모든 것이 나쁠 것 없다고 생각했다.

재능도 뛰어났기에 실기도 우수한 성적으로 보았다. 서울에 있는 좋은 대학교 애니메이션 학과도 들어갔으니, 그로선 성공한 대학생 축에 속할 수도 있겠다.

20살. 떨어지는 꽃잎만큼이나 싱그럽고 반짝이던 그 시절.

재현의 덩치는 여전했고, 취미도 변하지 않았다.

놀라움, 혹은 혐오가 섞인 타인의 시선은 여전했지만, 학과가 학과이다 보니 마음 맞는 이들과 어느 정도 어울리는 것도 가능했다.

그렇게 평범하다면 평범한 캠퍼스 생활을 즐기고 있을 때,

쏟아지는 햇볕만큼 따스한 이혜원을 만났다.

*　　*　　*

항상 곯아떨어지기 바쁜 교양 수업.

재현은 워낙 덩치가 컸기에 맨 뒷자리는 늘 그의 차지였다. 그러나 뒷자리는 모든 학생들에게 인기가 많은 터라 그는 항상 일찍 강의실에 들어가곤 했다.

1시 수업이었기에 대부분의 학생들은 점심을 먹고 있을 터였다.

학생 식당에서 파는 주먹밥 따위를 가방에 욱여넣은 뒤, 그는 어슬렁어슬렁 강의실로 향했다.

어차피 강의실은 비어 있을 테니 주먹밥을 먹으며 휴대폰에 받아 둔 애니메이션을 봐야겠다.

다음편이 몹시 궁금했기에 조금 더 발걸음을 서두르며 강의실에 다다른 재현은, 벌컥 문을 열었다.

"……어?"

저도 모르게 멍청한 목소리가 튀어나와 버렸다.

텅 비어 있을 거라 생각한 강의실. 맨 뒤에서 두 번째 자리에 웬 여자가 앉아 있었다.

적당한 길이의 갈색 생머리가 창문 새로 불어오는 바람에 흔들리는 게 유독 크게 보였다. 이상할 정도로 크고 또렷하게.

늘 비어 있었기에 당연히 오늘도 그럴 것이라 생각했는데…….

예상과 달라서 놀란 걸까? 재현은 어쩐지 발걸음을 떼기 어려웠다.

그때, 책장을 넘기던 여자가 인기척을 느끼곤 느릿느릿 고개를 돌렸다.

놀랍도록 맑은 눈동자가 저를 향하는 그 순간 재현은 어쩐지 숨을 훅 들이쉬고 말았다.

'뭐지?'

눈을 맞춘 여자가 시선을 돌려 천천히 고개를 숙이고 다시 넘기던 책장에 집중하는 순간에도, 재현은 아무것도 할 수 없었다.

'……뭐야, 이거?'

저를 똑바로 바라보던 저 눈동자.

아무런 감정도 담겨 있지 않지만 너무나 맑고 맑아서, 순간 재현은 바라보기도 벅차다는 생각을 했다.

'저런 여자가 이 강의를 들었던가?'

화장이 진한 것도 아니고, 엄청난 미인도, 요란한 머리 스타일도 아니다.

눈에 띄는 스타일은 전혀 아니었지만, 어쩐지 재현은 저 여자를 어딘가에서 봤다면 단번에 기억이 났을 거라는 생각이 들었다.

덜그럭거리는 심장을 느끼며 재현은 조용히 제 지정석에 앉았다.

조금만 고개를 돌려도 대각선 자리에 앉은 여자의 옆모습이 보였지만, 따뜻한 햇볕이 내리쬐는 자리를 포기할 순 없었다.

평소였다면 조금도 신경 쓰지 않고 목구멍에 밀어 넣었을 주먹밥도 어쩐지 편히 먹을 수 없었다. 보려던 애니메이션은 당연히 켜 보지도 못했고.

그렇게 재현은 조용히 앉아 있는 여자를 물끄러미 바라보다가 깨달았다.

'내가 왜 저 여자 눈치를 보고 있는 건지.'

조소를 머금은 재현은 고개를 설설 흔들고는 노트를 꺼내 드로잉 연습을 했다.

무의미하게 그어지는 선들이 몇 번이고 겹겹이 쌓이자, 빈 책상들도 하나둘 제 주인을 찾기 시작했다.

"이혜원."

이라고 부르는 교수의 목소리에 여자가 가는 팔을 들어 대답했다.

"네."

그 한마디에 재현은 저도 모르는 새에 고개를 주억거리며 생각에 빠졌다.

'이름이 이혜원이구나. 그런데 왜 이 강의를 듣는다는 걸 전혀 몰랐지.'

그는 본인이 생각하는 것보다 더 주변에 관심이 없는 스타일이었지만, 그마저도 무색하게 만들 만큼 이혜원의 인상은 상당히 강렬했다.

그녀와 같은 인상에 목소리라면, 기억이 나지 않는 게 더 이상할 것이다.

그러한 막연한 생각을 하며 재현은 혜원의 뒷모습을 가만히 바라보았다.

쏟아지는 햇빛이 유독 찬란했는데 이상하게도 잠이 오진 않았다. 왜 신청했는지 기억도 나지 않는 강의였기에 재현은 짧게 혀를 찼다.

그는 자꾸만 그 여자에게로 가는 시선을 붙잡으며 고개를 저었다.

'눈 감고 있으면 잠도 오겠지, 뭐.'

한가로운 생각을 하며 책을 쌓아 두고 그대로 엎드리려던 그때, 혜원이 재현을 바라보았다.

엎드리기 위해 고개를 숙이던 재현은, 여자와 눈이 마주치자 엉거주춤한 모습 그대로 행동을 멈췄다.

그런 재현을 물끄러미 바라보던 여자가 입을 열었다.

"혹시 볼펜 있으세요?"

아, 알겠다.

오늘 처음 본 이 여자에게 자꾸만 시선이 가는 이유.

수수한 모습이 너무나 강렬히 다가왔던 이유.

재현은 천천히 벌어진 입술을 닫았다.

저렇게 흔들림 없는 눈동자로, 온전한 '나'를 보는 이가 있었던가.

그는 깊게 생각해 볼 필요도 없이 단호히 고개를 저을 수 있다.

나를 저런 눈으로 보는 이는, 지금까지 단 한 번도 없었다.

어떤 마음으로 강의가 끝나길 기다렸는지 모르겠다.

교수님이 강의실 밖으로 나간 순간, 재현은 벌떡 일어나 짐을 챙기는 혜원의 어깨를 가볍게 두드렸다.

"저기요."

재현의 덤덤한 부름에 혜원은 고개를 돌렸다. 그 뒤 그녀는 빌린 볼펜을 돌려주지 않았다는 걸 깨닫고는 서둘러 펜을 건넸다.

"잘 썼어요, 감사합니다."

"네, 뭐…… 근데 이 강의 언제부터 들었어요?"

"아, 수업 나온 건 처음이에요."

"그래요? 학기 지난 지 좀 됐는데?"

"그동안은 사정이 좀 있었거든요."

툭툭 던져지는 재현의 질문에도 혜원은 차분한 얼굴

로 조곤조곤 답했다.

그렇게 몇 마디를 주고받다 보니, 두 사람은 어느새 단란히 대화를 나누며 학과 건물을 나오게 되었다.

그동안 그들은 서로의 이름과 나이 따위를 알게 되었고, 작은 것에 공감했다. 대화를 나누게 된 혜원은 그녀의 첫인상과 크게 다르지 않았다.

다음 강의를 위해선 조금 더 서둘러야 했기에 시간을 확인한 재현은 망설임 없이 혜원에게 제 휴대폰을 건넸다. 혜원은 고개를 작게 기울였다.

"번호 좀 알려 주세요."

"……번호요?"

퉁퉁하게 살이 붙은 손가락이 쥔 휴대폰은 오늘따라 유독 작아 보였다. 제가 보기에도 참 멋없는 모습이지만, 생각과는 다르게 행동은 상당히 당당했다.

그저 재현은 눈앞의 이 여자와 조금 더 가까워지고 싶었다.

저렇게 맑고 곧은 시선을 오늘 하루만 본다고?

아니, 그러고 싶지 않다.

"네, 번호요. 보시다시피 제가 이 덩치라 왕따를 당하고 있거든요."

혜원은 말도 안 된다, 라고 생각했다.

재현과 대화를 나눈 건 잠깐이었지만, 그가 자신감과 자존감이 가득한 사람이란 걸 쉽게 알 수 있었다.

사람을 불쾌하게 하는 자만심과는 전혀 다른, 자기 자신을 사랑하는 찬란한 기운을 마구 내뿜는 남자가 왕따라니.

"아, 네에…… 왕따요."

하지만 그의 눈빛이 퍽 진지해 무어라 반박을 하기 어려웠다.

"가끔 연락해도 괜찮을까요?"

"연락이요?"

"네, 혼자 받는 주변 시선이 너무나 두려워서."

국어책을 읽듯 감홍 없이 흘러나오는 목소리에, 결국 혜원은 웃음을 참으려 입술을 꾹 물고 말았다.

그것은 단번에 알아챈 재현이 눈썹을 살짝 찌푸렸다.

"……이거 되게 진지한 얘기인데요."

"하하. 네, 죄송해요."

재현은 뚱한 표정으로 어깨를 으쓱였지만, 휴대폰을 건네는 손엔 조금도 미동이 없었다.

집안 사정으로 몇 주나 강의 참석을 못 했기에 혜원은 학과 사람들과도 아직 친해지지 못했다.

단체 생활을 하는데 꼭 친구가 필요하다고 생각하는 건 아니었지만, 어쩐지 재현의 부탁(?)을 거절하고 싶진 않았다.

혜원은 싱그러운 미소를 머금은 채 그의 휴대폰에 제 번호를 남겼다.

재현과의 첫 만남은 그렇게 깜짝 선물처럼 시작됐다.

*　　*　　*

그 시절의 감정을 확신할 순 없지만, 단순한 우정은 아니었다.

우연히 만난 이혜원.

아무런 편견 없이 저를 바라보던 올곧은 눈동자.

마음 한구석이 꾹 눌리는 기분이 들 정도로 맑은 미소.

그 모든 게 아름다운 이혜원을 바라보던 제 감정은, 확실히 단순한 우정은 아니었다.

"재현아."

"어?"

"나, 남자 친구 생겼어."

그래서 졸업 시즌이 다가왔을 무렵 그녀가 어여쁜 미소를 지으며 건넨 그 한마디에, 그리도 심장이 철렁거렸던 것 같다.

"이혜원."

여자들이 설렐 법한 목소리에 재현은 천천히 고개를 돌렸다.

학과는 전혀 달랐지만, 계집애들이 하도 쑥덕거려 김준원의 존재 정도는 알고 있다.

그 번쩍거리는 외모는, 남자인 제가 보기에도 참 근사

했다.

혜원과 알고 지낸 뒤 재현은 처음으로 다이어트를 고민했다. 실제 재현은 군대를 다녀왔고, 혜원과 떨어져 있는 사이 30kg가량 감량에 성공했다.

두꺼운 손가락도, 턱도, 뱃살도 이젠 자취를 감춘 채 날렵해졌다. 두둑한 살에 숨어 있던 눈과 코도 제 모습을 드러내 꽤 훈훈한 모양새를 보였다.

덕분에 그를 보는 사람들은 죄다 '용 됐다.'라는 소리를 내뱉기 바빴다.

그녀에게 조금이라도 괜찮은 모습을 보이고 싶다는 생각을 하게 된 걸 보면, 확실히 이 마음은 우정이 아니다.

'우정이 아닌데…….'

재현은 처음으로 제 모습이 너무 초라해 보여 그대로 도망치고만 싶었다.

단순히 외모 때문이 아니다.

마음에 둔 여자가 사랑하는 사내와 마주하는 순간, 그저 재현은 서글퍼졌다.

"누구야?"

"나랑 제일 친한 친구야."

"아…… 김준원입니다. 혜원이 남자 친구예요."

남자 친구. 이혜원의 남자 친구.

재현은 떨어지지 않는 입술을 겨우 들어 올려 느릿하게 무언가를 뱉어냈다. 그건 분명 문자를 나열하고 있었지만, 모든 게 낯설었다.

이혜원의 남자 친구도, 그런 그와 인사를 나누는 지금의 상황도, 제 모습이 부끄럽게 느껴지는 이 감정도.

모든 게 낯설고 어색하고 비참해서 울컥 눈물이 나올 것 같았다.

"네, 반갑습니다. 듣던 대로 훤칠하시네요."

재현은 멀어지는 두 사람을 한참 동안 바라보았다.

혜원의 마른 등과 그런 그녀를 모두 감싸 안아 줄 준원이 아주 작은 점이 되어 사라질 때까지, 계속, 계속 보았다.

"더럽게 잘 어울리네."

그의 목소리는 몹시 건조했지만, 울적하게 가라앉은 두 눈은 금세 흩어질 것만 같다.

깨달음은 언제나 갑작스럽다.

마치 지금 상황처럼.

나는 결국 너에게 이런 존재구나.

아무리 가깝고 깊어도, 너에게 난 또 다른 인연이 될 수는 없는 거구나.

나는 아무리 애써도 네 입가에 눈이 부시도록 환한 미소를 피워낼 수 없을 거야.

제 모습이, 혜원의 곁에 있는 제 위치가 너무나 똑똑히 느껴져 재현은 온몸에 번지는 비참함을 묵묵히 받아들였다.

*　　*　　*

"준원이가…… 유학을 간다고 그러네."

덤덤한 목소리로 그 말을 뱉어낸 혜원은 몹시 서글퍼 보였다.

조용히 맥주를 들이켜던 재현이 물었다.

"그놈한테는 뭐라고 그랬는데?"

"그냥…… 내가 뭐라고 할 수 있겠어."

"바보냐? 싫으면 싫다고 말하지."

재현은 구겨지려는 눈썹을 겨우 폈다.

연애를 시작했을 때 한창 싱그럽던 그녀는, 더 이상 그렇지 못했다.

그래, 난 이것만으로도 기쁘다.

그녀의 연인이 되진 못했지만, 그녀의 가장 소중한 친구가 될 수 있었기에 재현은 진심으로 기뻤다.

지금보다도 훨씬 치기 어리던 시절, 그녀의 옆자리를 저만 차지하고 싶던 그 시절이 떠올랐다.

어떤 심정으로 널 향한 마음을 접었던 걸까.

혜원은 취직을 했고, 그 역시 제 길을 찾았다. 너도 나도, 이 정신없는 사회생활을 시작한 지 짧지 않은 시간이 흘렀다. 그 흐름에 따라 내 마음도 그냥 그렇게 되어버렸던 걸까.

깊어지는 것도 모른 척하며 눈을 감고, 등을 돌리고…… 그렇게 너를…….

준원 앞에서 서운함과 눈물을 삼켰을 혜원을 보며 재현은 깊은 통증을 느껴야 했다.

“혜원아.”

그는 떨어지지 않는 입술을 열었다.

“나는 네가 정말 좋다.”

이렇게라도 마음을 전하면, 속이 조금이라도 풀릴까.

“정말, 정말로 좋아.”

재현은 흐리게 번지는 미소를 지웠다.

그의 마음을 비웃듯, 답답한 속은 조금도 풀어지지 않았다.

“그러니까…… 이제부터 네가 울 때 가장 먼저 위로해 줄게.”

* * *

혜원에게 전화가 온 것은 날이 좋은 오후 2시였다.

[있잖아, 재현아.]

그녀의 목소리엔 하늘이 머금은 빛보다 찬란한 밝음이 가득하다.

[나, 지훈 씨에게 프러포즈를 받았어.]

사랑에 빠진 이혜원은 이렇게 사랑스럽구나.

재현은 어쩐지 유쾌한 기분이 들어 웃음을 터뜨리며 의자에 몸을 깊숙이 기댔다.

끼이이익—

오래된 의자가 질러 대는 비명은 날카로웠지만, 재현의 표정은 몹시 맑았다.

참 보잘 것 없던 감정의 시작은 오랜 시간을 견디고 버티며 수차례 변했다.

호기심이었던 감정이 사랑이 되고, 사랑이었던 감정이 알 수 없는 다른 색으로 바뀌었다.

아름다운 색으로 물든 그것은, 아마도 '소중함'이리라.

작업 테이블 앞, 커다랗게 뚫린 창밖 높이 솟은 하늘이 시리도록 푸르다.

그녀는 더 이상 외롭지도, 아프지도 않을 것이다.

흔들리는 모든 것을 감싸 안아 줄 진짜 인연이 생겼으니까.

그래, 이제 이혜원은 혼자 울지 않아도 될 거야.

재현은 어쩐지 떨리는 심장을 꾹 누르며 입가에 미소를 한 아름 머금었다.

그의 목소리엔 따스한 진심이 가득하다.

"정말 다행이다, 혜원아."

번외 III

가까워진 미래를 당신과

[우리 딸, 엄마 지금 한국이야!]

언제나 그렇듯 그녀의 연락은 몹시 갑작스러웠다.

화창한 일요일.

혜원은 모처럼 갖게 된 지훈과의 데이트로 들떠 있었고 지훈 역시 그녀와 크게 다르지 않았다.

혜원이 얼마 전 어두운 갈색으로 염색한 머리를 톡톡 말리며 휴대폰을 확인하던 그때, 벨소리가 울렸다.

일전에 사 두었던 커플 트렌치코트를 입자는 다소 귀여운 대화를 나누던 중 걸려온 전화였다.

검은 액정 중앙, 새하얀 글씨로 떠 있는 이름에 혜원은 고개를 갸웃거렸고, 이윽고 전화를 받자마자 터지듯 이어진 목소리에 딱딱하게 굳었다.

"잠깐 엄마, 지…… 지금 어디라고?"

[한국이라니까. 지금 공항이야, 빨리 엄마 마중 와.]

"한국…… 아니, 지금? 말도 없이? 어디에서 기다리고 있게!"

[얘는, 설마 이 넓은 곳에 커피 한잔 할 곳도 없겠니.]

그렇다. 혜원의 어머니인 연순이 한국에 돌아왔다.

그녀는 평소와 크게 다르지 않은 들뜬 어조로 한국에 도착했음을 알렸고, 당장 보고 싶다며 소리 높여 혜원의 이름을 불렀다.

연순과의 통화를 마친 혜원은 몹시 침착하게 지훈에게 전화를 걸었다.

[응, 혜원아. 준비는 다 했어?]

달콤하게 그녀를 부르는 목소리에 빙긋 미소를 지은

건 아주 잠시, 사태의 심각성을 느낀 그녀는 놀라울 정도로 차분한 목소리로 말했다.

"지훈 씨, 오늘 커플룩은 조금 힘들 것 같아요."

지훈은 길쭉한 전신거울에 비친 제 모습을 노려보았다.

그 눈빛이 어찌나 싸늘한지 금방이라도 유리 거울이 산산조각 날 것만 같다.

그는 이내 팔짱을 끼고 고개를 저었다.

"너무 칙칙한 것 같은데."

핏이 좋은 그레이 셔츠는 그의 어깨와 허리를 근사하게 감쌌지만 차가운 얼굴이 한층 더 냉해 보이는 것만 같아 신경이 쓰였다.

그는 결국 고심 끝에 셔츠를 벗으며 조금 전 혜원과 나누었던 대화를 떠올렸다.

[지훈 씨, 오늘 커플룩은 조금 힘들 것 같아요.]

"입기 힘들 것 같다고?"

[네…….]

"왜? 오늘 입기엔 좀 더울까 봐?"

[저, 그게…….]

혜원은 오늘따라 조금 머뭇거렸다.

평소 말수가 많은 편은 아니지만 그래도 제 할 말은 꼬박꼬박 잘하던 그녀였기에 지훈은 조금 의아했다.

"혜원아? 무슨 일 있어?"

[……지훈 씨, 조금 갑작스럽겠지만…… 지금 저희 엄마가 한국에 오셨거든요.]

드레스 룸을 다시 한 번 찬찬히 훑은 그가 고른 건 고급스러운 네이비 셔츠에 흰 바지였다.

셔츠에 팔을 끼우고 바지를 입은 지훈은 또다시 거울을 노려보았다.

그가 평소 즐기는 스타일보다 좀 더 무난하지만, 깔끔하고 단정해 보였다.

넥 라인을 감싼 단추를 푸르고 시계까지 착용한 지훈이 한참을 거울 앞에서 서성였다. 잠시 망설이던 그는 휴대폰을 들어 사진 앱을 누르고 가장 정직한 포즈를 잡았다.

찰칵—

거울에 비친 제 모습을 찍은 지훈은, 진중한 얼굴로 누군가에게 방금 찍은 따끈따끈한 사진을 발송했다.

사진

오전 10시 26분

[경수]

??

뭔데?

뭔 사진임?

오전 10시 26분

답장은 생각보다 빨리 왔다.

지훈은 조금 긴장이 어린 얼굴로 느릿느릿 키패드를 두드렸다.

장모님에게 인사드리는 옷차림으로 어때.

오전 10시 27분

[경수]

??????????

장, 뭐?

누구?

오전 10시 27분

답답한 경수의 반응에 짧게 혀를 찬 지훈은, 손가락 끝으로 다시 '장모님'이란 글자를 만들어 냈다.

그러나 그것은 미처 전송되지 못했다. 경수에게서 바로 전화가 걸려왔기 때문이다.

[누구를 보러 간다고?]

"장모님."

[갑자기 뭔? 둘이 오늘 데이트한다며.]

"혜원이 어머님께서 이제 막 서울에 도착하셨대."

[오늘? 예고도 없이?]

"그래, 예고도 없이. 그래서 함께 마중을 나가려고."

지훈의 부드러운 목소리에 서린 긴장과 떨림을 눈치챈 걸까. 경수는 한동안 아무런 말도 못 하다가 작은 한숨을 쉬었다.

[……위의 와이셔츠, 깔끔하긴 한데 너무 어두워. 바지는 그대로 입고 위는 베이지색 셔츠로 갈아입어.]

"베이지색 셔츠……."

지훈은 진지하게 고개를 끄덕이며 옷장을 다시 열었다. 경수가 말한 베이지색 셔츠를 꺼내며 그는 작게 웃었다.

"나, 실수하진 않겠지?"

지훈이 내뱉는 약한 소리에 익숙하지 않았던 경수는 진지한 목소리로 말했다.

[하겠지. 너처럼 무례한 놈도 쉽게 찾진 못해. 네놈은 아주 큰 실수를 할 것이다!]

"숨 쉬는 시간이 아깝지 않지?"

[이것 봐, 이것 봐! 장모님이 이 모습을 아시면 얼마나 혜원 님을 주기 싫으실까!]

여느 때와 같은 깐족임을 받아치려던 지훈은 금세 입을 닫았다.

그래, 이런 모습은 앞으로 자제하는 게 좋겠다.

"그럼 실수하지 않는 방법을 말해 봐."

빠르게 바뀐 지훈의 태도에 경수는 잠시 숨을 흡, 들이마셨다.

혜원 님과 사귀고 난 뒤에 박지훈이 얼마나 덜떨어졌는지를 그는 미처 생각 못 했다.

경수는 한숨을 쉬며 영혼 없는 목소리로 말했다.

[정 실수할 것 같으면 그냥 입꼬리 최대한 끌어 올려서 웃어. 네놈 최대 장점이 그 얼굴이니까.]

지훈의 도착 소식에 빌라 앞으로 후다닥 내려간 혜원은, 운전석에서 내린 그의 모습에 눈을 크게 떴다.

"와아……."

전체적으로 밝은 옷 스타일 때문인지, 그의 새하얀 피부가 유독 빛나 보였다. 깔끔하게 착용한 시계와 로퍼도 너무나 잘 어울렸다.

평소 쉬이 보지 못했던 캐주얼한 스타일에 혜원은 한참 지훈을 감상했다.

"어때?"

가볍게 어깨를 으쓱이며 고개를 갸웃거리는 지훈의 모습이 귀여워 혜원은 작게 웃었다.

"너무해요, 지훈 씨."

"너무하다고?"

혜원의 반응에 지훈은 초조한 눈동자로 뺨을 긁적였다.

"역시 너무 밋밋한가……."

"네? 밋밋하다뇨…… 너무 멋있는걸요. 우와, 되게 환하네요."

혜원이 밝게 웃으며 엄지를 가볍게 올렸다. 그 모습이 무척 발랄해 지훈은 초조한 기색을 풀 수 있었다.

"너도 예쁘다."

혜원은 하얀색 블라우스와 회색 카디건, 연청바지를 단정히 차려입었다. 트렌치코트를 함께 입지 못한 건 아쉽지만, 지금 옷차림도 무척 잘 어울렸다.

다정한 칭찬에 쑥스러워진 혜원은 살풋 입꼬리를 올리곤 지훈이 열어 준 조수석에 올랐다.

어쩐지 그와 함께 연순을 보러 간다는 게 실감이 나 이상하게 가슴이 뛰었다.

'왜 내가 더 긴장이 되는 것 같지.'

지훈은 조금의 동요도 없어 보였다. 여느 때와 같이 단정한 그의 옆모습을 흘긋 바라본 혜원은, 머쓱한 얼굴로 무릎 위에 올려 둔 자그마한 토트백을 꼭 쥐었다.

* * *

"딸!"

연순은 조금도 변하지 않은 혜원을 향해 시원하게 두 팔을 벌렸다. 적당히 살이 오른 여자의 팔이 혜원을 가득 끌어안았다.

그녀의 옆에 바로 붙어 있는 지훈이 그녀의 일행일 거라는 생각은 전혀 들지 않는 건지, 연순은 조금도 혜원에게서 시선을 돌리지 않았다.

연순을 가득 끌어안은 혜원은 슬슬 지훈의 눈치를 보았다.

"그나저나……."

한참 혜원을 끌어안고 반가움을 가득 표현하던 연순이 드디어 지훈을 발견한 건지 흘깃 시선을 돌리며 물었다.

"옆에 있는 이 근사한 총각은 누구니?"

"아……."

"친구?"

친구, 라는 물음에 지훈의 눈썹이 아주 조금 움직였다. 혜원이 무어라 입을 열기도 전에 그가 먼저 정중히 고개를 숙였다.

"현재 혜원이와 정식으로 만나는 중인 박지훈이라고 합니다, 어머님."

그들은 공항을 벗어나 한적한 곳에 위치한 카페로 자리를 옮겼다.

거대한 투명 유리창이 사방을 두르고 있어 몹시 분위기가 좋았고, 바리스타가 직접 내린 커피도 확실히 맛이 훌륭했다.

"……그러니까."

연순은 우아하게 찻잔을 내려놓으며 시선을 곧게 뻗었다.

"우리 혜원이 남자 친구라고요?"

"예, 갑작스러우시겠지만 만나 뵙게 되어 기쁩니다, 어머님."

그녀는 정중히 고개를 숙이는 지훈의 얼굴을 뜯어보며 고개를 기울였다.

"참 근사하세요. TV에 나오는 연예인보다 더 멋진걸요?"

"지훈 씨 잘생겼지?"

"그래, 우리 딸 옆에 잘생긴 청년이 딱 붙어 있어서 깜짝 놀랐지 뭐니."

연순의 미소는 마치 여름날의 맑은 바다와 같았다. 중년 여성이 쉬이 품을 수 없는 싱그러운 분위기에 지훈은 조금 감탄했다.

혜원의 청량함과 밝은 기운은 어머님을 닮았던 거구나.

"감사합니다."

온화한 공기 속에서 대화가 이루어지고 있음에도 불구하고 혜원은 이 자리가 조금 불편했다.

혜원은 마주 앉아 평범한 이야기를 나누는 연순과 지훈을 조용히 바라보았다.

갑작스러운 연순의 등장 때문일까. 어쩌면 미래를 약속한 상대와 제 어머니가 함께 있는 이 상황 자체가 신경 쓰이는 걸 수도.

"나이는?"

"올해 서른넷입니다."

"그래, 혜원이랑 차이가 많진 않네."

'아, 이런 기분이구나.'

정식으로 소개를 하는 자리이니만큼, 두 사람 모두

자신과 너무나 가까운 사이임에도 불구하고 심장이 조금 뛰었다.

지훈은 바르게 앉은 채 쏟아지는 연순의 질문에 차분히 답했다.

그 모습이 어쩐지 든든해 혜원은 조금 더 편안히 자리를 지킬 수 있었다.

지훈과 몇 마디 더 나눈 연순은, 그 후 찻잔을 모두 비우기 전까지 짧게 대답만을 할 뿐 별다른 말을 하지 않았다.

자칫하면 자리가 어색해질 수도 있었지만, 분위기에 어느 정도 적응한 혜원이 능숙하게 대화를 이어 나갔다. 짧지 않은 시간을 작가 응대나 업체와의 미팅 등으로 보냈기에, 어색한 자리를 어떻게 이끌지 정도는 이미 충분히 잘 알고 있다.

그때, 연순이 바닥을 보이는 찻잔을 조용히 내려놓았다. 고급스러운 찻잔이 부드러운 마찰음을 울렸다. 그녀는 차분한 얼굴로 지훈에게 물었다.

"혜원이가 좋은가요?"

갑작스럽고 너무 직접적인 물음이었지만, 혜원은 그녀를 책망할 수 없었다.

평소 연순에게서 볼 수 없었던 웃음기 없는 모습에 그녀도 조금 놀라고 말았기 때문이다.

그래서, 평소라면 왜 그런 걸 묻느냐며 가볍게 투정을 부렸을 입술을 그저 묵묵히 닫았다.

그러나 지훈은 조금의 동요도 없이 대답했다.

"네, 좋아합니다."

"사랑하고요?"

"네."

연순은 옅게 입꼬리를 올렸다.

"얼마큼 사랑해요?"

지훈의 눈동자가 조용히 가라앉았다.

진중한 눈동자와 가만히 시선을 맞추던 연순은 소파 등받이에 기대어 있던 허리를 펴고 자세를 세웠다.

"나는 안 좋아해요. 사랑한다는 말, 좋아한다는 말, 쉽게 꺼내는 사람들."

"그러시군요."

"지훈 씨가 보기엔 어때요?"

"……."

"우리 혜원이를 사랑한다고 말하는 것에 얼마큼의 무게를 가지고 있죠?"

연순에게 혜원이란 무어라 말로 설명할 수 없을 정도로 깊은 존재이다. 물론 부모란 대부분이 으레 그렇겠지만, 연순에게 혜원은 바라만 보아도 눈물이 나는 존재이다.

어릴 적, 갑작스러운 부모님의 이혼으로 혼자 자라다시피 한 그녀가 어찌 애틋하고 안쓰럽지 않을 수가 있을까.

고요한 눈으로 연순을 바라보던 지훈은 손을 뻗어 혜원의 손을 잡았다.

연순과 만난 이후로 스킨십을 자제하던 그가 조금 더 가까이 혜원과 닿았다.

깜짝 놀라 시선을 옮기는 혜원의 눈동자에 가볍게 미소를 지은 지훈은 잠시 숨을 골랐다.

"……좋아한다, 사랑한다, 저에게는 그저 의미 없는 문자의 나열일 뿐이었습니다."

"……."

"그런데 혜원이를 만나면서 처음, 의미 없던 문자에 의미를 가지게 되었고, 감정을 느끼게 되었고, 입 밖으로 표현하지 않고는 못 배길 지경이 되어 버렸어요."

지훈은 뛰는 심장을 꾹 누르고 입가에 옅은 웃음을 피워 보였다.

부드럽게 올라가는 입꼬리와 멋들어지게 늘어지는 눈매가 어찌나 아름다운지, 줄곧 고요하던 연순의 눈동자가 천천히 기울어졌다.

"이혜원이란 여자는, 저에게 그 모든 것들의 시작입니다."

혜원은 탁 트이듯 터지는 숨을 단단히 누르며 시선을 돌려 흔들림 없는 지훈의 눈동자를 바라보았다.

표정은 더할 나위 없이 따스했지만, 쉬이 입을 열 수 없는 묵직한 무언가가 느껴졌다.

잠시 찻잔을 들어 목을 축인 지훈이 천천히 말을 이

었다.

“마음의 무게를 타인에게 보일 수 있는 방법을 저는 모릅니다. 하지만 어머님…….”

“…….”

“혜원이는 저에게 너무나 과분하고 심장이 죄일 정도로 찬란한 여자입니다. 단 한 번도 가볍게 생각한 적, 없습니다.”

무겁지 않은 정적이 티 테이블 위로 가볍게 내려앉았다.

혜원은 조금 울고 싶었다.

슬퍼서, 서글퍼서가 아니라 온 마음을 다해 사랑받는다는 게 어떤 건지 울컥할 정도로 가득 느껴졌기 때문이다.

“그렇구나.”

연순은 언제 미소를 지었냐는 듯 다시금 입꼬리가 딱딱하게 굳어 있는 지훈을 보며 가벼운 웃음을 터뜨렸다.

그가 처음 느꼈던 예의 그 청량한 미소였다.

"고마워요, 진심을 말해 줘서."

* * *

"오늘 정신없었죠?"

"흠, 그것도 그렇지만…… 점수를 잘 땄는지 모르겠네."

조수석 문을 열어 주며 지훈이 조금 시무룩한 얼굴로 말했다.

박지훈이 시무룩하다니!

차오르는 간지러운 감정을 견디기가 힘겨웠다.

지훈을 아는 모든 사람들에게 외치고 싶었지만, 혜원은 그 충동을 꾹 눌러 참았다.

그녀는 번지는 웃음을 숨기지 않고 말했다.

"우와, 지훈 씨도 그런 걸 걱정해요?"

"나도 그 정도는 신경 쓰여."

어쩐지 불퉁한 느낌이 드는 어투에 혜원은 웃었다.

혜원이 사는 자그마한 빌라 앞, 연순은 이미 들어가

씻는 중이었고 두 사람은 아쉬운 작별 인사를 나누고 있었다.

"저녁 먹고 가라니까요. 엄마도 좋아하실 텐데."

"내일 저녁에 초대해 줘. 오늘은 어머님이랑 단둘이 오붓하게 보내는 게 좋겠어. 오랜만에 보는 거잖아."

"와아, 누구 애인인데 이렇게 배려심이 좋을까."

맑게 웃으며 조잘거리는 혜원을 물끄러미 바라보던 지훈은 부드럽게 입꼬리를 올리며 고개를 숙였다.

혜원은 가까워지는 입술에 심장이 쿵, 쿵, 울림을 느꼈다.

지금껏 몇 번이고 닿고 머금었던 입술인데, 이 순간은 매번 혜원을 온 세상에서 가장 사랑받는 여자로 만들어 주었다.

젖은 입술과 입술이 가볍게 닿았다가 떨어졌다.

가볍기 그지없는 버드키스였지만, 지훈은 그 어느 때보다 마음이 동하는 듯해 곤란했다.

그는 눈썹을 슬쩍 올리며 혜원의 머리카락을 천천히 쓰다듬었다. 어쩐지 개구진 미소가 그의 입가에 번졌다.

"너를 만나고 나서 처음이야."

"……."

"누군가에게 잘 보이고 싶다는 감정을 가지는 거. 그런데 이 감정이 싫지 않아. 벅차다, 라는 건 이럴 때를 두고 하는 말이겠지."

지훈은 팔을 뻗어 혜원의 허리를 끌어안았다.

그녀의 부드러운 머리카락에 입술을 묻으며 그는 기분 좋은 미소를 지었다.

"마치 우리의 또 다른 시작에 한 걸음 더 가까워진 기분이 들거든."

혜원은 '저도요, 지훈 씨.'라고 말하려 했지만 쉬이 입술을 열 수 없었다.

마음에 가득 찬 확신을 감싸낸 벅차오름이, 당장 그를 안아 주라 외쳤기 때문이다.

그녀도 지훈을 따라 그의 허리를 꼬옥 껴안았다.

"엄마가 돌아가면……."

지는 노을빛을 받으며 혜원이 작은 입술을 열었다.

"데이트해요. 같이 샀던 트렌치코트 입고."

맑은 웃음 아래 보이는 수줍은 입꼬리가 어여뻐, 지훈은 작은 웃음을 터뜨렸다.

눈동자에, 손끝에, 그리고 목소리에.

그녀가 사랑스러워 어쩔 줄 모르겠다는 모든 감정을 담아 지훈은 고개를 끄덕였다.

"그래, 그러자."

번외 IV

신부에게

지훈은 무거운 눈꺼풀을 천천히 깜박거렸다. 새벽에 잠에서 깬 것은 무척 오랜만이다.

침대 깊숙이 가라앉는 기분을 조용히 느끼며 지훈은 고개를 돌렸다.

그의 옆자리엔, 마른 어깨가 여실히 드러난 혜원이 곤히 잠들어 있다.

가는 속눈썹, 잠에 빠져 살짝 벌어진 입술, 흩어진 머리카락.

그녀를 가만히 바라보던 지훈은 천천히 손을 뻗었다. 그의 손끝이 혜원의 어깨를 부드럽게 쓰다듬었다.

그의 손은 어깨에서 목덜미를 지나 귓가에서 멈칫하더니, 그녀의 뺨과 입술을 지분거렸다.

그 손길이 어찌나 조심스럽고 섬세한지, 혜원의 표정은 그저 편안하기만 하다.

"이런……."

지훈은 곤란한 듯 미간을 살풋 찌푸리곤 팔을 뻗어 그녀를 품 안에 가득 안았다.

제 심장 부근에 닿은 혜원의 가슴이 부드러워 지훈은 조금 웃었다.

'눈을 뜨자마자 보이는 이혜원이라…….'

이제 고작 며칠이라는 시간만 지나면, 남은 생을 이렇게 보낼 수 있는 건가.

지훈은 혜원을 끌어안은 팔에 조금 더 힘을 주었다.

그는 벅차오르는 마음을 주체하지 못하고 낮은 한숨을 쉬듯 말했다.

"행복하다."

내 품 안에 네가 있는 것도.

이제 앞으로 이 모든 게 온전한 나와 너의 시간이 된다는 것도.

모든 게 참 행복하다.

두꺼운 커튼 사이로 비집고 들어온 햇살이 눈부시다.

혜원은 눈가를 톡톡 두드리는 환한 빛에 결국 잠에서 깨고야 말았다.

따가운 햇볕에 잠시 미간을 찌푸린 그녀는, 몸을 편히 움직일 수 없다는 걸 깨달았다. 지훈의 두 팔과 다리가 그녀의 온몸을 끌어안고 있었기 때문이다.

옴짝달싹할 수 없다는 걸 깨달은 그녀가 당황하며 고개를 들자 잔잔한 검은 눈동자와 정면으로 시선이 마주치고 말았다.

"안녕."

저를 꽉 껴안은 채 너무나 평온한 얼굴로 '안녕'이라

말하는 지훈이 귀여워, 혜원은 낮게 웃었다.

"좋은 아침이에요."

아침 인사를 나누었음에도 불구하고 지훈은 혜원을 놓아 주지 않았다. 둘 다 아무것도 걸치고 있지 않았기에 맨살의 감촉이 그대로 느껴졌다.

봉긋하게 솟은 가슴이라든지, 단단한 지훈의 허벅지라든지.

혜원은 어쩐지 조금 부끄러운 마음이 들어 손가락으로 그의 어깨를 콕콕 찔렀다.

"얼른 놔 줘요. 아침 먹어야죠."

"아침 안 먹어도 돼. 주말이잖아."

"안 돼요."

"안 먹을래."

지훈은 슬쩍 투정을 부렸다.

그의 반응이 재미있어 혜원은 입술을 꾹 물었다.

'꼭 아이 같아. 되게 귀엽잖아.'

그녀는 웃음을 참고는 다시 입을 열었다.

"그래도 안 돼요. 쉬는 날일수록 더 잘 챙겨야죠."

혜원의 요청에 잠시 눈을 마주친 지훈이 조금 짓궂은 표정으로 물었다.

"놔 주면, 뭘 해 줄 거지?"

혜원은 눈을 동그랗게 뜨고 지훈을 바라보았다.

세상에나, 언제나 진중하던 우리 지훈 씨가 언제 이렇게 변한 거지?

그런데 그 변화가 너무 귀여워 혜원은 전혀 싫지 않았다.

결국 그녀는 크게 웃음을 터뜨렸다.

"뭘 해 줬으면 좋겠는데요?"

그녀의 물음에 지훈은 곧장 대답을 했다.

"사랑한다고 해 줘."

"……정말로? 그걸로 끝이에요?"

지훈이 작게 고개를 끄덕이자, 혜원은 의외라는 듯 고개를 갸웃거렸다.

"그건 늘 하는 건데요?"

"괜찮아. 나는 너에게 사랑한다는 말을 듣는 매 순간이 감격스럽거든."

게다가…… 아침 햇살과 함께 이혜원을 품 안에 안은 채 듣는 '사랑해'라는 말은 처음이니까.

진지하게 저를 바라보는 지훈과 가만히 눈을 맞추던 혜원이 이내 잔잔한 미소를 머금고 말했다.

"정말 사랑해요, 지훈 씨."

잠시 숨을 죽인 지훈은 그녀의 두 뺨을 쓸어내리며 부드럽게 웃었다.

"응, 나도. 많이 사랑해."

"다들 청첩장 예쁘다고 칭찬이 자자해요."

"네가 센스가 좋아서 그래."

지훈은 딸기를 갈아먹기 위해 꼭지를 잘라내는 혜원을 유심히 바라보며 말을 이었다.

얼마 전 청첩장을 모두 나누어 주었다. 혜원이 하나하나 신경을 써서 제작한 청첩장은 몹시 반응이 좋았다.

"벌써 결혼한 것 같다."

테이블에 앉아 아침을 만드는 혜원과 도란도란 대화

를 나누는 지금 이 순간, 지훈은 심장이 콩콩 뜀을 느꼈다.

"몇 주 안 남긴 했네요."

"난 아직도 한참 남은 것 같아. 기다리기 어려워."

"푸흐흐, 그건 나도 그래요."

지훈은 과일 주스를 만들기에 정신이 팔린 혜원의 뒤로 다가가 그녀의 가는 허리를 끌어안았다.

'혜원의 몸엔 분명 무언가가 있는 게 틀림없다.'라고 지훈은 진지하게 생각했다.

그게 아니라면 매번 혜원을 만질 때마다 질리긴커녕 더욱 닿고 싶어 안달이 나는 제 심리를 설명하지 못한다.

남자의 단단한 팔이 제 허리를 부드럽게 감싸는 느낌에 혜원은 심장이 잘게 떨렸다.

"날씨가 좋은데 오후에 잠깐 나갈래요?"

그래서일까, 오늘은 지훈과 소소한 데이트를 하고 싶어졌다.

혜원의 제안에 지훈은 고개를 끄덕인 뒤 그녀의 목

덜미에 입을 맞췄다.

"어디로 갈까?"

"글쎄요, 날이 좋으니까 저번에 갔던 공원도 괜찮고……."

"내일 일요일이니까 더 멀리 가도 괜찮아."

"정말요?"

고개를 슬쩍 올려 지훈과 눈을 마주친 혜원이 밝게 물었다. 눈동자에 금세 녹아드는 기대감이 너무 사랑스러워 지훈은 그녀의 이마에 또 한 번 입을 맞췄다.

"물론이지. 바다 갈래? 저번에 가고 싶다고 했잖아."

"우와, 갈래요. 가고 싶어요."

혜원은 크게 고개를 끄덕이며 지훈을 완전히 돌아보았다.

서로 마주 보게 된 두 사람은 잠시 웃었다. 섞였던 웃음이 갈무리되고 지훈은 그녀의 입술에 천천히 입을 맞추었다.

닿은 입술 사이로 더운 숨이 오갔다. 애틋한 손길과 다정한 입술을 한가득 받아낸 혜원은 불그스름하게 달아오른 두 뺨을 애써 숨기지 않았다.

그 모습이 한없이 어여뻐, 지훈은 올라가는 입꼬리를 막을 수 없었다.

"지금도 이렇게 행복한데, 대체 결혼을 하면 얼마나 더 행복해지는 거지?"

과연 지훈은 알까.

아무렇지 않게 건네는 그의 한 마디 한 마디에 심장이 아프도록 떨린다는 것을.

그의 말을 천천히 되뇌며 혜원은 해사하게 웃었다.

"더 많이 행복하게 해 줄게요, 지훈 씨."

따스한 바람이 그녀를 감싸고 그 부드러운 온기가 저에게 닿기까지, 지훈은 이 세상의 모든 시간이 멈추기를 간절히 바랐다.

하지만 멈출 수 없는 시간을 혜원과 나란히 함께 걸어가는 것도 눈물 나도록 아름답겠지.

지훈은 온기가 가득한 두 눈동자를 빛내며 말했다.

"나도, 더 많이 행복하게 해 줄게."

*　　*　　*

혜원에게 청첩장을 받은 지 2주 후. 재현은 지옥 같던 마감을 드디어 끝낼 수 있었다.

정식 연재 중인 원고도 원고였지만, 유명 광고사와 진행하던 프로젝트 요청 사항이 몇 번이고 엎어지며 그는 잠도 제대로 못 자고 하루하루를 보냈다.

그 때문에 혜원과 회포 한번 풀지 못한 것에 아쉬움을 느끼며 부랴부랴 약속을 잡았다.

결혼을 해 본 적은 없지만, 식을 올리기까지 얼마나 많은 준비가 필요한지 정도는 알고 있다.

당장 결혼을 코앞에 앞둔 신부이니 신랑이 그와의 만남을 허락지 않을 수도 있을 거라고 생각했지만, 다행히도 혜원은 시간을 낼 수 있었다.

그마저도 점심에 잠깐 브런치 카페에서 시간을 보내는 것이지만, 이 정도만으로도 재현은 만족했다.

그 역시 다음 마감을 잠시 미뤄 두고 나온 것이기 때문이다.

새로 생긴 이후로 종종 들르던 브런치 카페.

언제 왔는지 먼저 와 기다리고 있던 혜원이 손을 흔들며 재현을 맞이했다.

그녀를 따라 가볍게 인사를 한 재현은 자연스럽게 그녀의 맞은편 소파에 앉았다.

"진짜 오랜만이다, 이혜원."

"그러게. 얼굴 보기 왜 이렇게 힘들어?"

혜원이 가볍게 웃으며 말했다.

"먹고살기 좀 힘들어야지."

"다 늙었네, 최재현."

"너만 하겠냐."

몇 가지 음식을 주문한 두 사람은 음식이 나올 때까지 쉬지 않고 떠들었다.

그 모습이 꼭 어제 만났다가 헤어졌던 사이 같아, 한참 떠들던 두 사람은 이유 없는 웃음을 터트리기도 했다.

두 사람의 관계는 늘 이랬다.

편하고, 따뜻하고. 그렇기에 서로에게 쉽게 의지할

수 있는 것이리라.

이윽고 테이블을 채우는 접시를 바라보며 혜원은 무엇을 먼저 먹을까 고민했다.

고심하는 눈이 평소보다 차분했기 때문일까, 그녀는 어쩐지 예전보다 더욱 평온하고 안정적으로 보였다.

재현은 그녀를 훑던 시선을 다시 테이블로 내렸다.

두 사람은 곧 결혼을 한다.

언젠가 두 사람 마음에 꼭 드는 결혼반지를 골랐다며 그녀는 기뻐했다.

두 사람이 함께 고른 결혼반지.

그건 이제 곧 그녀의 손에서 어여쁘게 빛나겠지.

재현은 다시 시선을 올려 혜원을 가만히 바라보았다.

최근 피부 관리며 마사지며 한창 정신이 없어 보이더니, 확실히 뭔가 얼굴이 환해졌다.

사랑을 하는 여자가 예뻐지는 것과는 또 다른 밝음이 그녀의 얼굴과 눈동자에 가득하다.

잠시 말이 없던 그는 이내 짓궂은 미소를 지었다.

"좀 아쉽네, 술이라도 한잔 하고 싶었는데."

"그나마 너니까 오늘 시간 낼 수 있었던 거야."

"무섭네, 박 작가. 벌써 관리 들어가는 거야?"

재현이 입술을 비쭉였다. 그 모습이 퍽 우스꽝스러워, 혜원은 숟가락에서 스프가 뚝뚝 떨어지는 것도 신경 쓰지 않은 채 웃었다.

"그동안 시간 못 냈던 건 너면서. 인기 작가님이랑 밥 한 끼 하는 거 참 힘들다."

"마감 때문에 어쩔 수 없었거든?"

"어련하시겠어요."

이렇게 재현과 소소한 이야기를 나누는 시간이 무척 오랜만이어서 그런지, 혜원은 유독 많이 웃었다.

"웨딩드레스는?"

"오늘 입어 보러 가려고. 저번에 맞췄던 거."

"아, 그게 오늘이야?"

"응, 그거 아니면 좀 더 볼 수 있었을 텐데 미안하네."

재현이 늘 좋아했던 밝은 웃음. 공기를 맑게 울리는 웃음소리가 기분 좋아, 그도 미련 없이 입꼬리를 가득

올릴 수 있었다.

블루베리 에이드가 가득 차 있던 잔이 비워지고 조금 더 시간이 지난 후에는 음식들도 모두 동이 났다. 이제 그만 일어나자는 재현의 말에 혜원도 동의했다.

혜원은 테이블 위에 떨어진 머핀 가루를 냅킨으로 대충 쓸어 치웠다.

재현은 그녀의 그러한 행동을 보고 늘 '쓸데없다'라고 하지만 습관이란 쉬이 고쳐지지 않는 법이다.

빵 가루를 감싼 냅킨을 조심히 접어 빈 접시 사이에 두는 혜원을 물끄러미 바라보던 재현이 턱을 괴고 말했다.

"이혜원이 결혼이라니."

어쩐지 탄식이 담긴 어투였기에 혜원은 조금 웃었다.

"부러워?"

"……글쎄, 잘 모르겠네."

재현은 입꼬리를 슬쩍 올리며 어깨를 으쓱였다. 그

런 재현의 반응이 의외라는 듯 혜원이 고개를 기울였다.

"의외의 반응이네."

"왜?"

"넌 왠지 부러워하진 않을 것 같았거든."

"그런가."

"응, 평소 관심 없어 했잖아. 여자라든지, 연애라든지."

일어나기 위해 주섬주섬 겉옷을 챙기던 혜원이 시선을 올렸다. 어느새 얇은 봄 점퍼를 걸친 재현이 저를 물끄러미 바라보고 있다.

잠시 시선을 두던 재현이 입을 열었다.

"그러고 보면 넌 나한테 여자 만나라는 소리를 한 번도 한 적이 없는 것 같아."

"음, 그랬던가?"

"그랬지."

혜원이 가볍게 어깨를 으쓱였다.

"글쎄…… 너는 별로 외로워 보이지 않아서 그랬던

걸까.”

“내가 외롭지 않아 보여?”

“넌 좀 마이웨이 스타일이잖아. 그리고…….”

계산을 마친 혜원이 브런치 카페 입구에 설치된 유리문을 가볍게 열었다. 그녀의 깨끗한 갈색 눈동자가 재현을 부드럽게 감쌌다.

“넌 나한테 먼저 말했을 거야. 여자가 정말 필요했다면.”

유리문 사이로 가득 흘러 들어오는 봄 향기와 특유의 따스한 공기가 그녀를 가득 채웠다.

정말이지, 저 눈동자는 아직까지도 나를 온전히 존재하게 해 주는 구나.

잠시 말이 없던 재현은 가볍게 입꼬리를 올렸다.

“그래, 그랬겠다.”

* * *

혜원과 만나기로 한 곳은 전철역 앞이다.

약속 장소에까지 데리러 가고 싶은 마음이 굴뚝같았지만, 그녀의 만류에 참을 수밖에 없었다.

'확실히, 약속 장소에까지 찾아가서 픽업하는 건 조금 귀찮을 수도 있겠지.'

그는 핸들을 손끝으로 툭툭 두드리며 혜원을 기다렸다.

휴대폰은 조금 전 거의 다 와 간다는 혜원의 메신저를 끝으로 조용하다.

'전화를 해도 괜찮을까.'

최근 지훈은 이런 고민이 잦아졌다.

결혼을 앞두고 유독 심해졌는데, 이러한 모든 건 혹시나 '혜원이가 싫어하면 어쩌지.'라는 마음에서 시작된다.

아주 작은 것 하나라도 그녀가 마음 쓰게 하고 싶지 않다.

하지만…….

"지훈 씨, 점심에 재현이를 잠깐 만나도 괜찮

을까요?"

"내일 중요한 날인 거 잘 아는데, 정말 그날 아니면 결혼식 전까지 만날 수가 없어서요……."

뺨을 긁적이며 조심스럽게 물어오는 그녀의 물음에, 지훈은 그만 '안 돼.'라고 단호히 말할 뻔했다.

식을 올리기 전까지 오로지 나와 결혼에만 신경을 쏟길 바라는 건 이기적이라는 것도 잘 안다.

그러나 그녀를 향한 깊어지는 집착도, 소유욕도 지훈은 쉬이 가라앉힐 수 없었다.

'그래서 더욱 조심하는 거겠지.'

지훈은 종종걸음으로 역을 빠져 나오는 혜원을 물끄러미 바라보며 잔잔한 미소를 흘렸다.

혹여나 자신의 집착 때문에 그녀가 상처받는다면, 그건 정말이지 너무나 끔찍하다.

그는 가볍게 머리를 흔들고는 운전석을 빠져나왔다.

단번에 지훈을 발견한 혜원이 맑게 웃으며 손을 흔들었다.

"많이 기다렸죠?"

그렇기 때문에 지훈은 그녀를 구속하지 않으려 노력할 것이다.

친한 친구라는 이유로 내가 아닌 다른 남자를 만나러 나가는 것도.

작가라는 이유로 그녀에게 함부로 연락하고 대화를 나누는 것도.

동료라는 이유로 그녀의 애정을 받는 것도.

기꺼이 참을 수 있다.

"아니, 나도 방금 왔어."

"정말요?"

"그럼. 재현 씨랑은 잘 놀았어?"

"네, 친구랑 만나는 건 너무 오랜만이라서 그런지 수다 엄청 떨었어요."

혜원이 원하고 진심으로 웃을 수 있는 일이라면, 그 무엇이든 기꺼이 들어주고 싶다는 마음이 너무나 커져 버렸으니까.

"그래, 잘했어."

지훈은 부드럽게 웃으며 그녀의 머리카락을 쓰다듬었다.

"그럼 갈까?"

"네, 지훈 씨."

* * *

한껏 허리를 졸라매는 웨딩샵 여직원들의 손길에 혜원은 착잡한 마음으로 거울을 바라보았다.

'숨을 못 쉴 것 같은데.'

맞춤복이라고 해서 편할 거라고 생각했는데, 아무래도 웨딩드레스를 단단히 얕본 듯하다.

난감함에 너무 조이는 것 같다고 말을 걸어도 직원들은 그저 조금만 더 참으라며 혜원을 다독였다. 원래 이렇게 입는 드레스라는 것을 강조하며.

그렇게 한참을 드레스와 씨름하던 혜원은 겨우 착용을 마칠 수 있었다.

가는 허리를 더욱 가늘어 보이게 만드는 드레스 라

인에 감탄하며 혜원은 거울을 꼼꼼히 살펴보았다.

어깨가 훤히 드러났지만 가슴에서부터 우아한 곡선을 그리는 라인과 눈이 부시도록 반짝이는 장식에 조금도 야해 보이진 않았다.

투명하다는 생각이 들 정도로 아름다운 면사포와 티아라까지 머리에 씌우고 난 뒤 웨딩샵 직원은 맑게 웃으며 박수를 쳤다.

"정말 너무 아름다우세요."

평소 옷가게 직원이 건네는 '아름답다'는 표현이 입바른 말이라는 것 정도는 잘 알고 있으면서도 혜원은 어쩐지 조금 설레었다.

거울에 비친 제 모습이 낯설기도 했지만, 새하얀 웨딩드레스를 차려입은 모습이 반짝반짝 빛나는 듯했기 때문이다.

'빨리 지훈 씨에게 보여 주고 싶다.'

그녀는 아이처럼 설레는 마음을 안고 지훈이 어서 제 모습을 봐 주길 기대했다.

'예쁘다고 말해 줄까?'

내심 피어오르는 생각이 부끄러웠지만, 그녀는 예쁘게 미소 지었다.

아래로 뚝 떨어지던 커다란 벨벳 커튼이 열리고, 혜원은 미동도 없이 소파에 앉아 있는 지훈과 정면으로 눈이 마주쳤다.

지훈의 새카만 눈동자가 조금 커졌다.

그는 한동안 아무런 말없이 혜원을 가만히 바라보았다.

침묵의 시간이 점차 길어지자, 조금 민망해진 혜원이 먼저 말을 걸었다.

"음…… 어때요?"

"……."

잠시 입술을 달싹이던 지훈은 흐리게 웃었다.

"어떠냐니……."

혜원은 그의 목소리가 조금 떨리는 것 같다고 생각했다. 그러나 그의 표정엔 흔들림 따위 찾아볼 수 없다.

'착각인가…….'

그녀가 슬슬 달아오르려는 얼굴을 만지작거리던 때에, 지훈이 자리에서 일어났다.

갑작스러운 그의 움직임에 혜원은 조금 어깨를 떨었다.

지훈은 천천히 걸음을 옮겨 혜원에게 다가왔다.

감정이 이렇게 깊어질 수도 있을까.

그는 지금 당장 혜원에게 제 마음을 말하지 않고는 못 견딜 것만 같았다.

그 마음이 곤란할 정도로 짙어, 지훈은 조금 씁쓸한 미소를 흘렸다.

이런 내가 너를 지치게 만들지는 않을까, 걱정이 되지만…….

'나는 이제 너를 평생 놓지 못할 거야.'

그의 시선이 어찌나 올곧고 깊은지, 혜원은 숨을 쉬기 어려웠다. 잔뜩 졸라맨 코르셋 따위가 아니었더라도, 그녀는 충분히 같은 느낌을 받았을 것이다.

한 걸음, 두 걸음.

단상 위에 올라와 있었기 때문에 지훈을 내려다보는 모양새가 되었지만, 그는 혜원을 올려다보는 것에 아무런 불만도 품지 않았다.

그때, 혜원의 눈동자가 크게 뜨여졌다.

물끄러미 혜원을 바라보던 지훈이, 우아하게 허리를 숙여 그녀의 손을 들어 올렸기 때문이다.

"지훈 씨……."

레이스 장갑을 낀 가느다란 손가락을 가볍게 얽어든 그는, 그녀의 손등에 정중하고도 애틋한 입맞춤을 남겼다.

이상하게도 혜원은 눈물이 날 것만 같았다.

숨죽이고 있는 웨딩샵 직원들의 시선이 단단히 와 박혀 있다는 걸 알았지만, 금세 시큰거리는 눈동자를 막을 수는 없었다.

젖어 가는 혜원의 눈동자를 애틋하게 바라보던 지훈의 입가에 잔잔한 미소가 번졌다.

그녀와 처음 만났던 겨울, 눈이 펑펑 내리던 그 날 그녀에게 시선을 빼앗겼던 순간.

그 후 깊어지던 마음을 좀처럼 막을 수 없어 곤란했던 시간들.

제 마음을 깨닫고, 그녀에게 고백하고…… 조금씩 변하는 저에게 익숙해지던 시간들.

사랑할 수밖에 없던 이 여자에게 너무나 당연히 녹아들었던 하루, 이틀, 일주일, 일 년…….

그 모든 시간들이 너무나 또렷이 떠올랐다.

지훈은 옅은 미소를 지으며 꼭 잡은 그녀의 손을 조금 더 간절히 잡고는 천천히 무릎을 꿇었다.

조금 더 높아진 시야에도 그의 눈동자는 찰나의 흔들림도 없다.

잠시 숨을 고른 그는 한층 따스한 미소를 입가에 걸고 말했다.

"이혜원 씨."

내 메마른 마음에 직접 뿌리를 내리고 어여쁜 꽃을 피워 낸 소중한 나의 여자.

"정식으로 마음을 다해 요청 드립니다."

나의 꽃, 나의 여자.

"부디, 저와 결혼해 주세요."

새삼 또 다시 받게 된 지훈의 프로포즈에 혜원은 심장이 쿵 울렸다.

두 사람은 이미 결혼을 약속했고 청첩장도 모두 나누어 결혼 소식을 알렸다.

상견례며 뭐며 차근차근 결혼 준비를 해 오고 있다고 생각했는데, 어째서 이렇게 모든 게 낯설고 새롭게 느껴지는 걸까.

그녀의 심장은 계속, 계속해서 바쁘게 뛰었다.

타인이 보고 있다는 건 조금도 신경 쓰이지 않았다.

그녀는 그저 이 순간 저를 바라보는 지훈의 절절한 눈동자만이 가득 느껴졌다.

진심이란 것이 이렇게 무거운 것이었던가.

그런데 그 무게가 전혀 부담스럽지 않다.

오히려 가득 끌어안아 더 커다란 진심을 그에게 보여 주고 싶다.

내가 당신을 이렇게 사랑하고 있노라고, 이렇게 깊이 품고 있노라고 크게 외치고 싶다.

어쩐지 눈물이 나올 것 같아 그녀는 입술을 꾹 물었다. 금세 차오르는 눈물에 시야가 흐릿했지만, 그녀는 더욱 환하게 입꼬리를 올리곤 천천히 고개를 끄덕였다.

"네, 지훈 씨. 우리 결혼해요."

* * *

여자들이 입는 웨딩드레스 따위 단 한 번도 관심 가져 본 적 없다.

아무리 화려하게 반짝여도 그의 눈엔 그저 하얀 천 쪼가리에 불과했다.

그런데…….

"왜 이렇게 늦게 왔어? 내 지인 중에 네가 가장 늦은 거 알아?"

신부 대기실에 앉아 환하게 웃고 있는 혜원은 그 어느 때보다 아름다웠다.

재현은 웃었다.

이혜원을 아름답다고 생각하는 순간이 또 오긴 오는구나.

"어제 마감한 원고에 문제가 있다고 난리를 피우잖아."

"담당자가?"

"어, 그래서 늦었지. 나도 양복 빼입고 컴퓨터 앞에 앉아서 원고 수정한 건 처음이다."

"아하하, 그거 볼만했겠네."

혜원은 입꼬리를 한껏 올려 웃었다.

그래, 인정하지 않을 수가 없다.

누군가의 여자가 될 이혜원은 오늘 몹시 예쁘다. 이미 오래 전 단단해진 가슴 한구석이 시큰거릴 정도로.

재현은 차오르는 웃음을 삼키지 않았다.

그는 묵은 감정을 토해 내듯 웃음을 뱉어 냈다.

달싹이던 입술이 무어라 형태를 찾으려던 그때,

"혜원아."

귓가를 울리는 낮은 목소리에 재현과 혜원의 시선이 돌아갔다.

하객들에게 대강 인사를 끝냈는지 이곳으로 다가오는 지훈이 보인다. 그 어느 누가 보아도 주인공임이 틀림없는 모습으로.

짧은 거리, 혜원에게 다가오는 지훈의 표정은 달콤하기 그지없다. 이미 수백, 수천 번은 보았을 얼굴일 텐데 혜원의 얼굴은 금세 반가움으로 물들었다.

그 모습이 너무나 어여쁜 커플과도 같아서 재현은 어쩐지 눈을 뗄 수가 없었다.

"오랜만에 뵙습니다."

"네, 잘 지내셨죠?"

"물론입니다."

다가온 지훈과 가벼운 인사를 나눈 뒤 객석으로 향하기 전, 잠시 망설인 재현은 마른 미소를 띠며 혜원을 돌아보았다.

"야, 이혜원."

낮게 저를 부르는 목소리.

혜원은 다시 저에게 향한 재현의 눈동자와 시선을 맞췄다.

아주 짧은 시간 동안 시선을 나눈 재현은 묵묵히 닫혀 있던 입술을 들어올렸다.

“결혼식 끝나고 나서, 나 여자 소개시켜 줘.”

시간은 흐른다.

때론 보내기 싫은 것을 보내야 할 때도 있고, 잡고 싶은 것을 놓칠 때도 있다.

그리고 그것은 나의 의지일 수도 있지만, 타인의 의지일 수도 있다.

재현은 지금껏 경험했던 그러한 상황들을 천천히 되짚어 보았다.

당시에 느끼던 감정들은 지금의 그가 떠올리기엔 마냥 막연하다.

그러나 확신할 수 있다.

결국 그는 슬프지도, 비참하지도 않을 것이다. 지금까지 그래 왔던 것처럼.

시원하게 올라간 그의 입꼬리를 따라 혜원도 웃었다.

그녀는 맑은 웃음소리를 흘려보내며 고개를 끄덕였

다.

"응. 그럴게."

식장과 너무나 잘 어울리는 버진로드를 따라 걸어 지훈과 마주 보고 선 혜원.

두 사람은 무척 아름다웠고 저도 모르게 숨을 삼킬 정도로 행복해 보였다.

반지를 나눠 끼고 주례는 물었다.

"두 사람은 평생 함께할 것을 약속합니까?"

재현은 기분 좋은 떨림이 묻어난 두 사람의 목소리에 입가 가득 번지는 미소를 숨기지 않고 크게 박수를 쳤다.

혜원의 미소가 식장을 모두 끌어안을 동안, 계속해서.

* * *

이제는 다른 사람의 신부가 되어 버린, 소중한 이혜

원에게.

단 한 번도 전한 적 없고, 앞으로도 감히 가질 수 없는 마음을 품었던 내 곁에 있어 줘서 진심으로 고마웠어.

세상 그 누구보다 아름다웠던 오늘처럼, 소중한 이와 함께 걸어갈 너의 시간들 역시 부디 찬란하기를.